張《ちょう》良《りょう》

宮城谷昌光

中央公論新社

張良　目次

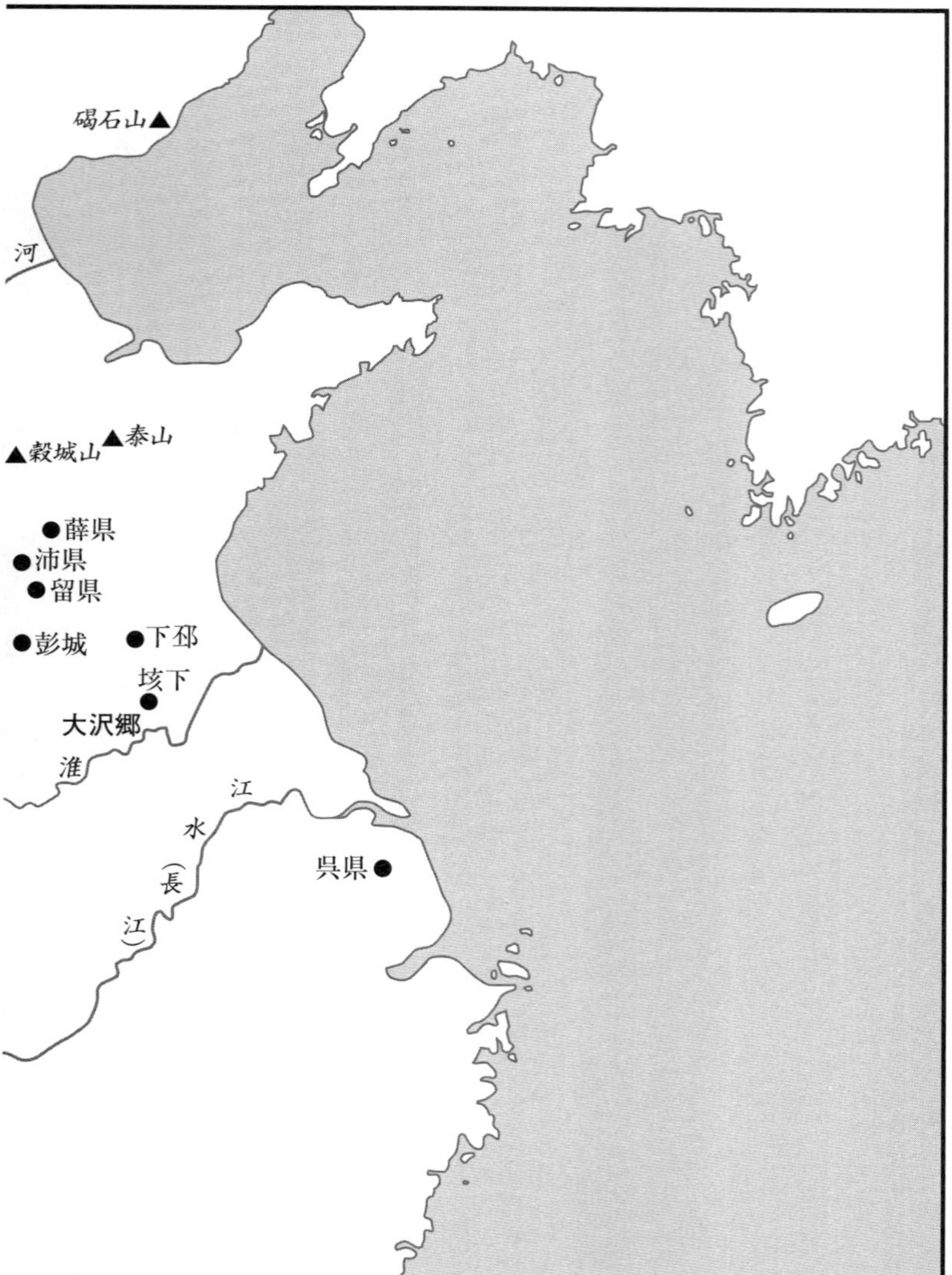
碣石山
河
泰山
穀城山
薛県
沛県
留県
彭城
下邳
垓下
大沢郷
淮
江
水
（長
江）
呉県

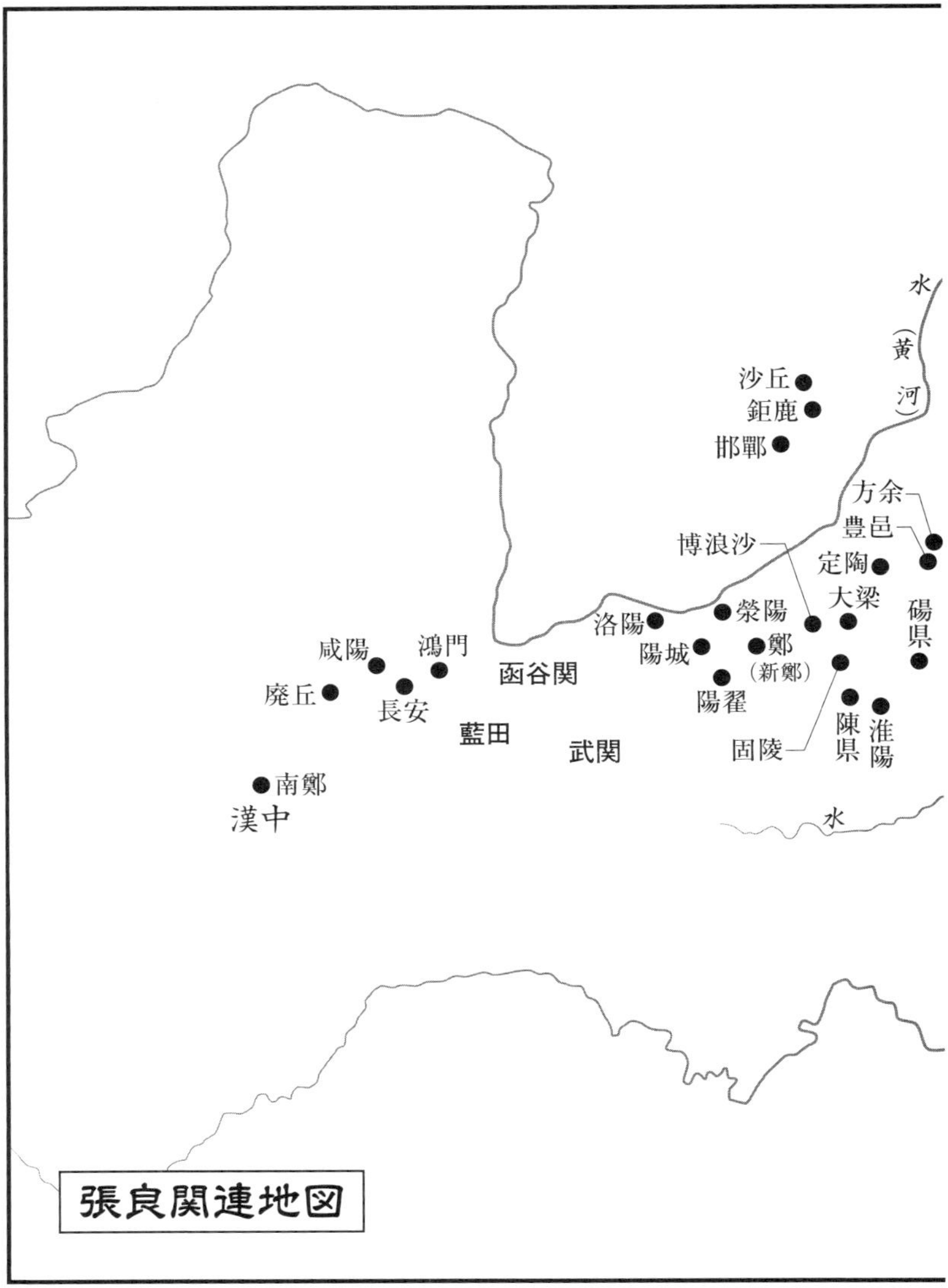
水
（黄河）
沙丘
鉅鹿
邯鄲
方余
豊邑
博浪沙
定陶
大梁
碭県
洛陽
滎陽
鄭
（新鄭）
陽城
陽翟
咸陽
鴻門
函谷関
廃丘
長安
藍田
武関
固陵
陳県
淮陽
南鄭
漢中
水
張良関連地図

装幀　大久保伸子

張良

韓の兄弟

若い緑の草原に、赤い幔幕《まんまく》がみえる。

——ああ、弟が出迎えてくれた。

張良《ちょうりょう》は車中で笑貌《しょうぼう》をみせた。馬車の手綱《たづな》をにぎっている堂巴《どうは》も喜笑《きしょう》し、

「ずいぶん多数です。百人はいるようです」

と、明るい声を放った。

張良の家は、韓《かん》の国の宰相《さいしょう》家で、群臣のなかで最上位の家格である。だが、家主である張平《ちょうへい》はすでに亡《な》い。

釐王《きおう》と桓恵王《かんけいおう》のときの宰相であった張平は、十七年まえに逝去《せいきょ》した。

張良と弟の子叔《ししゅく》は、父の晩年の子で、とくに子叔は若く、父が亡くなった年に生まれたので、今年、十八歳である。張良も父の歿年には幼すぎたので、父の位を継げなかった。

そこで張良は、二十歳に近づくと、

「遊学する」

と、いい、家政を家宰《かさい》の桐了《とうりょう》にまかせると、楚《そ》の国の淮陽《わいよう》へゆき、礼を学んだ。韓の首都である鄭《てい》をでて、川にそって南下してゆくと、淮陽に到る。そこに三年いた。

ちなみに、張良を単身ゆかせるのは危険であると考えた桐了は、自分の子である桐季《とうき》と乳母《うば》の子である堂巴を付けて送りだした。

礼を学ぶためには、当然、儒者《じゅしゃ》を師としなければならない。たしかに張良は儒教《じゅきょう》の基本である礼楽《れいがく》を学んだが、

「たいくつなことよ」

と、いい、老荘《ろうそう》思想を説《と》く者をみつけて、問答をするようになった。そのほうが、だんぜんおもしろかった。その思想家のもとには、しばしば方士《ほうし》がきた。方士はのちに道士《どうし》とよばれることになるが、仙術《せんじゅつ》をおこなう者である。仙術は、仙人がおこなうようなふしぎな術をいう。方士は韓王室にも出入りしているが、

――どうせ、まやかしだ。

と、張良はかれらを侮蔑《ぶべつ》ぎみにみていた。だが、実際に方士に接してみると、そうでもない、とみなおした。

留学地となった淮陽から遠くないところに、

「倉海君《そうかいくん》」

という名士が、大家《たいか》を構えていた。かれは豪族のひとりであり、多くの食客《しょっかく》を養っていた。老荘思想家からその名を教えられ、紹介状まで渡された張良は、堂巴と桐季を従えて倉海君を訪ねた。倉海君の年齢は四十代のなかばで、俠客《きょうかく》のようにみえた。

紹介状を一読し、張良の面貌《めんぼう》を凝視《ぎょうし》していた倉海君は、

「先生、ちょっと――」

と、賓客《ひんかく》のひとりを呼んだ。髪が異様に長い男が室《へや》にはいってきた。その男を視《み》た張良は、

――観相者《かんそう》だな。

と、察知した。人相《にんそう》を見る者は、髪がかなり長いことを知っていた。

わずかに頭をさげた観相者は、しばらく無言のまま張良の顔をながめていたが、やがて倉海君のほうをむいて、

「別のところで、お話が――」

と、細い声でいい、起《た》った。眉《まゆ》をひそめた倉海君は、いぶかしげに腰をあげ、おもむろに室外にでた。

回廊《かいろう》のはしで歩《ほ》をとめた観相者は、倉海君が近づいてくるのを待ち、あたりに人のいないことをたしかめてから、

「あの人は、稀有《けう》な人物です」

と、小声でいった。

「めずらしい男ということか。なにが、めずらしいのか」

「王佐《おうさ》の才《さい》があります」

「はは……」

と、笑った倉海君は、

「先生よ、あの者は韓の宰相家のあととりだ。国に帰れば、早晩《そうばん》、韓王を輔佐《ほさ》することになる。王佐の才があるのは、あたっているが、稀有というほどではないでしょう」

と、いった。だが、観相者は恐縮もせず、

「わたしがいう王とは、天下にひとりしかいない王のことです」

と、いい、多少声を大きくした。

倉海君は眉宇《びう》に笑いをただよわせた。

「いま天下に王がひとりしかいないわけではない。七人の王がいることを、先生がご存じないわけではあるまい」

ここでその七人の王をならべてみたい。

秦《しん》　王政《せい》
魏《ぎ》　景湣王《けいびん》
韓　王安《あん》
趙《ちょう》　王遷《せん》

楚　幽《ゆう》王
燕《えん》　王喜《き》
斉《せい》　王建《けん》

観相者は回廊の柱をかるく拳《こぶし》でたたいた。

「かつて天下に王はひとりしかいなかったのです。殷《いん》の最後の王を紂《ちゅう》王といい、周《しゅう》の最初の王を武《ぶ》王といいます。王佐と申したのは、その武王を佐《たす》けたような大才をいっているのです」

「こりゃ、おどろいた。武王を軍事で助けたのは太公望《たいこうぼう》だ。それくらいは知っていますよ。あの韓の若者が、太公望のごとき軍師となる。先生はそうお見立てになったのか」

「さようです」

「先生の観相はひときわすぐれている、と承知している。それゆえ、いまの予言を疑いたくないが、信じるにはいくつかむずかしいことがある」

「ほう、そうでしょうか」

観相者は柱に背をあずけて胸をそらした。

「そうですとも。まず、容姿です。太公望は鷹《たか》のごとき人だときいています。が、あの張良は、女装させれば立派に女として通るほど容姿端麗《ようしたんれい》だ。大軍を率いて戦場を往来できるとはおもわれない。また、かれが助ける王が天下にひとりになるということは、天下を平定するということにほかならない。先生は韓の国力をご存じでしょう。秦に侵《おか》されつづけ、版図《はんと》は縮小《しゅくしょう》をつづけています。その国の王が、どうして天下を取れましょうか」

倉海君はあえて鼻哂《びしん》してみせた。

だが観相者はいやな顔もせず、

「張良という若者は、どうみても二十歳前後です。かれが天下の軍師になるのは、早くても二十年後です。二十年という歳月の先を、たれが見定めることができましょうか」

と、平然といった。

「ふうむ……」

倉海君は軽くうなった。観相者の予言によれば、張良は天下を平定する者を輔佐する。すると、二十年か三十年後に、戦国の世は終わることになる。そのときのことを想《おも》えば、いまのうちに張良とのつながりを強めておいて損はない。

「それはそれとして、ほかにあの者の面相《めんそう》から、わかったことはありますか」

「はっきりしていることは、剣難《けんなん》の相があることです」

「張良を殺しにくる者がいる」

「そうです。白刃《はくじん》があの者を襲います」

「殺されたら、稀代《きたい》の軍師になれません。どうしのぎますか」

「身辺に剣があれば、襲ってくる剣を、払いのけられますが、なければ、張良は斃《たお》れます。そこが命運の境です」

「身近な剣ですか……」

観相者が去ったあとも、独《ひと》りで熟考していた倉海君は、考えをまとめて、おもむろに室内にもどった。

張良はすずしげな目容《もくよう》をしている。

「あなたが先生とお呼びになったかたは、人相見ですね。席をおはずしになったということは、ここではいいにくいことを予想なさったのでしょう」

「はは、いかにも、そうです。が、それをかくしても、なんら益《えき》にならないので、いいます」

「うかがいましょう――」

張良は肚《はら》をすえた。

「あなたには剣難の相がある、とのことです。しかしその凶行《きょうこう》を払去《ふっきょ》できないことはない」

「わたしは凶刃《きょうじん》に襲われますか……」

張良は苦く笑った。

「そこであなたが斃れないためには、身近に剣があることだ、とあの先生はいったが、その解釈がむずかしい」

「たしかに――」

張良は熟思《じゅくし》する目つきになった。

「では、こう考えたらどうだろうか。身近にある剣とは、あなたに近侍《きんじ》して剣であなたを護《まも》る者、すなわち、あなたのうしろに坐っているふたりの剣をいうのではないか」

倉海君は堂巴と桐季に目をむけた。この股肱《ここう》の臣は、武術にさほど関心がなかった。それゆえ倉海君のことばをきいて、不安げに顔をみあわせた。

「家臣であるふたりは、水火《すいか》をも辞《じ》せず、ご主人を死守しなければなるまい。剣術に自信がないのなら、ここで習得《しゅうとく》するがよい」

「あの……、それは――」

堂巴と桐季は倉海君のいっている意味がよくわからなかった。

「わが家の賓客には、人相を見る名人もいれば、剣術の達人もいるのです。その先生を呼んでみますので、庭にでてください」

張良もふたりとともに庭にでた。じつは張良のほうが剣術に関心があった。ところが韓には剣術の達人がいなかった。すぐれた剣と剣士は楚に多いときいていたため、倉海君が達人といった剣士をみたかった。

やがて倉海君がふたりをともなってきた。

――ひとりが師で、ひとりが弟子だな。

張良にはすぐにわかった。弟子は三本の竹をかかえてきた。竹の長さは人の身長ほどである。

中年の師はまっすぐに張良をみて、

「景止《けいし》と申す。ここにいるのは、弟子の黄角《こうかく》です」

と、ぞんがい鄭重《ていちょう》にいった。

「楚の景氏といえば、名家ですね。佳《よ》い剣術を教えてもらえそうです」

張良は景止の人格の高さを見抜いた。

「あっ、あなたも剣術を習われますか」

景止は黄角に目くばせをして、趨《はし》らせ、さらに二本の竹をもってこさせた。

張良、堂巴、桐季に竹の棒をもたせた景止は、

「わたしがお教えするのは、正確には、剣の術ではなく、刀《とう》の術です。刀は突くことよりも、ふりおろすことで、威力を発揮します。そこで、その竹を上から下へふってください。空気が震《ふる》えるようになれば、音が生じます。では、どうぞ――」

と、いい、ふりおろしをくりかえさせた。

――重い。

竹の棒をそう感じたのは張良だけではなかった。堂巴と桐季も、やがて苦痛の表情となった。それをみた景止は、竹の棒をふりおろすことをやめさせた。

「ほんとうの非凡は、平凡のなかにあります。竹の棒をふることは単調で、たいくつですが、そこには奇術がひそんでいます。わたしがふる竹の棒をよくみてください」

弟子の黄角がもっている竹の棒を手に執《と》った景止は、やっ、と小さく叫んで、それをふりおろした。震動音が大きかった。

――まさか。

張良は驚嘆した。なにかをたたいたわけではない。竹の棒が、大きく裂けて、飛び散ったのである。

堂巴と桐季はのけぞりそうになった。刀術《とうじゅつ》のすごみに圧倒されて声もでなかった。

庭のすみに立っていた倉海君は、張良のほうに歩いてきて、

「あなたと従者のふたりを、わが家の賓客としてお迎えしよう。学問をしようが、刀術を習おうが、あなたがたのかってです」

と、微笑しながらいった。

「かたじけない」

張良は一礼した。けっきょく淮陽の借家から倉海君の家へ移り、倉海君に養ってもらうことになり、遊学を終えた。当然、そこで二十歳をこえた。

張良は二十歳になったとき、あざな（通称）を選定した。いろいろ考えたが、

――わが家は、韓の王室の傍《かたわ》らにある。

と、おもい、傍《ぼう》、でもよかったが、礼を学ぶうちに、

「礼儀は堂房《どうぼう》でおこなう」

と、知った。堂はもともと神を祀《まつ》る室《へや》であり、それに付属するのが房である。

――房がよい。

また男子の尊称には、子《し》、を用いるのが慣用《かんよう》なので、自身のあざなを、

「子房《しぼう》」

とした。従者である堂巴と桐季は、張良のことを、

「子房さま」

と、呼ぶようになった。

遊学を終えて、張良が倉海君に謝意《しゃい》を述べて、帰国の途《と》に就《つ》こうとしたとき、

「しばらく――」

と、声を挙《あ》げてあらわれたのが、刀術の師となっていた景止である。

「あつかましいお願いであるが、わが弟子の黄角を、従者に加えていただきたい」

その礼容をみた張良は、うなずいてみせ、

「かまいません。わが家と韓のために働いてもらいましょう」

と、明るくいった。

すると、一乗《いちじょう》の馬車が門内からでてきた。ふたりが乗っている。ひとりは黄角であるが、いまひとりは賓客の応接をおこなっていた、株干《しゅかん》という青年である。すかさず倉海君が、車上の張良に、

「じつを申すと、株干はわたしの甥《おい》です。あなたを尊敬しているようなので、この先も、お従《とも》がかないましょうかな」

と、やんわりたのんだ。張良は笑った。

「倉海家にいる十人でも二十人でも、ひきうけましょう」

「それは、よかった」

二乗の馬車は、倉海君に見送られて、韓都《かんと》にむかった。

韓都まで、馬車をつかえば、十日もかからない。

あと二日で韓都に到る地点で、

「われの帰還を、そなたの父とわれの弟に報《しら》せよ」

と、張良は桐季にいい、副馬《そえうま》をかれに与えて先駆《せんく》させた。そのせいで、にぎやかな出迎えとなった。

馬車からおりた張良に、弟の子叔は飛びつかんばかりに趨り寄って、歓声を挙げた。子叔は体《たい》軀《く》がしっかりしてきた。その肩に手をおいた張良は、

「こんどは、そなたが遊学する番だ。そなたが敬仰《けいぎょう》している学者がいれば、遠慮なく申すがよい」

と、やわらかくいった。

「あっ、学問ですか」

首をすくめた子叔は、

「わたしはこれのほうがよいです」

と、弓を構えて矢を放つかっこうをしてみせた。子叔はすでに十三歳のときに馬に騎《の》って射《しゃ》をおこなうことができた。学問に関心のないことはわかりきっていたが、いちおう張良は弟の本心をたしかめることをしなければならなかった。

そこに桐了が桐季を従えて近づいてきた。

「ごぶじでのご帰還、なによりです」

「そなたが家中を治めてくれているので、安心して遊学ができた。国事に異変はなかったであろうな」

「明日、公子非《ひ》さまをお送りするための会が催されます。まにあって、よかったと存じます」

「ほう――」

張良はいやな顔をした。

「公子非さまは、秦へ往《ゆ》かれるのです」

子叔は兄の表情をみて、念をおすようにいった。が、張良はけわしく眉を寄せて、

「公子非は、わが父祖をけなしたのだぞ」

と、語気を強めていった。

子叔は困惑したように顔をゆがめた。張良のことばの主旨《しゅし》がわからなかった。

――学問ぎらいの弟が、公子非の書物を読んでいるはずがない。

張良は内心苦笑をうかべた。

王族のひとりとして生まれた韓非《かんぴ》は、吃音《きつおん》のため、口述を避けて、筆をもって説いた。かれの思想は、法を至上とするもので、礼を尊重する儒教の対極にある。その思想書を、『韓非子《かんぴし》』
と、いう。その書物を、張良は倉海君の家で読んだ。もっとも気にいらなかったのは、

今は、養う所《ところ》は用いる所に非《あら》ず、用いる所は養う所に非ず。


という一文である。

今の世では、国が養っている高禄《こうろく》の者は役に立たず、役に立つ者は禄をうけていない。それは韓非による大臣批判であり、韓王を輔佐してきた張良の祖父と父がけなされていると感じた。

その韓非がなぜ秦へ往くのか。それについて弟に問うても、明確な答えが返ってきそうもないので、堂巴のかわりに桐了に手綱をもたせ、みちみち問うた。

「韓非をよこせば、韓への攻撃をやめる、としばしば秦王がいってきたからです。われらが王は、ようやくそれに応《こた》えることにしたのです」

「秦王が、それほど公子非を招きたがっている……、まことか」

張良は信じられなかった。

「どうやら、まことのようです。公子非さまが秦に入国すれば、さっそく秦王に重用されて、相《しょう》（宰相）に任命されるのではないか、と予想している者さえいます。公子非さまが秦の相になれば、わが国への風あたりが弱くなる、と喜ぶ者は多いのです」

韓は秦の強大な軍事力に圧倒されつづけている。

「騙《だま》されてはなるまいぞ。あの貪欲《どんよく》な秦王が、ひとりの才人を得たくらいで、その国に手ごころを加えるはずがない」

と、張良は表情をゆるめずにいった。

その秦王とは、名を、政《せい》という。父である荘襄《そうじょう》王が急逝《きゅうせい》したため、十三歳で王位に即《つ》いた。そのころから二十歳をすぎるころまで呂不韋《りょふい》を相国《しょうこく》として政治をまかせていたが、自身で政治をおこないたくなると、めざわりな呂不韋を蜀《しょく》へ移すことにして、自殺させた。それからおもうままに大臣と将軍をつかい、他国を圧迫した。

いま、秦王は二十七歳である。

あるとき、かれは『韓非子』の数篇を読むと、大いに感動して、

「ああ、われはこの人に会って、この人とつきあうことができれば、死んでも悔《く》いはない」

とさえいった。

すると秦王の重臣のひとりである李斯《りし》が、

「それは韓非が著《あらわ》した書物です」

と、告げた。

「韓非とは、韓の公子か」

「さようです」

「では、われが鄭重に招こう。もしも秦にこないようであれば、くるまで、韓を攻撃しよう」

秦王の使者は、韓の王安に謁見《えっけん》すると、秦王の意向をつたえた。ちなみに王安は、韓の桓恵王の子である。かれは韓非の思想を知ってはいたが、とても実行できないと考え、かれを重用しなかった。しかし秦王がかれの思想を好み、かれに会いたがっていると知ると、拒絶反応がでた。

――公子非が秦へ往くと、秦はますます強くなるのではないか。

そういう恐れから、韓非を国外にださないようにした。王安にことわられた秦王は腹を立て、韓の攻撃をつづけさせ、ついに王安に悲鳴をあげさせた。

恐慄《きょうりつ》した王安は韓非を秦へ送ることにしたのである。

韓非と方士

張良《ちょうりょう》が馬車からおりるまえに、手綱《たづな》をゆるめた桐了《とうりょう》が、

「お従《とも》が、ふたり増えたようですな」

と、軽く笑いながらいった。

「おう、ひとりは倉海君《そうかいくん》という豪族の甥《おい》で、株干《しゅかん》という。こまごまとした気づかいのできる男で、そなたの子とともに、われの近くに置きたい。いまひとりは、景止《けいし》という剣術の達人の弟子で、黄角《こうかく》という。かれはすぐれた剣士だ。われも景止に就《つ》いて鍛練《たんれん》したが、実際に習ったのは、剣術ではなく刀術《とうじゅつ》だ」

「あなたさまが、刀剣の術をお習いになった……」

信じられない、といわんばかりのまなざしで桐了は張良をみた。

「そうよ、三年ちかく、師に鍛《きた》えてもらった。そなたの子も、堂巴《どうは》も、その術は格段に上達した。ふたりがそれほど刀術にはげんだのには、わけがある」

張良はすこし声を小さくした。

「どのようなわけですか」

「倉海君はいろいろな客を養っているが、そのなかに人相見《にんそうみ》がいて、われを見た。そのあと、われに剣難《けんなん》の相《そう》があると倉海君に告げた」

「まことですか」

桐了はおどろきをかくさなかった。

「ただし、剣に襲われるわれを救うのも、近くにある剣だ、と人相見に教えられた倉海君は、そなたの子と堂巴の剣がわれを救うと考え、刀剣の術の達人を紹介してくれた。韓都《かんと》に帰るわれに黄角を付けてくれたのも、倉海君の厚意だ」

「容易ならぬ予言です」

桐了は愁《うれ》いをみせて、張良が馬車からおりたあと、子の桐季《とうき》を呼んで、あれこれ問うて、確認していた。

張良が門内にはいったとき、跪坐《きざ》していた者が、仰首《ぎょうしゅ》した。みおぼえのない顔である。

「それがしは、家僮《かどう》の長を、家宰《かさい》さまよりおおせつけられた浮辛《ふしん》と申します。お見知りおきくださいますように」

家僮とは、召使いをいう。

人偏《にんべん》のない童《どう》は、わらべをいうが、やはり召使いという意味をもつ。僮と童は、罪があって召使いになった者、と想《おも》うほうがより正確であるかもしれない。

張良の家には、その家僮が三百人もいる。その長は、張良が遊学に出発するときは、浮辛ではなかった。

「まえの長は、病死しました」

と、浮辛はいった。浮辛はまだ四十まえという年齢にみえた。才覚がありそうな男である。張良はあえてしゃがみ、浮辛の手を執《と》って、

「よろしくみなをたばねてくれ。難儀《なんぎ》が生ずれば、忌憚《きたん》なく、われに申せ」

と、ねんごろにいった。

「かたじけない仰《おお》せです。あなたさまにご迷惑をおかけしないように務めます」

そういって浮辛はしりぞいた。

すぐに張良は弟の袖《そで》をつかんで、

「なんじの射術の師は、あの浮辛ではあるまいな」

と、問うた。

「ちがいます。秋成《しゅうせい》といい、この者を選んだのも桐了です。秋成は儒学《じゅがく》も教えますが、わたしが儒学を好まないので、弓矢しかわたしに教えません」

「そういう人か……」

と、いいながら張良はふりむき、株干と黄角にむかって手招きをした。

「邸内を、われが案内しよう。われも食客《しょっかく》を養うことになろう。そのときは、株干よ、そなたは堂巴とともに、食客のめんどうをみてくれ」

「うけたまわりました」

食客のあつかいに慣《な》れているという顔であった。

邸内をひとまわりして、自室にはいった張良は、旅装《りょそう》を解《と》き、桐了を待った。かれに訊《き》きたいことが、ほかにあった。

張良は南の淮陽《わいよう》にいたころ、老荘《ろうそう》思想家のもとに出入りしている方士《ほうし》と、じっくり語りあったことがあった。その方士は薬草についてだけではなく、おもしろい健康法も知っていたので、

「どうであろう、われが韓都にもどったあと、客を養うつもりだが、あなたを賓客《ひんかく》として迎えたい。きていただけまいか」

と、丁寧《ていねい》に誘った。

方士はすぐに笑って、

「わたしよりもすぐれた方士が、韓都にいるではありませんか」

と、いい、ふたりの名を挙《あ》げた。韓国内の方士の動向について、まるで知らない張良は、巷説《こうせつ》さえききのがさない桐了の知識を借りるしかない。

やがて桐了が入室してきたので、

「そなたは王室に知人がいよう。王室に属しているかもしれぬ方士が、いまどこにいるのか、そ

の者たちと会えないか、教えてくれぬか」

と、たのんだ。

「方士ですか」

桐了はわずかにいやな顔をした。かれらが習得し、また人に教えている術の妖《あや》しさを嫌っている顔である。

「侯生《こうせい》と韓終《かんしゅう》というふたりだ。すぐにでも会いたい」

張良は桐了にむかって頭をさげた。

「侯生と韓終ですか……」

主人の気まぐれにつきあいたくないようすの桐了であったが、ききながしはしなかったようで、夕方にはそれについて報告にきた。

「おどろきました。ふたりだけでなく、四人の方士が、秦《しん》王に招かれ、公子非《ひ》さまに従うかたちで、秦へ往《ゆ》きます。ふたりに会えるのは、明日しかありません。どうなさいますか」

「どうすることもできまい。方士は王宮内にいるのであろう」

「公子非さまの送別会は、明日、王宮内でおこなわれるのです。あなたさまの名を、王の招待者の名簿に加えてもらいました」

「さすがにわが家宰は、したたかよ」

と、称《ほ》めた張良は、翌日、桐了だけを従えて王宮にはいった。韓非《かんぴ》の送別会場は、中庭で、そこには管絃楽《かんげんがく》をかなでる伶人《れいじん》がすでにそろっていた。群臣のなかでも高い官職に就《つ》いている者だけが集まっている。張良のような無位《むい》の者は、みあたらない。やがて王族と外戚《がいせき》が入場した。最後に、王安《あん》が韓非をともなってあらわれた。

——あれが公子非か。

予想していたよりも身長のある男であった。が、韓非を嫌っている張良は、近づいてゆく気になれない。よく観《み》ると、韓非から遠くないところに、四人が端座《たんざ》している。

「あの四人が、方士か」

「さようです」

小さくうなずいた桐了は、王安の送別の辞《じ》が終わると、

「庭のすみに侯生と韓終をつれてきます。木陰《こかげ》でお待ちください」

と、いい、おもむろに動いた。

音楽が鳴り、膳《ぜん》がはこばれてきた。その膳がかたづけられると、酒宴になった。ふたりをつれて桐了が歩いてくると知った張良は、すばやく木陰に移った。その木陰に侯生と韓終がはいってきた。ふたりに敷物《しきもの》をすすめた張良は、

「われは張平《ちょうへい》の子で、良《りょう》という。淮陽の方士に、そなたたちを薦《すす》められた。が、まもなく秦へむかって発《た》つという。残念でならないが、なんとか会うことができた」

と、正直にいった。

「わたしが侯生です。不老不死《ふろうふし》の研究を韓終とともにおこなっています。あなたさまからのお招きがあると、すでに淮陽のほうから報《しら》されております」

「これは、おどろいた。方士の連絡の早さは、飛ぶ雲のごときか」

そういいながら張良は侯生と韓終を観察した。三十代とおもわれるふたりからは真摯《しんし》さが感じられた。

「そなたたちと公子非は、秦王に招かれたとはいえ、かならず秦王に臣従させられ、たやすく韓に帰国できない、とわれはみている」

張良にそうはっきりいわれて、侯生と韓終は愁色《しゅうしょく》をみせた。

「韓は秦の脅威《きょうい》にさらされつづけて、国土と人とを、秦王に献上しつづけている。やがてこの韓都が累卵《るいらん》のあやうさになろう。われはまだ若く、父のように王を佐《たす》けて国政にのぞむ席に就いてはいないが、韓という国家を愛する心をしかともっている。わかってくれるか」

「わかります」

侯生と韓終は口をそろえて答えた。

「秦の動向について、なるべく早く知りたい。そこで、そなたたちの力を借りたい。いや、間諜《かんちょう》になってくれとはたのまない。秦がなにをはじめようとするのか、それだけを、なんとか伝えてもらえまいか」

「たやすいことです」

「まことか――」

張良は喜色《きしょく》を浮かべた。

「方士には、秘術をもった者が多くいるのです。犬や馬に負けないほど速く走ることができる者もいれば、夜中の道を昼間とおなじ速さで歩ける者もいます。天空を飛ぶことはできないものの、城壁の上から飛んで、やすやすと地上に立つことができる者もいます」

「おどろいたな」

張良は感心してみせた。

「そういえば、秦へ往くことをまぬかれた風角《ふうかく》の達者がいます。かれはまだ二十代ですが、あなたさまのお役に立ちそうです」

と、侯生がいった。風角とは、風占いといいかえることができる。

「なんという者か」

「南生《なんせい》といいます。このまま韓王室に出入りしていると、秦へ送られると恐れ、他国へ去ろうとしています。あなたさまが客としてかれを迎えてくださるのなら、話をしておきます」

「おう、おう、われは喜んで、南生を賓客として迎えよう」

そういった張良をながめた侯生は、

「あなたさまが韓の宰相《さいしょう》になれば、韓は往時《おうじ》のように隆昌《りゅうしょう》すると占った者がおります」

と、声に明るさをくわえていった。

「はは、うれしいことをいってくれる」

「そう占った者こそ、南生なのです」

「やっ、これは、どうしても南生にきてもらいたい」

「もしかすると、剣難を避ける術を、南生が知っているかもしれません」

「剣難のことまで、そなたたちに知られていたか。方士のつながりは、恐るべきものだな」

張良がそういったとき、木陰に人が近づかないように見張っていた桐了が、咳払《せきばら》いをした。それをきいた侯生と韓終は、すばやく腰をあげて、

「では、これで――」

と、みじかくいい、一礼して、歩き去った。

貴人がふたりの従者とともに張良に近づいてきた。桐了がその貴人に頭をさげて、

「これは、横陽君《おうようくん》さま――」

と、張良におしえるような声でいった。

――公子成《せい》がきたのか。

韓の諸公子のなかでひときわ賢いのが、公子成であるときいたことがある。かれは横陽君という号を韓王からさずけられているから、どこかに封地《ほうち》をもっているのであろう。

張良は片膝《かたひざ》を地について頭をさげた。

「おう、張良よ、ここにいたのか。そなたの賢明さは、わが国の希望になりつつある。楚《そ》の国に

遊学したときいた。われに南方の実情を語《つ》げてもらいたい」

そういいつつ、木陰にはいって、坐り、酒を従者にはこばせた。

問答をかさねてゆくうちに、公子成の人格の高さと性質の良さが張良にわかってきた。こういう人が韓王であってもらいたいとおもったが、大異変が生じないかぎり、それは可能にはならない。

翌日、韓非と方士は韓都をあとにした。

王族と重臣は郊外まで見送りに行ったが、張良は邸内にとどまっていた。そこに、飄々《ひょうひょう》とやってきたのが、南生である。張良に面会したかれは、

「わたしを賓客として遇《ぐう》してくれるというのは、まことですか」

と、臆面《おくめん》もなくいった。

「まことです。わが家にとどまってくれるのであれば、あなたが最初の賓客です」

そういった張良をみつめていた南生は、

「ふしぎだ。あなたからは、生命力を感じる。ちょっと、失礼――」

と、いって起《た》つと、かってに邸内を歩きはじめた。

――風変わりな男だな。

もともと常識的なことを嫌っている張良は、邸内を徘徊《はいかい》する南生を愉快そうにながめつつ、そのうしろを歩いた。やがて南生がもとの室《へや》にもどったので、

「さて、なにをごらんになったのか」

と、張良は問うた。すると南生はいたってまじめな顔つきで、

「あなたに剣難があるときいてきたので、邸内に、あなたをそこなう邪気《じゃき》があるか、ないか、調べたのです」

と、いった。

「あっ、それは――」

張良はすこし意表を衝《つ》かれた。

「いまのところ、邪気はありません。剣難は、さきのことでしょう。ここで、ひとつお願いがあります」

「うかがいましょう」

「友人の方士がいます。この者も、賓客として迎えていただきたい。声生《せいせい》といい、導引《どういん》をおこなう者です」

「導引……、どこかできいたような……」

「人を健康にする呼吸法です。ふしぎな力を体内にたくわえることができます」

南生はあえて大きく呼吸してみせた。

張良がふたり目の方士を賓客として迎えると、それが評判となり、方士だけではなく、いろいろな特技をもっている者が、張良家の客となるべく、張良に会いにきた。

そのころ、韓非と方士は秦に入国し、李斯《りし》に迎えられた。

李斯は楚の上蔡《じょうさい》の出身である。

かれは若いころに郡の小吏《しょうり》となった。あるとき厠《かわや》のなかのこせこせした鼠《ねずみ》をみ、また倉庫のなかの悠々《ゆうゆう》たる鼠をみて、

「人の賢愚《けんぐ》も、鼠のごときものだ。その居る場所で決定される」

と、さとり、当時、大儒《たいじゅ》であった荀子《じゅんし》に就いて帝王学を学んだ。その荀子の弟子のひとりが韓非であり、

——われは韓非にまさることはできぬ。

と、くやしく感じた。だが、韓非は韓の公子であるから、生涯を王族としてすごすにちがいなく、自分の競争相手になるはずがないとおもっていた。やがて、李斯は荀子に別れを告げて、西へむかい、秦に着いた。ちょうど荘襄《そうじょう》王が亡《な》くなったときで、太子の政《せい》が秦王になろうとしていた。が、秦王政は若いので、相国《しょうこく》となった呂不韋《りょふい》が国政をあずかった。李斯はそこで呂不韋の食客となったあと、臣下となり、さらに秦王政に近づいて献策をおこなって、重用《ちょうよう》されるようになった。

ところが秦王政が、韓非の著作である『韓非子《かんぴし》』を愛読したことから、李斯は韓非を優遇するために再会することになった。韓非にむかって慇懃《いんぎん》に久闊《きゅうかつ》を叙《じょ》した李斯は、

「王はたいそうお喜びになり、さっそく明日にでも、貴殿を引見《いんけん》なさるでしょう。最高の貴賓《きひん》室

を用意しておきました」

と、いい、属官に案内させた。

李斯自身は韓からきた方士に会い、ひとりずつ別々に対話すべく、小さな部屋にはいった。李斯は目前に方士を坐らせると、

「韓の王室と朝廷のこと、あるいは群臣のうわさでもよい。知っていることを話すように」

と、高圧《こうあつ》的にいった。

二番目に李斯の問いの相手にされた侯生は、いきなり李斯という人物にあるいやみを感じ、

――底冷《そこび》えのする人だ。

と、おもった。

「あなたは不老不死の研究をおこなうかたわら、薬草にもくわしく、さらに人に健康をとりもどさせる呼吸法にも精通しているようだ。が、わが国がかかえる方士の数は多く、独《ひと》りの方士にひとつの専門にしてもらっている。あなたは不老不死の専門ということでよろしいな」

「けっこうです」

「われのことばひとつで、あなたの方士としての地位が上下する。それを肝《きも》に銘《めい》じて、韓の内情について、知っていることを話してもらいましょう」

これを恫喝《どうかつ》と感じた侯生は、なんとか韓にとどまり、できれば張良邸で暮らしたかったと悔《く》やんだ。が、こういう感情を察知されるのはまずいので、あえて無表情になり、

「それがしは不老不死の薬を求め、仙人を捜して、三年もの間、諸国をめぐって、韓に帰国したばかりなので、韓の実情についてはうといのです。それが、すべてです」

と、答えた。

侯生をするどいまなざしでみつめていた李斯は、話をきき終えてからもそのまなざしを動かさなかったが、やがて、

「さようですか……」

と、いい、ようやくうつむいて手もとの板に文字を書いた。それから、目で笑って、

「これからも秦王のために、その研究をおつづけください」

と、筆を手からはなして、侯生を小部屋からだした。

つぎが韓終で、そのつぎが白生《はくせい》であった。白生は奇術あるいは幻術《げんじゅつ》ができ、韓王だけではなく后《きさき》にも気にいられて、後宮《こうきゅう》への出入りも自由であった。が、どちらかといえば、気の小さな男である。

李斯に恫《おど》されて首をすくめた白生は、おのれの恐怖心をさとられないためか、にわかに饒舌《じょうぜつ》になった。韓王と后について、知っていることをすべて語り、大臣についても批判めいたことを話した。

その間、李斯は冷眼をむけたまま無言であった。

「うわさでも、よろしいか」

喉《のど》のかわきをおぼえた白生は、さぐるような目つきで李斯を視《み》た。

「どうぞ——」

「先代の韓王のとき宰相であった張平に、良という子がいます。十代のなかばという年齢で、すでに英明であるとたたえられ、張良が成人となり、韓の宰相となれば、韓は盛栄《せいえい》となり、秦を圧倒するようになる……」

「ほう——」

李斯の眼光が強くなった。

「うわさですから、どうかお宥《ゆる》しを。ほかのうわさでは、二十数年後に、張良は王者を輔佐《ほさ》して、天下を安寧《あんねい》にする」

「白生どの、張良は、いまどこにいますか」

李斯は不快さを露骨に表した。

「遊学から帰ってきた、とききました。むろん、成人になっています」

「そうですか。では、白生どの、あなたが張良を殺してきてください。この密命をはたすために、あなたに多大な銭と黄金をさずけます。張良を殺して秦へもどってきたあなたを、方士のなかで最高の位に就けましょう」

李斯にそういわれた白生は、唇をふるわせて、声をだせなくなった。

「智慧《ちえ》をおつかいなさい。自分で殺さなくても、他人《ひと》にやらせればよい。あなたはふた月後に、韓に帰ることになります。なお、この密命が洩《も》れるようでしたら、あなたのいのちはなくなります。妻子、父母にも話してはなりません」

うなずいた白生は、しばらく起《た》てなかったが、小部屋からでたときの顔色は、蒼白《そうはく》であった。

暗雲

張良《ちょうりょう》の弟の子叔《ししゅく》は狩りが好きである。

子叔の弓矢の師である秋成《しゅうせい》とともにでかけるときは、家僮《かどう》を百五十人ほど率いてゆく。当然、家僮の長である浮辛《ふしん》も子叔に従った。

その狩猟《しゅりょう》の集団は、遠方までゆくと、二、三日は帰ってこない。ところが、今回にかぎって、子叔は朝にでて夕方に帰ってきた。

「どうした、急な病か」

張良に問われた子叔は、声を低くして、

「道中で、人を拾いました。いま、浮辛がここにつれてきます」

と、いい、ふりかえった。

ほどなくひとりの男が浮辛に支えられるかっこうで、蹌踉《そうろう》と歩いてきた。衣服は裂け、頭に冠はなく、蓬髪《ほうはつ》である。

眉《まゆ》をひそめた張良は、

「その者は――」

と、問うた。それに子叔が答えた。

「さきに秦《しん》へ往《い》った方士《ほうし》のひとりであるとのことです」

「はて……」

張良はすぐに近侍《きんじ》の者を趨《はし》らせて、食客《しょっかく》のひとりである声生《せいせい》を呼び寄せた。いぶかしげに入室した声生は、ほとんど気を失っている男に顔を近づけると、

「白生《はくせい》ではないか。これは、どうしたことか」

と、いい、両肩をつかんでゆすぶった。

「あっ、先生。看護はこちらでやります。その者が、先般《せんぱん》、公子非《ひ》とともに秦へ往った方士のひとりであることは、まちがいないのですな」

「白生といいます。王と后《きさき》に愛幸《あいこう》されていた方士です」

「どうみても、秦から逃げてきたのでしょう。王室へ送りとどけるのがよいか、どうかは、明日、判断します」

「そのときは、わたしと南生《なんせい》どのも立ち会わせてもらいたい。秦で凶事《きょうじ》があったとしかおもわれませんから」

そういった声生は、翌朝、南生とつれだって張良のもとにきた。

白生をとりかこむように坐ったのは、南生、声生、桐了《とうりょう》、桐季《とうき》、堂巴《どうは》、黄角《こうかく》、株干《しゅかん》と浮辛である。張良だけが、すこし離れたところにいて、白生を正面に置いた。

白生は新しい衣服を与えられたので、それに着替え、もつれた髪をととのえ、冠もつけた。

――こうなると、みぐるしくない男だな。

張良は白生をながめながら、目を細めた。白生は張良の厚意に謝意《しゃい》を献《けん》ずるように頭をさげたあと、

「私事《しじ》は、あとまわしにして、公子非さまの安否《あんぴ》について申します」

と、いった。安否といういいかたに不穏《ふおん》を感じたのは、張良だけではない。

「秦王は公子非さまが到着なさったことを、たいそうお喜びになり、翌日には引見《いんけん》なさいました。ところが公子非さまは吃音《きつおん》のため、秦王の問いに口頭《こうとう》では答えられなかったので、秦王はとまどわれたようです」

「そうであろうな」

張良は公子非に会ったことがないが、かれが韓《かん》王を輔佐《ほさ》する手段は、筆で文字を書くことであった、ときいたことがある。

「その後、秦王は公子非さまを引見なさらず、賓客《ひんかく》用の宮殿にとどめていたのですが、なぜか、突然、役人をつかわして公子非さまを獄《ごく》に下《くだ》しました」

白生がそういうと、まず桐了が嘆声《たんせい》を発した。ついで二、三人が怒声《どせい》を放った。

「わたしが知ったのは、それだけで、その後の公子非さまの安否は存じません」

「あなたは、秦都から、逃げたのか」

「さようです。それには、わけがあります。秦王の寵臣《ちょうしん》に李斯《りし》という者がいます。かれは韓の方士の査定《さてい》をおこないました。ひとりずつ、そうとうにしつこい調べかたをおこない、韓王と后、それに王族や大臣について知っていることを、かくさずに話せ、と迫ってきました」

白生の話が、きわどいところにさしかかったので、みなは固唾《かたず》をのんだ。

「ほかの方士は、どのように答えたのかは知りませんが、わたしは知らぬ存ぜぬで通しました」

「ほうっ――」

みなは感心したようなため息をついた。

「ところが、李斯という人には、それが通りませんでした。わたしが答え終わると、怒気《どき》をあらわにし、そなたは方士の名をかたる偽者《にせもの》だ、と叫んで、属吏《ぞくり》をつかってわたしを部屋の外へひきずりださせて、笞《むち》で打たせました。その後も、十日にいちど、そのような仕打ちをさせました。むごい目にあっているわたしをみかねたほかの方士が心配して、逃走するように、はからってくれました。そのおかげでなんとか帰国できました。が、李斯はわたしの逃走に気づき、捕吏《ほり》あるいは使者をこちらにむけて放ったでしょうから、王室へ逃げ込めば、たちどころに捕獲されて送還されてしまいます。ゆえに、あなたさまにおすがりするしかないのです」

すべてをうちあけたという顔の白生は、張良にむかって深々と頭をさげた。

うなずいた張良は、

「しばらくわが邸《いえ》からでないがよろしい。その後、わが邸にとどまるのも、他国へゆくのも、先生の意《い》のままです」

と、いい、堂巴に目くばせをして、白生を退室させた。張良家の家法を客に説《と》くのが、堂巴の役目である。声生と株干、それに浮辛がおくれて室外にでたあと、張良に近寄った桐了は、

「公子非さまが投獄されたことを、王はまだご存じではありますまい。それがしが王宮に報《しら》せにまいりましょうか」

と、いった。

「いや、その真否《しんぴ》はあきらかではない。かといって黙止《もくし》しておくわけにもいくまい。家僮をつかって、うわさをながせ。やがて、侯生《こうせい》あるいは韓終《かんしゅう》から、真相を告げる使いが発せられる」

張良は桐了と桐季に指図を与えた。

室内に残ったふたりが膝行《しっこう》して、張良に近寄った。ひとりは黄角で、いまひとりは南生である。黄角は師の景止《けいし》から離れて張良に従った時点で、家臣になったというべきであろう。すぐれた剣士である黄角は、主人に剣難《けんなん》があることを知っており、なるべく張良のそばにいるようにしている。

このとき不快げに白生を視《み》ていた。そこで自分をのぞいて南生だけが残ったのをみると、ふだんの声で、

「あの白生という方士は、ことばたくみに自分を売り込んだようにきこえましたぞ。信用ならぬ方士におもわれる。南生どのは、どのようにお感じになったのか」

と、まず南生の感想を求めた。

南生はしばらく横をむいていたが、

「あまり良い気は感じない。子房《しぼう》さまのもとには、秦へ行った侯生どのや韓終どのから、報せが送られてくるのでしょう。公子非さまの処遇《しょぐう》をたしかめるだけでなく、白生の進退についても問い合わせをなさったほうがよい」

と、明るくない声でいった。

「しばらく、白生を見張らせるべきです」

黄角は強い声をだした。

小さくうなずきつつふたりの発言をきいていた張良は、

「白生が怪《あや》しいとしても、なんのために韓に逃げ帰ってきたのか、それがわからない。われは王族ではなく、国政にかかわる大臣でもない。わが家にとどまっていれば、王室と朝廷の動静をさぐりようがない。すると、李斯という秦の重臣に、むごくあつかわれたために、逃げだしたというのは、まことではあるまいか」

と、いい、南生をみつめた。

「わざと子叔さまに発見されるように、路傍《ろぼう》に倒れていたように想《おも》われるが、それでは、あなたさまの食客になるだけで、たしかに活動の範囲はせばまる。まあ、しばらくようすを遠くからながめておられるがよろしい」

南生は軽く笑って腰をあげた。

この日から半月後に、あたりをはばかるような目つきで桐季が張良に近づき、

「わが家におこしくださるように、と父が申しております」

と、ささやいた。

桐季を御者《ぎょしゃ》として馬車に乗った張良は、冬の寒さを感じた。桐了家の門前で馬車からおりた張良はさりげなく門内にはいった。目前に桐了がいた。

「侯生どのの使いがきました。あなたさまの邸を訪《たず》ねると、多くの人に視られるので、わが家にきました。侯生どのの指示なのでしょう」

そういいつつ桐了は張良を堂上《どうじょう》に導いた。ひとりの男が張良にむかって拝礼をおこなってから、腰をおろした。

「侯之参《こうのさん》と申します。実名を申し上げられませんが、お宥《ゆる》しください」

「かまわぬ」

張良の目に映《うつ》ったその男は、二十代という年齢で、侯生の弟子のようであった。

「書翰《しょかん》は、落としたり、盗まれたりしますので、すべてを口伝《くでん》としております。千文字以内でしたら、まちがいなくお伝えできます」

「なるほど、用心に用心を重ねると、そうなろう。それで、侯生どのは、まず公子非の生死について、われにおしえてくるはずだが……」

張良は侯之参の表情をみた。かれは表情を変えずに、

「公子非さまは獄中で亡《な》くなりました。毒殺されたという声もきこえました。推測ですが、人をつかって公子非さまを毒殺したのは、李斯でしょう」

と、淡々《たんたん》と述べた。

まったくといってよいほど公子非に同情のない張良だが、さすがにいやな顔をした。

「李斯は、奸臣《かんしん》のようだ」

「侯先生は、その李斯の監視の外にでましたので、以後は、連絡がたやすくなります」

「さようか……。侯生どのが安全になったのはわかったが、李斯に虐待《ぎゃくたい》されて、秦国を脱出し、わが家に逃げ込んだ方士がいる。その白生という方士について、なにか知っているか」

張良も力《りき》まずに問うた。

「その白先生を逃がしたのが、侯先生なのです。韓の国にたどりついたら、あなたさまを頼るように説いたのも、侯先生です」

「それなら、すっきりとわかった」

張良は侯生の使者にむかって大きくうなずいてみせた。

「それがしは、しばらく、桐《とう》家にとどまらせてもらいます。白先生のゆくえをつきとめるための

秦の使者がきます。白先生を捕らえられない場合、かわりの方士を韓王に要求するはずです。その方士がたれになるのか、みきわめてから、侯先生に報告します」

「念の入ったことだ」

なかば感心した張良は、このあと桐了と話し合った。

「われが白生をかくまっていることを、秦に知られるのはまずい。わが家にさぐりをいれた者がいれば、斬ってもかまわぬ」

張良はみかけとちがう激しさを性情にもっている。

「秦の使者が王宮に到着すれば、すぐにわかるように手配をしておきます」

そのあたりに桐了はぬかりがない。

五日後に、桐了は、

「きました」

と、張良に告げた。秦の使者がきた、ということである。それから十日ほど経《た》って、その使者はふたりの方士をともなって去った。使者の配下は都内をあちこち探索《たんさく》していたようだが、張良邸をうかがうようなことはしなかった。ほんとうにその使者が国外にでたのか。そこまで桐季と堂巴にみとどけさせた張良は、ふたりの報告をきくや、白生を呼び、

「先生の危難は、ひとまず去りました」

と、いい、安心させた。

さて、ここで、韓非《かんぴ》の死にいたるまでの真相を書いておかねばなるまい。

秦王政《せい》にしつこく請《こ》われて秦国にはいった韓非は、大いに歓迎された。

しかしながらかれは吃音のため、秦王の諮問《しもん》にすぐに答えられない。筆をつかって文章を書いて意見を述べる。その遅さが、秦王をいらだたせた。秦王が、大臣たちの献言《けんげん》や判断を聴いて政治をおこなう、いわば聴政《ちょうせい》の人であれば、韓非は活用されたかもしれない。が、この王はなにごとも大臣まかせにせず、こまかな訟訴《しょうそ》さえ、みずからさばいた。それゆえ政務にかなりの速さが必要であり、韓非のゆるやかさを待っているわけにはいかなかった。そこで、召すことをやめた。

その間に、韓非が重用されて、自身が貶降《へんこう》されることを恐れる李斯は、秦王にこう言上した。

「韓非は韓の公子のひとりです。いま、秦王は諸国を併合《へいごう》しようとなさっているのに、韓非は韓のために計画を立てますが、秦のために計《はか》らないはずです。人の情とは、そういうものなのです。王は韓非を重く用いることなく、久《ひさ》しくとどめてから、帰国させるようであれば、みずからわざわいをつくるようなものですから、いっそのこと、むりにも法にあてはめて、かれを誅殺《ちゅうさつ》なさったらよろしい」

「なるほど、そうか……」

と、おもった秦王は、韓非を獄吏《ごくり》の手に渡した。それでも安心できない李斯は、獄中に人を遣《や》って、韓非に毒薬を与え、自殺させた。

おなじころ、韓非の献言を読んでいた秦王は、

——殺すには、惜しい。

と、おもい、すぐに獄へ人を趨《はし》らせ、釈放しようとしたが、すでに韓非は死んでいた。

韓非の死は、年内に韓の王安《あん》に伝えられた。うわさでそれをきいていた王安は、秦王がいかに無情の人であるかをあらためて痛感して、震慄《しんりつ》した。

李斯は中国史上、はぶくことのできない悪人である。

旧主である呂不韋《りょふい》が貶斥《へんせき》されても、助けの手をださないどころか、死へむかわせたであろう。韓非を自殺させたのは、まぎれもなく李斯である。ところが、李斯を使う秦王政の目には、この臣下が、良臣で能臣で賢臣に映っていた。さきのことをいえば、秦王朝の滅亡の遠因《えんいん》を李斯がつくるのであるから、秦王にとって憎むべき存在であるのに、そうはみえない時期がながながとあることになる。

さて、李斯に毒気をふきかけられた白生は、用心深く張良邸にとどまり、外出したのは、年があらたまって、桃の花が咲きはじめたころである。

かれは、住民が出入りする門である郭《かく》門を通って城外にでると、蹤《つ》けられていないか、確認したあと、楡《にれ》の木で囲まれた社《しゃ》の境内にはいり、若木を選んで、枝に白い糸をまきつけた。

この日は、それだけで張良邸にもどり、三日後に、また外出した。

——いたな。

楡の木の根元に腰をおろしている男は、頭巾《ずきん》で、髪だけでなく眉もかくしている。白生をみると、陽射しを避けるように、木の反対側にまわった。この男は、李斯の私臣で、

「竹《ちく》」

と、いう。かれはいきなり白生をなじるように、

「張良はまだ生きてますぜ。いままで、なにをしていたのですか」

と、いった。張良の弟が狩りを好んでいるため、しばしば遠出をすることを調べ、行き倒れの白生を発見させたのは、竹のたくらみである。

「張良は尋常《じんじょう》な男ではない。近侍している黄角は剣の達人で、堂巴と桐季も隙《すき》をみせない。怪しいそぶりをしただけで、わたしのほうが斬られてしまう」

張良家のなかにゆるんだ空気はない。

竹は舌打ちをした。

「まえに申したでしょう。先生がご自身で張良を殺さなくてよいのです。銭でも黄金でも、ぞんぶんに使って、暗殺を実行する者を仕立てればよろしいのです。わたしが調べたかぎり、いま張良家に十五人の食客がいます。それらのなかに、他国の犯罪者がいます。そういう者を使えばよろしいではありませんか」

白生は顔をしかめた。

「そなたは張良と家中にいる者のありようがわかっておらぬ。張良は宰相《さいしょう》の子として生まれな

がら、俠客《きょうかく》の風骨《ふうこつ》をもっており、家臣と食客は、そろって張良に心服している。そういう者をそそのかせば、すぐに密訴《みっそ》によって、われは逮捕《たいほ》され、誅殺されよう。それがわかっているので、気ながに時を待つことに決めたのだ」

　これは白生の本心である。むろん白生には志望があり、張良に優遇されても一食客で終わるつもりはない。張良を殺して秦に帰れば、方士のなかの最高位が与えられ、おそらく秦王の顧問になることができる。

「先生はそれでよいでしょうが、わたしは李斯さまになんらかの報告をしなければなりません。張良に隙はあるでしょう」

　坐っている竹は、いらいらと膝《ひざ》を動かした。

「隙といってよいか、どうか……」

「なんでもかまいません。張良に関することであれば」

「張良も狩りをするようになった。家僮を私兵にするために、山野へ行く。弟と連れ立ってでかけるのは、たしか、旬日《じゅんじつ》のあとだ」

　竹は膝の動きを止めた。

　旬日は十日間をいう。

「引率《いんそつ》する家僮の数は、わかりますか」

「百五十だろう」

「わかりました。狩りの日に、先生は張良邸でおとなしくしていてください。張良が死んだときいたら、この社にきてください」

狩りが軍事訓練になることは、古代からそうである。

韓非が秦で殺されたと知った張良は、やがて秦が容赦《ようしゃ》のない戦いを韓にしかけてくると予想せざるをえなくなった。

韓の軍事は脆弱《ぜいじゃく》である。軍の規模は大きくなく、秦軍を撃破できるほどの良将もいない。

――自家は、自力で守るしかない。

そう考えて肚《はら》をすえた張良は、三百人いる家僮のうち、すくなくとも半数を、戦闘能力の高い兵にすべく、弟の子叔とともに狩りにゆくことにした。

子叔には射術《しゃじゅつ》の師がいる。秋成という。かれは兵法にも精通しているので、張良は三か月ほど、その兵法を学んだ。

なおこのときよりはるかのちに編纂《へんさん》された『漢書《かんじょ》』という歴史書のなかに、「芸文志《げいもんし》」があり、そこでは、兵法について、

「漢が興《おこ》って、張良と韓信《かんしん》が兵法を整理し、すべてを百八十二家《か》としてから、重要なものを抜粋《ばっすい》して三十五家を定着させた」

と、ある。

そこにある百八十二あるいは三十五は、兵法書の数ではないが、独自の兵法をとなえる者が、

戦国時代には二百人以上いたであろうと想像したくなる。秋成もそのひとりで、かれは『呉子《ごし》』のながれにあった。秋成は目前に坐らせた張良が、のちに兵法の天才と呼ばれることになろうとは、つゆほどもおもわなかったであろう。

狩りのための弓矢を執《と》った張良は、馬車に乗った。子叔と秋成は騎馬《きば》である。

韓都をでたこの集団は、二日目に、野から丘阜《きゅうふ》にさしかかろうとしていた。

丘の上には巨岩がいくつか並んでいる。

そこに十挺《てい》の弩《ど》（石弓《いしゆみ》）がすえられ、十人の射手が眼下を通る馬車を待っていた。

「よいか、張良は朱塗《しゅぬ》りの馬車に乗っている。かれだけを狙え」

そう命じたのは、竹である。

食客

弩《ど》という矢を発射する武器は、弦《げん》を強く張るために、手ではなく、足を用いる。その弦から放たれた矢は、最長で二里（八一〇メートル）飛ぶ。ただしそれでは的《まと》にあたらないので、狙うものが半里以内にはいるのを待つ。

竹《ちく》はここで張良《ちょうりょう》を斃《たお》して、さっさと秦《しん》に帰りたかった。主人である李斯《りし》は、秦王政《せい》に重用《ちょうよう》されているので、これから昇進するばかりであろう。それにつれて、竹の待遇も良くなるはずである。

ところがめんどうな密命を承《う》けた。方士《ほうし》である白生《はくせい》を陰助《いんじょ》して、韓《かん》の張良を殺せ、というものである。そこでまず白生を虐待《ぎゃくたい》するところを、ほかの方士にみせ、かれらが白生を逃がすようにしむけた。そのあとは、白生を馬車に乗せて韓国まで運び、しばらく待機させた。張良の弟の子叔《ししゅく》が狩りを好むことをつきとめ、それを利用して、弊衣《へいい》の白生を子叔に拾わせたのである。

ところが、冬が終わり、春になっても、白生は張良を殺すことができず、いいわけをならべるだけであったので、竹は配下を使って、弟とともに狩りにゆく張良を射殺することにした。

──きたか……。

家僮《かどう》を率いている張良の馬車は朱塗《しゅぬ》りなので、遠くからでもよくわかる。

「よいか、あの朱塗りの馬車だけを狙え。一矢、二矢と放ったら、全力で逃げよ。たぶん猛追される」

騎射《きしゃ》にすぐれている子叔を恐れている竹は、念をおすようにいったあと、岩かげから下の径《みち》をみた。

だいぶ朱塗りの馬車が近づいてきた。

その馬車の手綱《たづな》を執《と》っているのは堂巴《どうは》であり、かれは馬を停止させて、秋成《しゅうせい》に道順を確認するために、馬車をおりた。

車中には黄角《こうかく》と張良が立っていたが、いきなり剣をぬいて飛矢《ひし》を払った黄角は、強い力で張良を伏せさせた。三本の矢がふたりの上を通過した。

すさまじい破壊音の直後、車体がかたむいた。

とっさに張良の腕をかかえこんだ黄角は、

「飛んで──」

と、叫んだ。ふたりのからだは車外にでて、墜《お》ちた。朱色の破片が、張良の頭をかすめた。

──われを狙った矢か。

車体を砕《くだ》くほどの勁矢《けいし》が驟雨《しゅうう》のごとくふってきたということである。それらの矢の二、三本を黄角の剣が払いのけたと想《おも》えば、かれの剣術は非凡である。

このとき、ようやく子叔は兄が襲われたことに気づき、

「なにやつ――」

と、叫び、秋成・浮辛《ふしん》それに五十人ほどの家僮を強烈に引率《いんそつ》して、丘の上の賊を追いはじめた。残った家僮の百人は、堂巴と桐季《とうき》の指示に従って、張良を衛《まも》るべく、円形にならんで矛戟《ぼうげき》をかまえた。

急に静かになった。

土の上に横になっていた張良は、天空を視《み》た。一羽の鳥が輪《わ》を画《か》くように飛んでいる。

「われを死人とまちがえるなよ」

遠くの鳥にそういった張良は、坐りなおした。すでに身を起こして、前後左右を観《み》た黄角は、ひとりの食客《しょっかく》に声をかけた。

「芳流《ほうりゅう》どの、十人ほどの家僮を属《つ》けるので、ようすをみてくれませんか。子叔さまが深追いなさるようであれば、止めてもらいたい」

「承知した」

芳流とよばれた食客は、かつて魏《ぎ》の信陵君《しんりょうくん》（無忌《ぶき》）の客であったというふれこみで、張良に面会にきた。それを知った家中の者は、興奮した。なぜなら、信陵君という魏の公子は、ほとん

ど負けることのない秦軍を撃破しただけでなく、義侠《ぎきょう》心が旺盛であったので、天下の人々から敬慕《けいぼ》された。かれは本物の士を、客として優遇した。それゆえ信陵君の客となった者は、一流の士として天下に通用した。

義侠の人、として天下に名が知られたのは、斉《せい》の孟嘗君《もうしょうくん》である。ついで楽毅《がっき》、そのつぎが信陵君である。

信陵君は魏の昭《しょう》王の末子である。

昭王が薨《こう》じたあと、腹ちがいの兄である安釐《あんき》王が即位し、信陵君は封地《ほうち》をさずけられた。その後、信陵君は士を厚遇し、賢者《けんじゃ》だけではなく愚者《ぐしゃ》にも身を低くして交わった。それをきいた士は数千里のかなたから争うようにやってきた。ついに信陵君の食客の数は、三千となった。

やがて、趙《ちょう》の首都である邯鄲《かんたん》が秦軍に包囲された。趙の王族である平原君《へいげんくん》の夫人が、信陵君の姉であることから、平原君から救援を求める使者がたびたびきた。その使者は安釐王にも面謁《めんえつ》して助けを乞《こ》うた。そこで安釐王は将軍に十万の兵をさずけて救援にむかわせた。

——よけいなことをする。

秦王は不快をあらわにして、秦軍が邯鄲を陥落させたら、まっさきに魏都を攻めるぞ、と使者を遣《や》って魏王を恫《おど》した。恐れた魏王は、魏軍を停止させてしまった。それを知った信陵君は馬車を走らせて軍中にはいり、将軍を殺して指麾《しき》権を奪った。そこから軍を邯鄲にむかわせたため、秦軍は包囲を解《と》いて去った。

魏王は怒ったが、趙王と群臣は信陵君を賛嘆した。やがてその賛嘆は天下のそれとなった。

秦王は信陵君をいたく恐れ、間諜《かんちょう》を放って、魏王を疑心暗鬼《ぎしんあんき》にさせた。すなわち、信陵君には魏の王位に即《つ》こうとする志《こころざし》があり、諸侯も擁立《ようりつ》するくわだてをもっている、と魏王にふきこんだ。そのため、ついに魏王は信陵君を貶斥《へんせき》して、軍事にかかわらぬようにさせた。

失望した信陵君は、病といって参朝せず、食客たちと通夜《つうや》酒を飲み、婦人を近づけ、それを四年つづけて、酒の中毒で死んだ。

張良は最初に芳流に会ったとき、問うた。

「そなたも長夜《ちょうや》の飲《いん》につきあったのか」

長夜の飲は、通夜の飲酒、と書きかえることができる。信陵君が美女を左右にはべらせて、朝まで食客たちと酒を飲んでいたことをいう。

張良にそういわれた芳流は、急に涙ぐんで唇をふるわせた。

「どうなさった」

問われた芳流は、いちどうなだれたあと、まなざしをもどして、

「信陵君の客は、わたしをふくめて、天下一流の士とよばれていましたが、いまおもえば、一流の士などはひとりもいない。わたしもかれらも、三流の士です」

と、吐《は》き棄《す》てるようにいった。

「ずいぶんご自身を卑下《ひげ》なさる……」

「実際そうなのです。人の運命はどうなるかわからない。信陵君はいまは不遇でも、明日にはその不遇から脱するかもしれない。その日にそなえて、飲酒をおやめになるべきです、と至諫《しかん》した食客はひとりもいない。信陵君が亡《な》くなられて、すぐに安釐王が崩御《ほうぎょ》なさったのですから、信陵君を復活させずに葬《ほうむ》ったのは食客どもだ、とおもい、自分を罰するつもりで、わたしは酒を絶《た》ちました」

「立派なおこころがけだ」

張良は最初に芳流を視たとき、

――面構《つらがま》えがちがう。

と、感じ、この人は信陵君の客であったことに妄《うそ》はないだろうとおもった。張良家を訪ねてくる者のなかには、信陵君にもてなされた、などと妄誕《ぼうたん》をならべる者もいる。

張良は芳流をひと目で信じ、賓客《ひんかく》として迎えた。その後、子叔が芳流の人柄に惚《ほ》れ込《こ》んだ。張良が急襲されたときでも、芳流は冷静に子叔を衛る位置に立ち、襲撃がやむと、張良の安否を確認にきた。黄角に声をかけられた芳流は十人の家僮を従えて、子叔を捜しに行った。そのあと、張良に近づいて、賊は十人です、と告げた食客がいた。

「おう、申妙《しんみょう》どのか」

膝《ひざ》についた砂を手で払った張良は、わずかに笑った。

今年にはいって迎えた賓客のなかで、芳流のほかにきわだっていたのは、この申妙である。

「それがしは楚《そ》の生まれで、春申君《しゅんしんくん》の客となっていました。氏の申は、春申君からたまわりました」

春申君は、のちに戦国四君のひとりにされた。孟嘗君、平原君、信陵君、春申君がその四君であるが、春申君だけが公子ではなかった。しかし長い間、楚の宰相《さいしょう》として権勢をふるい、六年まえに、王妃の兄である李園《りえん》という者に暗殺された。

張良は申妙の顔を直視しつつ、

「わたしは楚の淮陽《わいよう》で遊学していましたので、多少は楚の事情にくわしくなりました。春申君が暗殺されたことも知っています。その事件があったとき、申妙どのは客としてどこにおられたか」

と、問うた。

「当然、春申君の邸内におりました」

「それは少々解《げ》せません。春申君の邸は楚都の内にはなく、かなり離れております。春申君の死をすぐに知ることはできず、知ったときには、邸は李園の手の者に囲まれて、みな殺しにされたというのが伝聞《でんぶん》です」

張良にそういわれても、申妙は落ち着きを失わず、

「それがしは運が良かったのですな。邸が包囲されるまえに、外出しておりました」

と、白々《しらじら》しく答えた。

「ほう、そうですか。いまひとつ、興味深い伝聞があります」

「どのようなものですか」

「春申君の食客のなかに、趙人《ちょうひと》である朱英《しゅえい》という者がいました。この人は、おなじ趙人の李園がかならず春申君を殺すであろうと予想し、春申君のために、さきに李園を殺そうとしました」

「それは、殊勝《しゅしょう》なことで――」

申妙は、あえて関心がないように横をむいた。

「朱英の予見を尊重せず、李園を甘く観た春申君は、朱英を王宮にいれませんでした。朱英は賢人《けんじん》なので、自分の献策がやがて李園の耳にとどくと想い、後難《こうなん》を恐れて、春申君のもとを離れ、姿をくらましました」

申妙は横をむいたままである。

「さて、申妙どのは、楚人《そひと》であると申されたが、楚の訛《なまり》がありません。どうしてでしょうか」

こんどはすこし上をむいた申妙は、

「諸国をめぐっているうちに、訛が、はがれたのでしょう」

と、感情の色を消した声でいった。

「そうですか、では、そういうことにしておきましょう。さいごに、ひとつ、おたずねしたいことがあります」

「どうぞ――」

「李園と春申君は、なにを争ったのですか。春申君の客であったなら、真相をご存じでしょう」

「王妃となった妹が、考烈《こうれつ》王の子を産んだので、外戚となった李園は、自身が宰相になりたいために、春申君を殺したのです」

「楚の政権を外からみれば、たしかにそうですが、申妙どのは、春申君の近いところにおられた。真相は、別のところにあるのでは――」

申妙は微《かす》かに笑った。

「わたしが知らぬことを、あなたさまが知っておられる……」

「考烈王という楚王は、在位が二十年以上あるのに、ひとりの子も儲《もう》けなかった。ところが、李園の妹が寵愛されると、子を産んだ。はたしてその子は、考烈王の子なのでしょうか。もしや、春申君の子ではないか。それを世間に知られるのを恐れて、李園は春申君を殺した。どうです、名推理でしょう」

「口《くち》さがない者たちは、いろいろいいふらします。いまの秦王は、呂不韋《りょふい》の子であり、荘襄《そうじょう》王の子ではない、というのもそのひとつです」

「あっ、なるほど、われの推理も俗陋《ぞくろう》にまみれておりますか。もう、その話はやめましょう」

張良は申妙にある気志《きし》の佳《よ》さを尊重し、賓客として迎えたあと、しばしば相談の相手にした。狩りにともなったのは、はじめてである。

張良が賊に襲われたさなか、その騒ぎのなかにあって、申妙は矢を放った丘の上の者たちの数を算《かぞ》えていたのであるから、その冷静さは尋常《じんじょう》ではない。

中妙は馬車につき刺さっている矢を調べたあと、株干《しゅかん》とともに丘にのぼり、賊の正体がわかるような手がかりをさぐった。だが、帰ってきたふたりは、

「きれいに逃げられました」

と、張良にいった。

一時後《いっときご》に、子叔、秋成、芳流などが、浮かない顔でもどってきた。かれらも賊をみつけることができなかったのであろう。

――あれこれ問うまでもない。

と、おもった張良は、馬からおりた子叔だけを呼び、ふたりだけになるところまで歩いた。

「ひとつ、訊《き》いておきたいことがある」

「なんですか」

「今日のこの道は、いつも狩りにゆくときに通るのか」

「めったに通りません。秋成先生がお決めになったのです」

「それなら、われがいうことを、よく考えてみよ。賊は邸《いえ》をでるわれらを蹤《つ》けてきたわけではない。ここで、われらを襲うべく待ち構えていた」

張良は弟の顔をみつめた。ほどなくその顔に、驚愕《きょうがく》の色がひろがった。

――家中に、賊に通じている者がいる。

子叔は激情家であるので、それに気づくと、強烈に怒気《どき》をみせた。

「わが家に、兄上を殺そうとした者がいる」

「それがたれであるかは、たやすくわかる」

「えっ、なにゆえですか」

急に怒気がしずまった。

「なんじは、どこへ狩りにゆくか、たれに語《つ》げたか、それを憶《おも》いだすだけでよい」

「ああ、そういうことですか……」

すこしうつむいて考えていた子叔は、苦しげに首をあげた。

「語げたのは、芳流どのにだけです」

「そうか。では、芳流どのがわれを殺そうとした。きまりだな」

張良は芳流にむかって歩きだした。あわてて子叔は張良の腕をつかんだ。

「お待ちください。芳流どのが立派なかたであると、兄上もお認めになっていたではありませんか」

子叔は芳流を敬慕している。芳流は誇り高い人であるから、わずかでも疑いの目をむけられると、すぐに張良家を去るであろう。それをなんとしてもふせぎたい子叔は、

「そのことは、しばらくわたしにおまかせください」

と、張良に懇願《こんがん》した。

「よし、まかせた」

芳流を失いたくない気は、張良にもある。ほどなく家僮を集めた張良は、

「壊れた車体をここに放置しておくわけにはいかぬ。解体して邸まで運べ」

と、命じた。そのあと、馬を曳《ひ》いてきた黄角に、

「剣難ではなく、弓矢の難であった」

と、苦《にが》くいった。が、黄角はうなずかなかった。

「倉海《そうかい》家にいた人相見《にんそうみ》は、名人に近い人です。弓矢の難を剣難とまちがうはずはありません。このさき、剣難はかならずあるのです」

これで剣難が去ったわけではない、と黄角は信じているようである。

——やれやれ、剣難はこれからか。

今日でも、あやうくいのちびろいをした意《おも》いの張良は、重い心のまま帰宅した。心のさわがしさをしずめたい子叔は、芳流がひとりになるところをみはからって、

「わたしは今日の狩り場がどこになるか、あなたに語げましたか」

と、とぼけながら問うた。

「おう、きいたよ。狩りでの獲物《えもの》の寡多《かた》を占ってもらおうと、南生《なんせい》のところに行ったが、体調が悪くて、臥《ふ》せていた。声生《せいせい》が看護していたが、かれに占いはできなかった」

「そうでしたか……」

「南生が健康であれば、今日の狩りは、凶《きょう》であると占ったにちがいない」

「そうでしょうとも」

子叔は声生の行動も調べたが、ほとんど南生の舎《しゃ》からでていないことがわかった。すると、芳流、南生、声生の三人は、たれも賊に通じていないとみるべきである。

——困った。

と、おもった子叔は、せいいっぱいおこなった調査をあいまいにしておきたくないので、正直に張良に報告した。

「ふむ、邸内に生じたことばが、鳥の背に乗って、賊の耳にとどいたか」

張良は弟を責めず、不問《ふもん》に付《ふ》した。

だが、子叔は忘れていることがひとつあった。狩りをおこなう場所の選定は、弓矢の師である秋成がおこない、その場所の下調べは、家僮をつかっておこなう。家僮の長である浮辛は子叔の警護をおこなうためにも、その狩り場の位置と道順をあらかじめ知っておく必要があった。

用心深い白生は、堂巴や桐季などの側近に近づくことをあきらめて、浮辛にさりげなく親昵《しんじつ》しはじめていた。

この年、張良だけではなく子叔も狩りをやめていたが、翌年、この兄弟はそろって狩りをおこなった。

狩りを指導する秋成は、狩り場までの道を丹念に調べさせた。それもあって、張良と子叔は賊に襲撃されることなく、春だけでなく、秋にも狩りをおこなって、家僮を兵として鍛《きた》えた。

冬に、方士である韓終《かんしゅう》の使いが、桐了《とうりょう》家にきた。かれは張良をみると、

「来春、秦軍が韓を攻めるということです。おそらくその将帥《しょうすい》は、内史《ないし》の騰《とう》となりましょう」

と、告げた。

「よく、報《しら》せてくれた」

内史の騰は、さきに韓が秦へ譲渡《じょうと》した南陽《なんよう》の地を治めるべく、駐在している。つまりかれはいつでも韓都を襲うことができる位置にいる。秦軍が韓を攻めるとは、首都を潰滅《かいめつ》させることだと解釈した張良は、

「いまのうちに、兵を首都に集めて、防備を厚くすべきであることを、書翰《しょかん》にしたためる。なんじはそれをもって、横陽君《おうようくん》のもとへゆき、事態はかつてないほど深刻であると説《と》いてくれ」

と、桐了にいいつけた。

翌日、桐了が横陽君に面会し、韓終の使者が去ったあと、張良は家臣のなかのおもだった者を集め、

「邸を囲んでいる牆垣《しょうえん》をもっと高くする。それに武器を増やせ」

と、命じた。それをきいていた申妙は、脇門から外へでて、大路と小路《こうじ》をゆっくりと歩き、韓都にある二、三の門を確認するようにながめてから、帰ってきた。

年があらたまった。

まだ張良邸の工事はつづいている。牆垣の上に立った子叔は、

「ここを越えさせて、たまるか」

と、吼《ほ》えるようにいった。

壊敗の時

張良《ちょうりょう》が横陽君《おうようくん》にたいしておこなった進言は、そのまま横陽君の諫言《かんげん》となって、韓王安《かんおうあん》にとどけられた。

だが王安は、

「秦軍《しんぐん》はわれを恫《おど》して、領土を割譲《かつじょう》させるつもりであろう」

と、いい、首都に兵を集めて防備を厚くするような配慮を示さなかった。そういう防備の甘さを観《み》た張良は、弟の子叔《ししゅく》を呼び、

「秦王は虎狼《ころう》のごとき人だ。公子非《ひ》を殺したあとに、韓を存続させる意義をみなくなったであろう。いまの韓都《かんと》の防備では、秦軍を撃退できない。秦兵がなだれこんでくる。そなたはまだ若い。いまは死すべき時ではない。株干《しゅかん》に従って淮陽《わいよう》へ往《ゆ》き、倉海君《そうかいくん》を頼れ」

と、強くいった。

だが、子叔はうなずかず、むしろ慍《むっ》として、

「兄上を韓の希望の星であるという人もいるのです。兄上こそ、死んではならぬのです。わたしが兄上から遠ざかって生きのびても、いかなる意義がありますか。わたしは兄上を護《まも》って生きたい」

と、けなげに答えた。

「子叔よ……」

張良は弟の本心を知って感動した。このあと、子叔が尊敬している芳流《ほうりゅう》のもとへゆき、

「春のうちに韓都は秦軍に猛攻されるでしょう。わたしは弟を殺したくない。弟は逃げることをいやがるでしょうが、芳流どののことばには従う。弟をよろしくたのみます」

と、頭をさげた。

この日から、半月後に、牆垣《しょうえん》の工事は竣《お》わった。

秦兵が邸《いえ》に寄せてきた場合を想定して、家臣と家僮《かどう》の配置を指示した。表門の守りについては、

「わたしにおまかせを――」

と、桐了《とうりょう》がいった。家宰《かさい》としてなすべきことはそれしかない、という顔である。

韓に滅亡の時がせまっている。

韓という国は、周《しゅう》とおなじ姫《き》姓の国である。

始祖は韓原《かんげん》に封《ほう》ぜられた韓武子《かんぶし》であり、のちに韓厥《かんけつ》、という賢臣《けんしん》があらわれた。かれが晋《しん》という超大国の重臣になったことで、地歩《ちほ》を固め、子孫はその地位を保ちつづけた。

ほかにも晋の大臣家である趙《ちょう》家と魏《ぎ》家は、韓家と同様に威勢を拡大し、ついに晋を三分して、私領とした。それゆえ韓、魏、趙を、三晋ともよぶ。

韓は中原《ちゅうげん》のなかの中原というべき鄭《てい》の国を攻めて、滅ぼし、その位置に国をすえた。韓が三晋のなかで最良の地を得たのである。

ところが、西方の秦国が東へ伸張してきたことで、韓が魏とともに、その威力に圧迫されつづけた。韓の城のなかで難攻不落といわれた滎陽《けいよう》を秦軍に落とされると、この国は、防衛のための牙爪《がそう》を失ったも同然となった。

韓都は滎陽ほど堅硬《けんこう》な城ではない。

秦将である内史《ないし》の騰《とう》は、昨年末からひそかに兵を増強して、秦王政《せい》の命令を待っていた。その命令が、この晩春に、ついにきた。

「韓都を攻めよ」

麾下《きか》にいるすべての将卒《しょうそつ》に命じた内史の騰は、自信満々であった。韓にはすぐれた将軍がおらず、兵も弱兵といってよい。この国の軍は、おもに魏軍あるいは趙軍と共同することで、弱点をみせずにきた。だが、今年は、魏軍も趙軍も韓を救いにこない、と内史の騰は見定めている。

秦軍はすみやかに韓都を包囲した。

ただし韓都の西南に川がながれているので、正確には城の三方を、兵と塁《るい》でふさいだのである。

王安はすぐに急使を発して、魏と趙に援助を求めた。

まだ甲《よろい》をつけるのは早いとみている子叔は、

「百日もちこたえれば、魏か趙の軍が救いにきてくれますか」

と、芳流に問うた。

「魏は、去年、領地を秦に献じて、攻撃されないように懇願《こんがん》したばかりなので、韓を助ける余力をもたないでしょう。きてくれるのであれば、趙軍ですが、いかにも趙は遠いので、すぐにはこないでしょう。百日、韓兵はこの首都を守りきれるかどうか……」

と、芳流は首をかしげた。

防備を厚くしておかなかった韓都の防衛戦は、六十日で力尽きた。

「秦兵が韓都にはいりました」

報《しら》せをうけた張良は、邸《いえ》の表門の守りを桐了に命じ、裏門に子叔をまわした。万一のときは、芳流が子叔を邸外へ連れだしてくれるであろう。

一時後《いっときご》、邸外が異様にさわがしくなった。

——きたな。

張良は秦兵の到着を全身で感じた。張良家は王宮から遠くない。それだけに早く秦兵の攻撃目標にされた。

戦闘がはじまった。地が揺れ、建物が揺れた。

堂上《どうじょう》を本営がわりにしていた張良は、四、五人を連絡のために趨《はし》らせていたが、半時後に、そのひとりが急行してきた。

「芳流どの、戦死――」

あっ、と張良は仰向《あおむ》いた。芳流は子叔を護《まも》りながら裏門にいたのではないか。まだ裏門では激戦になっていないはずである。

――弟は、表門にまわったのだ。

張良が不吉《ふきつ》さに襲われて、堂の階段に片足をのせたとき、

「子叔さま、桐了さま、秋成《しゅうせい》どの、戦死です」

と、急報がはいった。張良は、嚇《かっ》として剣をぬいた。

その剣に、殺気が映《うつ》った。

「死ね――」

この声とともに、凶刃《きょうじん》がふりおろされた。

張良は跳《と》びすさって、ふりむきざまに、剣をふりおろした。この剣に斬られたのは、浮辛《ふしん》である。

――なにゆえ、浮辛がわれを殺そうとしたのか。

それを考えているまもなく、浮辛の腹心の家僮が、張良を襲った。

張良の左右にいるのは、黄角《こうかく》、桐季《とうき》、堂巴《どうは》、株干、それに申妙《しんみょう》である。かれらの剣が、襲撃者の八人をことごとく斬り倒した。

秦兵の声と足音が近い。

張良は邸内の小城というべき楼台《ろうだい》のほうへ奔《はし》ろうとした。

「なりませんぞ」

申妙が大声で止《と》めた。

「今日、韓という国と王室が滅亡する。わが家は王家とともにあったのだ。主家がなくなって、おめおめと生きられようか。われは弟とおなじ途《みち》をたどって、父上のもとへゆくまでだ」

なかば逆上している張良は、申妙の手をふり払った。が、申妙は張良を叱《しか》るように、

「韓王が亡《な》くなっていなければ、韓という国は、どこにでも再興できるのです。そのときこそ、あなたさまの徳と才能の大きさが必要になります。楼台こそ、あなたさまをむだ死にさせるところです。さあ、秦兵にかまっているひまはありませんぞ」

と、いい、強引に張良の腕をつかんで走りはじめた。

張良を衛《まも》るように五人は堂から脇門へまっすぐに走り、門外の秦兵を撃殺すると、さらに走り、途中の秦兵を倒して、小路《こうじ》にはいった。

秦兵はいない。行き止まりになっている。が、申妙は路をふさいでいる低い壁を越えた。壁のむこうにゆるい下り坂があり、その坂は汀《みぎわ》までつづいている。ここまでくると、張良はふしぎな気分になった。

——坂の下で、弟が待っているのではないか。

水路と船がみえた。ふたりの人が坂下に立っている。が、ふたりは子叔と芳流ではなく、南生《なんせい》と声生《せいせい》であった。

――弟はもういないのか。

張良は猛烈な虚しさに襲われた。これから自分が生きのびても、弟は蘇生《そせい》しない。そう意《おも》うと、膝《ひざ》から力がぬけて、坂道をころがり落ちそうになった。

南生と声生が用意した快速艇には、左右に楯《たて》が立てられていた。全員が乗り込んだあと、この船は秦兵に狙われたが、かれらが放つ矢を楯が弾《はじ》き返し、ついに川にでた。

ながれが急に速くなり、秦兵の矢は船にとどかなくなった。

韓都が遠くなりつつある。

桐季が泣いていた。表門を守っていた父の桐了は秦兵に殺された。

韓都に煙が立っている。王宮に火がかけられたのであろう。それを船中からながめていた張良の胸裡《きょうり》に、怒りの炎が立った。

――秦王政を殺してやる。

それがどれほど不可能であっても、これからそれを意って生きてゆく、と決めた。

船は急速に南下した。

五日後に船をおりて歩いた。三日後に淮陽に着き、さらに一日歩いて、倉海君の邸宅に到着した。

凶報におどろいた倉海君が、門外に趨《はし》りでて、張良を迎えた。

「韓都は炎上しました。韓王が秦軍に捕獲されていれば、韓という国は消滅しました」

張良は悔《く》やしさをかくさずに倉海君にいった。

「さあ、とにかく、なかに――」

倉海君は張良の従者の数を目で算《かぞ》えながら、家人に門を閉じさせた。

この夕《よる》、張良と従者をもてなした倉海君は、

「韓王の安否と消息をさぐってみます」

と、いって、張良をはげました。

倉海君の情報蒐集《しゅうしゅう》力はかなりのもので、五日後には、韓王について知った。

「残念ながら、韓王は秦軍の捕虜になりました」

韓王室と韓国は滅んだのである。ちなみに韓王安は四年後に殺される。

それから八日後に、倉海家に五乗の馬車が到着した。

「おう、きたか」

と、明るく叫んで、門外にでたのは堂巴である。すぐに株干が手助けをおこない、おろした荷を邸内に運び込んだ。

「ご検分を――」

と、堂巴にいわれた張良は、荷をあらためておどろいた。黄金、銭、宝物《ほうもつ》などである。

「これは――」

「むろん、すべて、あなたさまの物でございます。府庫にあった物を、秦兵にくれてやるまでもない、と申妙どのが申されたので、わが一門の者をつかって、あらかじめ運びだしておいたのです」

「そういうことか……」

張良は得心《とくしん》がいった。張良のための脱出路を想定して、船を用意したのは、南生と声生ではない。かれらは申妙のひそかな指図に従っただけであろう。

張良は荷をほどいたところに倉海君を招き、

「すっかり失ったとおもっていた財がとどけられました。貴殿には面倒をかけっぱなしなので、これらすべてを貴殿に進呈します」

と、いった。

「うけとる、というよりも、あずかる、ということにします」

「そうですか……」

一考した張良は、倉海君の袖《そで》を曳《ひ》いて、一室にはいった。坐った張良は、

「これからわたしが申すことに同調なさると、首が胴からはなれる危険があります。それゆえ、わたしの話をきかないで、この室《へや》をでると、危険を回避できますが、どうなさいますか」

と、あえて感情をおさえた声でいった。

倉海君はおもむろに腰をおろした。

「ここは秦の国ではなく、楚《そ》の内ですよ。あなたの話をきいただけで、処罰されましょうかな」

「そういっていただけると、ありがたい」

張良は倉海君に頭をさげた。

「あなたは大《だい》それたことをするつもりでしょう」

「王の仇《あだ》も、弟の仇も、それに家宰の仇も、すべて秦王です。ゆえに、わたしはかならず秦王を討ちます」

張良ははっきりいった。

「昔、楽毅《がっき》は、斉《せい》軍に父を殺された燕《えん》の昭《しょう》王の仇討《あだう》ちを代行するかたちで、斉を攻めて、大国を制圧しました。それよりも、あなたの仇討ちはむずかしい」

「どれほどむずかしくても、なさねばならぬのです」

「ふうむ……」

倉海君は両腕を組んで嘆息した。

「まず、どうしたら、秦王に近づけるか、です」

「諸国の王の正式な使者は、秦王に近づけますが、身に寸鉄《すんてつ》も帯びることもゆるされないでしょう。韓が滅んだとなれば、あなたが使者となって秦の宮殿にはいることさえできない」

くやしげにうなずいた張良は、

「こちらが秦の王宮にはいれないとなれば、むこうが秦の王宮をでる時を待つしかありません。秦都をでて、戦況を観にゆくことがあるでしょう。わたしは弩《ど》の勁矢《けいし》を浴びせられて、死にかけました。弩で秦王を射《い》るというのは、どうでしょう」

と、いった。

「ふつう、馬車には蓋《かさ》を立てます。が、秦王の馬車には屋根がついているのではありませんか。すると車中の姿がみえないような工夫がなされているはずです」

「なるほど、そうか……」

しかも秦王の馬車の前後左右に騎兵が多く配される。上から狙っても、横から射ても、おそらく矢は秦王にとどかない。

「焦《あせ》らず、考えてみましょう。秦王をほんとうに殺せたら、諸国の君臣が、あなたを大侠《たいきょう》としてあがめますよ」

諸国の王で、秦王を怨んでいない王はいない。

とくに楚《そ》は王や群臣だけではなく、庶民さえも秦を憎悪している。

というのは、およそ七十年まえに、楚の懐《かい》王は秦の昭襄《しょうじょう》王と会見すべく、武関《ぶかん》にでかけたが、そこで秦兵に捕らわれて秦都に連行された。以後、帰国がかなわず、ついに客死《かくし》した。秦王がいかに卑怯《ひきょう》で無情であるかを、楚の国民のすべてが知り、つぎの世代に怒りをまじえて語り継いだ。

倉海君も楚人《そひと》のひとりとして、心の奥で秦を嫌悪している。それでも秦王を殺そうと意ったことがなかったが、張良のすさまじい意望《いぼう》を知って、励声《れいせい》を送りたくなった。

楚は徹底的に秦にいためつけられ、そのため遷都《せんと》をくりかえした。

淮陽からさらに東南へくだってゆけば、その楚都に到る。秦が韓という国を潁川郡《えいせん》にしたようなので、そこから楚を攻めやすくなったといえる。

「楚も十年以内に秦軍を迎え撃たねばならないでしょう」

そういった倉海君の息は幽《くら》い。

「十年以内に、秦王を撃ちたいものです」

張良はふたたび倉海君に養われて、歳月をすごすことになった。

ときどき自分をうしろから襲った浮辛を憶《おも》いだした。

「浮辛はいつ裏切って秦に通じたのだろうか」

中妙、南生、声生などと語りあうついでに、そう問うた。

「浮辛を裏切らせたのは、白生《はくせい》ですよ。あえていえば、最初からあなたの首を狙って、食客《しょっかく》となった。どう考えても、そうなる」

中妙はそう断じた。南生も同意見であるらしく、大きくうなずいた。さらに中妙は、

「狩りにでたあなたを襲った矢は、たぶん秦兵がつかうものです。あのときは、それが解《げ》せなかったので、黙っていた」

と、うちあけた。

「すると、秦は、韓非《かんぴ》とあなたを殺すと決めた。それほどあなたは秦にとって危険な人物になっていたのか」

　と、声生は首をかしげた。

「張良は韓に隆昌《りゅうしょう》をもたらす。たれかが李斯《りし》にそうささやいたら、李斯は迷わず刺客《しかく》を送る。その刺客のひとりが白生で、かれはひそかに浮辛に近づき、張良を殺したら、奴隷《どれい》といってよい僮《どう》の身分から士にひきあげてやる、とでもいったのだろう」

　申妙はそう推理した。

「そういうことか」

　張良はちょっとつらそうな顔をした。浮辛を重臣のあつかいにするつもりであったのに、その意向がかれの胸にとどくまえに、白生の甘い話にかれは乗ってしまった。

「白生は、どうしたのか」

　韓都が陥落する日に、張良は邸内で白生をみかけなかった。

「早朝までは、邸内にいましたよ」

　と、声生は記憶をさぐるようにいった。

「李斯の手の者とどこかで落ちあって、秦軍の陣に逃げ込み、秦へ行ったのだろう。あなたの生死はわかっていないので、白生は張良家を潰《つぶ》した功で、方士《ほうし》の集団の長か副長になっただろうよ」

南生は鼻で哂《わら》った。

「侯生《こうせい》や韓終《かんしゅう》は、白生の正体を知らないので、危難に遭《あ》うかもしれない。連絡はとれないか」

「ご心配にはおよばない。かならず連絡はとれます」

と、南生は自信ありげにいった。

倉海家で食客の世話を焼いているひとりが株干であり、翌年の夏に、北からきた食客から情報を得ると、さっそく張良に報《しら》せた。

「邯鄲《かんたん》が落ちた……」

邯鄲は趙の国都である。しかも趙の名将といわれる李牧《りぼく》も、秦軍を迎撃《げいげき》して、敗死したという。

——趙の国も滅ぶのか。

張良は暗澹《あんたん》となった。

この年、秦王政は、王翦《おうせん》、端和《たんわ》、李信《りしん》などという将を趙にむかわせ、その広大な領地を侵略させた。

ついに秦軍が首都の邯鄲を落としたのは、事実である。王翦は一年余りかかって趙の全土を平定し、郡を置くことになる。

「終之弐《しゅうのじ》」

と、名告《なの》る者が倉海家に急行してきた。その者は、方士の韓終の門下生であるらしい。

「秦王は趙へでかけます」

それだけを張良に告げて去った。すかさず申妙が、

「いまの秦王の父は趙で人質生活を送るさなかに、呂不韋《りょふい》の妾《しょう》をみそめて、妻とし、子を産ませた。秦王が趙へゆくのは、昔の怨《うら》みを晴らすためです」

と、皮肉をまじえていった。

「なるほど、いかにも秦王らしい」

秦王政の残忍さはいまにはじまったことではない。実際、かれは邯鄲にゆき、生母の家と仇《きゅう》怨《えん》のあった者をことごとく捕らえて、穴に埋めた。そこから太原《たいげん》にむかい、上《じょう》郡を経《へ》て秦都に帰った。

――秦王が秦国からでることがある。

張良は唸《うな》りはじめた。

「どうなさいました」

倉海君は張良の悔やしさがわからないわけではないが、いちおうその意中をたしかめておきたい。

「秦王が旅行にでることがわかった。その道順を予告する密使がくるであろう。ところがわれは、秦王をどのように討ったらよいか、わからない」

「わたしも熟考してきました。わかっていることは、秦王が馬車にいれば、その馬車を潰せばよく、秦王が船にいれば、その船を沈めればよい、ということです」

「そうよな、秦王の馬車が崖下《がいか》を通ってくれれば、崖上《がいじょう》から岩を落下させればよい。が、それほど都合《つごう》のよい地があるだろうか」

張良はうっすらと笑った。

流木

年があらたまるとすぐに、倉海君《そうかいくん》は張良《ちょうりょう》を馬車に乗せた。

馬車はそれだけではなく、株干《しゅかん》、堂巴《どうは》、桐季《とうき》が乗った馬車が、それにつづいた。

二乗の馬車は淮陽《わいよう》の工廠《こうしょう》に、午前中に到着した。鉄の加工をおこなう工場である。五人が馬車からおりると、工人《こうじん》が迎えてくれた。かれが工廠の長である工匠《こうしょう》のもとまで案内した。

倉海君と工匠は旧知のあいだがらであるらしい。舎《しゃ》のなかに工匠はいて、にこやかに五人を応接した。

「さっそくだが、こういう物を、鉄で作ってもらいたい」

倉海君は白布に画《か》いた完成図をみせた。

たいした図ではない。童子《どうし》でも画けるような鉄槌《てっつい》の図である。ただしその鉄槌の脇に、百二十斤《きん》とある。

眉《まゆ》をひそめた工匠にまなざしをむけた倉海君は、

「こんなに重い鉄槌を、なんのために用いるのか、と問わぬのが、危難回避の道です」

と、いった。微笑した工匠は、

「つまり、こんな重い鉄槌を、作らぬほうが安全だ、ということです」

と、切り返した。

ちなみに百二十斤という重さは、およそ三〇キログラムである。

「やっ、その通り」

と、一笑した倉海君は、

「だが、この鉄槌は、楚《そ》のため、いや、天下のために下《くだ》される。そういう物を作ることができるのは、あなたしかいない。この通りです」

と、頭をさげた。

「楚のため、天下のために作る、ということは脇に置いて、めずらしい鉄槌を作るというあなたの意向を承《う》けて、やってみましょう」

工匠はあえてそういういいかたをして、鉄槌作りをひきうけた。

工匠の舎をあとにした二乗の馬車は、半時《はんとき》ほど南下して、聚落《しゅうらく》の門を通過した。それから矮《わい》屋《おく》のまえで停止した。

まっさきに馬車をおりた倉海君は、

「力士《りきし》よ、いるか。子房《しぼう》どのをお連れしたぞ」

と、家のなかに声をかけながら、ためらうことなくすすんだ。裏庭にいた力士は、あわてて家のなかにもどり、土間《どま》に坐って来客を迎えた。倉海君も片膝《かたひざ》をついて、

「このかたが、韓《かん》の宰相《さいしょう》家の嗣子《しし》で、子房どのだ」

と、力士にいいつつ、手で張良をいざなった。力士と呼ばれた男は、いかにも膂力《りょりょく》にすぐれ、面立《おもだ》ちも精悍《せいかん》であった。いちど張良にむかって頭をさげた力士は、仰首《ぎょうしゅ》すると、

「先月、母が亡《な》くなりましたので、ごらんのように家のなかにいるのは、それがしひとりです。妻も子もいません。祖父は楚の懐《かい》王に従って秦《しん》へゆき、帰りませんでした。父は秦の白起《はくき》将軍と戦い、死にました。父祖の仇《あだ》を討とうにも、その手段がわからずにいましたが、倉海君よりあなたさまの大胆な志望を知らされ、勇躍《ゆうやく》するおもいです。あなたさまがなさることは、成功しても失敗しても、その後に、父兄妻子がみな殺しにされると予想できますが、それがしに眷属《けんぞく》はいませんので、ご心配にはおよびません。いまよりこの家を棄《す》て、あなたさまに随従《ずいじゅう》するつもりでおりますが、おゆるしをたまわることができましょうや」

と、決意をあらわにした。

大いに感動した張良は、力士の大きな手を執《と》り、

「いまから、そなたを、蒼海力士《そうかいりきし》と呼ぶことにしよう。そなたにしか振れない鉄槌がある。その鉄槌が飛べば、仇討《あだう》ちは成ろう」

と、強い口調でいった。

蒼海力士は徒手空拳《としゅくうけん》で張良の馬車に乗った。この日のために、かれは妻子と離別したかもしれない。張良はそう感じた。

工匠は用心して、ひとりの弟子だけを相手に、その鉄槌を作り上げた。

春のうちにそれは倉海君の家に運び込まれ、夏になると、張良と蒼海力士などは人目をはばかって丘阜《きゅうふ》へゆき、鉄槌を投擲《とうてき》する練習と工夫をおこなった。

晩夏のある日、数人の従者とともに帰宅した張良に、

「ちょっとお耳に入れたいことが……」

と、倉海君が声をかけた。一室に張良だけをいれた倉海君は、

「ついさっき、わかったことなのですが、楚の王室で内訌《ないこう》がありました」

と、いまいましげにいった。まず、晩春に、楚の幽《ゆう》王が崩《ほう》じた。そこで、弟が王位を継いだ。

その王は哀《あい》王と呼ばれることになる。兄弟での王位継承はできれば避けたいが、緊急の場合では、やむをえないとみなされる。つまり哀王が立ったことに、さほど大きな問題はなかった。ところが、それから二か月あまり経《た》ったとき、哀王の庶出《しょしゅつ》の兄をかつぎだした徒党《ととう》が、哀王を急襲して殺害した。かれらが立てた王を
「負芻《ふすう》」

と、いう。

「さきに韓が滅亡し、ついで趙《ちょう》が消滅するようなときに、楚の王室が揺れていてはこまるので

す」

王と群臣それに官民が一体となって秦と戦わねば、とても勝てない、と倉海君はおもっている。

「これはうわさなので、はっきりしたことではありませんが、魏《ぎ》王が逝去《せいきょ》したようです」

「国をあずかっている王は、みな心労《しんろう》のために歿《ぼっ》してゆく」

と、張良はつぶやくようにいった。

趙を平定した秦将の王翦《おうせん》は、軍を北上させて、燕《えん》の南境に到着したらしい。すると、つぎに滅ぶのは、燕の国であるのか。

燕の国のあやうさをもっとも深刻に感じていたのは、燕の太子丹《たん》であったろう。かれは趙の国で人質としてすごしたことがあり、そのころ趙生まれの政《せい》と仲よくなった。ところが、その政が秦王となり、太子丹がこんどは秦で人質としてすごすようになると、昔の仲のよさは忘れられて、きわめて悪い待遇となった。それを怨《うら》んだ太子丹は燕に逃げ帰り、秦王に報復してくれる者を捜した。ようやくみつけたのが、俠勇《きょうゆう》の心をもった、

「荊軻《けいか》」

という者である。

このころ、秦王政を暗殺する計画をもち、それをどのように実行するかまで考えていたのは、天下で太子丹と張良のふたりであった。太子丹の場合は、燕王の使者を秦王に近づける手段をもっていたが、外国の使者が秦王に謁見《えっけん》するときには剣をはずさなければならない。武器なしでは、

秦王を殺せない。

だが、歴史はひとつの暗殺の成功例を指示している。

春秋時代《しゅんじゅう》の末期に、呉《ご》の公子光《こう》は呉王僚《りょう》を殺すべく奇抜な方法をおもいついた。剣をもたずに呉王に近づいた使者に、焼き魚をもたせた。その魚を呉王にささげる際に、魚の腹中より匕首《ひしゅ》をとりだして呉王を刺殺するのである。使者となった専諸《せんしょ》はみごとにそれをやってのけて、みずからの死をもって、公子光すなわち呉王闔廬《こうりょ》の時代を拓《ひら》いたのである。

「よし、それだ」

太子丹は燕国南部の肥沃《ひよく》な地である督亢《とくこう》を秦に与えると公言し、その地図を秦王に献上するために、荊軻を使者として出発させた。

すでに年はあらたまっていたが、燕は最北の国であるので、春といっても寒かったであろう。易水《えきすい》という川をあとにした荊軻らは、長旅を終え、秦の王宮で歓迎された。秦王はこの遠来の使者を九賓《きゅうひん》の礼で迎えた。

やがて、荊軻が地図を献上するときがきた。

地図が秦王の手に渡された。

地図はひろげられ、最後に、まきこんであった匕首があらわれた。

すかさず荊軻は秦王の袖《そで》をつかみ、右手で匕首をにぎると、突き刺した。

が、切っ先は秦王のからだにとどかなかった。おどろいた秦王は身を引いた。袖がちぎれた。

秦王は剣をぬこうとしたが、剣が長すぎてぬけないので、鞘《さや》のままふせぎつつ、柱をまわって逃げた。

荊軻は追った。

それを目撃しても、臣下はなすすべを失った。宮殿の下に並んでいる兵も、秦王に召されなければ、なかにはいれない。秦王は逃げるのがせいいっぱいで、声をだせない。

秦王のまえでは武器を携帯できない臣下は、素手で荊軻になぐりかかった。医人の夏無且《かぶしょ》は、ささげもっていた薬の袋を、荊軻めがけて投げつけた。それだけで、夏無且にはあとで黄金二百鎰《いつ》が与えられた。

どうしたら秦王が剣をぬけるか。それに気づいた者が、

「王よ、剣を背中へ――」

と、叫んだ。

その声を容《い》れて、剣を背中へまわした秦王は、ようやくぬきはなって、荊軻を一撃した。その剣刃《けんじん》は荊軻の左股《もも》を切り裂いた。片足が動かなくなった荊軻は、

「えいっ――」

と、匕首を投げた。が、この匕首は秦王にあたらず、銅の柱にあたった。ふたたび、みたびと、秦王の剣に斬られた荊軻は、八か所の傷をうけたあと、柱によりかかって高らかに笑った。それから両足をなげだして坐った。

「秦王よ、そなたを殺さなかったのは、太子のために約束をとりつけたかったからだ」

荊軻は暗殺の失敗を認めなかった。

このあと、秦王の近臣によって、荊軻は坐ったまま刺殺された。

秦の宮殿で、秦王の暗殺未遂《みすい》事件があったことを、張良が知ったのは、初秋であった。侯生《こうせい》の使いが報《しら》せにきた。事件後に、王宮の警備が厳重になったため、使者の往来がしにくくなったという。

「荊軻よ、みごとだぞ」

と、大声を放って賛嘆《さんたん》した張良は、倉海君のほか親しい従者と食客《しょっかく》を集めて、再度、荊軻を称《ほ》めたあと長大息《ちょうたいそく》をした。おなじように深く嘆息をした堂巴が、

「秦王は激怒したでしょうから、燕を滅ぼすべく将軍に命じたでしょう。燕は年内に滅亡するのでしょうか」

と、やるせなげにいった。

「燕は最北の国であるので、冬がくるのが早い。氷雪《ひょうせつ》が秦軍の進撃を防いでくれる。それゆえ、燕が平定されるのは、明年であろう」

と、予想した張良は、倉海君をまっすぐに視《み》て、

「燕が滅べば、残っている国は、楚と魏と斉《せい》だけです。明年、燕の滅亡がみえた時点で、秦王は楚を攻略させるはずです。このあたりを秦軍が南下すれば、あたりは秦兵に蹂躙《じゅうりん》されます。避

難のことがあるので、できるかぎり早く、秦軍の進路を知るべきです」

と、いった。

「こころえた」

倉海君は心のなかで悲しくうなずいている。戦国時代がはじまったころ、中華で最強の威勢をもっていた国は、魏、である。秦は魏にたいして手も足もでない西方の中程度の国であった。ところが、いまや、魏は秦の属国になりかかっていて、とても秦と戦う気概《きがい》をもっていない。

――魏などはたやすく潰《つぶ》せる。

と、おもっている秦王は、魏ほどおちぶれていない楚へ、大軍をさしむけて、壊滅させようとするにちがいない。

「楚が負ければ、われも秦の民になるのか」

それは倉海君にとってぞっとするような現実である。

秦王を暗殺することによって、秦が諸国を平定する力をどれほど弱めることになるか。それははっきりとはわからないが、秦王の死を望んでいる者が、この海内《かいだい》に数百万人はいるであろう。かれらの望みに、あとすこしで荊軻は応《こた》えられるところであった。その失敗を知ることによって、張良の胸中に生じた悲憤慷慨《ひふんこうがい》が、冬になっても鎮《しず》まらなかった。

寒風がながれる日に、張良は馬車の手綱《たづな》を堂巴に執らせ、桐季もその馬車に乗せて、潁水《えいすい》のほとりまで行った。馬車からおりた張良は、ちょっとした高所にのぼり、潁水をながめながら、

「楚を攻める秦軍は、かならずこのあたりを通るであろう。われは楚軍に加わりたい」

と、いった。なかば本心である。

桐季は軽くおどろいてみせて、

「せっかくの鉄槌が投擲されずに終わります。蒼海力士が嘆くことでしょう」

と、張良の志望が揺れることをふせいだ。

「だが、荊軻の匕首は秦王にとどかなかった……、あの鉄槌も、おなじようであれば……」

張良がそういったときに、川をながれる一本の木をみた。とたんに張良の心は悲しみに翳《かげ》り、

「荊軻も、われも、あの流木《りゅうぼく》のようであるかもしれぬ。けっきょく、なんの役にもたたず、人々の記憶の外へながれでて、朽《く》ちてゆくだけかもしれぬ」

と、幽《くら》くいった。

「なにを仰《おお》せになりますか。主はいつか天下の英傑を導いて偉業をなさしめる稀有《けう》な人となる、とつねづね南生《なんせい》が申しております。あの者の占いを、わたしは信じております」

堂巴は強い口調でいった。

「天下の英傑か……」

そんな人物がどこにいるのか。まもなく秦が天下統一をはたそうとしている。世はますます息苦しくなるだけであろう。

年末から仲春にかけて、倉海君は家人と食客をつかって、情報蒐《あつ》めにやっきになっていた。

――燕はどうなったか。

それが気になる張良は、侯生や韓終《かんしゅう》などの使いがくることをじりじりと待ったが、晩春になってもひとりの使者もこなかった。そうなると倉海君に問うしかない。もっとも倉海君という人は、大事件を知れば、かならず張良に告げてくれるので、問うまでもない。

初夏になり、急に気温があがった日に、倉海君はひたいの汗を拭《ふ》くのも忘れた深刻さをみせて、

「ちょっと、よろしいか」

と、張良を自室に招いた。

――ようやく燕に関する情報がはいったのだな。

張良はそう察知したが、倉海君の表情に冴《さ》えがないのをみて、情報の暗さをうけとらなければならぬと肚《はら》をすえた。

「燕の国は、とうに滅んでいます」

倉海君は張良をみつめながらそういった。

「太子丹は、どうなりましたか」

秦王にもっとも憎まれた太子丹を、秦軍は標的《ひょうてき》にしたにちがいない。

「燕の首都の薊《けい》を陥落させたのは、秦の老将である王翦です。燕王喜《き》と太子丹は敗走して、遼《りょう》東《とう》のほうまで逃げたようなのです。ところが、若い秦将である李信《りしん》が猛追したため、恐れた燕王

喜は太子丹の首を斬って、李信に送ったということです」

「吁々《ああ》――」

張良は落胆した。太子丹と荊軻がおこなった壮挙を、燕王が否定してしまった。それでは今後、たれも燕王を助けようとはしないであろう。

「最北の国の平定を終えたも同然ですので、秦王はいよいよ魏と楚に大軍をむけるでしょう」

と、倉海君は切実にいった。

実際、秦王は王翦が燕都《えんと》を落としたあとに、王翦の子の王賁《おうほん》を呼んで、

「魏と楚を取らねばならぬ。そのほうは地均《じなら》しをしておけ」

と、命じた。そこで王賁は楚の北部を攻めて楚軍を破り、ひきかえして魏を攻撃した。その成果に満足した秦王のもとに、不快な急報がとどけられた。

秦は王子や貴族に封地《ほうち》をさずけることをいっさいせず、すべての郡と県を官吏《かんり》に治めさせる制度を完遂《かんすい》した。旧《もと》の韓国は潁川《えいせん》郡となり、郡府は陽翟《ようてき》に置かれた。つまり旧首都は、新鄭《しんてい》と呼ばれ、県になりさがった。その県に潜入して、兵を挙《あ》げた者たちがいた。かつての韓の王族と貴族である。

ちなみに張良はその騒乱に加わらなかった。誘われなかったため、叛乱の計画があることさえ知らなかった。張良がまだ二十代で若すぎたため、その実力を認める王族と貴族がほとんどいなかったせいであろう。

報告をきいた秦王は、嚇《かっ》として、

「すぐに叛乱を鎮めよ。また、旧の韓王を誅《ころ》せ」

と、左右にいいつけた。まえに述べたように、韓都が陥落した際に捕虜となった韓王安《あん》は、この年まで生きていたが、その叛乱の責任をとらされるかたちで誅殺《ちゅうさつ》された。

ほどなく叛乱は鎮圧された。

――年内に、秦軍は楚を攻める。

そう予想した倉海君は、邸宅を囲む牆壁《しょうへき》を高くするように家人に命じた。それを知った張良は、声を揚げた。

「お耳ざわりであろうが、ひとつ、諫言《かんげん》を申す。牆壁の増築はなさらぬほうがよい」

「ほう、なにゆえに――」

「わたしは韓都にいたころ、邸宅を囲む牆壁を高くして、秦兵と戦った。そのせいで大切な弟をはじめ、貴重な人材を喪《うしな》った。あなたは楚王の臣下ではない。楚王のために戦う必要はないのです」

この強い声をきいた倉海君は、家人にいそがしく指図することをやめて、張良をするどく直視した。

さらに張良はいった。

「秦軍は抵抗する者があれば、老人でも童子でも殺してゆきます。もしも倉海君が一家を挙げて、抗戦すれば、いまこの邸内にいる者の何人が生きのびられるでしょうか。あなたを主《あるじ》として依倚《いい》している者たちのために、あなたは死んではならないのです。わたしは力士などと丘阜へよくゆくので、あたりの山や丘にくわしくなりました。千人ほどの人が隠れるのにちょうどよい山があります。その山中にあらかじめ衣と食を運んでおくべきです。牆壁の増築はむだな作業です」

倉海君は天を仰いだ。

楚の国民は秦への怨みが深く、楚王に命じられなくても、秦軍と戦いたい。こういう気概を発揮すれば、張良のいうように、一家は全滅させられるであろう。倉海君は死ぬことを恐れているわけではないが、おのれをたよってくれている者を死地に棄てたくはない。

「子房どの。その山にお連れください」

ここで倉海君は、秦軍がくるまえに、山中に避難するという道を択《えら》んだ。

このころ、燕を平定したふたりの将軍、すなわち李信と王翦を、秦王は上機嫌で迎えた。さっそく秦王は李信に、

「われは楚を攻め取るつもりであるが、兵力はどれほどあればよいか」

と、問うた。若さをみなぎらせた李信は、

「二十万もあれば、充分でしょう」

と、答えた。一考した秦王は、王翦を招き、同様の問いをおこなった。

「六十万なければ、うまくいきません」

これが王翦の答えである。それほど楚が恐ろしいか、とおもった秦王は、

「王将軍よ、あなたは老いたな」

と、いい、王翦を楚への遠征からはずした。すると王翦は病《やまい》を口実に挂冠《けいかん》して、故郷の頻陽《ひんよう》（秦都の東北）に隠退した。

遠い路

秦《しん》王政《せい》は楚《そ》の国を攻略するために、ふたりの将軍を選んだ。ひとりは燕《えん》で大功を樹《た》てた若い李《り》信《しん》であり、いまひとりは蒙武《もうぶ》である。

蒙武の父の蒙驁《もうごう》は東方の斉《せい》国から秦にきて、すぐれた将器をみせた。また蒙武の子が蒙恬《もうてん》であり、秦王が始皇帝《しこうてい》と呼ばれるころに、もっとも信頼される将軍となる。つまりこの蒙氏三代はいずれも名将となったので、めずらしい家系であるといえる。

とにかくその二将軍は二十万の兵を率いて、冬に、潁水《えいすい》の西を南下した。李信は平与《へいよ》を、蒙武は寝《しん》という邑《まち》を攻めた。攻略に成功した李信は、軍を東北にむけた。その侵略の途上に、淮陽《わいよう》もある。

いちはやく倉海君《そうかいくん》は山中に避難した。

李信の軍と蒙武の軍は、淮陽の東に位置する城父《じょうほ》で合流することになっていた。戦えばかならず勝ってきた李信は、

——城父から南下してゆけば、楚都《そと》に到る。

つまり楚の滅亡は必至《ひっし》である、とうそぶいていた。

ところが李信の軍に大敗した楚軍は立ち直り、三日三晩、李信の軍を追いつづけた。まさか背後に敵がいると想《おも》っていない李信は、うしろに無防備であるという宿営のしかたをした。

楚軍は突撃した。

営所に侵入した楚の将士《しょうし》は、秦の部隊長というべき七人を殺して、大勝した。

李信の軍が潰走《かいそう》したと知った蒙武は、むりをせず、軍を撤退させた。

淮陽のあたりから秦兵が消えたと知った倉海君は、山中からでて、

「楚軍はしたたかな戦いをしたものよ。楚の将軍はたれであったか。もしかしたら項燕《こうえん》か」

と、高らかに称《ほ》めた。

倉海君の邸宅は破壊されていなかった。楚将がつかったのかもしれない。邸内で落ち着いた張良《ちょうりょう》は、

「楚軍は手強《てごわ》いと知った秦王は、明年、さきに魏《ぎ》を攻め取ろうとするでしょう」

と、予想した。

張良は兵法書を多く読んできたわけではない。兵法の手ほどきは、弟の弓矢の師であった秋《しゅう》成《せい》からうけたが、さほど興味をおぼえなかった。張良の祖国である韓《かん》は軍事的に弱く、敵である秦は最強であった。

——柔《じゅう》能く剛《ごう》を制《せい》す。

とは、『老子《ろうし》』のなかにある思想であるが、それを実際の戦いにおいて実現するのは、かなり困難である。兵法は弱兵でも強兵を倒せると説《と》くが、それはたとえば強兵が背をむけているときに、その背を突けば弱兵でも勝つといったたぐいのもので、ほんとうの兵法とは、強兵をどのようにすれば背をむけさせるか、というところに真髄《しんずい》がある。

李信軍に一敗地《いっぱいち》にまみれた楚軍が、再起し、隠密裡《おんみつり》に李信の軍を猛追したあと、急襲をおこなって勝った。たしかにそこには楚将の兵法があった。自軍の惨敗が、敵将を漫然《まんぜん》とさせるという読みがあり、その読みに従って自軍を前進させたのはみごとであった。

——その楚将とは、項燕という将軍なのかな。

張良は楚の君臣について、くわしくない。

さて、敗軍の将となって秦都にもどってきた李信を、

「若気《わかげ》の至《いた》りか」

と、叱《しか》りとばした秦王は、翌年の遠征から李信をはずした。

張良が予想した通り、楚を攻めるのはむずかしいとみた秦王は、新年になると、魏を攻略するという計画を立てた。

「将帥《しょうすい》は、王賁《おうほん》がよい」

王賁の父の王翦《おうせん》はまぎれもない名将であるが、王賁も戦いはうまい。

秦軍を率いて、魏都である大梁《たいりょう》にむかった王賁の胸中には、奇抜な戦術があった。大梁の南北には、運河があり、包囲しにくい城である。

——それなら大量の水で、崩せないか。

河水《かすい》（黄河《こうが》）の水を引いて大梁にそそぎこんでやろう。

この発想は、あらたな水路を長大に造る、というよりも、すでにある河水の支流をせきとめて、その大量の水を、大梁の城壁にぶつけるというものではなかったか。

とにかく王賁は非凡な戦術を着想《ちゃくそう》し、実行した。

城壁に石を用いられているところはない。すべてが土を固めたものである。大雨がふれば、崩れることもある。

王賁は大兵力を工事にまわして、激流を産み出すように工夫《くふう》して、ついに大量の水をいっきに城壁にむかわせた。

城壁は大破した。

そこから秦兵は城内に突入した。

またたくまに劣勢になった城兵の戦いぶりに落胆した魏王は、抗戦をあきらめて、王賁に降《くだ》った。

この時点で、魏という国は消滅した。

王族であった公子は、ことごとく封地《ほうち》を失い、平民におとされた。秦王の政という人は、降伏した王や公子などに温情をさずけることをいっさいしない。

魏の滅亡をきいた倉海君は、張良をみて、

「残ったのは、楚と斉ですね……」

と、憂鬱《ゆううつ》そうにいった。

斉王建《けん》はほかの国とはちがい、まったく秦とは戦わないという外交の道を選んだ。それゆえ他の国が秦に攻められて苦しんでいても、無視し、なんの援助もしなかった。

「それを善《よ》しとして、秦王が斉王を優遇するはずがない。いまの斉王は、後世、けなされることになるでしょう」

と、張良は冷ややかにいった。

「明年には、秦の大軍が楚を攻めるでしょうな」

「まちがいなく――」

張良としては、秦王が秦都からでてくれなければ、手のうちようがない。

ちなみに大梁のあたりから東にひろがる郡は、碭《とう》と呼ばれることになった。

秦王は滅亡させた国名を消して、あらたな郡名をつけてきたが、碭郡は二十四番目の郡である。

魏国が完全に平定されたことを知った秦王は、

――いよいよ楚を取るか。

と、強く意《おも》い、翌年、頻陽《ひんよう》に行った。隠退した王翦に面会するためである。かれは王翦に詫《わ》びた。

「われは将軍の計図《けいと》を採用しなかった。そのせいで若い李信はみぐるしく敗北した。勝った楚軍は、西へ進撃しているときく。将軍は病気であっても、われを助けてくれるであろうな」

王翦はことわった。

「この老いぼれは、病み衰え、もはや道理がわからぬほど心が乱れております。どうか大王におかれては、ほかに賢将をお択《えら》びくださいますように」

「将軍、そういうのはやめてくれ」

秦王は謝意をあらわにした。それを視《み》た王翦は、

「大王がどうしてもわたしを用いて、楚を攻めさせるのであれば、六十万という兵力がなければだめです」

と、念をおした。

「将軍の計図に従うであろう」

秦王は約束を守って、六十万の兵を王翦にさずけた。ちなみにこのときの主将が王翦であれば副将が蒙武である。

――王翦が六十万の兵を率いてくる。

震慄《しんりつ》した楚王と大臣は国じゅうの兵を集めて秦軍を拒《ふせ》ごうとした。淮陽のあたりも戦場になったので、倉海君の家人と食客《しょっかく》は、ふたたび山中に避難した。

王翦の戦いかたは平凡であった。最前線に土の壁を堅固に作って、それを守らせるだけで、外にでて戦うことをゆるさなかった。

楚軍の兵はしばしば攻撃した。が、ほとんど戦いにならなかった。

堅牢《けんろう》な営所のなかで、王翦は日々兵士を休息させた。沐浴《もくよく》させ、うまい物を食べさせ、いたわりの心をもって士卒《しそつ》にまじって食事をすることもあった。

そういう状態がながく続くと、兵士はたいくつして、遊びをはじめた。かれらがおこなったのは、石投げと跳躍《ちょうやく》の競技である。それを知った王翦は、うれしげに、

「士卒用いるべし」

と、いった。いよいよ兵をつかうときがきた、ということであろう。一種の逆説表現である。

秦兵は営内で遊んでいると知った楚の将卒《しょうそつ》は、

――阿呆《あほ》らしい。

と、あきれかえり、引き揚げを開始した。これこそ、楚軍全体が秦軍に背をむけたことになる。

このときを待っていた王翦は、

「いまだ。追え」

と、全軍に号令した。兵のなかでも壮士《そうし》にみえる兵に猛追させて、楚軍を撃破した。

こういうときに張良は倉海君とともに山中にいたが、おなじところにいたわけではなく、倉海君らを護《まも》るべく、峰つづきの嵎《くま》に五十挺《てい》の弩《ど》をすえ、百五十人ほどの配下を従えて、山にむかう

一本道を毎日監視していた。じつは山中にいるのは倉海君の家人や知人だけではなく、聚落《しゅうらく》の住人たちも加わったので、五千という数である。かれらが秦兵に発見されてはこまるので、そのための防衛を張良が買ってでた。

遠くに砂塵《さじん》が立った。

「騎馬です」

桐季《とうき》が殺気だって叫んだ。張良はすべての弩に矢を装塡《そうてん》させた。

騎兵集団が急速に近づいてくる。

目を凝《こ》らしていた堂巴《どうは》が、

「楚の騎兵が、秦の騎兵に追われているのです」

と、冷静な声でいった。

なるほど十騎未満の楚の騎兵が、五、六十騎の秦の騎兵に追われている。

「どうなさいますか」

桐季が早口で張良の意向を確認した。

このまま疾走する集団をみすごすと、かれらは倉海君らが隠れている山の麓《ふもと》に到着してしまう。それからかれらが山の中にはいるのは必至である。そういう事態になってはこまる。

「楚の騎兵を助けよ」

「承知——」

桐季が三十人の射手を、堂巴が二十人の射手を率いて、追撃のために近づいてくる秦の騎兵を上から狙わせた。

楚の騎兵が眼下を通過した。直後に秦の騎兵が騎射のかたちであらわれた。

——あぶない。

心のなかで叫んだ桐季は、秦の騎兵をゆびさして、

「放て——」

と、強く命じた。直後に三十の弩から矢が発射された。それらの矢は命中率が高く、十数人の秦兵が馬から落ちた。それを観《み》ていた堂巴は、後続の秦兵が馬の速度を落として目をあげた時をのがさず、

「射《い》よ——」

と、いった。二十の弩から矢が離れた。それらの矢は十人の秦兵を倒した。またたくまに兵力を奪われた秦の騎兵隊は、多数の伏兵か賊がいるとみて、あわてて後退した。

即死した秦兵を置いて、負傷した兵が引き揚げるのを待って、配下を下におろした張良は、死《し》骸《がい》のかたわらにしゃがんで、

「故郷に帰れなかったな。宥《ゆる》せよ」

と、いい、矢に倒された秦兵をすべて埋めさせることにした。

蹄《ひづめ》の音がきこえた。

楚の騎兵がもどってきたらしい。

死体となった秦兵を埋めている作業を、おどろきの目でみた隊長は、おもむろに馬をおりて、張良に近づいてきた。

「われらはそなたに救われたようだ」

隊長の声が張良の耳にとどいても、張良は耒《すき》を動かして穴を掘ることをやめなかった。その近くにいる蒼海力士《そうかいりきし》を視た隊長は、

――かれらはただものではない。

と、認識をあらため、口調もあらためて、

「失礼した。わたしは邳《ひ》の藤尾《とうび》といいます。いのちの恩人である貴殿の氏名をうかがいたい」

と、頭をさげた。ちなみに邳はのちに下邳《かひ》と呼ばれる。その位置は淮陽のはるか東である。

ようやく張良は作業をやめて、藤尾のほうに顔をむけた。

「韓の張子房《ちょうしぼう》といいます」

「子房どのは、韓衆《かんしゅう》を率いておられるのか」

韓衆は韓人《かんひと》の多数あるいは韓兵をいう。

「秦兵を避けているだけです」

張良はそっけなくいった。そのいいかたにある冷淡さを感じた藤尾は、

「では、――これにて」

と、いい、馬に乗ろうとした。突然、張良が高らかに笑った。

「われらはあなたがたを埋めるために、この穴を掘っているわけではない。いまや楚都までの道だけでなく、あなたの故郷への道も、秦兵で満ちている。あなたがたはここを去って三十里もゆかぬうちに、死体となる。わたしがあなたのいのちの恩人であるのは、たった一日のことになってしまう。ことばを大切にせぬ者を、わたしは信じない」

いきなり諫《いさ》められたかたちの藤尾は、張良のことばになみなみならぬ胆力を感じ、

「説諭《せつゆ》、ごもっともです」

と、いいながら、馬を離し、配下とともに穴掘りに参加し、秦兵の死体をすべて埋めた。それをみた張良は、急にうちとけて、

「あなたは楚軍のために充分に戦ったとみた。この山中で五日ほどすごし、秦軍が移動してから、帰郷なさるがよい」

と、さとして、藤尾を倉海君にひきあわせた。

山中で五千もの人々が生活していることを知った藤尾は、おどろいてみせたが、かれの関心は張良にむけられており、倉海君のもとから離れて、張良のいる嶋へ移った。

「貴殿は、韓の宰相《さいしょう》のご子息である、とききました」

藤尾の年齢は張良のそれより十ほど上である。だが、張良がもっている気魄《きはく》がなみなみならぬものであると察し、口調には鄭重《ていちょう》さがある。

「亡国の宰相の子は、いまや流人《りゅうじん》にすぎません」

張良は自嘲《じちょう》した。

「秦軍が去れば、淮陽におもどりになる……」

「そうなるでしょう」

「どうです。邳にいらっしゃいませんか」

藤尾はおのれの富盛《ふせい》ぶりをまったく自慢しなかったので、楚軍の騎兵隊の長にすぎないとここではみられたが、じつはかれの家には五百人の使用人がおり、かれはそのなかの百人を率いて、義勇兵として参戦した。邳にもどれば顔役として邑民《ゆうみん》にはばかられている。それだけにかれは、張良の人格のなかにある侠気《きょうき》をみのがさなかった。あえていえば、

「つぎに秦軍と戦うようなことになれば、この人を将として奉戴《ほうたい》したい」

という気持ちになり、張良を誘ったのである。

「邳は、川のほとりの邑《まち》ですね」

「泗水《しすい》がながれています」

「ああ、泗水……」

泗水のながれは南下すれば淮水《わいすい》にそそぐ。邳は水上交通の要地である。淮陽のあたりは、おそらく早々に秦の郡になりそうなので、邳のほうへ移るのも悪くない。だが、侯生《こうせい》や韓終《かんしゅう》からの連絡をうけるのに、邳では遠すぎると感じたので、

「考えておきます」

とだけ、答えておいた。

数日後、淮陽のあたりのようすをさぐりに行った株干《しゅかん》と申妙《しんみょう》が、浮かない顔でもどってきた。

「秦軍は六十万という大兵力で、その大半は南下したのですが、淮陽のあたりにとどまっている兵がすくなくありません」

株干は、張良にそう報告した。

「叛乱が起こらないように監視するためか」

張良は申妙の意見をききたい。

「淮陽のあたりには秦に反感をいだいている民が多く住んでいるので、秦王はかれらを用心深く治めるように指示したのでしょう」

楚軍が大潰走《だいかいそう》したのならば、楚都は三十日も経《た》たぬうちに陥落するにちがいない。これで斉をのぞいて、すべての国が郡になってしまう。張良にとって認めたくないことであるが、二、三年以内に、天下は平定されて秦王朝だけが天下王朝となる。古代から夏《か》、殷《いん》、周《しゅう》というように天下王朝はつづいてきたが、海内《かいだい》からすべての国が消滅するのは、これが最初であろう。

「ここまできて、秦王は自分の子をひとりも封建しなかった。それをつらぬくと、天下の端《はし》から端まで、秦王ひとりのものとなる。秦王はそれをやりぬくのだろうか」

「そうですね。秦王のために大きな武功を樹《た》てた将軍も、百里に満たぬ小邑《しょうゆう》さえ下賜《かし》されない。

それでも不満が噴出しなければ、われわれはかつてみたこともない国体を目にすることになります」

申妙は未来を幽《くら》く予想した。

「どこを観ても、官吏《かんり》ばかりの世になるのか……」

それを想うと、吐き気をおぼえそうである。

この日から、二十数日後、楚の滅亡がうわさとしてながれてきた。ここまで用心して、張良とともにすごしてきた藤尾は、

「お世話になった。帰郷します。ぜひ、邳へきてください」

と、張良にむかって低頭したあと、配下を率いて騎馬で去った。

楚の滅亡に関するうわさは、錯綜《さくそう》している。

まず、秦の大軍を率いている王翦と蒙武は、陳《ちん》すなわち淮陽から南の平与にいたるあいだを平定し、楚王を捕虜とした。ただし王翦は平与のほうにむかわず、南下して楚将の項燕を討った。ところが蒙武も王翦の副将として、ともに項燕と戦って勝ったというのもある。が、項燕はそこでは死なななかったともいわれる。かれは楚の公子である昌平君《しょうへいくん》を楚王に立てて、江水《こうすい》を南へ渡って、楚の国を再興したという。

うわさをたどってゆくと迷路にはいりそうである。そのなかで、たしかであるようなのは、楚王である負芻《ふすう》が年内に捕獲されて殺されたということである。

それを知った張良と倉海君は深々と嘆息した。

秦兵がなかなか淮陽のあたりから去らないので、倉海君が帰宅を迷っているうちに、淮陽のあたりから淮水までの広域を陳郡とされ、郡府は陳県に置かれた。

そのあたりのようすをさぐっていた株干と南生《なんせい》が、あわてて山に帰ってきた。

「どうもようすが変だ。兵が急に増えて、警戒が厳重になった」

と、南生がいった。秦兵にとがめられると、逮捕されて、強制労働の地へ送られてしまう。それほど秦の法はきびしい。

「うかつに外出はできないか……」

張良は十日後に、桐季と堂巳をひそかに淮陽のほうにゆかせた。三日後にもどってきたふたりの顔がそろって赤い。

「子房さま、これほど残念なことがありましょうか。秦王が視察のために、淮陽にきたのです。その視察旅行のさなかに、一泊したのは、倉海君の邸《いえ》です」

「秦王が、あの邸に泊まった……」

そういう予定がわかっていれば、秦王を殺すことができたかもしれない。が、秦王はすでに遠くに去ったという。

張良は天を仰いだ。

最後まで秦《しん》と戦った国は、燕《えん》と斉《せい》である。

ただし斉王と重臣は、秦とは戦わないという外交と軍事をつらぬいてきたので、秦に優遇されるかもしれないという希望をいだいたかもしれない。

だが、現実は苛酷《かこく》であり、燕の残党を掃蕩《そうとう》した王賁《おうほん》と李信《りしん》の軍は、そのまま南下して斉の国境を侵《おか》した。おびえた斉王建《けん》は、いちどは抗戦を指令したが、宰相《さいしょう》の后勝《こうしょう》の意見に従って、秦軍に降伏した。が、斉王建は優遇されなかった。捕らえられて、共《きょう》の城におしこめられた。

それによって全国統一は成り、燕の最後の抵抗地域は、代郡《だい》となり、斉国は、斉郡と琅邪《ろうや》郡のふたつに分けられた。琅邪郡が最後の三十六番目の郡である。郡にはかならず郡守《ぐんしゅ》、郡尉《ぐんい》、郡監《ぐんかん》がおかれた。郡下には県を設けた。往時の邑《まち》である。県の長官が県令《けんれい》であるが、県に一万戸《こ》がない場合は、県長《けんちょう》と呼ばれた。

さて秦をのぞいてすべての王国が滅んだということは、ただひとり秦の国王だけが王として残

った。古昔《こせき》、周《しゅう》王朝のころがまさにそうで、周王だけが王であった。だが、秦王政《せい》はそれで満足せず、

「六国の王はことごとくその罪に伏《ふく》して、天下は大いに定まった。いま名号をあらためなければ、天下統一の成功にこたえて後世に伝えることがなくなるであろう。なんじらは帝号について議《ぎ》せよ」

と、重臣たちに命じた。

群臣のなかでもっとも高位にいるのは、つぎの三人である。

丞相《じょうしょう》　王綰《おうわん》
御史大夫《ぎょしたいふ》　馮劫《ふうきょう》
廷尉《ていい》　李斯《りし》

かれらは口をそろえて答えた。

「古代に、天皇《てんのう》があり、地皇《ちこう》があり、泰皇《たいこう》がありました。そのなかで泰皇がもっとも尊貴《そんき》でした。それゆえ王を泰皇としたい、と申しあわせました」

秦王政は豊かな知識をもっている。

周王朝のまえの王朝の殷《いん》王は、帝乙《ていいつ》、帝辛《ていしん》というように、帝号をとなえていることがあった。

それを知っている秦王は、

「泰皇から泰をとって皇を残す。また上古の帝位の号を採《と》って、ふたつを合わせて、皇帝という

のがよい」

と、決めた。かれが最初の皇帝であるから、始皇帝《しこうてい》という。かれが始皇帝となったのは、三十九歳である。

倉海君《そうかいくん》は表立《おもてだ》って秦軍にさからったわけではなく、戦火を避けていたにすぎないので、もとの邸宅にもどることができた。倉海君とは多少の距離をおいていた張良《ちょうりょう》は、まえと同様に賓客《ひんかく》としてもてなされることになったが、あたりをみると整然とした法の世になったので、

「おもしろくない」

と、しばしばつぶやいた。侯生《こうせい》と韓終《かんしゅう》からの使いが、ここ三年、まったくこなかった。じつはふたりは不老不死の調査と研究のために、秦都である咸陽《かんよう》から離れていた。

張良は役人の目が厳しくなったので、蒼海力士《そうかいりきし》を連れて、投擲《とうてき》の練習にでかけにくくなった。

そのまま一年がすぎると、さすがにたいくつになった。

「下邳《かひ》へ行ってみるか」

以前の邳という邑《まち》が、いまや下邳という県になった。張良は五人の配下を選んで出発した。秦の法では、集団での移動は禁じられている。それゆえ、従者は堂巴《どうは》、桐季《とうき》、蒼海力士、株干《しゅかん》、南《なん》生《せい》という五人にしぼった。気の勁《つよ》い桐季と陽気な南生は、集団に活気を与えてくれる。

旅にでた張良は、

「始皇帝がかならず往《ゆ》くところがある。それがいつのことかわかれば、途中で、待ち伏せできる

のだが……」

と、いった。堂巴が問うた。

「始皇帝がかならず往くところとは、どこですか」

「それは、泰《たい》山よ」

と、張良はいった。この問答をわきできいていた南生が、すかさず、

「天子になるためには、封禅《ほうぜん》をおこなわねばならぬのよ」

と、みなに教えた。

「封禅とは、どのようなことをするのですか」

問うたのは株干である。この倉海君の甥《おい》は、かつて書物をひらいたことはないが、耳でおぼえたことは忘れず、それによっておのれを高めようとしている。

「旧《もと》の斉の国に泰山がある。その山の頂上に壇《だん》を築いて天を祭る。それを封という。また泰山の麓《ふもと》の小山において地を清めて山川《さんせん》を祭る、それが禅だ。世を隆盛《りゅうせい》にした天子のみが封禅の儀式をおこなうことができる。子房《しぼう》どのは、始皇帝なら、かならず泰山へ往《い》ってそれをおこなう、とみているのさ」

「では、せっかく旅に出たのですから、泰山へ往く道を調べましょう」

株干にまっすぐにそういわれた南生は、わずかに苦笑を浮かべて、張良と目語《もくご》した。張良の決断は早い。

「株干のいう通りだ。道を調べつつ、遠くからでも泰山に祈りをささげてから、下邳へゆくのがよい」

この時点から、張良をふくんだ六人の集団は、

「泰山に参詣《さんけい》に往きます」

と、となえながらすすんだ。

「おや、大々的に道路工事がはじまっていますね」

と、堂巴がいった。いちど馬車をおりた株干はさりげなく人夫に近づき、

「これは、なにを造っているのですか」

と、訊《き》いた。人夫は手を休めず、

「馳道《ちどう》ですよ」

と、低い声で、みじかく答えた。工事を監督する者にみとがめられると、いきなり処罰されるようだ。

このあと張良らは、旅人を泊めてくれる民家にはいり、その家の主人から、馳道とはどういうものか、教えられた。

「馳道とは、天子専用の道路ですが、けっきょく行軍用の道路になるでしょう。幅が五十歩《ぽ》もあります」

歩は距離の単位のひとつで、一歩は一・三五メートルにあたる。つまり五十歩は六七・五メー

トルであるから、広大である。大軍がかなりの速度で往来できるように設計された道路で、三丈《じょう》（六・七五メートル）をへだてるごとに松の樹が植えられるらしい。

馳道が天子専用道路であるときいたとたん、みなは張良を視《み》た。始皇帝がその道路を通って泰山へむかうことは、まちがいない。

――だが、むりだ。

張良は心のなかでつぶやき、くやしがった。

始皇帝が馳道を通って泰山へゆくことはまちがいないにせよ、馳道のわきにいる平民は、立ったまま始皇帝の馬車を観《み》ることはゆるされないであろう。始皇帝の馬車の位置と速度がわからないかぎり、蒼海力士が投げる鉄槌《てっつい》が命中するはずがない。その馬車の前後左右にどれほど多くの騎兵がいるかわからない。

封禅の儀式は始皇帝にとって重要なので、いつもより従者が多いであろう。

「泰山参詣は、やめよう」

張良はそういって、翌日から下邳にむかった。下邳は泗水《しすい》のほとりにある県であるにもかかわらず、泗水郡にはいらず、その東隣《とうりん》の東海郡《とうかいぐん》に属することになった。

泗水郡の交通の要地《ようち》というべき彭城《ほうじょう》から、東進すると、下邳に到る。

下邳にはいって藤尾《とうび》について問うと、知らぬ者はいなかった。その家は豪邸であった。門は開いていたが、番人はいた。初老といってよい年齢にみえた。

張良は笑貌《しょうぼう》をみせながらその門番に近づき、

「わたしは淮陽《わいよう》の張子房《ちょうしぼう》という。藤尾どのはご在宅かな」

と、軽い口調でいった。

この声をきいた門番は、いきなり満面に喜色《きしょく》を浮かべ、

「あなたさまが、子房さまか。主人は、あなたさまの来訪を待ちつづけておられた。よくぞ、いらっしゃった」

と、明るくいい、張良らを門内にみちびきながら、

「子房さまの到着であるぞ」

と、叫び、胸をそらしてすすんだ。

藤尾が邸外に飛びだしてきた。張良の顔をみるや、

「かならずきてくれると信じていましたよ」

と、感激をあらわにした。すぐに左右の者に、

「今日は、報恩《ほうおん》の宴《えん》を催《もよお》す。支度《したく》にかかれ」

と、はしゃぐようにいった。

やがて宴席は室内に設けられた。藤尾の家人のなかでおもだった者が十人集められた。二十人以下のこぢんまりとした宴会となった。

「最近では、ちょっとした宴会でも、役人に目をつけられると、やっかいなことになります。盛

大な会とならないことを、お宥《ゆる》しください」

と、藤尾は張良にむかって低頭した。

「いや、これでも充分《じゅうぶん》すぎるほどです。あなたの心は、門番の発言に映《うつ》っていました。今日からしばらく逗留《とうりゅう》させてもらいたいが、よろしいか」

「逗留ではなく、住んでもらいたいくらいです。十人未満の人が住む家は、いつでも用意できます」

「ほう、まことに――」

「まことです」

「では、そのご厚意に甘えたい」

「承知しました」

翌日、藤尾は張良らを別宅に案内した。その家をみた張良は、

「これは立派すぎる。われらが住むには、もったいない」

と、いった。

だが、藤尾はうなずくどころか大いに笑い、

「なにをおっしゃいますか。この家は、あなたさまにとって小さすぎましょう」

と、いって、とりあわなかった。

この日から賓客としてもてなされた張良が住むことになった家には、すでに料理を作る庖人《ほうじん》と

下働きをする僕人《ぼくじん》ふたりがはいっていた。

「藤尾どののご厚意をうけたかぎり、ここでのうのうとすごしているわけにはいかない」

張良は下邳を本拠として、めだたないようにあたりの郡県を調べることにした。

「馳道造りが盛んですね。北は燕に、東は斉に、南は楚《そ》にとどくという長大な道路です。始皇帝は異民族の寇掠《こうりゃく》と辺地での叛乱を恐れているのでしょうか」

そういった堂巴の観察眼はたしかである。天下を統一したばかりの始皇帝は、各地に残る不穏《ふおん》さを掃滅《そうめつ》したいのであろう。だが、始皇帝が多数の兵に衛《まも》られて馳道ばかりをすすんでいては、張良らは手も足もでなくなる。

「われらにとっての好機は、始皇帝が山間の路をすすむときだ。始皇帝が間道を通るはずがない、ときめつけてはならぬ。通行人がすくない路も、みのがさず、地図に記入せよ」

張良は配下に道路地図を作らせた。

この間、南生はその作業にかかわらず、藤尾邸へゆき、食客《しょっかく》たちとともにすごして、さまざまな情報を集めた。

ひとり、秦都である咸陽からきた男がいた。かれだけが多大な情報量をもっていた。その男は地方の富豪《ふごう》に養われていたが、秦王朝の命令でその富豪が咸陽に移住させられたので、同行した。

「移住させられたのは、天下の富豪の十二万戸ですよ。これには、おどろきました」

「天下の富を、咸陽が独占したのですね」

南生はあえておどろいてみせた。

「始皇帝の宮殿は、渭水《いすい》の北と南にちらばるようにあり、それらは架空《かくう》の回廊《かいろう》でむすばれているともいわれています」

南生にとってはばかばかしいことだが、興味を失ったような顔はしなかった。男は饒舌《じょうぜつ》になった。

秦の宮殿のすばらしさを語りつづけたあと、話題を長城《ちょうじょう》に飛ばした。

「ほう、長城……」

南生にとって、宮殿よりもこのほうがおもしろい。

「始皇帝が築かせようとしている長城は、臨洮《りんとう》からはじまって、遼東《りょうとう》に達するという空前《くうぜん》の長さです」

「臨洮は、よく知らない地名です。どこにありますか」

実際、南生はその長城の起点を知らない。

「秦は咸陽を中心とする郡を内史《ないし》と呼び、その郡の西隣に隴西《ろうせい》郡を設けました。臨洮は隴西郡の西南部にあります」

「なるほど、そんな西から東北の果てというべき遼東までの城であれば、空前であり、絶後《ぜつご》でもある長さでしょう」

南生は感心してみせながら、心のなかで渋面《じゅうめん》をつくっていた。長城はおのずとできるわけではない。平民が築城工事に狩りだされるのである。しかも気が遠くなるような辺陲《へんすい》へやらされる。生きて還《かえ》ってこられない者が多くでるであろう。始皇帝の天下統一の直後におこなったことは、道路造り、宮殿造り、長城造りなどで、全土の民にむごい労働をおしつけている。

――殺したほうがよい男だ。

むろん南生は張良のたくらみを知っている。

「長城のほかに、始皇帝が命じたことや、おこなったことはありませんか」

「始皇帝は旅行がお好きなのか、隴西郡の北部を巡遊《じゅんゆう》なさいましたよ。明年は、泰山へゆかれるのではないかというわさがもっぱらです」

「あっ、泰山――」

張良の予想通りになりそうである。始皇帝がどの道を通るのか、あらかじめ侯生らが知れば、その報《しら》せはまず倉海君の家にとどき、下邳にとどくのはおそくなる。

――ぐずぐずしている場合ではない。

南生は肝心《かんじん》な情報をつかんだおもいで、すぐに張良のもとに駆けつけた。

「明年、始皇帝が東方をめぐるかもしれない……」

表情をひきしめた張良は、道路の調査をうち切り、藤尾邸にもどると、

「ずいぶん長く別宅に滞在させてもらいました。下邳に住むのは悪くないとおもうようになりましたが、淮陽にもどらなければなりません」

と、感謝しつついった。

「子房どのは、ずいぶん熱心に、道路を調べていたようだ。そういう調査なら、わが家人をお貸ししましたのに」

するど張良は唇に指をあてるようなしぐさをして、

「そのようなことが、あとで露見《ろけん》すると、あなただけでなく、ご家族も、八《や》つ裂《ざ》きにされます。われらのことは、知らぬ存ぜぬでお通しください」

と、声を低くしていった。一瞬、眉《まゆ》をひそめた藤尾だが、すばやく想《おも》いをめぐらせたらしく、軽く笑声を立てた。

「世にはあまたの俠客《きょうかく》がいるが、あなたほどの勇気をもっている者はいない。たとえわが身は八つ裂きにされようとも、あなたに助力したという誉《ほま》れをとりたい。わたしはそういう男です」

藤尾は張良らがなにをたくらんで実行しようとしているかを推知して、驚嘆した。

「これはおみそれした。われらが失敗したら、つぎはあなたにやっていただこう」

翌日、張良らは藤尾邸をあとにして、帰途は大きく迂回《うかい》することにした。

泗水郡から碭《とう》郡、碭郡から三川《さんせん》郡というように西行してから、潁川《えいせん》郡をかすめるように南下して、陳《ちん》郡にもどった。

張良は、倉海君の邸《いえ》にとどまっていた黄角《こうかく》、申妙《しんみょう》、声生《せいせい》などをすぐに集めた。

「さて、天下を取った始皇帝が、封禅の儀式をおこなうために泰山へ往くことはまちがいない。

すでにそのうわさが咸陽にあるということは、始皇帝の東方巡遊は明年におこなわれるとみてよい」

張良がそういうと剣士である黄角の目つきが変わった。つねに冷静な申妙は張良の意中にある計画を推察しようとしていた。

張良は話をつづけた。

「いま海内《かいだい》の東西南北で、行軍のために馳道という広い道路が造られているが、すべてが完成しているわけではないので、始皇帝は旧道を通らざるをえないところがある。始皇帝の予定と道順がわかれば、われらは待ち伏せすることができる」

始皇帝を襲撃することが絵空事《えそらごと》ではなくなってきたので、みなはそろって緊張をみせた。

「侯生か韓終の使いがこなければ、われらはいつ出発してよいかもわからない。こちらから催促《さいそく》の使いをだせないのが、つらいところだ」

そういった張良は苦笑をみせた。

申妙が口をひらいた。

「始皇帝は頭のよい男のようですから、巡遊の道順をあらかじめ群臣に告げることはしないでしょう。ただし泰山へゆくとなると、祭祀《さいし》や除払《じょふつ》にかかわる官人を多く従えてゆくでしょうから、食料をはじめ運搬する物が多大になります。すると陸送だけではなく、船もつかいたくなるでしょうから、川からさほど離れない道をえらぶのではありますまいか」

「おう、そうよ」

張良は手を拍《う》った。

昔から河水《かすい》や江水《こうすい》などといった長大な川は、さほど水上交通にはむいていない。泰山のほうにむかってゆく川で便宜《べんぎ》がよいといえば、済水《せいすい》である。

「始皇帝は済水の近くを通る」

張良の声にはつらつさが加わった。

方士《ほうし》が始皇帝のもとに集められているのはわかっているが、張良の暗殺をたくらんだにちがいない白生《はくせい》について、侯生、韓終といった方士《ほうし》が、なにもいってこないのはふしぎであった。

——こんど咸陽の方士から報せがくれば、白生について問うてみよう。

そういう心づもりで、張良は西からくる使者を待った。

使者はきた。

「侯之伍《こうのご》」

と、名告《なの》った壮年の男は、張良にむかって、

「明春、魯《ろ》」

と、告げただけで、ひきさがろうとした。あわてて張良は、

「ひとつ、願いがある。始皇帝に近侍《きんじ》している方士のなかに白生という者がいるはずだが、かれの消息について、つぎにくるときに教えてくれまいか」

と、たのんだ。

侯之伍はわずかに眉を寄せた。

「小生《しょうせい》はほとんどすべての方士の氏名を知っております。が、白生という方士はおりません」

「えっ、いない――」

張良はおどろきをおぼえた。韓《かん》の国が滅亡するときに、白生は張良邸をでて、秦の軍門をくぐったか、仲間とともに秦都に帰ったのではなかったか。

「わかった。もう問うことはない。侯生どののご厚意に感謝するばかりだ」

張良はこのとき、始皇帝を襲撃する計画をしっかり立てた。使者がいった魯とは昔の国名で、いまは県名である。位置は薛《せつ》郡の中央にあり、そこには知識の豊かな儒者《じゅしゃ》が多くいる。つまり始皇帝は封禅をおこなうにさきだって、古来の儀式に精通している儒者の意見を聴くつもりなのであろう。ゆえに魯へ往く。

済水は薛郡をかすめるように北上している。

博浪沙《はくろうさ》

五行《ごぎょう》の思想とは、戦国時代よりまえの春秋《しゅんじゅう》時代にあったとおもわれる。が、洽《ひろ》く世間に知られるようになったのは、戦国時代の後期であろう。
さて、その五行であるが、天地のあいだにあって不滅の五つの元素をいう。といっても、むずかしいものではなく、庶民でもわかる元素である。

木《もく》火《か》土《ど》金《ごん》水《すい》

それらが五元素で、ならべる順序も重要である。木は火を生じ、火は土を生じ、土は金を生じ、金は水を生じ、水は木を生じる。これが、

「五行相生《そうしょう》」

という考えかたである。ところが五行には、いまひとつのならべかたがある。

水

火

金

木

土

それは、水は火に克《か》ち、火は金に克ち、金は木に克ち、木は土に克ち、土は水に克つ、ということを表している。

「五行相克《そうこく》」

という考えかたである。天下王朝も変移するので、五行を映《うつ》しているとおもわれ、秦《しん》王朝はそのまえの周《しゅう》王朝に克ったことから、周王朝を火、秦王朝を水とした。また水は黒あるいは冬などを属性としているので、一年のはじめを十月とした。当然のことながら、九月が年末の月となるので、なじみにくいであろうが、一年は冬からはじまって秋で終わるとおぼえてもらうしかない。

したがって、張良《ちょうりょう》と従者が冬のうちに倉海君《そうかいくん》の邸《いえ》をでたとしても、すでに年はあらたまっていることになる。

――始皇帝《しこうてい》はどこを通るのか。

張良は従者と検討をかさねてきた。

始皇帝は天下を統一したというぬぼれを発散するために、ゆっくりと陸路をめぐるであろう。するとと大型の船をつかって河水《かすい》をくだることはせず、三川《さんせん》郡の大道を東行して、東《とう》郡か碭《とう》郡にはいる。ひとつの川が三川郡の東端でふたつにわかれる。始皇帝の大行列が北の川にそうか、南の川にそうか、そのあたりでみきわめないと、とても待ち伏せはできない。

用心深く北へすすんだ張良は、大梁《たいりょう》のあたりで西へむかった。この道は、ふたつの川のうち、南の川に近い。北の川が済水《せいすい》で、南の川は人工の川、すなわち運河である。

ほどなく三川郡にはいった。

さらに西行すると山道になった。道幅が極端にせまいところがある。右手は、崖《がけ》である。崖《がい》上《じょう》をみあげた張良は、

「あそこから鉄槌《てっつい》を落としたいが、始皇帝はこの道を通ってくれるかな」

と、いい、配下とともに崖上にのぼる径《みち》を捜した。すこしはなれた位置から傾斜をのぼると、崖上に立てることがわかった。あたりを眺めた堂巴《どうは》は、

「ずいぶん見晴らしがよいですね。ここなら下を通る行列がよくみえます。狙いをはずすことはありますまい」

と、いった。うなずいた張良は、

「われらにとって、ここが最良の場所であるようにおもわれるが、ほかの場所もみておかねばならない。もうすこし西へ行ってみる」

と、いって、山道までおりた。ちなみにこの地は、

「博浪沙《はくろうさ》」

と、呼ばれる。その浪はオオカミを表す狼《ろう》とも書かれる。

川が分岐《ぶんき》する地点に到った張良は、堂巴と株干《しゅかん》を呼び、

「このあたりに隠伏《いんぷく》して、始皇帝がどちらの川ぞいの道をえらぶか、狼煙《のろし》で報《しら》せてくれ。北の道なら煙は黒、南の道なら煙は白だ」

と、いいきかせ、こんどは北の済水に近い道をさぐろうとした。が、その道は起伏にとぼしく、通行人も多い。それを観《み》た張良は嘆息した。

「南より北のほうが通行しやすい。となれば、始皇帝は北の道をえらぶだろう。残念ながら、博浪沙は通らない」

この声をきいた申妙《しんみょう》は、低い笑声とともに、

「いや、始皇帝は、博浪沙を通りますよ。これ以上、北の道をさぐってもむだです」

と、断定するようにいった。

申妙の見識の高さを尊重している張良ではあるが、その意見にすぐに納得《なっとく》できなかった。

「北の道を通って泰《たい》山にむかってゆくのがまともであり、南の道を通れば、遠まわりになる。そ

れでも始皇帝は南の道を通りますか」

笑声を斂《おさ》めた中妙は、あえてほかの者にもきかせるように、声を張った。

「よろしいか、始皇帝という人は傲慢《ごうまん》なので、おのれの尊厳《そんげん》を天下の民にみせつけたいのです。かれはかつて趙《ちょう》の国を平定後に、その首都であった邯鄲《かんたん》へ往《ゆ》き、旧怨《きゅうえん》を晴らしました。ここでも似たようなことをするのではありますまいか」

「と、いうと……」

「魏《ぎ》の国の首都は大梁でした。おのれが潰滅《かいめつ》させた魏とその国の首都を観てから、泰山のほうにむかうはずです」

中妙にそういわれた張良は、ここでようやく膝《ひざ》を打った。

「そうか……。南の道を通れば、まっすぐに大梁に到る。北の道では、大梁から離れてしまう。よし、われらは博浪沙で始皇帝を待とう」

中妙の説諭《せつゆ》を容《い》れた張良は、離れていた堂巴と株干を呼びもどし、従者の全員がそろったところで、意中を吐露《とろ》した。

「始皇帝は魏の旧都である大梁をおのれの目で観るために、南の道を通る、とわれは信じた。もしも北の道を通ったら、今年の襲撃はあきらめる。さて、その襲撃であるが、われと蒼海力士《そうかいりきし》がいれば充分なので、みなは連絡に徹《てっ》してくれ。襲撃後は、千をこえる騎兵と歩兵に追われる。それゆえ二、三人でゆっくり逃げよ。多数でまとまっていそげば、かならず目立つ。下邳《かひ》で集合するが、直行せずに、各地を巡ってくれ。では、ふたり一組となって、配置についてくれ」

張良は道路地図をひろげた。

それから氏名をいいながら、地図の上に指を立てた。堂巴と株干が立ち昇らせる狼煙を観て、博浪沙がある方向にむかって狼煙をあげるのは、桐季《とうき》と黄角《こうかく》にした。申妙、南生《なんせい》、声生《せいせい》の三人は、

「われらは、船を捜す」

と、いった。つまり、張良と蒼海力士が崖上から山道におりれば、かならず捕獲されてしまうので、山中の径を川にむかって走るしかない。だが、船を用意していないので、漁人《ぎょじん》を捜して、船を借りるしかない。

「よし、たのむ」

張良は堂巴と株干を残して出発した。ふたりが黒い煙をあげれば、始皇帝は北の道をえらんだことになるので、全員、倉海君のもとに帰ることにしてある。

張良らは山中で寝泊《ねと》まりする場合もあるが、ほかのふた組は、近くの県の民家で始皇帝がくるまで待つことができる。

「予想としては、あと四、五日で、始皇帝はくる」

と、張良はいった。通ってきた県の内に、緊張があると感じた。

船の手配を終えた申妙ら三人は、情報蒐《あつ》めのためによく動いた。三日後に山に登ってきて、

「あと、二、三日で、始皇帝がきます」

と、張良に告げた。それから南生と声生が、

「川のほとりの小屋を確保しましたので、一度山をおりて、その小屋で休まれるとよい」

と、張良と蒼海力士をいざなった。ふたりは山中ですごしてきた。まともな食事をしていない。念のため、申妙が崖上に残って、四人が下山した。小屋にはいった張良と蒼海力士は、食事を終えると雑談をすることなく、すぐに熟睡した。

日が昇ってから目を醒《さ》ました張良は、

「気力と体力がよみがえったようだ。明日か明後日が勝負だ」

と、昂奮《こうふん》ぎみにいい、蒼海力士をともなって、崖上にもどった。山中で一夜をすごした申妙は、

「充分に準備なさったことですから、わたしはなにも申しません。ただし、鉄槌が力士の手からはなれたら、始皇帝の死を確認するためにここにとどまるようなことはなさらないでいただきたい」

と、訴えるようなまなざしを張良にむけた。

「わかっている」

わずかなためらいが死を招くことくらい、わからぬ張良ではない。

申妙はそれをきいてから、蒼海力士の肩を軽くたたき、下山した。投擲《とうてき》の練習をくりかえしてきた蒼海力士は、ぞんがい冷静で、

「雨にはなってもらいたくない」

と、いった。たしかに雨天では、狼煙もみえなくなる。

翌朝、明るくなったばかりの西の天空をながめていた蒼海力士が、

「白い煙が立っています」

と、声を強めていった。始皇帝の行列が、南の道をえらんだことを、その狼煙は告げている。

風はない。

早春の陽射しが山道を明るくしている。

昼すぎに、数騎の騎兵が山道にあらわれた。かれらはこの山道に通行人がいれば、天子のまもなくの通過を告げて、道から人を払いのける。

崖上に蒼海力士とともに伏せた張良は、

「一時《ひととき》以内に、始皇帝がこの下を通る。皇帝の馬車は屋根つきにちがいなく、そのまえに多数の騎兵はもとより二十乗近い従者の馬車が通る。ぬかるな」

と、ささやいた。鉄槌をむなもとに引き寄せた蒼海力士は、おもむろにうなずいた。

張良は寝返《ねがえ》りをうって、天空をみた。雲はない。

——これで弟や桐了《とうりょう》らの仇《あだ》を討てる。

そうおもうと、涙がわいてきた。だが、始皇帝を殺せば、すべてが完了するわけではない。秦の政府は始皇帝の死をひたかくしにするであろうが、やがて真相が天下に知られると、秦に滅ぼされた魏、燕《えん》、楚《そ》、趙、斉《せい》それに韓《かん》の諸公子が旧臣とともに挙兵し、大乱となる。張良は韓の国

を再興するために奔走《ほんそう》しなければならない。蒼海力士が鉄槌を投げる、その行為が、韓の国を再興する第一歩になる、と張良は自分にいいきかせた。

——馬が近づいてくる。

音でわかる。崖下は狭《せま》い道なので、騎兵は縦列《じゅうれつ》になってすすむ。そのあとに従者の馬車がくる。

——通過するのに、時がかかる。

と、張良は予想し、下をのぞかなかった。騎兵が通過したと感じた張良は、はじめて首をあげた。馬車の列が目に映った。

「そなたは父祖のために、鉄槌を始皇帝にくだす。祖霊《それい》が鉄槌を導いてくれるであろう」

張良が蒼海力士にそういったのは、自分の心をしずめるためでもあった。

ほどなく、屋根つきの馬車がみえた。

その馬車を牽《ひ》く馬が四頭もいる。そのため狭隘《きょうあい》な道をすすむには頭数が多すぎて、馬車の速度が予想よりも遅い。ただし、馬車の速度を変えていくたびも練習してきた投擲である。投げそこなうことは、けっしてない。

始皇帝の馬車が真下にくるまえに、鉄槌をにぎった蒼海力士は、いちどうしろをむくかたちになり、からだをひねって、大声を放った。

鉄槌が力士の手からはなれた。

その直後、張良は力士の胸を片手で突いて、

「逃げるぞ――」

と、強くいった。直後に、馬車が摧裂《さいれつ》する音が昇ってきた。

――しくじった。

蒼海力士が投げそこなったわけではない。鉄槌はかなりの正確さで始皇帝の馬車にむかって飛んだ。だが、張良は、一瞬、崖下の行列が停《と》まったのをみてしまった。そのときには、鉄槌は蒼海力士の手をはなれていた。

鉄槌は、始皇帝の馬車のすぐまえの副車をこなごなに砕《くだ》いた。張良と蒼海力士はそれをみとどけるまえに、下山のために奔《はし》りはじめていた。

「賊め――」

いのちびろいをした始皇帝は、激怒した。賊を捕らえよ、とかれが命じるまえに、官人が動きはじめ、ほどなく事件を知った騎兵が大捜索をおこなった。

すでに船に乗って対岸へ渡った五人は、船をかくしたあと、

「ここで別れよう」

と、いい、東西に分かれた。東へゆく張良と申妙は馬に乗り、西へゆく南生、声生、蒼海力士は徒歩になった。

胆力のある申妙は、馬をいそがせなかった。馬首をならべ、落胆の色をみせている張良のほう

をみずに、

「始皇帝を扶助《ふじょ》する力が、子房《しぼう》どのの執念《しゅうねん》をうわまわりましたか。悪運の強い皇帝ですな」

と、乾《かわ》いた声でいった。

じつのところ、鉄槌を投げた蒼海力士は、成否《せいひ》を知らないはずであるが、張良に喜色がないので、

——失敗した。

と、察したらしく、別れるまで無言のままであった。船からおりたとき、かれは顔をつつんでいた黒い布をほどき、黒く染めた衣服をぬいで、水に沈めた。南生から葛衣《かつい》を与えられ、それを着たかれは、張良にむかって一礼して去った。なお、鉄槌の柄《え》も黒かった。なんのために黒色を多くつかったのか、それについて申妙は張良に説明を求めることなく、馬上で、

「探索の目が、邯鄲にむくようになさったのでしょう」

と、いった。この言は、正鵠《せいこく》を射《い》ていた。戦国時代に鉄の生産地といえば、まず楚であったが、その加工となると、趙がうわまわっていた。また趙は秦とおなじように黒色を尊《たっと》んでいたので、趙王の近衛《このえ》兵は黒衣《こくい》の兵と呼ばれた。始皇帝のいのちを狙った者が黒衣を着て、鉄槌の柄が黒いとわかれば、

——始皇帝を急襲した者どもは、趙王室にゆかりがある。

と、秦の兵と官吏《かんり》は考え、趙の首都であった邯鄲を重点的に調査するであろう。張良は探索の

目が北にむき、南にむかないように細工をした、それが申妙にはわかっていた。

「蒼海力士は一生に一度の投擲をおこなった。われはかれの勇気をたたえ、かれが逮捕されて処刑されるような事態を避けるようにしたつもりだ。南生は風占いの名人だから、危険な方角にかれを導くことはしない」

馬上でうなだれていた張良は、すこし首をあげていった。

「ああ、それで力士に南生をお付けになったのですか」

申妙は感心したように、くりかえしうなずいた。

用心深さは申妙にもある。

「おそらく、明日には、交通が止められ、川の近くにいる通行人は、旅人《たびびと》にかぎらず、すべて調べられますよ。それゆえ、われらは夜間もすすんで、間道にはいりましょう」

「わかった。そうしよう」

張良もおなじことを考えていた。

かつて道路地図を作ったので、三川郡から碭郡にはいると、さほど迷わず、大小の道をすすんで、済水の南岸の道を東へ東へとすすんだ。それから南下し、碭郡の郡府がある睢陽《すいよう》にはいった。

検問はおこなわれていなかった。

旅人をうけいれてくれる民家にはいると、さっそくその家の主人が、

「おどろきましたなあ。三川郡の博浪沙で、白昼堂々《はくちゅうどうどう》、始皇帝を襲った賊がいたそうです。な

んでも、趙の残党らしいです。あなたがたは、どこからいらっしゃった」

と、おどろきをみせながら、さぐるようなまなざしをふたりにむけた。

すると申妙が如才《じょさい》なく、

「そんなことがあったのですか。われらは定陶《ていとう》から南下してきましたが、そのような話は、はじめてききました。始皇帝のご配下のかたがたが、ここまでお調べにきたのですか」

と、逆に、さりげなくさぐった。

「そりゃ、厳しいもので、旅人を泊めている民家は、ことごとく調べられました。とくに、西からきた旅人は役所に連れてゆかれて、しばらく留置《りゅうち》させられました」

「そりゃ、大変でしたね」

そういいながら申妙は張良と目を合わせた。

虎口《ここう》を脱したおもいのふたりは、睢陽をあとにすると、すこしいそぎはじめた。ほぼまっすぐに東行すると、彭城《ほうじょう》に到り、そこから泗水《しすい》にそってさらに東行すると、下邳に着く。

いつものように藤尾《とうび》邸の門は開かれていて、初老の門番の姿がみえた。

張良と申妙が門前で下馬したとき、門番が飛ぶように走ってきた。

「邸内にはいってはいけません」

いきなりそういった門番は、馬に乗るようにふたりをうながし、いちどあたりをうかがってから、速足《はやあし》で歩きはじめた。下邳の邑《まち》を囲んでいる壁の外にでてからも歩き、泗水から遠くない高地に建つ大きな家に、ふたりを導きいれた。むろん、まえに住んだ別宅とはちがう。

「あなたがたは、主人の親戚ということになっていますので、今日から、氏を藤《とう》にしてください。しばらくここからでないようにしていただきたい」

門番は念をおすようにいって去った。

翌朝、早々《はやばや》と藤尾がやってきた。藤尾にひとりの庖人《ほうじん》とふたりの僕人《ぼくじん》が従ってきたが、その三人の顔を張良は知っている。以前、別宅で働いてくれた三人である。

藤尾は、張良、中妙と三人だけになると、張良にほがらかな目をむけて、

「天下を驚倒《きょうとう》させるようなことをしたのは、あなたでしょう」

と、いったあと、軽く笑った。

「はて、さて、そのようなことをわれらがしましたか」

張良はとぼけた。

「わたしは裏街道にも通じているとみなされて、県の役人を助けることになりました。博浪沙の賊の手配書がとどけられ、ときどき役人がきます。たぶん懸賞金がでることになるでしょう。わが家には食客《しょっかく》が出入りしていますので、あなたがたを怪しいとみれば、官衙《かんが》に訴えでて、懸賞金をせしめようとします。今後は、わが親戚としてふるまっていただきたい。なお、この家は、わたしの実家ですが、兄のあとつぎが絶えまして、無人になったところです。張良どのは、藤吉《とうきつ》とでも名告《なの》ってください」

「造作《ぞうさ》をかける」

張良は藤尾にむかって深々と頭をさげた。

老人と黄石

張良《ちょうりょう》のもとに、ふたたび従者が集合した。

が、そのなかに蒼海力士《そうかいりきし》はいなかった。

南生《なんせい》、声生《せいせい》とともに歩いて北へむかった蒼海力士は、いちど三川郡《さんせん》をでて河水《かすい》の対岸へ渡ってから西行した。それから三川郡にもどり、南下して潁川郡《えいせん》をななめに横断すると、

「ここでお別れします。子房《しぼう》さまに助力できたことは、一生の誇りです」

と、ふたりにいって、去ったという。

南生と声生からそう告げられた張良は、

「蒼海力士は、妻子はいないといっていたが、じつはわれのために妻子をどこかにあずけて、働いてくれた。その妻子のもとに行ったのであろう」

と、推察した。

再度、おなじ方法で始皇帝《しこうてい》を襲うことをしない張良にとって、蒼海力士のような剛力の者を必

要としなくなったといえる。

——つぎは、どうするか。

始皇帝を急襲するあらたな方法を考えなければならないが、秦《しん》の政府の探索能力を軽視すると、張良ひとりだけではなく、従者、それに藤尾《とうび》や倉海君《そうかいくん》まで刑死させることになってしまう。

——とにかく、今年は、おとなしくするしかない。

張良は従者にも用心を説《と》き、めだたないように秋まですごした。

まえに述べたように、冬から新年となる。

仲冬に、侯生《こうせい》の使者がきた。方士《ほうし》たちの情報網は驚異的にすぐれており、張良の移動も掌握《しょうあく》している。かれらが官憲《かんけん》に協力すれば、張良らは隠晦《いんかい》しようがない。

使者は述べた。

「昨年、始皇帝は博浪沙《はくろうさ》で難《なん》をのがれたあと、魯《ろ》の儒生《じゅせい》らを引見《いんけん》し、封禅《ほうぜん》について議論をおこないました。その後、泰《たい》山にのぼって祭祀《さいし》をおこないました。それから琅邪《ろうや》のほうを巡り、斉人《せいひと》の徐市《じょふつ》（徐福《じょふく》）に、海のかなたの三神山に住む仙人を求めるため、船をださせました」

「始皇帝は仙人を求めて、どうするのか」

と、張良は侯生の使者に問うた。

「仙人から、不老不死の術をさずけてもらうつもりです」

「始皇帝が不老不死になれば、この世は、闇《やみ》となる」

使者はこのことばをききながして、説明をつづけた。

「ひきかえした始皇帝は、彭城《ほうじょう》を通りました」

「うむ、知っている……」

彭城は下邳《かひ》から遠くない。その彭城で始皇帝は千人の者に泗水《しすい》にはいらせた。かれらに、

「周《しゅう》の鼎《かなえ》を捜せ」

と、命じた。周の鼎は、九鼎《きゅうてい》といい、夏《か》王朝の禹《う》王が鋳《い》た鼎で、天子のみが所持できる宝器である。その九鼎は夏から殷《いん》へ、殷から周へつたわり、周王朝が終わるころに、泗水に消えたといわれる。天子となった始皇帝がその伝来の宝器を欲するのは当然であり、川のなかに千人を投入して捜させたが、みつけられなかった。

禹王が造ったのは銅器であったようだが、夏王朝のころにそういう鋳造《ちゅうぞう》技術があったとは考えにくく、造ったとすれば土器ではなかったか。土器であれば、川に沈めば、溶けてしまう。

それはさておき、始皇帝が彭城にとどまっていたことを張良は知っていたが、

——おとなしくしていないと、藤尾どのに迷惑がかかる。

と、意《おも》い、下邳からでなかった。襲撃場所が近すぎるのは、かえってやりにくい。

「彭城をあとにした始皇帝は、南へむかい、江水《こうすい》に船を浮かべて遊覧しました。途中で大風《おおかぜ》に遭《あ》い、船がひっくりかえりそうになりました。近くに湘《しょう》山があり、帝舜《ていしゅん》の妃《ひ》が祠《まつ》られていたので、大風を起こしたのはそれであると怒り、罪人三千人をつかって、湘山の樹を残らず伐《き》らせて、禿《はげ》

山《やま》にしてしまいました。その後、武関《ぶかん》を通って、咸陽《かんよう》に帰りました」

「さようか。よく報《しら》せてくれた」

張良は侯生の使者に礼をいって去らせたあと、始皇帝への憎悪《ぞうお》を強くした。

――始皇帝は巡狩《じゅんしゅ》を知らぬのか。

昔の天子は諸国を巡って視察をおこなった際、善事《ぜんじ》をおこなった者を顕彰《けんしょう》し、自身の徳を天下に知らしめた。それが巡狩である。ところが始皇帝はどうか。おのれを誇るために、何千、何万という人を使役《しえき》し、行楽をつづけただけで、ひとりの善人も褒《ほ》めなかった。帝舜の妃が祠られている山を禿山にするとは、言語道断《ごんごどうだん》である。

――偸盗《ちゅうとう》をはるかにうわまわる悪人である。

その悪人を、博浪沙で、天は助けた。なぜであろう。ふたたび張良らが始皇帝を急襲しても、天が始皇帝をかばうようであれば、またしてもこころみは失敗してしまう。

――天意はどこにあるのか。

天が暗殺という手段を嫌っているのであれば、ほかにどのような手段があるのか、時間をかけて考えてみる必要がある。とにかく、昨年の始皇帝は大旅行をおこなったので、今年と明年は、旅行をひかえるであろう、と張良は推量した。

始皇帝が動かなければ、張良も動けない。

初春になった。

倉海君の家人が、銭と財物《ざいぶつ》を運んできた。

「おあずかりしていた物を、おとどけにきました」

倉海君の物堅《ものがた》さであろう。張良の私財を送付《そうふ》してくれた。これで張良は藤尾にたよることなく生活してゆくことができる。家人と食客《しょっかく》が十人ほどであれば、かれらを十年間は養ってゆくことができるであろう。

仲春となり、気持ちのよい春風が吹くようになった。

張良はひとりの従《とも》も連れずに、散策《さんさく》をおこない、土の橋にさしかかった。この橋の下に水はながれていない。

橋の上に立っている張良のもとに、褐衣《かつい》を着た老人がきた。ちなみに褐衣は、荒い毛で織った毛ごろものことで、粗末《そまつ》な衣服を想《おも》えばよい。

老人は張良のまえにでて、橋のへりにゆくと、履《くつ》を落とした。どうみても、わざと落としたのである。

——奇妙な老人だ。

張良はこれから老人がどうするのか、しばらく見守るつもりで、その場から動かなかった。

老人はふりかえって、張良をみた。

「孺子《じゅし》、おりて履を取ってこい」

孺子は、こどもをいうが、大人《おとな》にむかってそのことばをつかった場合、侮蔑《ぶべつ》語になる。いまま

でいちども孺子といわれたことがない張良は、おどろくと同時に、嚇《かっ》として、

——こいつを殴《なぐ》ってやろうか。

と、おもったものの、相手は老人のことゆえ、怒りの色を消して、橋の下におりた。履を拾って、老人のもとにもどると、礼をいわれるどころか、

「われに、履《は》かせよ」

と、足をだされた。ふたたび腹を立てた張良だが、ここも我慢《がまん》をして、ひざまずいて履かせた。

老人は自分の足と張良をみおろしてから、笑いながら去った。

——なんという爺《じじい》か。

張良は睨《にら》むようにその後ろ姿を見送った。

ところが、その老人は一里（四〇五メートル）ほどゆくと、急に踵《きびす》をめぐらせて、かえってきた。かれは張良をみつめると、

「孺子よ、教えることがある。五日あとの平明《へいめい》に、われとここで会おう」

と、いった。

張良は、こんな怪しい爺《じい》さんのいうことが信じられようか、とおもいつつも、ひざまずいて、

「わかりました」

と、答えた。

あとで張良は、あの老人がおこなったことは、いやがらせでしかない、とおもった。五日後に

土の橋までこい、といったのも、口からでまかせかもしれない。

——われがあんな老人から教えられることがあろうか。

そうはおもったものの、いちおうようすをみてやろう、と半信半疑《はんしんはんぎ》の張良は、約束の日の平明にでかけた。

橋の上に老人の影がある。

——おや、あの爺さんはもうきている。

感心して歩をすすめた張良は、いきなり老人に叱《しか》られた。

「老人と約束しておきながら、おくれるとはなにごとだ。今日は帰れ。また五日後の早朝に会おう」

この老人に会ったところで、どのような利益があるのか。張良は内心舌打ちをしながら帰宅した。

桐季《とうき》がいぶかしげに張良をみて、

「早朝におでかけでしたが、おひとりでよろしいのですか」

と、心配した。張良は一笑して、

「案《あん》ずることはない。われの気まぐれよ」

と、桐季に蹤《つ》けられないようにした。

五日後は、雞《にわとり》が鳴くとすぐに家をでた。これなら老人に先着するはずだとおもいながら橋の上をみると、なんと老人がいるではないか。

老人の怒声が飛んできた。

「遅れるとはなにごとか。帰れ。五日後に、また早くこい」

ここで張良は奇異《きい》の感《かん》に打たれた。張良のように城外に住んでいる者は比較《ひかく》的に往来は自由であるが、城内に住んでいると、雞鳴《けいめい》以前に門はひらかないので、この土の橋までたやすくくることはできない。

――老人はどこに住んでいるのだろうか。

張良は思案しながら帰った。

――こうなったら、夜のうちにあそこへ行ってやろう。

そう決めた張良は、約束の日には、夜半に家をでた。さすがに橋の上に老人はいなかった。しばらくすると、老人がやってきた。かれは喜んで、

「こうでなくてはならぬ」

と、いった。それから一篇の書物をとりだして張良に与えた。この時代に紙の書物はない。木《もっ》簡《かん》をつらねて巻物にしたものが書物である。一篇は一巻と想ってよいかもしれない。

老人はいった。

「これを読めば王者の師となるであろう。十年後には興隆《こうりゅう》し、十三年後に、孺子よ、われをみることになろう。済北《せいほく》の穀城《こくじょう》山の麓《ふもと》にある黄石《こうせき》がわれなのだ」

それだけをいうと、老人は無言のまま姿を消した。

あっけにとられた張良は、老人にことばをかけることができず、立ちつくした。

――済北というと……。

済水《せいすい》の北ということではなく、済北郡のことであろう。そこは旧《もと》の斉《せい》国の一部である。ちなみに老人がいった穀城山は、谷城山《こくじょうざん》とも書かれる。その山があるのは、済北郡の西南部の端である。むろん下邳からは遠い。

渡された書物が、いわゆる俗書であれば、泗水に投げ棄《す》ててやろうとおもいながら、ひっそりと帰宅し、夜明けを待って書物をひらいてみた。

「これは――」

太公望《たいこうぼう》の兵法書である、とすぐにわかった。太公望の兵法書としては、『六韜《りくとう》』がよく知られている。ただし『六韜』は、六巻六十篇で成っている。張良がふしぎな老人から与えられたのは、それとは別の兵法書ではなかったか。

とにかく張良は、この日から、その書物の全文を暗誦《あんしょう》できるほどくりかえし読んだ。

――兵法書はいろいろあるのに……。

なぜ太公望のそれなのか、と張良は考えた。

いうまでもなく、太公望は殷王朝末期の人である。殷民族は羌《きょう》族を敵視して、羌族狩りというべき狩猟《しゅりょう》をおこなって多数の羌族を殺した。そのため羌族は東西南北へしりぞき、羌族の首長である太公望は東海のほとりにのがれていたが、方向を転じて、西方へ行った。

おそらく西方では周の文王《ぶんおう》が善政をおこない、慈仁《じじん》を発揮しているときいたから、族人を率いて移住したのであろう。太公望が渭水《いすい》の北で釣《つ》りをしていると、通りかかった文王にみいだされ、そのまま馬車に乗せられて、文王の謀臣となった、というのは、後世、知られすぎた伝説である。

実情は、こうであろう。

周民族の威勢が拡大したことによって、早晩《そうばん》、殷民族と大会戦をおこなわなければならないと覚悟した文王は、羌族と連合することで兵力を増大しようとした。そのために羌族の首長である太公望を招いたか、それとも、自身で会いに行って、同盟関係を築いたにちがいない。

ただし張良にとってそういう実情はどうでもよい。肝心なことは、あの神のような老人から、

「おまえが太公望のようになるのだ」

と、暗《あん》に告げられたことである。すると、太公望のころの敵が、いまの秦の始皇帝とその帝国ということにおきかえられる。

——問題は、文王だ。

いまの世に、始皇帝をおびえさせるほどの英雄は、どこを捜してもいない。つまり張良の智謀《ちぼう》を献ずる人がみあたらなければ、どうにもならない。

「あっ、そうか」

あの老人は、十年後に興隆する、といった。十年経《た》つと、自身の運気がめざましく上昇するの

であろう。

いや、運気が上昇するのは張良だけではなく、天下を取るべく王道をすすむ者があらわれるのも、十年後なのであろう。そう考えた張良は、ここで、南生と声生というふたりの方士と賢人《けんじん》というべき申妙《しんみょう》を自室に招きいれた。方士は神秘的な知識と術とをもっており、怪奇な話でも信じてくれる。また申妙の理知《りち》は格別である。

三人を着座させた張良は、いきなり、

「他言無用です」

と、いい、老人の出現から早朝の会見、さらに太公望の兵法書を残して老人が消えたことまで語った。きき終えた三人は、

「その老人は神です」

と、口をそろえていった。うなずいた張良は、

「われもその老人は神であるとおもう。しかし、謎は多い。済北といえば、旧斉国なので、文王のごとき王者が、旧斉国のどこかで起《た》つとわれに告げたのであろうか」

と、考えながらいった。

「いや、いや……」

南生は首を横にふった。

「斉王の子孫か王族のたれかが英雄で、秦の皇帝を打倒できるのであれば、子房どのをひきだす

はずがない。子房どのは斉の再興を望んでいるわけではない。子房どのが知略によって佐《たす》ける人は、旧の韓《かん》あるいは魏《ぎ》の国内にいた人であろう」

「しかし、子房どのが、十三年後に穀城山の麓に行くということは、東方出身の人に従うということではあるまいか」

と、声生はいった。

「それは、どうかな。とにかく十年後に大事件があるか大乱があるにちがいない。さらにその年か三年後に、秦の皇帝は、夏桀殷紂《かけついんちゅう》のごとく滅亡する。それまでの辛抱《しんぼう》ですぞ」

申妙は強い語気でいった。なお、夏王朝の桀王と殷王朝の紂王は、悪王の象徴《しょうちょう》とされる。

――あと十年か……。

張良は心のなかで自分の年齢をかぞえてみた。十年経てば、四十代の後半にさしかかっている。壮年《そうねん》を終えようとする年齢であることが不安である。

張良の表情がわずかに翳《かげ》ったことをみのがさなかった南生は、

「子房どの、どこから王者が興《おこ》るのか、わかるのですよ」

と、おもいがけないことをいった。

「われでもわかりますか」

「さて、それはどうですか。方士であればわかります。王者の気が立つのです。われらはそれをみのがさないようにします」

そういった南生は、二日後に、声生とともに旅行にでた。王者の気を捜しに行ったわけではあるまい。方士が連絡しあうということはあるので、そのためにでかけたのであろう。ふたりはこの年には帰ってこなかった。

冬になれば、新年である。

北から吹く寒風が強くなった日に、めずらしく藤尾がやってきた。藤尾とのつながりが多くの人に知られることがないように、張良はみずから藤尾邸にゆかないようにしてきた。連絡のためには株干《しゅかん》を往復させてきた。だが、この日は、株干を介《かい》することなく、藤尾自身がこっそり張良に会いにきた。

「ほう、じきじきのご来訪とは、よほどの大事か、至急のことがあるのですね」

室内にいるのは張良と藤尾のふたりだけである。念のため、室外に桐季を立たせた。

張良の顔をみつめた藤尾は、軽く嘆息してから、まなざしをさげた。

「あなたに大望があることはわかっている。たいせつないのちを危険にさらすようなことは避けたいが、どう考えても、あなたにたのむしかない。ただし、おことわりになっても、いっこうにさしつかえない」

藤尾は微妙ないいかたをした。

張良は目で笑った。

「官憲《かんけん》に追われている者を助けようということでしょう。追われている者は、よほどの大物とみえます」

「楚《そ》王を扶《たす》けて、最後まで秦軍と戦った将軍をご存じでしょう」

藤尾の口調に感情の色がでた。

「項燕《こうえん》である、ときいています。秦将の王翦《おうせん》と戦って死んだのでしょう」

「そうです。項燕には三、四人の子がいたとおもわれますが、そのなかのひとりを項伯《こうはく》といいます。かれは人を殺して逃げていますが、逃げ路を失いかけています。かれの出身は、ここから遠くない下相《かしょう》です。しかし下相には捕吏《ほり》が網《あみ》を張って待っています。たぶん項伯はそのことを知らず、下相の豪族にかくまってもらうつもりでいるでしょう。下相の豪族は、項伯を官憲に売る、と報せてくれた者がいるのです」

「だが、あなたは項伯を救いにゆけない」

張良は藤尾の目をのぞきこむようにいった。

「わたしのもとには手配書がまわってきており、かならず役人が検分《けんぶん》にきます」

「われがゆかない、といえば……」

「項伯は逮捕されて、死刑に処せられるでしょう」

「では、ゆくしかない」

藤尾は首をあげた。

「それはありがたい。項伯は彭城の東の農作業小屋にひそんでいます。そこまでは、わが子の孟《もう》が案内します。すぐに発《た》ってくれますか」

藤尾が用意したのは、驢馬《ろば》が牽《ひ》く車である。荷のなかに項伯をかくして運んでもらいたい、というのが、藤尾からの伝言である。

嚮導《きょうどう》に立った藤孟は張良よりも五つほど年齢が下のようにみえた。張良をひそかに尊敬しているのか、口調も物腰《ものごし》も鄭重《ていちょう》であった。

夕方を待って出発した。

項伯

張良《ちょうりょう》に従うのは、桐季《とうき》、堂巴《どうは》、黄角《こうかく》、株干《しゅかん》、申妙《しんみょう》の五人である。

この小集団を案内するのは、藤尾《とうび》の子の藤孟《とうもう》である。

日没とともに下邳《かひ》をあとにしたかれらは、夜行した。驢馬《ろば》に車を牽《ひ》かせて、ゆっくりとすすんだ。朝になり、日が昇ると、かれらは林のなかにはいって夕方まで休んだ。再度夜行すると、めあての小屋があった。

張良は配下に黒い布で覆面をするように指示した。藤孟が小屋の戸を三度たたいて、

「迎えにきた」

と、いった。すると小屋のなかから、

「林《りん》、林」

という声が発せられた。藤孟が黙っていると、戸がひらいて、剣をぬいた三人が飛びだしてきた。剣刃《けんじん》が月光にきらめいた。

「合いことばを知らぬなんじらは、汚吏《おり》の手先だな」

この殺気をはねのける気合いで、刀《とう》をぬこうとした黄角を右手で掣《せい》した張良は、一歩まえにでた。

「合いことばをいって、項伯《こうはく》どのを迎えにくる者こそ、官憲《かんけん》に通じ、項伯どのだけでなく、あなたがたをも売ろうとしている。それをたまたま知ったので、夜中、急行してきた。われらを信じなければ、項伯どのとあなたがたは死ぬ。われらは博浪沙《はくろうさ》での失敗をここでくりかえすわけにはいかないので、あなたがたと死ぬわけにはいかない。夜明けになれば、詐謀《さぼう》の集団が捕吏《ほり》を率いてくる。それがうそか、まことか、そのときまであなたがたはここにいて、たしかめるのも一興《いっきょう》かもしれない」

博浪沙ときいて、小屋のなかからすばやくでてきた壮士《そうし》がいる。

月明かりだけでは、年齢がわかりにくい。おそらく張良よりも四、五歳上ではないか。

「わたしが項伯です。あなたと同行したい」

かれは張良にむかってはっきりといい、ここまでかくまってくれた者たちに礼容を示した。

「さあ、もどるぞ」

この張良の声に、鋭敏に反応した従者は、すばやく帰途についた。農作業小屋からかなり離れたところで、すべての者が覆面をはずした。もっともおどろいたのは項伯で、張良の白面《はくめん》を視《み》ると、

「博浪沙で始皇帝《しこうてい》を襲ったあなたは、鬼貌《きぼう》の人である、と想像していましたのに、ずいぶんちがっていた」

と、話しかけた。

「いや、そのときは鬼のごとき形相《ぎょうそう》であったかもしれませんよ」

声を立てずに笑った項伯は、

「この驢馬と車は——」

と、問うた。

「昼間は、人の目が多いので、あなたを荷台に積んだ藁《わら》の底に沈めて、運ぶのです。窮屈《きゅうくつ》ですが、我慢してもらいましょう」

「こころえた」

夜明けとともに、項伯は荷車に載《の》って藁をかぶった。藤孟がいそぎがちになったので、

「いそぐ路は、活路にはならず、死へ到る路になりかねない。休み、休み、ゆきましょう」

と、張良はたしなめた。

日が昇ってから、みなは路傍《ろぼう》で朝食を摂《と》った。

通行人が増えてきた。驢馬をみつけて、撫《な》でにきた者がいる。桐季は顔色を変えたが、

——この人は、偵探《ていたん》ではない。

と、みた張良は、

「どうぞ、撫でてやってください。喜びます」

と、さりげなく応対した。

正午まではゆっくりとすすみ、それから林のなかにはいって、二時《ふたとき》ほど休憩した。ふたたびすすみはじめた集団を怪しむ者はいない。張良の従者は前後左右に目をくばり、邸宅に到着するまえに日没となった。暗くなった道を通る人はいない。

「蹤《つ》けてくる者はいません」

株干の報告をうけた張良は槖をめくった。

項伯が車からおりたあと、驢馬を曳《ひ》いて闇《やみ》のなかに消えようとする藤孟に、

「当分、藤尾どのはわが家にこないように、そう伝えてもらいたい」

と、張良は声をかけた。

「承知しております」

藤孟の声だけが、門前にすこし残った。

門のなかにはいった張良は、項伯をいざないつつ、

「空腹でしょう。庖人《ほうじん》がなにかを作って待っているはずです。それをお食べになったら、就眠《しゅうみん》なさるとよい。くどいようですが、すくなくとも十日間は、家の外にでないでいただきたい」

と、いい、あとは株干にまかせた。株干には相手に警戒心をいだかせない、人あたりのやわらかさがある。

この夜、項伯は熟睡したらしい。それは張良を信じたあかしであるといってよい。

翌日、項伯とふたりだけになった張良は、

「われはあなたが楚《そ》の項燕《こうえん》将軍の子であり、人を殺したために、捕吏に追われているときかされ、或《あ》る人の依頼で、あなたを助けた。まず、はっきりさせなければならないのは、まことにあなたが項燕将軍の子であるか、ということです」

と、いった。項伯は苦笑した。

「わたしが項燕の子であるというあかしは、なにもありません。本名は纏《てん》といい、伯はあざなです。あえていえば、この貌《かお》があかしとなりましょうか」

項伯は武門の生まれであるので、その風貌に武張ったものがあるが、貴族に属するだけに、雅《が》味《み》をくるんだ誠実さもある。

「そうですか。では、ちょっと――」

と、いい、からだをねじった張良は手を拍《う》った。直後に、申妙が入室した。

「この者は、項燕将軍をみかけたことがあります」

張良のななめうしろに坐った申妙は項伯を凝視したあと、よく肖《に》ておられる、といい、退室した。

「さて、あなたが項燕将軍の子であるとして、あなたのご兄弟はどうなさったのか。項燕将軍がお亡《な》くなりになったのは、六、七年前であると承知していますが……」

と、張良は問うた。

「父とともに秦軍《しん》と戦い、死にました。生きのびたのは、わたしのほかにたれがいたのか、わかっていない」

「生きのびたあなたは、最近、人を殺した」

「父を殺したのは、秦将の王翦《おうせん》と蒙武《もうぶ》ですが、母を殺した者もいる。その者をみつけて、殺した」

「仇討《あだう》ちですか……。これほど厳しく急追《きゅうつい》されたということは、秦の高官を討ったということでしょう」

これには、項伯は答えなかった。

「われらは用心に用心をかさねてあなたを運び、わが家に蔽匿《へいとく》しましたが、それでもこの密事を怪しむ者がいて、官衙《かんが》に訴えるかもしれない。われは家人に命じて、家の周辺に候人《こうじん》らしき者がうろついていないか、朝夕《ちょうせき》、見張らせます。突然、この家が多数の捕吏にとりかこまれて、捕《ほ》縛《ばく》されれば、あなただけでなく、われも死罪となります。運よく、その包囲を突破できても、ばらばらに逃げることになったら、陳《ちん》県から遠くないところに、倉海君《そうかいくん》という豪族がいますので、その家をめざしてください」

張良がそういうと、項伯はため息をついた。

「あなたの義侠《ぎきょう》が本物であることがわかった。もしもこの家が捕吏にかこまれたら、この首を斬って役人にさしだせばよい」

　項伯は自分の首を平手《ひらて》でたたいた。この瞬間、

　――この男、気にいった。

　と、おもった張良は、表情をやわらげ、

「われは藤吉《とうきつ》と名告《なの》っていますが、じつは、韓《かん》の宰相《さいしょう》であった張平《ちょうへい》の子で、良《りょう》といい、あざなは子房《しぼう》です。われの仇討ちは、まだ終わっていないのです」

　と、うちあけた。

「吁々《ああ》、あなたの志《こころざし》は大きい。博浪沙で始皇帝をわずかの差で殺しそこねたとききました。あなたの仇は、わたしの仇でもある。わたしはたった一日のちがいで、殺されるところをあなたに救われた。向後《こうご》は、生死をあなたとともにしたい」

　項伯のなかにも俠気《きょうき》がある。張良をまっすぐに視て、はっきりといった。

「そうですか。ここでわれとともにすごすのであれば、氏名を変えてもらいましょう」

「楚にゆかりのある氏はやめます。韓の前身は鄭《てい》という国でしたね」

「そうです」

「ここの地名にある邳《ひ》は、大きいという意味の丕《ひ》とおなじですから、これからは、鄭丕《ていひ》と名告《なの》ることにします」

「良い氏名です。その変名《へんめい》を株干に伝えてください。すべての家人に、その氏名をおぼえてもら

わなければならない」

そういった張良は、項伯が退室したあと、申妙を呼んだ。

「項伯は母の仇討ちのために秦の高官を殺したらしい。下相《かしょう》の豪族は犯人が項伯であると勘《かん》づいたらしく、官憲に通じて、項伯をかくまうふりをして官衙につきだそうとした。ところが、項伯を騙《だま》して迎えようとしたのに、わずかの差で項伯をみうしなった。そこで、消えた項伯がどこにひそむことになったか、と考え、彭城《ほうじょう》から遠くない県を、手下にあたらせはじめていれば、その手下は、当然のことながらこの下邳にくる。わが家をさぐりたがっている怪しい者をみかけたら、逃げる準備をしてもらいたい。また倉海君をたよります」

張良にそういわれても、申妙は深刻さをみせなかった。

「子房どのには、黄石《こうせき》という神がついている。逃げまどうようなことにはなりませんよ。夜が明けるはるかまえに、老人に会わなければならなかった意味は、おわかりでしょうな」

申妙は目に笑いを浮かべた。

「えっ」

と、おどろきの声を放った張良は、わずかに顔をゆがめて、

「恥ずかしながら、われにはその意味がわかっていない」

と、申妙にむかっていった。

「はは、おわかりにならぬはずがない。いまは始皇帝によって陽光をさえぎられた時代、すなわ

ち夜、あるいは闇といってよい」

「あっ、そうか――」

張良は眉《まゆ》をひらいた。

「夜の暗さが破れて、夜明けとなります。そのときとは、秦の昌々《しょうしょう》たる国運も凋衰《ちょうすい》するときです。子房どのはその時を待つのではなく、それよりも早く動くように老人に教えられたとわたしは解釈《かいしゃく》をしております」

「そうよ、まさに、まさに――」

張良は老人を怒らせないために、夜半にならないうちにでかけたことを憶《おも》いだした。秦を潰敗《かいはい》させるためには、人が動くまえに動け、と神は教えてくれた。中妙に説《と》かれてはじめてそこに想到《そうとう》した張良は、

――そういえば……。

と、ひとつの謎をかかえたままでいることに気づいた。中妙の明察《めいさつ》さをもってすれば、その謎は解《と》けるのではないか。

「ひとつ、いまだにわからないことがある。あおうなばらのことを、蒼海《そうかい》という。ところが淮陽《わいよう》の倉海君の倉《そう》には、草かんむりがない。草かんむりがなければ、その文字は、倉《くら》の意味になってしまい、海《うみ》という文字につながりをもたない。われはあの力士に草かんむりのある蒼の文字を与えて、違和感をなくした。さて、中妙どのよ、倉海君の倉に草かんむりがない謎を解いてくれ」

「これは愉快《ゆかい》なことをおっしゃる」

申妙はこまったようすをみせずに、哄笑《こうしょう》した。

が、張良は笑わず、申妙の解答をまともに待つように真摯《しんし》になった。

「倉海君が昔の王族あるいは貴族であれば、そうかい、は封地《ほうち》名です。しかし、そうでないようなので、そうかい、はあの人の号《ごう》でしょう。すると倉の文字に草かんむりがなければ、意味をなさない、と子房どのはお考えになった」

「いかにも――」

張良は小さくうなずいた。

「わたしは、あおうなばらに、さんずいに倉《くら》、すなわち滄《そう》の文字をもって、滄海《そうかい》としてみました」

「あっ、なるほど、それもある。では、なにゆえに、さんずいがないのか」

「それは――」

と、いったあと、ひと呼吸をした申妙は、

「あなたさまは、五行《ごぎょう》をご存じでしょう。そのなかで、水は火に克《か》つ、とあります。倉海君自身か、あるいは父祖が五行を信じ、自家を火徳《かとく》の家系であるとおもっていたらどうでしょうか」

と、問うた。

「当然、水を嫌う」

「もうおわかりでしょう、滄からさんずいをはぶいたわけを」

「なるほど、水を恐れたのか。しかし、海《うみ》という文字にはさんずいを残した……」

「海という文字からもさんずいをとって、残った二文字から滄海を連想するのはむずかしい」

「一理ある。といっても、水を嫌うのであれば、もっとも巨大な水たまりというべき滄海を号にしなくてもよさそうなのに」

「そこは倉海君に問うてみなければわかりません」

「そうよな……」

と、いって、張良も笑ったが、倉海君に会うということは、ここから逃げるということなので、そうなりたくはないと心中で願った。

とにかく項伯をかくまった日から、半月を経《へ》るまで、張良と家人は緊張しつづけた。

「下邳の官吏《かんり》に目をつけられたとわかれば、ただちに遁走《とんそう》する。悪《あ》しからず」

と、張良は藤尾に伝え、自身も外出をひかえた。

半月がすぎると、藤孟が食料をはこんできた。張良にむかって膝《ひざ》をそろえて坐り、

「父はあなたさまにたいそう感謝しております。かつて父は項燕将軍の下で、騎兵隊をあずかっており、その将軍の子をみごろしにはできなかったのに、あなたさまの手をお借りしたと恐縮しております」

と、鄭重《ていちょう》にいい、低頭《ていとう》した。

「われは藤尾どののむずかしい立場をわかっている」

礼にはおよばない、と張良はいった。どうやら藤尾家は十日以上、官吏の手先に見張られていたようである。

——まだ、まだ、安心はできないが……。

それでもきわどいところを乗り切ったという感じを張良はもった。

当《とう》の項伯は軽忽《けいこつ》な性質ではないらしく、半月がすぎ、ひと月がすぎても、下邳の邑《まち》にはゆかず、田畝《でんぽ》にでて農作業にあけくれるようになった。

その田畝の所有者は張良だが、以前は藤尾の兄が所有していた。藤尾のはからいで、所有権が張良へ移った。

——晴耕雨読《せいこううどく》をもって好機が到るのを待つか。

耕作などをしたことがない張良も、農具をもって、土にいどんだ。

一年が経《た》つと、藤孟が張良の家人のようになった。

藤尾家の内情を多少は知っている株干が、

「藤孟は、藤尾どのが外妾《がいしょう》に産ませた子です。もともと藤孟は藤尾家の外に住んでいたので、父の家に愛着《あいちゃく》はないのでしょう」

と、張良に告げた。

実際のところ、藤孟は母が病歿《びょうぼつ》したあと、藤尾にひきとられて、藤尾家に住むようになった。

が、異腹の兄弟とは睦親《ぼくしん》を深めることができず、いつか家をでて他郷の豪族の客になろうと考えていた。

項伯を迎えにゆかされたとき、その危険さを察し、父はわたしを棄《す》てようとしている、とおもった。が、同行した張良の度胸のよさに感嘆したので、

――この人に仕えたい。

と、望み、ゆっくりと父から離れた。張良の家人となっても、

「帰ってこい」

と、父からいわれなくなった。張良に仕えている者のなかで、黄角が剣術というよりも刀術《とうじゅつ》の達人であることがわかり、あるとき藤孟は黄角から声をかけられた。

「なんじはよい体格をしている。ひょっとするとよい剣士になるかもしれぬ。まず、棒をふってみよ」

藤孟は長くて重い棒を渡された。それを両手ではなく片手でふることからはじめた。それをみた桐季と堂巴は、

「われらもやらされたよ。慣《な》れるまでがたいへんだったが、あるとき、急にその棒を軽く感じる。単調なくりかえしに厭《あ》きずにやることだ」

と、はげました。桐季と堂巴は、藤孟の生《お》い立《た》ちと境遇に同情しており、癖《くせ》のない性質も好んでいた。ふたりの好意的なまなざしを感じる藤孟は、

——主《しゅ》とおふたりとは、生死をともにしたい。

と、強く願うようになった。

この年に、南生《なんせい》と声生《せいせい》が、長い旅行から帰ってきた。すぐに項伯と藤孟という見知らぬ顔に軽くおどろき、株干に事情の説明を求めた。

「子房どのは、そんなあぶないことをやってのけたのか」

そういった南生は、しつこいほどながながと項伯の顔を遠くから視ていた。

「どうなさったのですか」

じれたように株干は南生に問うた。ようやくまなざしをもどした南生は、

「あの項伯という男は、風にたとえればかつては人を凍らせる北風であった。ところが、子房どのに会ったことで、春を告げる東風に変わった。やがて、祥風《しょうふう》、すなわち人に幸福をもたらす南風になるかもしれぬ。子房どのは、いのちがけで項伯を救った。それによって、いつか、項伯に救われるときがくるということよ」

と、いってから、声生とともに、張良に帰着を告げにいった。張良は、

「どこへ行かれたのか」

とは問わずに、良い旅行でしたか、といっただけで、ふたりがぶじに帰ったことを喜んだ。ひきさがった南生と声生は、

——さすがに子房どのは、育ちが佳《よ》い。

と、いわんばかりに目を合わせた。が、室外には申妙が待ちかまえており、

「わたしの好奇心は、俗臭《ぞくしゅう》に満ちていますので、おふたりの大旅行をきかずに、眠るわけにはいきません」

と、笑いをふくみながらいった。

「やれやれ、あなたにつかまっては、のがれられない」

そういって南生が腰をおろすと、声生と申妙がそれにならい、三人に気づいた株干、桐季、堂巴、黄角、藤孟、それに項伯までが趨《はし》ってきて、円座《えんざ》をつくった。

「われらは旧《もと》の燕《えん》国の碣石《けっせき》山に登り、燕の昭《しょう》王が大学者であった翳衍《すうえん》のために造った碣石宮《けっせききゅう》の跡をたずねたのです」

南生がそう切りだすと、すぐに声生がつづけて、

「翳衍にとって、物と人のはじめと終わりは、自明《じめい》のことであり、人と物をとりまく陰陽《いんよう》の気がどのように増えどのように減るか、その原理をあきらかにしようとしたのです」

と、説きはじめ、ながながと述べた。要するに南生と声生は、超絶した学説によって人々を驚倒《きょうとう》させた翳衍にあこがれ、ゆかりの地を巡ったのである。

予言

藤孟《とうもう》が棒をふりはじめてから、二年が経《た》った。

「藤孟の面構《つらがま》えは、ずいぶんよくなった」

張良《ちょうりょう》邸で働く者たちが、くちぐちに称《ほ》めるようになった。もはや黄角《こうかく》の弟子であるといってよい藤孟にとって、軽くなったのは棒だけではなかった。からだの動きが軽捷《けいしょう》になった。それを視《み》ている黄角は、

「あと二年で、刀《とう》を持たせよう」

と、いった。

始皇帝《しこうてい》から遠くないところにいるはずの侯生《こうせい》・韓終《かんしゅう》といった方士《ほうし》からの報《しら》せがとだえていた。それについて張良は、

「始皇帝が旅行にでかけなかった証左《しょうさ》だ」

と、いった。

ところで黄角は項伯《こうはく》に近づいても、剣や刀について話をすることがなく、むしろその話題を避けるようなので、張良はふしぎにおもい、

「項伯は剣術の筋《すじ》が悪いのかな」

と、訊《き》いた。

「とんでもない。項伯どのの剣術は一流です。実戦で、たじろがない剣です。わたしが教えるまでもありません」

黄角はそう評した。

――そうか……。

張良は剣士としての黄角の眼力におどろくとともに、そこまで洞察《どうさつ》できなかったおのれを恥じた。項伯は父の項燕《こうえん》のもとで、武器を執《と》って秦《しん》兵と戦い、血路《けつろ》を拓《ひら》いた。さらに母の仇《あだ》を討ったというのであるから、人を斬ったのである。たぶん項伯は自分の剣がくりかえし血にまみれたことを厭《いと》い、張良との親交を深めると、匕首《ひしゅ》しかもたなくなった。

――剣士として自信があるから、そうしたのだ。

そう気づいた張良は、自身も刀を遠ざけて、小刀だけをもつようになった。

暑い盛りに、雑草をとるために田にでていた張良のもとに、株干《しゅかん》が趨《はし》ってきた。

「侯生どののお使いがきています」

株干にそう告げられた張良は、急遽《きゅうきょ》、家にもどった。

――始皇帝になにかあったのではないか。

そんな勘《かん》がはたらいたが、変事を期待しすぎたらしい。侯生の使者の報告には大きな異変はふくまれていなかった。が、多少のおもしろさはあった。

始皇帝は盗賊にいのちを狙われたらしい。

昨年のことである。始皇帝は護衛のための四人の武人を従えて、夜に、宮殿を出た。

「微行《びこう》して、蘭池《らんち》のほとりまでゆくと、そこでばったり盗賊にでくわして、始皇帝は殺されそうになりました」

「殺されそうになった、ということは、殺されたわけではない。残念なことよ。ところで、その蘭池という池は、どこにあるのか」

張良は秦都《しんと》がある咸陽《かんよう》だけではなく、その近畿《きんき》にもくわしくない。

「渭水《いすい》から水を引いて造られた池です。咸陽から二、三十里東にあります」

「さぞや、大きな池なのであろう。盗賊は、山にこもるだけではなく、池や沢のほとりに棲《す》む。かれらは通りかかった者が始皇帝であったとは知らずに、斬りかかったにちがいない」

「始皇帝を護衛する四人の武人は、いずれもすぐれた剣士であったので、かれらは始皇帝をかばいつつ、盗賊どもをことごとく撃殺しました」

「盗賊たちは最初から始皇帝のいのちを狙っていれば、闘《たたか》いかたもあったろうに、銭などを狙ったのだろうなあ……」

張良は大きく嘆息してみせた。

だが、侯生の使者はまったく感情の色をみせずに、張良の耳をそばだてることをいった。

「今年になって始皇帝は、碣石山《けっせきざん》に行きました」

張良はおどろきつつ、

「碣石山とは、昔、騶衍《すうえん》が居住した宮殿があったその山か」

と、使者に問うた。

「さようです。いまは遼西郡《りょうせいぐん》の西南部にあります」

「秦の全土は、北へ北へとゆくと、遼西郡の東の遼東郡《りょうとうぐん》で尽きる。始皇帝は、そんな辺陲《へんすい》まで、よくぞ行ったものよ」

「そのあたりに羨門高《せんもんこう》という仙人が住むときいたからです。方士のなかに旧《もと》の燕人《えんひと》である盧生《ろせい》がおり、始皇帝はかれをつかって仙人を求めたのです。ちなみに盧生は侯《こう》先生の友人です」

「ほう、そんな仙人がいるのか」

張良はそういいつつ、申妙《しんみょう》から語《つ》げられたことを憶《おも》いだした。南生《なんせい》と声生《せいせい》がはるばると北方を旅行して碣石山に登ったということである。山自体は雲をつらぬくような高さをもっていないようであるが、それでも峻厳《しゅんげん》さをそなえているらしい。そのあたりに仙人がいたとすれば、南生らはその仙人に会いに行ったのではないか。いや、もしかすると侯生か韓終のひそかな伝言を承《う》けて、南生らは仙人が始皇帝に連行されないように、仙人を逃がしたのではないか。

「仙人はみつからず、始皇帝は碣石門に文字を刻《きざ》んで、立ち去りました」

「始皇帝はほかの地を巡らなかったのか」

「始皇帝は不老不死に執着《しゅうちゃく》し、不死の薬を求めて、北辺《ほくへん》の地だけを巡りました」

皇帝という超絶した権力者になると、死にたくない、という願望が優先するのであろう。

「始皇帝は帰途につきましたが、仙人捜しをやめたわけではなく、盧生に船を与えて、東へゆかせ、海上と島をさぐらせました」

「ふむ……」

「咸陽に帰還した盧生は、ひとつの図書《ずしょ》を始皇帝にささげました。そこにはおどろくべき予言が記《しる》されていたのです」

ここではじめて侯生の使者は、表情に厳しさを加えた。

「どのような予言かな」

張良はむしろ興味を失ったような軽い口調で問うた。たやすく予言を信じる性質ではない。

「秦を滅ぼす者は胡《こ》である。それが予言です」

「ちょっと待て。そう予言した者はたれか、それをききそこねていた」

「図書をもちかえった盧生は、鬼神《きしん》の予言であると申したそうです」

「人ではなく、鬼神が、秦の滅亡を予言したのか……」

張良は熟考《じゅっこう》しはじめた。

「いつかはわからないが、秦は滅亡する。滅亡させる者は、胡か……」

張良は意表を衝《つ》かれたおもいである。胡といえば、北方の異民族である。その民族が勢力を強大にして、始皇帝が築いた長城を乗りこえて、咸陽を中心とする関中《かんちゅう》になだれこんでくる。その首長が、かつての周《しゅう》の文王《ぶん》のような名君なのであろうか。たとえどれほどの名君であっても、異民族が張良とむすびついて、韓《かん》国の復興を手助けしてくれるはずがない。

——異民族に全土が支配されれば……。

すべての郡県は、いまよりもむごい状態になるであろう。

「盧生という方士は、虚妄《きょぼう》の持ち主ではないのか」

張良は念のために問うた。

「侯先生が信じて交友《こうゆう》なさっている人です」

「そうか、始皇帝も盧生を信じているのであれば、その予言を、きき ずてにはしなかったであろう」

「おそらく畏怖《いふ》したのです。将軍の蒙恬《もうてん》に三十万の兵をさずけ、北方にいる胡を撃つように命じました」

侯生の使者はすべてを語《つ》げて去った。

しばらく独《ひと》りで考えていた張良は、株干を呼んで、

「みなを集めてくれ」

と、いい、田にいる家人と食客《しょっかく》を引き揚げさせた。水をかぶって汗を洗いながした全員がそろったところで、

「侯生どのから、こういう報せがあった」

と、秦が胡によって滅ぼされる予言を、侯生の友人である盧生が始皇帝のもとにもたらしたことを話した。それから南生を視て、

「あなたは盧生を知っているのか」

と、問うた。うなずいた南生は、すこしあごをあげて、

「侯生どの、韓終どのにまさるともおとらない不老不死の研究家です。おそらく始皇帝の信頼も篤《あつ》いでしょう。それにもかかわらず、始皇帝を不快にする予言を東方から運んできたということは、その予言を途中で棄《す》てるのは、始皇帝にたいして不忠《ふちゅう》になるとおもったからにちがいありません」

と、明言した。

「つまり、その予言は、秦の王朝の存亡《そんぼう》にかかわる、と盧生はみて、始皇帝に用心と警戒を説《と》いたのか」

「おそらくそうでしょう。いまのままでは、秦は滅亡へむかうだけです」

「ふむ、われはそれを望んでいるが、秦を滅亡させるのが胡である、ということが、どれほど考えてもわからない。それゆえ、みなに智慧《ちえ》をだしてもらい、謎を解《と》きたい」

張良はまなざしをゆっくり移動した。

「秦が何年後に滅亡するのか、それも予言にはありません」

と、声生がいった。

「そうよな。まず、胡についてだが、南生どのと声生どのは、北辺を旅行なさった。そのとき、胡族の勢力が強大化して、北方の諸郡をおびやかしている、とおききになったことがありますか」

張良の質問に答えたのは、南生である。

「いま北辺の郡は、東から、遼東、遼西、右北平《ゆうほくへい》、漁陽《ぎょよう》、上谷《じょうこく》、代《だい》、雁門《がんもん》、とならんでいる。われらが巡った郡は、たしかに胡族の侵入を恐れてはいるが、警戒厳重ということはなかった。胡族を統率している長が雄邁《ゆうまい》であるという評判はいちどもきかなかった。それを想《おも》えば、予言にある胡とは、北方の異民族を指しているとは考えにくい」

軽く手を拍《う》った張良は、われもそれに同意する、といったあと、

「胡が北方の異民族ではないとすれば、なんであるのか、それがわからない」

と、いった。

「胡は湖に通ずる。湖がつく地名か人名かもしれない」

そういった申妙の意見は棄てがたい。胡がみずうみに通じることはたしかなので、張良はすぐに江水《こうすい》より南にある五湖《ごこ》を想った。だが中華にあるみずうみは、ほとんど沢《たく》という。

——すると胡あるいは湖は、人名か。

そう考えはじめた張良は、ふと、

「昔、趙《ちょう》の閼与《あつよ》を攻めて、趙将の馬服君《ばふくくん》に敗れた秦将を、胡傷《こしょう》といわなかったか」

と、申妙に問うた。

「五十年以上もまえの戦いですな。たしかに、秦将に胡傷という者がいました」

「その者の子孫はどうしたであろうか」

「はて、さて、それを知る者はいないでしょう。ただし、その子孫は胡を氏姓としているにちがいありません」

申妙は微笑した。張良のおもいつきを軽くかわしたという表情である。すると、突然、株干が、

「その胡とは、胡陵《こりょう》の胡、ということはありませんか」

と、やや大きな声を揚げ、みなの失笑を買った。胡陵は薛《せつ》郡に属する県であるが、下邳《かひ》から遠いわけではない。だが、胡陵の南に、のちに天下を平定する劉邦《りゅうほう》の出身地があるとおもえば、あながち株干の発言は的《まと》をはずしてはいなかった。

さて、藤孟が張良の家人になったことで、張良に仕えようとする者が、さらにふたり増えた。

ふたりとも藤孟の知人、友人で、ひとりは、

「下邑《かゆう》の出身で、毛純《もうじゅん》といいます。父の毛氏は豪農ですが、純の生《お》い立《た》ちは、わたしと似たようなもので、ご推察ください」

と、藤孟は毛純が毛氏の本妻の子ではないことを暗示した。

「いまひとりは、父が養っている食客のひとりで、左唐《さとう》といいます。どこかであなたさまのことをきいたのでしょう。こちらに移ってきたいと申しています。わたしより二十歳ほど上ですが、学問があり、信用できる人です」

「いいよ、連れてきなさい」

張良は速答した。

喜んだ藤孟が連れてきた毛純という二十五、六歳の若者をみたとたん、張良は胸に痛みをおぼえた。

——弟に似ている。

韓都の陥落のまえに戦死した弟がよみがえるはずはないが、毛純の眉目《びもく》はそっくりであった。声も似ていた。

「われに仕えても、楽に暮らせるわけではない。藤孟に仕事の内容をきかされたか。農作業をしなければならないのだぞ」

「知っています。しかし、ここには刀《とう》の術を教えてくれる先生がいる、とききました。わたしも弟子にしてもらいたいのです」

「はは、藤孟の武術が上達したことをうらやんだのか。黄《こう》先生は努力するとは、どういうことなのか、まず、それを教えてくれる。上達するとは、自身が自身を発見することだ。そこまでゆくと、ようやく他人がみえるようになる。学問をやらないのなら、武術でおのれを鍛《きた》えるのがよい」

いきなりそうさとした張良は、毛純を家人とした。

二日後に、藤孟にともなわれて左唐がきた。

張良は左唐に会うまえに、藤孟に問うた。

「左唐という食客は、何年間、藤尾どのに養われているのか」

「合計すると、八年間です」

「合計ということは――」

「三年間とどまったあと、数年間、どこかへ行って、ふたたび父の賓客《ひんかく》となってから五年が経《た》ったということです」

「ずいぶん古い食客なのに、なにゆえわれのもとに移りたくなったのか」

左唐どのにじかに訊いていただきたい、という目つきを藤孟はした。

「さあ、それは――」

――では、じかに訊いてみよう。

張良は左唐と対面した。

――どうみても、学者だな。

張良は心中で微笑した。韓の大邸宅に住んでいたときも、張良は学者を賓客として迎えたことはない。とくに儒者《じゅしゃ》は話し相手としてはおもしろくない。だが、目前の左唐は、儒者にはみえない。

「さて、左唐どのは、学問の道を歩んできたとおみうけする。われは藤尾どのとちがって、学者を尊重する気質をもっていない。それでもわれの客になりますか」

張良にそういわれて、左唐は目で笑ったようであった。

「それがしには、不遜《ふそん》ながら、大望《たいもう》があります。むろんその大望は独りでは成就《じょうじゅ》せず、藤尾どのにたよりました。が、藤尾どのではむりであるとさとり、あなたさまのもとにまいったしだいです」

「ほう、あなたは大きな勘違《かんちが》いをしてはいまいか。われはこれから、善事を勧《すす》め、悪事を懲《こ》らす俠客《きょうかく》のまねごとをしてすごすつもりです。学問は不要なのです」

すると左唐は顔つきをけわしくした。

「なにを真の善とし、なにを真の悪とするか。勧善懲悪《かんぜんちょうあく》は大いにけっこう。わたしはそれを手伝わせてもらおう」

にわかに左唐の態度が尊大になったが、張良はかえってそれが、この人物のおもしろみであると感じた。

「それでは、今日からわが家にとどまり、われの義俠《ぎきょう》のまねごとを手伝ってもらいましょう」

張良は左唐をうけいれた。昔、張良は淮陽《わいよう》に留学して、礼《れい》を学んだが、そのときの儒教《じゅきょう》の師にくらべて、左唐にはふてぶてしさがある。張良はそう洞察《どうさつ》した。

——学者であるのに大望があるとは……。

その大望とは、天下一の碩学《せきがく》になる、ということではないらしい。では、その大望とは、どうなることなのか。張良はそれについて、あえて問わなかった。

謎めいた食客である左唐に、まっさきに関心を示したのは申妙である。かれは敬意をちらつかせながら左唐に近づき、ときには長時間話しこんだ。

「ますますこの男の正体はわからぬ」

と、いいたげな表情をした申妙は、性急《せいきゅう》さを棄てて、ゆっくりこの男を該究《がいきゅう》してやろうというかまえをした。

およそ一年半がすぎたころに、張良の室《へや》にはいりこんだ申妙は、

「左唐は、『呂覧《りょらん》』の編纂《へんさん》にたずさわった学者かもしれません」

と、推量を述べた。

「呂不韋《りょふい》の下にいたのか」

張良は申妙の推量をおもしろがった。

呂不韋は商人あがりの俊豪《しゅんごう》で、若くして王位に即《つ》いた秦王政《せい》を輔佐《ほさ》した。この宰相《さいしょう》は文化人でもあり、天下の学者を集め、戦国期の智慧の結晶というべき書物の編纂を指示し、その主幹となった。完成したものが『呂氏《りょし》春秋《しゅんじゅう》』であり、それは『呂覧』ともよばれる。絶大な衆望を集

めた呂不韋であったが、やがて秦王政にうとまれて、蜀《しょく》という遠界《えんかい》に徙《うつ》されることになり、呂不韋自身はそのまえに自殺した。

「仮説《かせつ》を申してよろしいですか」

そう申妙がいうと、すぐに張良は、

「きこう」

と、いい、膝《ひざ》をすすめた。

「では、申します。あの左唐という学者は、とくに呂不韋に愛顧《あいこ》されていたのではないか。呂不韋は蜀へ徙るようにといわれるまえに、河南《かなん》の封地《ほうち》に追いやられており、その地で毒をあおいで死んだ。その近くに左唐はおり、秦王政の非情さを怨《うら》んだ、とは考えられませんか」

「呂不韋を殺した秦王政、すなわちいまの始皇帝が、主君の仇であり、始皇帝を討つのが左唐の大望というわけか……」

「そうであれば、すすむべき道は、あなたさまとおなじということになります」

申妙にそういわれた張良は、一、二度自分の膝を抵《う》ち、

「われと左唐はそろって、狙う首は始皇帝のそれか……、愉快なことよ」

と、いってから、さらに膝をすすめた。

「じつは、二日まえに、韓終の使いがきた」

低い声である。申妙は眉《まゆ》をひそめた。韓終の使いがいやな報せをもってきた、とおもった。

「いま秦の丞相《じょうしょう》は李斯《りし》だ。かれの発案で、『詩（詩経）』『書《しょ》（書経）』と諸子《しょし》百家《ひゃっか》の書物が没収されて、焚《や》かれた。要するに、実利《じつり》をもたらさない書物は不要ということだ」

「あきれましたな。それなら、咸陽にある星のごとき数の宮殿も、実利がないので、焼いたらどうか。どれほど巨大な利益も、無益であることにはおよばない。秦の皇帝と大臣どもは、やがておもい知ることになりましょう」

始皇帝が学問と思想を圧迫した焚書《ふんしょ》は、この年におこなわれ、翌年、儒者を穴埋めにする、いわゆる坑儒《こうじゅ》が実行された。

不老不死

不死に関して、春秋時代《しゅんじゅう》の斉《せい》の景公《けい》に、おもしろい話がある。

斉の国都である臨淄《りんし》をでて、南の郊外にある牛山《ぎゅう》に登った景公は、北をむいて、国都をながめると、涕《なみだ》をながしながらいった。

「どうしたものか、この盛大な斉を去って、やがては死なねばならぬとは」

不死でありたい、と景公は願い、その願いはかないそうにない、と嘆いたのである。景公の嘆きをきいたふたりの側近は、もらい泣きをした。

ところが、宰相《さいしょう》である晏子《あんし》だけが笑った。

この笑声をきいた景公は、とがめるように晏子をみた。

「われにとって今日の遊覧は悲しい。側近のふたりはわれに従って涕泣《ていきゅう》してくれたのに、あなたが独《ひと》り、笑うとはどういうことか」

すると晏子はこう答えた。

「この斉国を賢者に守らせようとするのであれば、太公望《たいこうぼう》や桓《かん》公が常に守ってくださるでしょう。勇者に守ってもらうのであれば、荘《そう》公や霊《れい》公がやってくださるでしょう。それら先祖である君主たちが死なないで国を守りつづけていれば、わが君はどうしていまの位を得て、君主として立つことができたでしょうか。順番にその位に即《つ》き、たがいにその位を去ったからこそ、君に至ったのです。それなのに君が独り、涕をながすというのは、不仁《ふじん》というものです。不仁の君主がここにひとりいて、その君主に諂《へつら》う臣下がふたりいる。それをみたので、わたしはつい笑ってしまったのです」

辛《から》い直言である。春秋時代の後期に、斉の国にあらわれた晏嬰《あんえい》という大夫《たいふ》は、宰相の位にのぼって、国民に大いに支持された。晏子は尊称である。

それにひきかえ秦《しん》の始皇帝《しこうてい》が不老不死を求めつづけていることを諫《いさ》められない丞相《じょうしょう》の李斯《りし》は、晏子にくらべて人格の差は、雲と泥《どろ》ほどのちがいがある。

始皇帝は死を恐れた。

自身の死だけでなく秦帝国の死をも恐れた。

方士《ほうし》の盧生《ろせい》がもたらした図書にあった、秦を滅ぼす者は胡《こ》である、という予言が、始皇帝をつねに不安がらせた。それゆえ、将軍の蒙恬《もうてん》に多くの兵をさずけて、北方にいる胡という族を討たせただけではなく、河水《かすい》にそってあらたに三十四県を置き、また河水のほとりに塞《とりで》を築いた。むろん、すでに長城を築かせているが、焚書《ふんしょ》をおこなった翌年に、雲陽《うんよう》から、はるか北の九原《きゅうげん》まで、まっすぐにゆくことができる道を造らせた。それによって、緊急時に、関中《かんちゅう》の兵を北辺《ほくへん》へ短時《たんじ》日《じつ》で到らせることができる。

それとは別に、群臣が朝参《ちょうさん》する大宮殿を渭水《いすい》の南に造ろうとして、まず前殿《ぜんでん》となる阿房宮《あぼうきゅう》を建てた。

ちなみにその阿房宮は二階造りで、階上に一万人を坐らせることができ、階下に五丈《じょう》（一一・二五メートル）の旗を立てることができた。巨大な高層建築を想《おも》えばよいであろう。

一方で、始皇帝は盧生らに、

「仙人がもっている薬は、まだ手にはいらぬのか」

と、叱《しか》るようにいった。そこで盧生は、

「わたくしどもは霊芝《れいし》、奇薬、仙人を捜しましたが、みつけられませんでした。なんらかの障《さわ》りがあるようです。人主《じんしゅ》は、悪気が去れば、真人《しんじん》になれるのに、臣下が主上《しゅじょう》の居所を知って、神気を汚《けが》しているのです。真人は、水中にはいっても濡れず、火中にはいっても焼けず、天地とともに長久《ちょうきゅう》のものです。どうか主上は、居られる場所を、人に知られないようになさいませ。きっと不死の薬を得られるでしょう」

と、始皇帝に説《と》いた。

「さようか。では、これからわれがゆく場所をいう者があれば、その者を死罪にする」

そういった始皇帝は、あるとき、梁山宮《りょうざんきゅう》に行幸《ぎょうこう》したとき、従者の車と馬が多いのをみて不機嫌になった。

つぎの行幸のときには、従者の数がかなり減ったので、勘《かん》のするどい始皇帝は、

「近侍《きんじ》の宦官《かんがん》のなかに、われのことばをもらした者がいたからである」

と、怒り、調査をさせた。ところが白状する者がひとりもいなかったので、ますます怒った。ついに近侍の官人をすべて捕らえて、みな殺しにした。それ以後、始皇帝の居所を知る者はいなくなった。しかしながら、政治は大臣や官僚《かんりょう》のいないところでできるはずもないので、始皇帝は咸陽宮《かんようきゅう》で聴政《ちょうせい》などをおこなった。

不老不死の薬や仙人をみつけることができない盧生は、真人の話をもちだして、なるべく始皇帝から遠ざかろうとした。それでも、いつなんどき、始皇帝は怒りを爆発させて、盧生を誅殺《ちゅうさつ》するかわからない。

そこで盧生は親友の侯生《こうせい》とひそかに語りあった。

「始皇帝の人となりは、天性《てんせい》、強情で暴戻《ぼうれい》だ。人のいうことを聴かず、つねに事を専断する。諸侯から身を起こして天下を幷《あわ》せ、意欲の通りになったので、自分ほどすぐれた者は昔にもいなかったとうぬぼれている」

「気にいらない者をすぐに罰するので、始皇帝に親任されているのは、獄吏《ごくり》ということになっている。良識をもった博士《はくし》は七十人もいるのに、ただ員数《いんずう》にそなわっているだけで、用いられてはいない。丞相と諸大臣は、みな決定したことを受けるだけで、始皇帝まかせだ」

「主上は死刑をおこなって、おのれの威《い》を示すことを楽しんでいる。天下の人々は罪人になることを畏《おそ》れ、自分の俸禄《ほうろく》を失うまいとするだけで、忠《ちゅう》を尽くす者はいない。そのようであるから、始皇帝は自分の過誤《かご》をきくことはない。ゆえに、日ごとに驕慢《きょうまん》になり、臣下は恐れ伏《ふく》して、いつわりあざむいて、始皇帝の気にいるようにしている」

盧生と侯生の辛辣《しんらつ》な対話はつづく。

「秦の法は厳しく、方士がふたつの方術を兼《か》ねることはゆるされない。霊験《れいげん》をみせなければ、死罪に処せられる」

「星気《せいき》をうかがう者（占星術《せんせいじゅつ》者）は、三百人もいるのに、みな良士《りょうし》でありながら、始皇帝のご機嫌をそこねることを畏れて、へつらうばかりで、たれも主上のあやまちを直言することをしない」

「天下の事は、大小となく、すべてを主上が決めている。主上は下からあがってくる文書に残らず目を通すので、文書の量が増えて、その量を衡石《はかり》ではかるようになった。それらの決裁《けっさい》ができなければ、休息もできない。権勢をむさぼること、そのようであるので、とても仙薬を入手できまい」

このあとも深刻な表情で話しあったふたりは、

——逃げるのは、いましかない。

と、確認しあった。盧生にも侯生にも門下生がいる。逃げるのであれば、かれらを率いてゆか

なければならない。また侯生は、韓《かん》が滅亡するまえから仲のよい韓終《かんしゅう》に、

「われらが逃亡したあと、あなたが残ると、投獄されて拷問《ごうもん》される。あなたがまだ始皇帝に仕えて仙薬をみつけたいのであれば、あなたの意望《いぼう》をわれらがそこなうことになる。宥《ゆる》してもらいたい」

と、いい、頭をさげた。

韓終は微笑した。

「あんな皇帝に長々と仕えたいものですか。わたしも弟子とともに逃げますよ。しかし咸陽《かんよう》から脱出するのに、慎重でありすぎると、かえって事は露見します。脱出を失敗したら、まちがいなく全員は極刑に処せられます。門弟には伝言しておくだけでよろしい。明後日までに逃げましょう」

盧生と侯生についで、韓終も姿をくらませた。

盧生、侯生、韓終などは不老不死の研究家であるが、ほかにもおなじ研究をしている者たちがいる。かれらは盧生など三人がいなくなったことを知り、

「さては――」

と、察するや、

「われらも始皇帝のために仙薬を捜しにゆく者です」

と、くちぐちに称して、関所をやすやすと通過した。そのように不老不死にかかわる方士たち

が、ことごとく咸陽の外にでたので、怪しんだ官吏《かんり》が上に報告した。

「盧生と韓衆が逃げたと申すのか」

始皇帝は恚忿《いふん》した。まえに述べたように、韓衆は、韓からきた方士たちである。

「盧生らには、特別に厚く賜与《しよ》したはずなのに、われを誹謗《ひぼう》しただけでなく、わが不徳《ふとく》を天下にひろめるとは、なんたることか」

怒りのおさまらない始皇帝は、ほかの方士たちに背信《はいしん》はないか、また都内の学者たちに佯尊《ようそん》はないか、御史《ぎょし》に命じて調べさせた。

秦の法では、他人の非や悪を上に密告すれば、罪に問われないので、方士と学者はわれさきに他人の悪口をいって、罪をのがれようとした。調査をおこなった者は、禁令《きんれい》を犯した者として四百六十余人を捕らえ、かれらをすべて穴埋めにした。いわゆる坑儒《こうじゅ》の実態とはそういうものである。

「忠義面《づら》をして、われをだましてはいないか」

百官と群臣をそういう目でみた始皇帝は、わずかな罪でもゆるさず、かれらを辺境へ流刑《りゅうけい》とした。

罪人が増える一方の現状に眉《まゆ》をひそめたのは、長子《ちょうし》の扶蘇《ふそ》である。たとえ父が悪事をおこなっても、子はそれを諫めてはならない、というのが古来の子のありかたである。それは儒教がはじめて勧《すす》めた孝道というわけではない。扶蘇はそういうことがわからぬ人ではないが、つい、父にむかって諫めのことばを述べた。

「長い戦乱の世が終わり、ようやく天下がはじめて定まったのです。遠方の人民はまだ平和を得ていません。学者たちはみな孔子《こうし》をあがめ、その教えを奉《ほう》じています。いま主上は法をひたすら重くして、かれらを糾弾《きゅうだん》しておられます。それでは天下が乱れるのではないかとわたしは恐れています。どうか主上は明察なさいますように」

これをきいた始皇帝は、長目《ちょうもく》といわれたその切《き》れ長《なが》の目で扶蘇を睨《にら》みつけ、

「そなたは地方の実情を知るまい。咸陽を出て、上郡《じょう》へゆき、蒙恬を監督せよ」

と、叱り、しりぞけて、上郡で駐留軍を掌握している将軍の蒙恬のもとへ扶蘇を徙《うつ》した。のちのことを想えば、この処置によって、始皇帝は、秦王朝の命運を衰弱させることになった。扶蘇は父の始皇帝とちがって仁政《じんせい》をおこなう可能性があり、その可能性は天下の人々の支持を集めたかもしれないのに、そうならないように始皇帝がその未来を消去したのである。

この年、侯生や韓終が始皇帝のもとから去ったことを知らなかった張良《ちょうりょう》は、翌年の春に、侯生と韓終の門下生がひそかに訪ねてきて、ようやくその事態を知った。

「そなたは侯之伍《こうのご》で、いまひとりは終之弐《しゅうのじ》であったな」

「いままでは氏名を申し上げず、失礼いたしました。ふたりとも、韓の生まれで、それがしは石《せき》点《てん》、ここにおります者は夏皮《かひ》と申します」

と、侯之伍すなわち石点がいった。

「侯生どのと韓終どのが、官吏どころか兵さえ踏み込めない遠山《えんざん》にのがれたことを知ったが、そなたたちは師に従わず、われのもとにきたのは、どうしてであるか」

この張良の問いに夏皮が頭をさげながら答えた。

「侯先生と韓先生は、われらに、子房《しぼう》さまにお仕えして、その手足となり、韓の復興のために働くように、とお命じになりました」

「それはありがたいが……」

と、いった張良は、ふたりをみすえて、

「われに仕えれば、不老不死の研究をやめなければならぬ。侯生どのと韓終どのに師事したということは、なみなみならぬ決意であったのだろう。その決意、いや大志《たいし》を棄《す》ててよいのか」

と、問うた。夏皮が速答した。

「温《あたた》かいおことばです。われらには不老不死の薬を作る知識も技術もありません。それを知っている仙人をみつけて、教えを乞《こ》うしかないのです。しかし侯先生など諸先生は、始皇帝の驕傲《きょうごう》と無道にあきれ、ことごとく逃匿《とうとく》しました。門下生であるわれらも、捕らえられれば、容赦なく処刑されます。仙人を捜すどころではありません」

「なるほど、そうか……。かといって、隠れているだけでは、研究も進展しない」

「咸陽では、わずかな罪で投獄されたり、誅《ころ》されたりした者を、多くみました。そもそも法とは、人民を守るためにあり、そこなうためにあるものではなかったはずです」

そういったのは、石点である。

――この者は……。

始皇帝に仕えている方士の氏名をすべて知っていると豪語《ごうご》したことがある。張良はそれを憶《おも》いだした。

「不老不死の研究は、正しい政治がおこなわれる世でおこないたい、というのが、そなたの主張かな」

「さようです。あなたさまは人民をしいたげる悪を消したいという志望をお持ちになっている。そこに、われらの微力をそえたいのです」

「わかった。始皇帝のような悪徳《あくとく》の元首が消滅して、法が正しさをとりもどせば、そなたたちはふたたび仙人を捜して、天下を巡ればよい」

張良は石点と夏皮を、食客《しょっかく》ではなく、家人《かじん》とした。

始皇帝についての情報をながしてくれていた侯生と韓終のふたりが、深山幽谷《ゆうこく》に隠遁《いんとん》したあとは、始皇帝の行動を知ることができなくなった。そこでふたりの門下生であった石点と夏皮に、張良は、

「われが始皇帝を抹殺《まっさつ》したがっていることを、そなたたちは知っていよう。だが、いまでは始皇帝について、まったくわからなくなった。始皇帝から遠くないところにいる者で、そなたたちの知人はおらぬか」

と、訊《き》いた。石点が答えた。

「始皇帝を嫌っている者たちは、残らず逃げました。いま咸陽にいる方士と学者は、すべて上にへつらっている、とお考えになるべきです」

「なるほど、それが正確な事情か。そのような欺誑《ききょう》の者たちと手を結べば、たちまちわれらは獄《ごく》に投げ込まれるというわけか」

張良は苦笑した。

「始皇帝が殺した者、罪をかぶせた者などを算《かぞ》えれば、百万をこえているでしょう。それでも秦を栄えさせた天は、そろそろ始皇帝を罰するでしょう」

石点がそういったとき、急に夏皮がなにかを憶いだしたような目つきをした。

「ひとつ、おもしろい伝聞《でんぶん》があります」

「おう、話してくれ」

「あるとき、始皇帝は東のほうをながめていました。すると、いやな気が立っている、といい、すぐに望気者《ぼうきしゃ》と刺客を放ったということです」

「それは――」

と、手を拍《う》った張良は、一考《いっこう》するまもなく、この場に、南生《なんせい》と声生《せいせい》それに申妙《しんみょう》を呼んだ。三人にむかって夏皮におなじ話をさせた張良は、

「そのいやな気とは、王者が立つ気なのではあるまいか。始皇帝の感覚が鋭敏であれば、五彩《ごさい》の

気がみえたのだ」

と、断定するようにいった。

「主《しゅ》よ――」

と、まず発言したのは、申妙である。張良のことを、子房どの、と呼んでいた申妙が、呼びかたをかえたということは、かれは張良の食客《しょっかく》であることをやめて、臣従《しんじゅう》するようになったということである。なお、食客であった者が、臣下になると、舎人《しゃじん》といわれる。むろんそれは便宜的《べんぎ》な呼称であり、いつまでも舎人とはいわれない。

「咸陽から観《み》て、東にある郡は、三川《さんせん》郡、東《とう》郡、潁川《えいせん》郡、碭《とう》郡、薛《せつ》郡、泗水《しすい》郡、琅邪《ろうや》郡、東海《とうかい》郡などです。そのなかで、胡《こ》にかかわる地名は、以前、株干《しゅかん》がいった胡陵《こりょう》です。胡陵は薛郡と泗水郡の境にありますので、気をみることができる南生どの、声生どのに、巡ってもらうこととしたい。いかがですか」

張良家の家宰《かさい》は、世襲《せしゅう》ではないが、桐了《とうりょう》が戦死したあとは、その子の桐季《とうき》にさせる、と張良はきめていた。それゆえ、ここでも、桐季が家宰であり、堂巴《どうは》がかれを佐《たす》ける位置にいる。食客から家人となった申妙は、謀臣といってよく、人あたりのよい株干は、外交と賓客《ひんかく》の接待をおこなう。

南生と声生が五彩の気をさがしにゆくときまったとき、張良はふたりに申妙と藤孟《とうもう》それに毛《もう》純《じゅん》を属《つ》けた。藤孟は黄角《こうかく》の弟子として刀《とう》をもつことをゆるされ、毛純はその道の修行中であるが、

——御《ぎょ》が巧《うま》い。

と、張良はみぬいた。御は馭《ぎょ》とも書かれるが、馬をあつかうことである。要するに、張良はそれら五人に二乗の馬車を与えた。

遠く咸陽にいた始皇帝が観ることのできた気とは、よほど巨《おお》きなものであったにちがいなく、それを方士であるふたりがみのがすはずはない。

——王者は、ぞんがい近いところにいるのではないか。

張良はそう予感した。

下邳《かひ》をでた二乗の馬車は、いそがずに、西へ西へとすすんだ。

つまり彭城《ほうじょう》を経《へ》て、蕭《しょう》県、下邑などを通り、睢陽《すいよう》に到った。そこで方向をかえて、北へむかい蒙《もう》県、単父《ぜんほ》を通って、方与《ほうよ》にでた。方与の東に胡陵がある。

南生が首をかしげている。

「どうなさいました、南生どの」

同乗の申妙が問うた。

「気が立つとき、地が沸き立つ。どうも、地の熱を感じない。胡陵のほうのけはいがうすい。その地が王者をだすとはおもわれない」

「そうですか。では、東郡の定陶《ていとう》へゆきましょう。繁華《はんか》な県です」

馬車はまた西へむかった。

定陶では大きな商家に、二日泊まった。翌日は、城陽《じょうよう》、そのつぎには范陽《はんよう》へ、というように、東郡の東部を北上することに決めていた。その出発の日に、まだ星の光が消えないうちに起きた毛純は、馬のようすをみるために外にでて、廏舎《きゅうしゃ》のほうにむかいかけた。そのとき、

「おや――」

と、目をあげた。東に美しい光の柱が立っている。しばらくうっとりみていたが、

――あれが王者の気ではないか。

と、気づき、あわてて家のなかにもどり、

「先生、大変です」

と、するどい声で南生と声生を起こした。

「なにっ、王者の気が立っていると」

南生、声生につづいて申妙と藤孟も跳《は》ね起きて、外に飛びだした。

「あっ、あれだ、まさに――」

と、声生がいったとき、その光の柱は消えて、闇となった。

一瞬ではあるが、南生、声生、申妙、藤孟の四人も、五彩にかがやく光の柱をみたのである。

定陶からみて、東にある県はすくなくない。が、次代の帝王はかならずそれらの県にいる、と五人は確信した。

大乱のきざし

張良《ちょうりょう》は食客《しょっかく》とした左唐《さとう》を、

「左唐先生」

と、呼ぶようになった。左唐は洽聞《こうぶん》で、張良のどのような問いにも、窮《きゅう》することなく答えた。

それゆえ、南生《なんせい》ら五人が、王者の気を捜し求めに行ったあと、張良は左唐を話し相手として、ほぼひと月をすごした。

表情を変えて五人が帰ってきたとき、張良は左唐を脇《わき》にひかえさせて、五人の報告をきいた。

「ほう、全員が五彩《ごさい》の気の柱を遠望した。そういう気は、特別な人しか観《み》ることができない、と理解していたが、ちがうようだ」

張良がそういうと、すかさず左唐が、

「始皇帝《しこうてい》の死が近いのですよ。五彩の気はそれを示しています」

と、みなを瞠目《どうもく》させるほど強い声でいった。

「始皇帝が死ぬ……」

張良はつぶやきつつ、両腕を胸のまえで組んだ。いま、なにをすべきかは、わからない。土の橋の上に立って、わざと履《くつ》を落として、取ってこい、と張良にいった老人を憶《おも》いだした。

――わざと履を落とす者があらわれたら……。

その者の履を取りにゆくようなときがくるのであろう。いまのところ張良はそう想《おも》うしかない。

この年、ふたつほど奇怪なことがあった。

東《とう》郡に星が墜《お》ち、地にあたると石になった。すると、ある者がその石に文字を刻《きざ》んだ。

「始皇帝死して、地分《わ》かれん」

地が分かれる、ということは、戦国時代のように群雄割拠《ぐんゆうかっきょ》の様相になるということである。それをきいた始皇帝は、御史《ぎょし》をつかわして、ひとりひとりに糾問《きゅうもん》した。が、たれも罪を告白しなかった。そこで始皇帝はその石の近くに住んでいる者をことごとく捕らえて誅殺《ちゅうさつ》した。それだけではなく、石を焼き溶かした。

いまひとつの奇怪なこととは、こうである。

秋、ひとりの使者が関東から咸陽《かんよう》をめざしていた。かれはいそいでおり、夜間も歩いた。華陰《かいん》県にある平舒《へいじょ》と呼ばれる道を通りすぎた。

すると、人が立っていた。

よくみるとその者は璧《へき》をもって使者をさえぎっている。かれは使者にいった。

「わたしのために、咸陽にある滈池《こうち》の神に、これを遺《おく》ってくれ」

さらに、いった。

「今年、祖龍《そりょう》が死ぬだろう」

使者が、どういうことですか、と問うと、たちまち姿がみえなくなった。円盤状の宝石である璧だけが、道に残っていた。

使者は璧を滈池に沈めるまえに、始皇帝に報告をおこなった。

黙然《もくぜん》とそれをきいていた始皇帝は、しばらくしていった。

「山鬼《さんき》は、もとより、一年間のことを知っているにすぎない」

その山鬼とは、華陰県の南にある華山《か》にすむ怪物を指している。

そのあと室外にでた始皇帝は、つぶやいた。

「祖龍とは、人の先祖のことではあるが……、さて……」

心が落ち着かない始皇帝は、宝物をつかさどる御府《ぎょふ》に、璧を調べさせた。すると、おもいがけない報告があがってきた。

「この璧は、いまから八年まえに、主上《しゅじょう》が江水《こうすい》をお渡りになる際に、お沈めになったものでございます」

江水に沈めた璧を、華山の山鬼がもっているはずがない、そう怒鳴《どな》るまえに、始皇帝はきみ悪さをおぼえた。

悪鬼《あっき》にとりつかれているのなら、それを祓《はら》いたい。そこで、卜人《ぼくじん》に占わせた。

「遊徒《ゆうし》すれば吉、という卦《か》でございます」

徒は、道を歩いてうつることである。遊徒は、巡遊《じゅんゆう》とおなじ意味だと想えばよい。

ようやく不快から脱した始皇帝は、

「よし、明年、早々に旅行にでよう――」

と、明るくいった。くどいようではあるが、晩秋が年末であり、初冬が年始である。

十月になると、始皇帝は咸陽をでた。

随従《ずいじゅう》するおもな者は、左丞相《さじょうしょう》の李斯《りし》、中車府令《ちゅうしゃふれい》の趙高《ちょうこう》、それに始皇帝の末子の胡亥《こがい》などである。始皇帝は秦《しん》王朝にとって仇《あだ》となる胡《こ》が、族名か地名であるとおもいこんでいたので、自分の子の名に胡があっても気にかけないでいた。が、のちに胡亥が秦を滅亡させることを想えば、盧生《ろせい》がもたらした予言は的中することになった。

始皇帝は、かつて江水に沈めた璧《へき》が手もとにもどってきたことを奇怪に感じたのか、いきなり南下する路を指示した。

が、始皇帝に吉をもたらすはずのこの旅行は、死に至ることになった。

咸陽から東南へすすむ路がある。この路は、武関《ぶかん》という関所を通って南陽《なんよう》郡にでる。その西部をかすめるように南下すると、南《なん》郡にはいる。南陽郡と南郡は、旧《もと》の楚《そ》国の中枢《ちゅうすう》をなす地で、とくに南郡には楚の首都があったことから、重要な地であった。

南郡の東部には、広大な沢がある。

「雲夢沢《うんぼうたく》」

と、いう。景勝地である。十一月にそこに到着した始皇帝は、はるかに九疑山《きゅうぎ》を望んで、そこに葬られている帝舜《しゅん》を遠くから祀《まつ》った。

そこから江水に船を浮かべてくだり、その際、あの奇怪な璧を沈めたか、または、あらたな璧を沈めたであろう。

始皇帝はいちど船からおりて、丹陽《たんよう》の地に立った。そこから会稽《かいけい》郡の中部に位置する銭唐《せんとう》へ行った。銭唐の近くをながれる浙江《せっこう》を渡ろうとしたが、波が高いので、しばらく西行した。百二十里すんだところにある狭中《きょうちゅう》から川を渡り、会稽山をめざした。

当然、このとき、十二月にはなっていたであろう。

雲夢沢からはるかに九疑山を望んで、帝舜を祀った始皇帝が、つぎに祀ろうとしたのが、帝舜から天下をゆずられた夏《か》の禹《う》王である。禹王はすべての山川《さんせん》を治めた聖王であり、東方を巡狩《じゅんしゅ》した際、南下して会稽に到って崩《ほう》じたと伝えられる。

始皇帝は会稽山に登って、禹王を祀った。

「祖龍が死ぬ」

ということばが、胸のどこかにひっかかっており、帝舜と禹王を祀ることで、そのひっかかりを払い落とそうとしたのかもしれない。

禹王を祀ったあと、すっきりとした表情で下山し、呉《ご》県をすぎて、西北にむかい、江乗《こうじょう》で船に乗って江水をくだり、外海にでた。この時代に、海を航行するのはかなり危険であるにもかかわらず、始皇帝と多数の従者を乗せた船団は、ぶじに琅邪《ろうや》に到着した。琅邪は海に臨《のぞ》む県であり、そこに徐市《じょふつ》の船も着いていた。

じつは張良らが巡遊のさなかの始皇帝を襲撃した年に、方士《ほうし》である徐市は、東の海には蓬萊《ほうらい》などという神山があって、そこに仙人が棲《す》んでいるといい、大型の船をだして探索を開始した。それから九年が経《た》っても、その神山も、仙人も、神薬《しんやく》もみつけることができなかった。そこで、始皇帝に譴責《けんせき》されることを恐れて、つぎのようにいいわけをした。

「蓬萊の薬は、入手することができるのです。しかし、いつも大鮫《おおざめ》に苦しめられて、蓬萊に到ることができないのです。どうか、弓矢の名手を同行させてください。大鮫があらわれたら、弩《ど》を連射して射殺したい」

この願いを容《い》れた始皇帝は、みずからも連射のできる弩をもって、船を北上させた。

船は陸からあまり離れないように北上をつづけ、半島の先端で、西へむきを変えた。

その後、大魚が出現したので、矢を放って殺した。

船は半島にそってさらに西へすすんだ。

すでに夏である。

始皇帝の船は半島から離れると、陸にそって北上し、河水《かすい》にはいった。この大河をゆるゆるとさかのぼってゆくうちに、平原津《へいげんしん》に到った。ここで始皇帝は罹病《りびょう》した。もともと始皇帝はここで下船するつもりであったのか、それともあわてた近侍《きんじ》の臣が始皇帝をおろしたのか、とにかくここから始皇帝は陸路を西行することになった。

まっすぐに西へゆけば、沙丘《さきゅう》があり、そこに沙丘平台《へいだい》という宮殿がある。

が、西へすすむうちに始皇帝の病は急速に重くなり、沙丘に到着すると、ほどなく崩じた。長い船の旅がこたえたのかもしれない。

始皇帝の死は、七月であり、享年《きょうねん》は五十である。

随行した者たちが、その死を必死に隠匿《いんとく》したにもかかわらず、はるかかなたの下邳《かひ》で察知した者がいる。

風角《ふうかく》の名人である南生は、初秋のある日、西北から吹く風が異様になまぐさいことに気づいた。一考した南生は、田から帰ってくる張良を門のほとりで待ち、その顔をみるや、

「お耳にいれたいことがあります」

と、低い声でいった。

張良の室《へや》でふたりだけになった南生は、

「濃厚な腥風《せいふう》を感じました。龍が死んで、腐《くさ》ってゆくにおいです。すなわち、始皇帝が死んだのです。ただしそのなまぐさい風は西北からきたといっても、北寄りでしたので、始皇帝は咸陽ではなく、旅行中のどこかで死んだのです」

と、自信をもって述べた。張良はその説述《せつじゅつ》を疑わなかった。

「始皇帝が巡遊中に死んだとなると、従者どもはその死をひたかくしにして、喪《も》を発表するのは、明年ということになろう」

「喪の発表は年末、すなわち九月かもしれません。とにかく二世の皇帝が即位するのは、明年の十月にちがいなく、その年こそ、子房《しぼう》どのが、黄石《こうせき》の神に告げられた十年、にあたるのではありませんか」

張良は記憶をたしかめながらうなずいた。あの老人は、十年後には興隆《こうりゅう》する、と予言した。興隆するものは、むろん張良の勢力でなければならない。しかしながら、たとえ張良が大勢力を攬《まと》める者になったところで、韓《かん》王の子孫を奉戴《ほうたい》しないかぎり、韓王国を復興させることはできない。

南生を退室させたあと、左唐を自室に招いた張良は、ゆっくりと話した。

「左唐先生、あなたがわたしと同様に、始皇帝の死を望んでいたことは、推察《すいさつ》できています。わたしは巡遊中の始皇帝を博浪沙《はくろうさ》というところで襲い、失敗した。それから九年、ふたたび始皇帝を襲撃することもなく、ひそやかに生きてきた。だが、もはや始皇帝を狙うことはできなくなりました」

「ほう、それはなにゆえか」

「始皇帝は、亡《な》くなったのです。といっても、喪が公表されたわけではなく、南生という風角の名人が、風のにおいをかいで察知したにすぎません」

「さようか……、しかし、たとえ始皇帝が死んだとしても、その陵墓《りょうぼ》をあばいて、死体をひきずりだし、鞭打《むちう》つことはできる」

「伍子胥《ごししょ》のように、ですか」

張良はかすかに笑った。

「宰相《さいしょう》であった文信侯《ぶんしんこう》は、欲張らない政治をこころがけ、傲慢《ごうまん》になりそうな秦王政《せい》をそれとなく諫《いさ》めたが、その善意は通じなかった。かわりに重用《ちょうよう》されたのが、李斯ではあるが、この男は宮殿に住む大鼠《ねずみ》で、うまい物をぬすみ食いし、それをつづけているあいだに太りすぎた。ゆえに動けない。まもなく人にみつけられて、殺されるでしょう。大鼠に柱もかじられていた宮殿も、崩壊するということになる。そこであなたもわたしも、咸陽へゆき、宮殿からは遠い陵墓に立って、ひたすら穴を掘ることはできる」

左唐はここではじめて文信侯の号《よびな》をだした。文信侯とは、呂不韋《りょふい》のことである。

——やはりこの人は、呂不韋に愛顧《あいこ》されていた学者か。

張良は心のなかで笑いながら、

「先生とわたしは、数年後に、連れ立って咸陽へゆくことになりますかな」

と、いってみた。

「仄聞《そくぶん》したところでは、あなたは韓の宰相の子だ。韓王の仇も討たねばならぬとなれば、かならず咸陽へゆかねばならない。始皇帝は今年、五十歳であった。ということは、長子《ちょうし》は三十歳か三十一歳だろう。その歳になっても、英声《えいせい》がきこえてこない。されば、始皇帝の嗣子《しし》も、悪政をつづけ、帝政を自壊《じかい》させてしまうだろう」

左唐は、始皇帝の長子である扶蘇《ふそ》が、父を諫めたことで、上郡《じょう》へ徙《うつ》されたことを、知らない。が、張良は申妙《しんみょう》が蒐《あつ》めてきた情報によってその事実を知っている。始皇帝が崩じたため、常識と温情をもつ扶蘇が、上郡から咸陽に帰ってきて、皇帝の位に即《つ》けば、左唐のいうような悪政をつづけるとはおもわれない。すると天下の民に嫌われていた皇帝は、二世になると、敬慕《けいぼ》されるようになり、とても帝政が自壊しないであろう。

――われは十年後に興隆するのは、まことか。

張良はあの老人の言を疑いたくないが、まともに信ずる事態になりそうもない、とおもうようになった。

翌日、株干《しゅかん》と毛純《もうじゅん》を従えて、馬車で藤尾《とうび》家に往《い》った。外出していた藤尾が一時《いっとき》後に帰ってきたので、ふたりだけになるや、

「始皇帝が死んだよ」

と、語《つ》げた。藤尾は驚愕《きょうがく》した。

「われの膝《ひざ》もとには、ふしぎな能力をもつ者がいるので、千里のかなたの崩御《ほうぎょ》を知ることができた。あなたにさぐってもらいたいのは、喪が発せられたあとの中央政府のありようです。県の豪吏《ごうり》と、あなたは知りあいでしょう」

張良に説《と》かれて、ますますおどろきをつのらせた藤尾は、しばらく張良をみつめたあと、落ち着きをとりもどすために、大きくため息をついた。それからまなざしをわずかにそらして、

「あなたが消そうとした始皇帝が、みずから消えた。存在が、消されるのと、消えるのとは、ちがうのだろうか。とにかく、楚の旧《もと》の民は、始皇帝の死を知れば、祝杯《しゅくはい》をあげたくなるのはたしかです。そして、その後の帝室のようすを知りたくなるのも、あなたと同様です。なにかがわかりしだい、あなたにお知らせします」

と、いってから、ひとりの青年を張良にみせた。

「この者は、梅飛《ばいひ》といいます。わたしを長いあいだ佐《たす》けてくれた者の子で、信用できる者です。あなたとの連絡に往復させます」

藤尾にそういわれた梅飛は、いちど立って深々と礼をした。

この青年が、政治むきの伝言を張良にもたらしたのは、十月の末である。

「始皇帝が亡くなったのは、巡遊の途中で、沙丘というところでした。その死が、七月のことなので、あなたさまが七月の時点でそれをお知りになったことを、わが主はあらためておどろいております」

「沙丘は、はるか昔に、凶事《きょうじ》があった。趙《ちょう》の王位を、子にさずけた主父《しゅほ》が、子の恵文《けいぶん》王に攻められて、餓死《がし》したところだ。またしても、凶事の地になったのか……」

「始皇帝に随従した者たちは、主上の死をかくしたまま旅行をつづけ、北辺《ほくへん》の地というべき九《きゅう》

原《げん》までゆき、そこから直道《ちょくどう》をひた走って咸陽に帰着しました。それが八月の終わりか、九月の初めか、わかっておりません。とにかく、そこで喪が発せられたのです。おどろいたことに、喪を発したのも、二世皇帝の位に即いたのも、長子の扶蘇ではなく、末子の胡亥でした」

「まさか――」

と、張良はおもわず声を高く発した。

兄弟相続ということは、ないことはない。が、いきなり末子が王や皇帝の位に即くことは、めったにない。

――そうか、陰謀《いんぼう》があったな。

そう推察した張良は、

「始皇帝の長子は上郡にいる。弟がかってに帝位を継承したとなれば、上郡で挙兵し、身近にいる蒙恬《もうてん》将軍とともに咸陽を攻めるにちがいない。すると大乱になる。諸郡の高官たちは、扶蘇に付くか、胡亥に付くか、迷って、動揺しはじめるだろう」

と、いった。すると梅飛は困ったように、

「あの……」

と、言《げん》を揚げて、張良の想像のひろがりをさまたげた。

「始皇帝が崩じたのが七月で、それから三か月も経ったのに、上郡に駐屯していた兵は、まったく動いていません。なぜであるのかは、推測の域《いき》をでませんが、扶蘇と蒙恬はすでに誅《ころ》されたのではないか、と藤尾さまは申されています」

「藤尾どのは、そうみたか……。なるほど、上郡が静黙《せいもく》を保っているということは、そこをあずかっていたふたりが、急死したと考えられる。ははあ、李斯がふたりを殺したな。扶蘇がつぎの皇帝となり、近侍するのが蒙恬では、李斯は失脚して権柄《けんぺい》から手をはなすことになる。とにかく、よく知らせてくれた。わずかな異変でも、いとわずに知らせてくれ」

張良は梅飛をねぎらって帰した。

――咸陽は戦場にならない。

始皇帝の末子が二世皇帝になったと知るや、大乱のきざしをみたとおもった張良であるが、兄弟で争わないとわかれば、咸陽のあたりが擾乱《じょうらん》することはない。

それでも何か大きな事件が今年起こるはずだ、と張良はつぎの知らせを待った。

梅飛は晩春になるまで、張良のもとにこなかった。ようやく張良のまえに坐った梅飛の表情に冴《さ》えがなかった。それをみた張良は、

「大事件があったという顔ではないな」

と、からかうようにいった。

「さようです。九月に、二世皇帝は始皇帝を埋葬《まいそう》しました。そのあと喪に服すとおもわれましたが、なんと冬になると、巡遊すべく出発しました。いまも巡遊中です」

「はは、服忌《ふくき》三年などというのは儒教《じゅきょう》の教義《きょうぎ》だとおもっているのだろう。まさか二世皇帝が、

このあたりにくるというのではあるまいな」

かつて始皇帝は下邳から遠くない彭城《ほうじょう》にきたことがある。二世皇帝が父のまねをしていれば、下邳の近くを通るかもしれない。

「また、続報をおとどけします」

そういって梅飛はしりぞいたが、かれが二世皇帝の旅途《りょと》について張良に語《つ》げにくるまえに、申妙がきて、

「二世皇帝は、はるばると北の碣石《けっせき》へゆき、そこから船で南下して会稽に到った。そこから北へ引きかえしたらしいが、そのあとがよくわからないのです」

と、いった。申妙は藤尾家にくる客から情報を得る。

「やはり二世皇帝は賢くない。父がおこなった大旅行をまねることで、天下に威《い》を示したつもりなのであろう。すると、このあと、父がおこなった苛政《かせい》をうわまわる暴政《ぼうせい》をおこなうにちがいない。二世皇帝の兄は二十数人いるであろうから、そのなかのひとり、あるいは数人が、二世皇帝を暗殺するであろうよ」

「二世皇帝に悪謀《あくぼう》を献じているのは、李斯でしょう。かれがつぎつぎに先手《せんて》を打ってゆくとなれば、そうたやすく二世皇帝は斃《たお》れないでしょう」

「はは、左唐先生によれば、李斯は太りすぎた大鼠で、動けなくなって、殺されるそうだ」

それをきいて、申妙も笑った。

大沢郷《だいたくきょう》の炎

下邳《かひ》のように、首都の咸陽《かんよう》から遠い県にいては、中央の政権の推移《すいい》はわからない。

——二世皇帝をまるめこんでいるのは、李斯《りし》であろう。

と、張良《ちょうりょう》は推察するしかなかったが、実情はちがう。

二世皇帝すなわち胡亥《こがい》が十代のころに、文字と獄律令法《ごくりつれいほう》を、趙高《ちょうこう》から教えられた。旅行の途中で崩《ほう》じた始皇帝《しこうてい》の意《おも》いは、

「扶蘇《ふそ》はわれの柩《ひつぎ》を咸陽に迎えて葬式をおこなうべし」

と、いうものであったのに、その詔書《しょうしょ》をあずかった中車府《ちゅうしゃふ》の趙高は、李斯をだきこんで、偽《にせ》の詔書を作り、扶蘇と蒙恬《もうてん》に死をさずけた。以後、趙高は二世皇帝に絶大に信用され、郎中令《ろうちゅうれい》に任ぜられると、李斯などの大臣をしのいで、政務をおこなうようになった。

二世皇帝にはおびえがある。

兄たちに帝位を奪われはしないか。また、始皇帝に近侍《きんじ》していた臣などが、政道を匡《ただ》すような

動きをしないか。巡遊《じゅんゆう》中にそんなことばかりを考えていた二世皇帝は、四月に、咸陽に帰着すると、兄、大臣、重臣などをつぎつぎに誅《ころ》しはじめた。

それとは別に、中止されていた阿房宮《あぼうきゅう》の工事を再開した。

藤尾《とうび》の使いとして梅飛《ばいひ》が張良のもとにやってきたのは、暑い盛りである。

「天下の材士《ざいし》を二世皇帝が求めています。通達は下邳にもきました」

「材士とは——」

「武勇にすぐれた士のことです。二世皇帝は五万の材士を咸陽に集めて、屯衛《とんえい》させるということです。その五万人のための食料を郡県に命じてださせ、運送させようとしています。中央にいる犬や馬への食料も各地から送らせ、当然、そうした費用も郡県が負担します。さらにいえば、運送にあたる者の食料は、自身が携帯《けいたい》しなければならないということです」

——父子そろって非情の皇帝か。

父に肖《に》ていない子を、世間は、不肖《ふしょう》の子といってさげすむが、二世皇帝は父にそっくりなのに、世間はほめたたえないであろう。

「始皇帝は外にむごかったが、内にはそうでもなかった。が、二世皇帝は外にも内にもむごい。それをつづけてゆくうちに、おのれの足もとは水没《すいぼつ》し、立つ瀬がなくなる。夏がすぎれば、かならずどこかで叛乱の炎が立つ。われがそういっていたと藤尾どのに伝えてくれ」

張良は梅飛にそういいきかせて帰した。

――われはあの老人の予言を信じつづけている。

今年、天下をゆるがすほどの異変がなければ、予言は空言《くうげん》となり、張良の未来は光を失うであろう。

暑気《しょき》が落ちるまで、張良は毎日田にでて、雑草取りをおこなった。帰宅するときに、初秋の風を感じたので、

「あと、三か月か……」

と、つぶやいた。そのつぶやきをきいた桐季《とうき》は、

「あと、三か月で、年があらたまります」

と、いった。

「明年になるまえに、人と武器を集めるときがくる。だが、そういうときがこなかったら、われもそなたも下邳に骨をうずめることになろう」

「はあ……」

桐季は張良のことばを器用《きよう》に承《う》けられなかった。意図《いと》を理解できなかった、といってもよい。

七月になった。

張良は南生《なんせい》に声をかけた。

「風は、かならず、異様な騒ぎを運んでくるはずだ」

「わかりました」

南生は張良の張りつめた心を察している。

やがて大雨がふった。

じつはこの大雨が秦《しん》王朝を潰滅《かいめつ》させる遠因《えんいん》となった。

大雨は二日つづいた。

三日目に大雨はやんだが、快晴とはならず、曇天《どんてん》からときどき雨が落ちてきた。

「饐《す》えたにおいがする」

大雨がやんだ直後からそういいはじめた南生は、それから数日後に、

「腐敗《ふはい》した物を焼くにおいに変わった。子房《しぼう》どの、ここから西南の方向のどこかで、叛乱がおこった。いまから、ひそかに人を集めることをお勧《すす》めする」

と、張良にささやいた。

うなずいた張良は、藤孟《とうもう》と毛純《もうじゅん》を呼び、

「いま西南方で叛乱が起こっている。秦への怒りの炎が立ったと想《おも》えばよい。天下が大揺れに揺れるときがきた。そなたたちはわれの正体を知っているであろう。旧《もと》の韓《かん》国の宰相《さいしょう》の子だ。乱に乗じて、韓国を復興しなければならない。が、いきなり、何千、何万という兵を擁《よう》することはできない。まず、百人を集めたい。ただし藤尾どのから人を借りることはしない。そなたたちだけで、人集めをおこなってくれ」

と、いいつけた。

そのあと、株干《しゅかん》だけを従えて、藤尾に会いに行った。

藤尾はにこやかな表情をみせながらも、

——なにか、あるな。

という目つきで、張良を視《み》た。

「のんびりしていられないので、手短《てみじか》にいおう」

「まさか、二世皇帝が急死したという透視《とうし》ではありますまいね」

「事態は、それよりも深刻だ」

「と、申されると……」

「ここから西南へゆくと、どのような県があるのか」

張良は南方の郡県にはさほどくわしくない。

「下邳からみて、西南にある県ですか……」

旧の楚人《そひと》である藤尾は南方の郡県にはくわしい。

「符離《ふり》、竹邑《ちくゆう》、蘄《き》、銍《ちつ》、城父《じょうほ》などが、泗水《しすい》郡のうちにあります」

藤尾はよどみなくいった。

「そのさきは——」

「陳《ちん》郡にはいります。新陽《しんよう》、汝陰《じょいん》、項《こう》などがありますが、そのあたりはあなたさまのほうがくわしいでしょう。淮陽《わいよう》から遠くありませんから」

小さくうなずいた張良は、

「いま、あなたがいった県のどこかで、叛乱が起こった」

と、語気を強めていった。

藤尾の眉宇《びう》に笑いがただよった。

「あなたさまの下に、ふしぎな能力をそなえた者がいることは、承知しております。ここから西南の方角にあるどこかで叛乱が生じたことも疑いません。しかし、往時《おうじ》、数十万の敵兵をことごとく撃破した秦兵が、地方の県でのささやかな叛乱を鎮《しず》められないことがありましょうか」

秦兵の勁《つよ》さをいやというほど知っている藤尾である。

「藤尾どのよ、火にも二種類あって、いくら水をかけても消えない火がある。こんどの叛乱はそういう火で、最初の炎は小さくても急速に巨火になって、延焼してゆく。その火は咸陽にむかってゆくので、西へ西へと猛火《もうか》が襲う。しかし、このあたりも、来月には、飛んでくる火の粉で、火の海になるかもしれない。いまから、それにそなえておかれるべきだ」

「群雄割拠《ぐんゆうかっきょ》の世が到来する、とおっしゃるのか」

「そうです。藤尾どのには世話になったので、今後の進路を誤《あやま》ってもらいたくないために、秘《ひ》事《じ》をうちあけておく」

生前の始皇帝が、はるかに遠い気を観《み》て恐れた、と張良は語《つ》げた。

「その気とは——」

藤尾はあえておどろきをおさえた。張良がはるかかなたにいた始皇帝のようすを知っていたことが、そもそもおどろきである。

「次代の天下を治める帝王の気です。五彩《ごさい》の光の柱です。われはその所在を知りたくて、五人にさぐらせた。幸運にも、その五人が定陶《ていとう》に到ったとき、それを東のほうに観た」

「ほう、ほう——」

藤尾はことばを失って驚嘆した。張良が妖言《ようげん》を口にするはずがない。

「つまりあなたに念をおしたいのは、いまの叛乱が天下の半分を従わせるようになっても、それに加担《かたん》してはならないということです。くりかえしますが、至上《しじょう》の気は定陶から観て東に立ったのであり、叛乱が生じたところとは、方向がちがいます」

「ふむ……」

藤尾は高揚《こうよう》する気分をおさえたようだ。

「旧の楚人は、ひとり残らず秦を怨んでいる。叛乱の規模が巨《おお》きくなれば、それを報復の機ととらえて、ますます多くの人が集まります。あなたのような豪族は、千や二千の人を集めて、隊伍を編《あ》むのはたやすいでしょう。それだけに危険な方向にすすんでもらいたくない。また、われのもとに、楚将であった項燕《こうえん》の子がいますが、かれを奉戴《ほうたい》するという考えを棄《す》ててください。かれは軍を率いて秦に報復したいといったことはない」

「そうですか……」

藤尾は熟考しはじめた。

「藤尾どの、われは韓という国を再興しなければならない。それゆえ、これまでのご厚意に礼容を示すことなく、下邳を去るという失礼があっても、お宥《ゆる》しねがいたい」

張良は藤尾にむかって頭をさげた。

帰宅した張良は、桐季、堂巴《どうは》、申妙《しんみょう》、株干、石点《せきてん》、夏皮《かひ》の六人を集めて、

「すでに南生どのから告げられているかもしれないが、下邳からみて西南のほうで叛乱が起こった。その叛乱が大乱となれば、それに乗じて、われは祖国の再建のために働かねばならない。みなもわかっているように、一国には、ひとりの王が要《い》る。韓国の公子は、みな殺しにされたわけではないので、どこかにいる。その所在を知りたいので、伝聞《でんぶん》をきさのがさないでもらいたい」

と、いった。

このあと、ひとりになった張良に近づいてきた項伯《こうはく》が、すべてをのみこんだ顔で、

「あなたが宰相となる韓の国は、さぞや良い国になるだろう。わたしはその国づくりを手助けしたい」

と、心をこめた口調でいった。

張良は項伯に会うまで、友人らしい人はいなかった。申妙がそれに比《ちか》かったが、項伯のようなつきあいかたにはならなかった。おそらく項伯は、張良が水にはいれば、ためらうことなく水にはいり、火に飛び込めば、ともに火中に突っ込むであろう。

「数か月のうちには、どうしても動かざるをえない状況になるでしょう。ともに生き、ともに死にますか」

項伯は項燕の子であることを他人に知らせず、仮名《かめい》のまま、張良と戦場を踏破《とうは》するつもりらしい。

――うれしいことよ。

張良は親友を得たという喜びをかみしめた。

半月も経《た》たぬうちに、

「陳勝《ちんしょう》」

それに、

「呉広《ごこう》」

というふたりが、大沢郷《だいたくきょう》という地で叛乱を起こし、またたくまに付近の県を落として大勢力となった、といううわさが飛来した。

「大沢郷というのは――」

この張良の問いに、藤孟がすぐに答えた。

「蘄県の近くにある聚落《しゅうらく》です」

その位置は、泗水郡の南部の中央にあたるという。下邳からみれば、まさしく西南の方角にある。

——南生どのの風角《ふうかく》は当たったな。

張良はいまさらながら感心した。

さて、叛乱の首謀者である陳勝はあざなを渉《しょう》といい、陽城《ようじょう》の出身である。呉広のあざなは叔《しゅく》で、陽夏《ようか》の人である。陽城は秦時代の郡でいうと、南陽《なんよう》郡の北部にある。陽夏は陳郡の北端にある。このおなじ郡の出身でもないふたりが、はるか北の漁陽《ぎょよう》郡の守備につくべく、閭左《りょさ》の九百人を率いて、大沢郷にさしかかった。

ところで、閭とは里の門をいう、というのが正しいが、里と同意語としてもつかわれる。閭左は、里門の左に住む貧者のことで、かれらは課税《かぜい》が免じられている。だが、この場合、納税するかわりに、北辺《ほくへん》を守れ、と命じられたのである。

尉《い》という武官の監視のもとで、陳勝と呉広は北へむかったが、大沢郷のあたりで大雨に遭《あ》った。このすさまじい雨のために、道路が不通となり、すすむことができなくなった。

陳勝はいらいらしながら、日数を計算した。動けないまま、三日がすぎたとき、陳勝は絶望した。定められた月日に到着しなければ、死罪となる。大雨のせいで道路がふさがれたという事情は考慮されない。

ここから逃げても殺されるが、遅れて到着しても誅される。

「どうせ死ぬのであれば、大計を立て、国を建てて、死のう」

陳勝と呉広はひそかに相談し、引率してきた九百人をうまく手なずけると、監視者である尉を蘄った。この時点で、叛逆者となったかれらは、大沢郷を急襲して、攻め落とし、兵をふやして、近くの蘄県を降《くだ》した。

自立した陳勝はみずから将軍と称し、呉広は都尉《とい》となった。

蘄県を取ったことが、かれらに自信を与えた。近くの県である符離からこの叛乱軍に加わった葛嬰《かつえい》にむかって陳勝は、

「あなたはここから東を平定してもらいたい」

と、いい、自身は西へむかいながら、諸県をつぎつぎに落とした。そうなると、それに呼応して県のなかで起《た》つ者たちが、県令《けんれい》などの高官を急襲するようになった。

陳勝と呉広の軍は、ほぼ泗水郡を平定し、西隣の陳郡にはいった。苦《こ》県、柘《しゃ》県などを攻略し、郡府のある陳県に近づいた。このとき叛乱軍に、兵車が六、七百乗、騎兵は千余、兵卒は数万人いた。

叛乱軍の猖獗《しょうけつ》ぶりをふるえながら伝え聞いた郡守《ぐんしゅ》と県令は、そろって逃走した。逃げ遅れたのか、それとも皇帝への忠義心が篤《あつ》いのか、ひとり守丞《しゅじょう》が残った。ちなみに丞は、次官をいう。かれは望楼《ぼうろう》のある譙門《しょうもん》にこもって、叛乱軍を迎撃《げいげき》した。

が、両軍の勢いには大きな差があり、陳勝と呉広の軍は、郡県の兵を圧倒し、守丞を殺した。

――ついに陳を得たか。

陳勝は満面の笑みで入城した。

戦国時代に楚という大国は、ながい間、首都としてきた郢《えい》が、秦軍に攻められたため、遷都《せんと》をせざるをえなくなり、陳へ首都を移した。陳は郢陳《えいちん》とも呼ばれて、しばらく楚の首都であった。陳勝がそこにはいったということは、楚国を再興したことになる。

さっそく陳勝は三人の長老と地元の有力者を招いて、会談をおこなった。かれらは口をそろえていった。

「将軍は無道《むどう》の者を伐《う》ち、暴政の秦を誅殺《ちゅうさつ》し、ふたたび楚国の社稷《しゃしょく》をお立てになりました。その功績によって、王となるべきです」

かれらの推挙によって、陳勝は王となり、国号を張楚《ちょうそ》とした。

まだ、七月のうちである。

陳県を首都として、張楚という国を建てた陳勝は、ともに叛乱軍を率いてきた呉広を、仮王《かおう》とした。かれに諸将を監督させて、西進させ、滎陽《けいよう》を攻めさせた。

滎陽は昔から戦略的な要地である。

さらに陳勝は、陳の出身である武臣《ぶしん》、張耳《ちょうじ》、陳余《ちんよ》を北にむかわせ、趙《ちょう》の地を平定させようとした。

また、汝陰の人である鄧宗《とうそう》を南に遣《や》り、九江郡《きゅうこう》を攻め取らせようとした。

それでわかるように、陳勝は陳県を中心として、放射線を画《か》くように人と兵を放った。この計画は、一見《いっけん》、正しいようにみえるが、人と兵を陳県から遠ざけるかっこうになり、王朝と国から強靭《きょうじん》さを失わせることとなった。

さて、張良がいる下邳のあたりでは、七月の末には流言飛語《りゅうげんひご》が渦巻いて、官民は右往左往しはじめた。だが、陳勝の命令を承《う》けて、蘄県より東を平定することになった葛嬰は、東海郡《とうかい》にははいらず、南下して九江郡へゆき、東城《とうじょう》に到った。そこで襄彊《じょうきょう》という者を立てて、楚王とした。ところが陳勝が張楚という国を創立して、自身が王位に即《つ》いたと知った葛嬰は、

――楚にふたりの王がいてはまずい。

と、おもい、襄彊を殺した。そのあと、かってに楚王を立てたことを詫《わ》びるために、陳勝のもとに帰った。が、報告をきいて不快そのものとなった陳勝に、葛嬰は殺された。

陳勝には寛容力がないという欠点があらわになった。

ただし陳県から遠くにいる張良には、陳勝の器量はわからない。たとえその器量が大きくても、張良には陳勝に仕える気がない。

――かれは王者にはなれない。

下邳だけでなく東海郡、泗水郡のあちこちで、千人、二千人という集団が武装しはじめている。かれらは秦に怨《うら》みをもつ者たちであるとはいえ、協力しあうとはかぎらない。散在している叛乱集団を、陳勝のほかに、督率《とくそつ》する英雄が東方に出現するはずだ、と張良はおもい、みだりに動かなかった。

それにしても、陳勝と呉広の乱は歴史上めったにないほどの爆発力をもっていた。陳勝はたっ

た九百人を率いてかけめぐり、ひと月も経たないうちに、国王となった。さらに、

——二世皇帝を討ってやる。

と、決心し、陳の賢人《けんじん》である周文《しゅうぶん》(周章《しゅうしょう》)を擢用《てきよう》し、将軍の印綬《いんじゅ》をさずけると、

「秦を伐て」

と、命じた。この命令を承けて西へむかった周文のもとに、つぎつぎに兵が加わり、堅牢《けんろう》な函谷関《かんこくかん》を突破したときには、兵車千乗、兵卒十万という驚異的な大軍になっていた。

秦の主力軍を率いていたのは将軍の蒙恬であったのに、その良将を誅してしまった二世皇帝は、叛乱軍が咸陽に近づいてきたことに、大いにおどろいて、逃げ腰になった。

そのとき少府《しょうふ》の官(皇帝の私府の長官で山沢《さんたく》をつかさどる)にあった章邯《しょうかん》が言を掲げた。

「賊の軍はすでに関中《かんちゅう》にはいり、しかも大軍で強力です。いまあわてて近県の兵を徴発《ちょうはつ》しても、まにあいません。始皇帝の陵墓《りょうぼ》である酈《り》山で働いている刑徒《けいと》が多いので、どうかかれらを赦《ゆる》して、武器をさずけ、賊の軍を迎撃させていただきたい」

急場のことゆえ、その献言《けんげん》を容《い》れた二世皇帝は、章邯を将に任命し、刑徒を赦免《しゃめん》して兵とした。七十余万人が、章邯の指麾《しき》に従うことになった。

周文の軍と章邯の軍には、正規兵がほとんどいない。が、章邯の軍のほうが兵力にまさり、将器もすぐれていた。それゆえ章邯の軍が周文の軍を撃破した。

章邯の名が、叛乱軍の将士《しょうし》をおびやかすことになるのは、ここからである。

なお周文は函谷関を脱出して、すぐ東の曹陽《そうよう》にとどまり、章邯の軍の東進をふせいだが、二、三か月後には章邯に負けて、東へ奔《はし》った。が、追撃されて惨敗し、ついにみずから首をはねて死んだ。

出会い

張良《ちょうりょう》は家人と食客《しょっかく》がもたらす情報を、頭のなかで整理している。

陳《ちん》で王朝を樹《た》てた陳勝《ちんしょう》は、上蔡《じょうさい》出身の蔡賜《さいし》という人物を上柱国《じょうちゅうこく》としたらしい。

「上柱国か……」

旧《もと》の楚《そ》の国では、宰相《さいしょう》のことを令尹《れいいん》といい、また上柱国ともいった。すると陳勝は、王朝の制度と位階《いかい》を、過去の楚王朝のそれにならったにすぎない。それよりも大きな懸念《けねん》は、楚王室の血胤《けついん》をもっていないどころか、王室に縁《えん》もゆかりもない陳勝が、かってに王となったことである。

――それでは楚を再興したことにならない。

当然、不満をもつ者たちが、あちこちで蹶起《けっき》するにちがいない。

さわがしく月日が経《た》ってゆくなかで、張良は冷静に耳を澄ましていた。

やがて下邳《かひ》から遠くない郯《たん》県でも、交戦の音が高くなった。

下邳をでて東北にすすんで戦場に近いところまで偵察《ていさつ》に行った堂巴《どうは》と藤孟《とうもう》は、こまかく調べてもどってきた。
ふたりは張良のまえに坐って、逐一《ちくいち》報告した。
まず郯の城にこもっているのは、東海《とうかい》郡の守《しゅ》の慶《けい》である。
「城をとりかこんでいるのは、陳からきた将ではありません」
秦嘉《しんか》（陵人《りょうひと》）
董緤《とうせつ》（銍人《ちつひと》）
朱雞石《しゅけいせき》（符離人《ふりひと》）
鄭布《ていふ》（取慮人《しゅりょひと》）
丁疾《ていしつ》（徐人《じょひと》）
かれらは陳勝との関係を望まず、単独で挙兵し、東海郡にはいって郡守の慶を伐《う》とうとした。
そこまで堂巴が説明したあと、藤孟が説明を追加した。
「陳王はそれが気にいらず、武平君《ぶへいくん》の畔《はん》という者をさしむけて、郯の攻防戦を監視させたのです。気にいらないのは秦嘉らもおなじで、陳王がこんな若造《わかぞう》をよこすはずがない、と陳王の命令をねじまげて武平君を殺してしまいました」
「そうか……」
と、張良はあいまいにうなずいたが、内心では、そうでなくてはならぬ、とおもった。秦嘉らの挙兵とその包囲陣に関心があるのは、戦場となっている郯県が、定陶《ていとう》からみて、東の方角にあるからである。かれらが陳勝の支配下にはいってしまえば、戦っている意義に独自性を失われてしまう。

もしかすると、秦嘉らが王者への道をすすむのではないか。

張良はとくに秦嘉らの戦いに関心をもちつづけた。

秋が終わり、新年となった。

十月、十一月とすぎて十二月になってから、堂巴が急報をもってきた。

「秦嘉らが、郯城を落としてもいないのに、包囲陣を解《と》いて、急速に西へ移動しました」

「西へか……」

秦嘉らの軍が、下邳の北を通って西行したとなると、東海郡から薛《せつ》郡か泗水《しすい》郡にはいったにちがいないが、あわててそれらの郡へ移る理由がわからない。

それについて、智慧《ちえ》の豊かな申妙《しんみょう》の意見を求めたが、断片的な情報しかないので、

「いまの段階では、臆測《おくそく》にとどまるしかないので、もうしばらく待ちましょう」

と、かれは張良の焦心《しょうしん》をなだめた。

ほどなく藤孟があらたな情報をもたらした。

「秦嘉らは、景駒《けいく》という者を迎えて楚王として、方与《ほうよ》のほうにいるということです」

この情報には驚愕《きょうがく》したほうがよい。なぜなら、陳勝が陳において王でいるかぎり、他の所で楚王を立てられないというのが常識である。それなのに、秦嘉らが突然楚王を立てたとなれば、

陳勝に異変か事故があったと推測できるからである。

いそいで張良は項伯《こうはく》を呼んだ。

「景駒という者を、知っていますか」

「いや、知らない。ただし景氏は楚の名門の氏です」

景駒の出自《しゅつじ》の尊さは、陳勝のそれとはくらべものにならないことくらい、容易に推察がつく。

陳勝についてわかってきたことがある。

かれは若いころに、人に雇《やと》われて農耕をおこなっていた。あるとき、耕《たがや》すことをやめて、壟《ろう》上《じょう》（小高い丘の上）にゆき、ながながと嘆息したあと、雇い主にむかってこういった。

「もしも富貴《ふうき》になっても、たがいに忘れないようにしましょう」

このいいぐさに、雇い主は笑った。

「なんじは雇われて農耕をおこなっている身だ。どうして富貴になれようや」

すると陳勝はさらに大息《たいそく》した。そして、いった。

嗟乎《ああ》、燕雀《えんじゃく》、安《いず》くんぞ鴻鵠《こうこく》の志《こころざし》を知らんや。

ああ、燕《つばめ》と雀《すずめ》のような小鳥には、鴻《おおとり》と鵠《くぐい》のような大きい鳥の志望はわからぬものよ。そういって陳勝は雇い主をからかったらしい。たしかに陳勝は王を自称して、王朝らしきものを作った

が、

「陳王は、すでに消えているのではあるまいか」

と、張良は声を低くして、おのれの推量を、項伯にむかっていった。

「なるほど、秦嘉らがあわてて郯城攻めをやめたのは、陳王の敗退か、斃死《へいし》を知ったからかもしれない。それで、景駒を招いて、楚王として立てた。それなら理屈《りくつ》に適《あ》います」

「陳王が消えたとすれば、秦《しん》への反勢力は、景駒のもとに集まろうとするでしょう。じつはわれも下邳をでて、景駒に従おうとおもっている。あなたは楚の将軍の子だから、景駒に従いたくなかったら、藤尾《とうび》どののもとにゆかれるとよい」

「いや、わたしはあなたと生死をともにすると決めたのです。わたしが景駒を知らぬように、景駒もわたしを知らない。わたしは鄭丕《ていひ》という氏名のまま、あなたに同行します」

「わかりました」

張良は項伯の覚悟をみすえたおもいであった。項伯は父の仇《あだ》を討つという情念を棄《す》てたわけではあるまいが、それよりも韓《かん》国の再興をはたそうとする張良に助力し、それが成就《じょうじゅ》したあとに、宰相となるにちがいない張良の軍事を佐《たす》けるというのが、かれのまっすぐな志望なのであろう。

このあと張良は、南生《なんせい》のもとへゆき、

「われは、方与のほうにいる景駒に従うつもりだが、その方角が吉なのか、どうか。吉であれば、いつ出発したらよいか、それを占ってくれ」

と、たのんだ。すると、南生は家の外にでて、風に吹かれながら、長時間立っていた。

おもむろに家にもどった南生は、張良のまえに坐り、

「陳王はすでに死んでいますよ。死所は陳ではなく、ここから西南の方角にあたるどこかです」

と、淡々と述べた。

たしかに陳勝は死亡した。

秦《しん》の章邯《しょうかん》は大軍を陳へむけた。その軍を、上柱国の蔡賜が迎撃《げいげき》したが、もろくも崩れ、蔡賜は戦死した。それを知った陳勝は、城をでて、督戦《とくせん》したものの、大破された。敗走した陳勝は、潁水《えいすい》にそって汝陰《じょいん》まで逃げた。が、そこにとどまらず、東隣の泗水郡にはいった。下城父《かじょうほ》に到《いた》ったとき、御者《ぎょしゃ》の荘賈《そうか》が心変わりをして、陳勝を殺したあと、秦軍に降服した。

十二月のことである。

しかしながら、陳勝の死を知っている者は多くない。

「それで秦嘉らは、景駒を楚王にしたのだな。さて、われは景駒に従う予定で下邳をでるが、それは吉なのか、凶なのか」

この張良の問いに、すぐに答えなかった南生は、熟考したあと、

「大吉であり、大凶でもある、としか申し上げられない」

と、わかりにくいことをいった。

「ふむ……、大吉か大凶」

風で占う結果が、なぜそうなるのか。張良は南生に問わなかった。たぶん南生は理《り》で占ってい
るわけではなく、感覚で占っている。説明しがたい邃淵《すいえん》がそこにはあるにちがいない。

「大吉は大凶に変わり、大凶は大吉に変わる。われはそう聴いた。すなわち、出発してみなけれ
ばわからない。あなたが、吉日とおもわれる出発日は、いつなのか」

「正月の五日かな」

「はは、五は黄色に属する数だ。黄石《こうせき》という神がみちびいた日と解しよう」

五行《ごぎょう》のなかの土《ど》は、中央、黄色、五などを属性としてもっている。

このあと張良は、藤孟と毛純《もうじゅん》を呼び、

「そなたたちは、兵として家を離れてもよい青年たちに、ひそかに声をかけてくれていたが、出
発は正月五日と決まった。それをかれらに周知《しゅうち》させてくれ」

と、いいつけた。それから桐季《とうき》、堂巴、申妙などに、いよいよ下邳をあとにすることを告げた。

武器はだいぶまえにそろえた。

藤尾のもとにみずから行った張良は、

「正月五日にでます。どこへゆくか、はっきりいえないがそれは、宥《ゆる》してもらいたい。とにかく
こうして、目的にむかって旅立つことができるのは、あなたのおかげだ」

と、感謝の意《おも》いをはっきり表した。

「いよいよ出師《すいし》ですか。大望《たいもう》がかなうことをお祈りしております。わが家も兵をだすつもりです。

わたしは老いたので、次男に兵を率いさせます」

このゆったりとした口ぶりからすると、楚王の景駒に助力をするつもりはないらしい。

――藤尾は、別の情報をつかんでいるのか。

張良はそう感じたが、それについては問わなかった。

正月五日の早朝、張良家の門前に集合した青年たちの数は、百余であった。

家人をつかってかれらに武器と旗を渡した張良は、簡単に語《つ》げた。

「出征した少年が、実家に帰ったときには、老人になっていたという古い詩《うた》がある。みなはわれにいのちを託《たく》してくれた。われには一国を建てるという志望があり、それをかならずはたして、みなが老人とならぬうちに家臣とする。この誓いを、いま天神と地神がお聴きになり、かならずわれらを加護してくださるであろう」

南生と声生《せいせい》が、火を焚《た》き、酒を地にそそいで、短い祭祀《さいし》をおこなった。

「さあ、征《ゆ》くぞ――」

この張良の声に、配下は喚声《かんせい》で応《こた》えた。

張良は景駒が方与のほうにいるときいていたので、まず泗水にそって西行した。彭城《ほうじょう》に到ると、そこからむきを北に変えた。留《りゅう》県、沛《はい》県を通り、胡陵《こりょう》を経《へ》ると、方与に近づくはずである。

留県の付近で、数千人の武装集団をみたので、いちど避けた。その集団の旗の色が黒ではないので、秦の部隊ではないとわかったものの、正体がわからないので、遭《あ》うのをやめた。

が、ここで南生が、

「わかった。わかりましたぞ。方与のほうが大凶で、あの軍が大吉なのです。いま両者の位置がことなったので、吉凶がはっきりとわかりました」

と、大声で張良に告げた。

「よし、あの軍を率いている者が、何者であるのか、たしかめてみる」

張良は自分の隊をいそがせて、南へむかってゆく集団に追いついた。その集団は張良の隊に気づいて、急停止した。数騎が走ってきて、

「どこの隊か」

と、するどく問うた。

張良は乗っている馬をまえにだして答えた。

「われは下邳の若者を率いている子房《しぼう》といいます。方与のほうに楚王がおられるときき、拝謁《はいえつ》を願い、北へいそいでいましたが、途中で、鋭気に満ちた軍をみかけ、軍を督率《とくそつ》なさっている将《しょう》帥《すい》にお目にかかりたく、追ってきたしだいです」

それをきいた騎兵のひとりが、

「楚王は方与にはおられず、留県にお移りになったが……、そなたは沛公に謁見《えっけん》したいのか……」

と、いい、一考すると、

「しばらく、ここで待て――」

と、馬首をめぐらせて、去った。

――この軍の将師は、沛公か……。

沛公と称するかぎり、沛県の長官でなければならないが、その軍は黒い旗を用いていない。すると沛公は秦の官吏《かんり》ではないことになる。

――沛県では、県令が殺されたようだ。

では、沛公と称している者が県令を殺し、兵を集めたのか。そんなことを張良が考えているうちに、騎兵がもどってきた。

「沛公はそなたを引見《いんけん》なさる。従者は、三人だけにするように」

そういわれた張良は、桐季、南生、申妙の三人を従えて、軍門をくぐった。

沛公は兵車をおりて、帷幕《いばく》をめぐらすようにいいつけた。休息するついでに、張良らを引見したといったほうが正しいであろう。

ここでいう沛公こそ、のちに漢《かん》王朝を創立する劉邦《りゅうほう》である。このとき、四十九歳である。

劉邦に謁見した張良は、頭の上に乗っている冠《かんむり》をみて、ほほえんだ。なんとその冠は、竹の皮で作られていた。竹皮冠《ちくひかん》である。

――磊落《らいらく》な人だ。

張良は劉邦と語るまえに、好感をいだいた。おどろくべきことに、劉邦も張良を一瞥《いちべつ》しただけ

で、

——まれにみる異才だな。

と、みぬいた。劉邦の直感力はなみはずれていた。

膝《ひざ》をくずして坐《すわ》っている劉邦は、口調もくずして、

「子房さんよ、そなたは楚王に従うつもりで、下邳からきたのか」

と、問うた。

「さようです。途中までそのつもりでしたが、方士の南生が、沛公の軍を観《み》て吉だと申したので、ゆくのをやめて、あなたさまに従うことにします」

「ほう、賢明だな。あの楚王は本物ではない。楚王を支えている者たちの器量もたいしたことはない」

じつは劉邦は楚王の景駒に兵を借りて、豊邑《ほうゆう》を落とすつもりになっていた。劉邦は沛県の出身にはちがいないが、より正確には、沛県に属する豊邑に生まれた。豊邑は沛県からかなり離れている。

沛県の父老《ふろう》や吏民《りみん》は、県令を殺して、劉邦を迎え、長官として立てた。もとは亭長《ていちょう》という卑《ひ》官《かん》にすぎなかった劉邦が、県民の支持を得て、二、三千人の軍隊を動かし、近隣の県を攻めて、成功した。そこで、いったん豊邑にもどったところ、泗水郡の監《かん》である平《へい》に邑を囲まれた。が、ひるむことのない劉邦はその包囲陣を破り、親友である雍歯《ようし》に豊邑の守りをまかせると、薛《せつ》にゆ

き、泗水郡の守《しゅ》である壮《そう》を討ち、敗死させた。

ところが、信頼していた雍歯が、陳勝の将であった周市《しゅうし》に呼応して、劉邦に敵対した。怒った劉邦は豊邑を攻めたが、落とすことができず、病になったので、沛県にもどった。快癒《かいゆ》した劉邦は、豊邑攻めには兵力が足りないとおもい、

——楚王に兵を借りよう。

と、沛県から、南隣の留県へ行った。が、けっきょく兵を借りず、たまたま張良に遇ったというわけである。

この出会いは、歴史的な邂逅《かいこう》といってよく、端的《たんてき》にいえば、劉邦は張良を拾ったことにより、天下をも拾ったのである。

従《じゅう》をみれば、主《しゅ》がわかる。

劉邦の左右にいたのは、

蕭何《しょうか》
曹参《そうさん》
夏侯嬰《かこうえい》
樊噲《はんかい》

などであり、張良はかれらの面相《めんそう》をながめて、悪相はひとりもいない、と心中で断定した。とくに樊噲からは忠勇《ちゅうゆう》が感じられた。その巨軀《きょく》をみると、蒼海力士《そうかいりきし》が憶《おも》いだされた。

「子房よ、われに従うのであれば、廏将《きゅうしょう》となれ」

張良は劉邦にそのように任命された。廏将は廏《うまや》の管理者である。

一礼して張良らがしりぞいたあと、すぐに不満をあらわにした蕭何が、

「ろくに武器をあつかえぬ若者を、百余人しか率いてこない、あのようないかがわしい者を、廏将になさってよろしいのですか」

と、劉邦をたしなめた。

かつて蕭何は沛の地元をよく知る功曹掾《こうそうえん》であったが、劉邦が県令となると、それを佐ける県《けん》丞《じょう》となった。参謀格であるといってよい。が、実際のところ、劉邦の軍のなかに兵事に精通している者はいなかった。劉邦自身は勘《かん》がよいので、おのれのそれをたよりに軍を動かしてきた。

蕭何の不満顔をみた劉邦は、

「なんじらのなかで、あの者をうわまわる智慧をもっている者は、ひとりもいないわい」

と、おもいがけないことをいった。おどろいた蕭何は、子房の正体を知りたくなり、その屯営《とんえい》に単身ででかけた。ここに蕭何の謙虚《けんきょ》さがある。

「わたしは県丞の蕭何といいます。沛公はあなたをずいぶん買っておられる。ほんとうのあなたの出身と氏名をお明かしくださらぬか」

この鄭重《ていちょう》さに、張良は心をゆるした。

「わたしはさきの韓の宰相であった張平《ちょうへい》の子で、良といいます。わたしは弟や家人を秦兵に殺

されたことを怨み、博浪沙《はくろうさ》で始皇帝を襲撃しました」

「あっ、そなたが、あの博浪沙の犯人か」

蕭何はのけぞらんばかりにおどろいた。始皇帝襲撃事件があったあと、沛郡の諸県にも、犯人をみつけよ、という通達があった。当時、吏人《りじん》であった蕭何は、

――大胆にも、やったことよ。

と、むしろ犯人を称《ほ》めたい気分であった。いま張良という細作《ほそづく》りのからだを目のまえにして、おどろきはさらに大きくなった。

「兵略は、下の者に明かすものではない、と承知しておりますが、沛公は、どこをめざしておられるのか」

と、張良は問うた。

「めざしてはいない。下邳の西をゆるゆると巡って、兵を増やしたい」

劉邦は数千ではなく数万の兵を督率したいのであろう。

「失礼ですが、兵は、強き者、勝つ者に、おのずと集まるものです」

戦わないで、兵を集めるために巡っている軍隊に、人は魅力をおぼえない。

「わかっています」

蕭何はやや慍《むっ》とした。

この日から、張良とその配下は、劉邦軍の一部となって移動した。蕭何がいったように、劉邦

軍は下邳の西に到り、それから泗水《しすい》にそってゆっくりと彭城《ほうじょう》のほうへ行った。

一方、陳勝を敗走させた秦の章邯は、陳勝の別将であった司馬尼《しばい》を従えて、陳県のあたりを平定したあと、泗水郡にすこしはいって、相《しょう》県を取った。そこから西北にすすんで碭《とう》郡の碭県に到った。

そういう動きを知った劉邦と重臣は、

「秦軍と戦ってみるか」

と、肚《はら》をすえた。

彭城をすぎて西進した劉邦軍は、蕭《しょう》県の西で秦軍と衝突した。

勝負はあっけなかった。劉邦軍が負けたのである。

破壊力

張良《ちょうりょう》とその配下の百余人は、戦闘員として認められていない。

それゆえ、劉邦《りゅうほう》軍のなかで、うしろにいた。

が、敗走するとなれば、うしろにいた兵は追撃されるときに危険度が高い。ただし蕭《しょう》県の西で敗れたとき、後拒《こうきょ》は曹参《そうさん》がおこなった。かれは先鋒《せんぽう》の兵を率い、負けたときは敵兵から自軍を衛《まも》るように奮闘《ふんとう》する。

その働きはなかなかのものだが、しかし敗戦にあっては、曹参の働きを称《ほ》める者はいない。つねに後方を警戒して、北へ移動した桐季《とうき》は、留《りゅう》県に近づくとようやく落ち着き、

「沛《はい》公の軍はずいぶん弱い。こんな軍に付属していてよろしいのですか」

と、張良をすこしなじるようにいった。

「この軍は、軍法ですべての将士《しょうし》をしめつけている秦《しん》軍とは、だいぶちがう。沛公は曹参などの将に、戦いかたを強要していない。それゆえ、まとまりに欠けて弱いといえるが、将と兵が成

長してゆくと、分散しても離れないというめずらしい軍となる」

劉邦の軍は敗走して、留県にとどまった。留県のあたりにいたらしい楚王の景駒《けいく》と秦嘉《しんか》などは、軍を東南へ移動させたという。かれらは秦軍と戦うために郯《たん》城の包囲を解《と》いて方与《ほうよ》のほうにむかったはずなのだが、留県のあたりでぐずぐずと滞陣《たいじん》し、急に東南に徙《うつ》った。いうまでもなく留県の東南のほうに秦軍はいない。

一敗地にまみれた劉邦の軍は、これからどうすべきか、重臣だけが集められて、討論がおこなわれた。もともとこの軍は、兵力を増強して、雍歯《ようし》が守る豊邑《ほうゆう》を落とすのが目的である。が、秦軍に負けて、兵力を減少したので、ますます目的から遠ざかった。

劉邦はまったく発言せず、なかばねむったような容態で、重臣の発言をきいている。それらの声がすこししずまったところで、末席にいた張良が、おもむろに口をひらいた。

「いまこそ、碭《とう》を攻めるべきです」

この発言は、諸将をおどろかせた。いや、失笑《しっしょう》を買ったといったほうが正しいであろう。劉邦の軍は、その碭から発した秦軍に、たたきのめされたばかりではないか。その軍に、勝てるはずがない。子房《しぼう》という新参者の気はたしかか。

が、劉邦の両眼がわずかにひらいた。

張良は説述《せつじゅつ》をつづけた。

「沛公の軍を圧倒した秦軍は、おのれの強さを誇り、負かした軍の動向などに注目しないでしょう。ゆえに沛公の軍はやすやすと碭に近づき、秦軍の虚《きょ》を衝《つ》くかたちで、襲撃できるはずです。二、三日で、勝利を得ることができるでしょう」

劉邦とその従者について、まったくといってよいほど知らなかった張良は、方士《ほうし》の弟子であった石点《せきてん》と夏皮《かひ》、それに藤孟《とうもう》と毛純《もうじゅん》など泗水《しすい》郡にくわしい者をつかって、こまかなことまで調べさせた。

それによると劉邦は亭長《ていちょう》であったため、始皇帝《しこうてい》の陵墓《りょうぼ》である酈《り》山へ人夫を送りとどける任務を負わされた。ところが途中で人夫が逃げたので、処罰を恐れた劉邦は、沛県にもどるわけにもいかず、碭県と芒《ぼう》県のあいだの山にかくれた。つまり劉邦は碭のあたりにくわしく、また劉邦に同情する者たちもそのあたりにすくなくないと張良は推測して、碭攻めを主張したのである。

劉邦の両眼がかっとひらかれた。

「われは子房の言に従う。すぐに発《た》つぞ」

そういいながら起《た》った劉邦の行動は速かった。この劉邦の決断に異《い》をとなえる者はおらず、みな碭へむかいはじめた。

――ここが沛公と重臣の良いところだ。

劉邦が乗る兵車の御《ぎょ》をつとめる夏侯嬰《かこうえい》が、いそいで張良のもとにきて、

「子房どの、あまり公から離れないでいてもらいたい。公のおことばです」

と、早口でいった。

「承知しました」

張良は本営の近くに移るにともない、黄角《こうかく》、項伯《こうはく》（仮名は鄭丕《ていひ》）、それに申妙《しんみょう》の三人を近侍《きんじ》とした。本営が敵兵に斬り込まれることも想定して、すぐれた剣の使い手を択《えら》んだ。申妙は智謀の人ではあるが、じつは剣術の達者でもある。

下邳《かひ》の若者の百余人は、桐季と堂巴《どうは》にあずけた。張良が劉邦の近くに置かれたことで、その隊も中軍に組み込まれた。

劉邦の軍は急速に碭にむかった。

留から碭へむかう道は、劉邦がもっともよく知っている。

劉邦軍をやすやすと撃破した秦軍は、逃げ去ったその軍の動向などはまったく注視していなかった。張良の推量した通りである。

おもいがけない敵が、おもいがけない方角からきた場合、すばやく対処ができないのが、人というものであり、軍というものである。劉邦軍に急襲された秦軍は乱れた。しかも碭の県民は秦に支配されることを嫌っており、秦兵の動揺をみると県内で起ち、劉邦軍に呼応した。

劉邦軍の猛攻を本営近くでながめていた張良は、

――沛公の軍は、けっして弱いわけではない。

と、観察した。いちいち軍令を本営が下さなくても、兵はまとまりを崩さず、戦っている。

三日目に、張良は劉邦のもとへゆき、

「今日、ひと押しなされば、城を取れます」

と、進言した。それをきいた劉邦は、

「みな、かかれ」

と、総攻撃を命じ、自身も城門に近づいた。

その城門が、昼すぎには、内から開いた。

「突進せよ——」

中軍の兵が門内に突入した。このとき、桐季と堂巴に率いられた隊も、城内にはいって秦兵を蹴散《けち》らした。

城内の秦兵を駆逐《くちく》した劉邦と麾下《きか》の兵は、県民の歓乎《かんこ》に迎えられた。碭は、秦への反感が強い県であった。

ひとつの県を落としても、すぐに県民が従属するわけではない。秦やほかの勢力を恐れていれば、入城してきた将をうわべでもてなすものの、心服はしない。

ところが碭の民は、あらそうように劉邦軍に参加した。みじかいあいだに、五、六千人が劉邦に従った。

——楚王の景駒に兵を借りなくてよかった。

そうおもった劉邦は、張良の智慧《ちえ》のすごみを感じた。兵だけでなく兵糧《ひょうろう》の不足もおぎなった
劉邦は、張良を招き、

「つぎは、どこをめざすべきか」

と、問うた。

――この者は、われにまちがいを教えることはない。

勘《かん》のよい劉邦は、張良の深思《しんし》に気づき、まだ会ってからひと月余りしか経《た》っていないのに、絶大に信頼した。

張良の兵法といえば、あの黄石《こうせき》と称した老人から与えられた太公望《たいこうぼう》のそれであるが、兵法とは戦場においてつねに応用を要求するものである。ここでの張良も、劉邦とその軍の力を量《はか》り、他の勢力を時勢のなかで考えて、劉邦の動静を決めなければならない。

「そもそも公は、豊邑を落とすために、沛《はい》県をでて兵を集められた。いま碭の兵を六千得て、なにをためらっておられるのですか。ついでに申せば、豊邑へ直行なさると、途中に、下邑《かゆう》があります。お立ち寄りになるとよい」

立ち寄る、とは、攻め取る、ということである。

「おう、そうしよう」

三月のはじめに碭をでた劉邦軍は、下邑を攻めて、落とした。劉邦軍は三月のうちに豊邑に到って、包囲を完了した。

劉邦は雍歯を友人であるとおもっていたのに、雍歯は劉邦を嫌っていたらしい。その嫌いかたが尋常《じんじょう》ではなかったようなので、劉邦軍に烈《はげ》しく攻められても屈する弱気をみせない。四月の

中旬がすぎたところで、張良は石点と夏皮に藤孟を付けて、

「なにやら下邳のほうが騒がしいときいた。行って、状況を調べてくるように」

と、いいつけて、三人を送りだそうとした。そこに、梅飛《ばいひ》が駆け込んできた。梅飛は藤尾《とうび》にいいつけられて、連絡をおこなうために、張良らをさがして、ようやくみつけたのである。

梅飛の顔をみた張良は喜んだ。

「ちょうどよい。下邳に異変があったらしいとききき、三人を発たせるところであった。なにがあったのか、くわしく語《つ》げてくれ」

「さようでしたか。行き違《ちが》いにならなくて、よかったです。まず最初に申し上げなくてはならぬことは、主《しゅ》のご次男である藤仲《とうちゅう》さまが、二千の兵とともに、楚の上柱国《じょうちゅうこく》に服属なさったということです」

「楚の上柱国……」

いきなり張良の頭のなかが混乱しそうになった。上柱国が楚の宰相《さいしょう》であることにかわりはないが、それは陳《ちん》王に任命された蔡賜《さいし》をいうはずで、かれはすでに秦軍と戦って死んでいる。

「その上柱国とは、何者かな」

「会稽《かいけい》郡の呉《ご》県で起った項梁《こうりょう》という人です」

これをきいた瞬間、張良の背すじが寒くなった。楚の項氏といえば、将軍の項燕《こうえん》の子か孫か、兄弟あるいは親戚ということになる。

「念のために訊《き》くが、項梁の父は、項燕であろうか」

「そうきいております」

「はたして……」

上柱国と称している項梁は、いま張良の近くにいる項伯《こうはく》の兄弟ということになる。

ところで、項梁はあつかましく上柱国という尊称を自称したと張良はおもったが、実情は少々ちがう。

呉県で顔役になっていた項梁は、江水《こうすい》の沿岸域が秦に叛旗《はんき》をひるがえすようになると、甥《おい》の項《こう》羽《う》（名は籍《せき》）にいいつけて、会稽の郡守を斬らせ、自身が郡守となった。このあと、郡内の諸県を従わせて、八千の精兵を得た。

そこにやってきたのが、広陵《こうりょう》出身の召平《しょうへい》である。かれは陳王のために広陵を取ろうとしたが、陳王が秦軍に敗退したときき、秦軍が東進してくるのを恐れて、江水を渡って逃げた。だが、逃げただけではいいわけが立たないと考え、呉県に到ると、項梁に面会して、

「陳王のいいつけできました。あなたを上柱国に任命します。早く兵を率いて西のかたの秦を伐《う》つように」

と、いった。

それをまともに受けた項梁は、八千の兵を率いて江水を渡った。対岸にある郡は東海《とうかい》郡である。まず広陵にはいった項梁は、進路にあたる東陽《とうよう》が、陳嬰《ちんえい》という者に治められていることを知った。

陳嬰には徳望があるらしく、かれを推戴《すいたい》する衆が二万もいるという。

項梁は配下の八千の兵で、その二万を破る自信はあったが、できればぶなんに北上したいと考え、使者をつかわして、

「いっしょに西行しませんか」

と、誘った。

陳嬰は賢く、しかも謙虚であるので、項梁軍と戦う愚《ぐ》を避け、しかも下手《したて》にでた。東陽の兵とともに項梁に服属したのである。

これによって、項梁軍は東陽の北をながれる淮水《わいすい》を渡るころに、三万ちかい兵力となり、渡り終えたところに、黥布《げいふ》や蒲《ほ》将軍が兵を率いて駆けつけて、項梁に従った。

かれらが泗水《しすい》にそって北上をつづけ、下邳に到ったとき、兵力はおよそ六、七万になっていた。

ちなみに黥布は通称であり、もとの氏名は英布《えいふ》である。九江《きゅうこう》郡北部に位置する六《りく》県の出身である。成年になって法律にふれ、黥《いれずみ》の刑に処せられた。驪山で労働させられたが、仲間をひきつれて脱走し、江水沿岸域を荒らしまわって、勢力を培《つちか》った。

蒲将軍は正体のわからない人である。名さえわからないが、項梁とその甥の項羽の助力者になることによって勢力を保持することになる。

項梁とその軍についてあらあらと述べた梅飛は、

「この軍には、鬼神をも恐れさせる、破壊力がある、と主は申し、あなたさまも一考なさるよう

に、とのことでした」

と、自身の感情をおさえたようにいった。

――そういうことか。

張良が楚王の景駒に従うつもりで下邳を発つとき、藤尾が景駒に関心をもたなかったのは、すでに項梁とその軍について知っていたからであろう。

「ついでに申しますと、楚王の景駒の軍が彭城《ほうじょう》にあって、上柱国軍の進路をふさいでいますので、まもなく戦いがはじまります。上柱国軍がいかに強いか、すぐにおわかりになるでしょう」

「ふむ……」

このとき張良は上《うわ》の空《そら》になった。

――項伯に、このことを告げなければならない。

梅飛が帰ると、張良はすみやかに項伯のもとにゆき、話があります、といって営所のすみでふたりだけになった。

「いま下邳に、会稽郡から上ってきた軍がある。その軍を率いているのが項梁です。あなたの兄弟でしょう」

「まあ、そうだな……」

項梁ときいても、項伯は喜色をみせなかった。仲がよいわけではないらしい。

が、張良は項伯の気分を害しても、いうべきことを、いまいわねばならないとおもった。

「項梁の軍は巨大な兵力をもち、やがて天下の諸軍を総攬《そうらん》するかもしれない。その強烈な力をもって秦軍を撃破し、西行して、咸陽《かんよう》に攻め込むかもしれないということです。あなたがその軍にいれば、父の仇《あだ》を討てる。だが、あなたの正体を知らない沛公は、あなたの仇討《あだう》ちを助力することはない」

項伯はわずかに手を挙《あ》げた。

「それ以上の話はききたくない」

その手は張良の説述を強く止《と》めたといってよい。

「わたしが父の仇を討つことにこだわっていないことを承知なのに、そういう話をあなたはした。また、わたしは権力にも関心がない。それもあなたはわかっている。なにもかもわかっていながら、あえてわたしを不快がらせる話をしたあなたの真情が、わからないわたしではない」

項伯はここで張良の深いおもいやりにふれた。真の友情とはそういうものだと理解したといってよい。

——これ以上、項伯に説《と》くことはない。

心を軽くした張良は、蕭何《しょうか》のもとへ行った。南方から北上してきた項梁の勢力は巨大であり、まもなく楚王の景駒の軍と戦うことを告げた。

「戦場は彭城の東か、下邳の西になります。おそらく項梁軍が勝ちます。その戦いぶりとその後の動向をお知りになるべきです」

「よく報《しら》せてくださった。さっそく偵騎《ていき》をだします」

当然、このあと、蕭何は劉邦に報告をおこない、献策をおこなったであろう。劉邦軍は豊邑を包囲したものの、決定的な勝機をみいだせないでいる。

張良は梅飛が帰るついでに、石点、夏皮、藤孟の三人を同行させて、下邳へ遣《や》った。

やがて、その三人がもどってくるまえに、南生《なんせい》が風で占って、張良にむかい、

「勝負はついたようだ」

と、いった。石点と夏皮がさきに帰ってきた。ふたりは口をそろえて、

「項梁軍の大勝です。戦勝軍はいま敗走軍を追っています」

と、述べた。戦場は彭城の東であり、そこに景駒、秦嘉などが布陣《ふじん》していた。項梁はかれらを非難した。

「陳王はまっさきに事を起こしたが、戦いは不利となり、その所在はわからない。それなのに秦嘉は陳王に倍《そむ》いて景駒を楚王として立てた。大逆無道《たいぎゃくむどう》である」

陳王によって上柱国に任ぜられたかたちの項梁は、自身の正当《せいとう》を主張した。この軍は秦嘉らの軍を大破した。

それを遠望していた藤孟は、藤家の兵に加わって項梁がどこまでゆくのか、つきとめようとした。

秦嘉らは敗兵をまとめて北へ北へとしりぞき、胡陵《こりょう》で陣を立て直そうとした。だが、項梁軍

は猛追して、一日の戦闘で秦嘉を殺した。ちなみに景駒はここでは戦死せず、魏《ぎ》の地で死ぬことになる。

項梁は秦嘉の配下であっても降伏した兵を自軍にいれて、胡陵にとどまった。やがて、章邯《しょうかん》軍の動きを知って、胡陵から東へ移動して、薛《せつ》県に駐屯した。

——しばらく項梁は、ここから動きそうにない。

と、みきわめた藤孟は、異腹の兄弟である藤仲から馬を与えられて、豊邑に帰ってきた。藤孟は藤仲とは仲がよい。

「項梁はいずれ章邯と戦うでしょうが、戦いをいそいでいません」

この藤孟の報告をきいた張良は、項梁軍の兵力を問うた。

「十万に比《ちか》いです」

「そんなに多いのか……」

項梁軍が予想以上の大兵力であると知った張良は、一考したあと、蕭何に打診《だしん》に行った。話をきいた蕭何は、

「あなたから沛公を説いてくれませんか」

と、いい、連れ立って劉邦のもとへ行った。劉邦は張良の進言や献策だけは、なおざりにしない。

「いま薛にいる項梁は、上柱国と称していますが、すでに陳王が亡《な》いと想《おも》えば、その官位はなか

ば権詐《けんさ》の呼称です。しかし、おもてむきは陳王を尊崇《そんすう》しているので、非《ひ》はありません。あなたさまがすばやく項梁のもとに参じて、敬意を献じれば、兵を借りて、豊邑を降《くだ》せるでしょう」

劉邦が自尊心を棄《す》てて、項梁に頭をさげるか、と張良は暗に問うたのである。

決断の早い劉邦は、蕭何の意見を求めることなく、

「ここは曹参にまかせた。われは薛へゆく」

と、起った。

すでに四月である。長い包囲戦はなんの益《えき》ももたらさない。早く埒《らち》をあけたいというのが劉邦の真情であった。

百余騎を従えて、劉邦は薛へむかった。むろん従騎のなかに張良と数人の従者がいる。

張良が劉邦に随従《ずいじゅう》して項梁に会いにゆくと知った項伯は、

「わたしも従《とも》に加えてもらいましょう」

と、いい、張良をおどろかせた。

「よいのか――」

それにたいして項伯は小さくうなずいた。

薛は豊邑の東北にあって、距離はさほどでもない。そこに十万比い兵が駐屯しているので、遠くからそこの旗をみると、彩雲《さいうん》が地におりてきているようであった。

軍門に近づいて、いっせいに下馬し、蕭何が衛士に事情を告げた。やがて謁者《えっしゃ》（賓客《ひんかく》の応接係

り）があらわれ、

「先客がありますので、しばらくお待ちください」

と、いった。

連合軍

謁者《えっしゃ》は劉邦《りゅうほう》のために敷物をもってきた。

劉邦の従者はすべて土の上に坐《すわ》った。

風がながれている。初夏の風である。風によって吉と凶を占う南生《なんせい》のほうをふりかえった張《ちょう》良《りょう》は、眉《まゆ》をひそめた。

——項伯《こうはく》がいない。

張良に随従《ずいじゅう》してきた者は六人なので、項伯がいないことは、すぐにわかった。項伯の近くにいたはずの藤孟《とうもう》を呼んだ張良は、

「鄭丕《ていひ》の姿がみえないが、どこへ行ったのか」

と、問うた。鄭丕は項伯の仮名であることはさきに書いた。

「知人をみかけたといい、むこうへ行きましたが……」

藤孟は項梁《こうりょう》軍の営所をゆびさした。

ほどなく軍門から身なりの佳《よ》い男がでてきた。謁者とはちがう男である。

劉邦とその従者の集団にむかって、

「このなかに、張子房《ちょうしぼう》というかたはおられるか」

と、よく通る声でいった。張良は小さく声を発し、おもむろに起《た》った。すると男は、

「従者のかたがたとともに、どうぞなかに――」

と、いざなった。劉邦をはじめ、みなはいっせいに、張良にいぶかるまなざしをそそいだ。

兵舎のまえに席が設けられており、その席に張良だけが坐り、従者の五人は土の上に腰をおろした。張良の目のまえに五つの空席がある。すぐに兵舎から人がでてきた。

「あっ――」

そのひとりが項伯であると知って、張良の胸裡《きょうり》に混乱が生じた。項伯は項梁を嫌っていたのではなかったのか。

眼前の五つの席の中央に坐った者が、どうみても項梁である。

大男ではない。楚人《そひと》は北方の民より身長が劣るといわれている。彫《ほ》りの深い面貌《めんぼう》をもち、態度は威圧的ではない。人格からただよってくるものは、倉海君《そうかいくん》の芳情《ほうじょう》に似ている。

項梁はかたくるしくない口調で、

「張子房どの、あなたは伯《はく》をいのちがけで救ってくれた。項燕《こうえん》の子として生き残ったのは、伯とわれしかいない。しかもあなたは伯を護《まも》りつづけ、養いつづけてくれた。礼をいうだけでは、と

ても足りない。あなたのためにわれらができることはあるまいか」

と、いった。いちどまなざしをさげた張良は、項梁をみずに、

「すでに伯どのからおききになっているかもしれませんが、わたしの望みは秦《しん》によって潰《つぶ》された韓《かん》国を復興させることです。王国をふたたび建てるには、王がいなければなりません。いままで、韓王の子を捜してきましたが、みつけられませんでした。あなたさまが薛《せつ》にとどまっておられると、各地の豪族や名士が集まってきます。秦に滅ぼされた国の公子か公孫《こうそん》（王の孫）も、かならず参着《さんちゃく》します。韓の公子をみつけ、韓国の復興をあとおししていただきたい」

「ふむ……、公子か公孫をみつける……、なるほど」

項梁は横をむいた。意見を求めた相手は、おそらく陳嬰《ちんえい》であろう。

「すでに陳《ちん》王は亡《な》いときこえてきました。そうであれば、ここで楚王のご子孫を王に迎えるべきでしょう」

項梁は大きくうなずいた。

「われらも子房どのとおなじことをしなければならないか……。とにかく子房どのの望みをかなえたい」

「いまひとつ――」

「なにかな」

「わたしはいま沛《はい》県の令である沛公にお仕えしております。沛県に属すべき豊邑《ほうゆう》が叛《そむ》き、このま

までは秦の章邯《しょうかん》に通じそうです。そこで、援助の兵をたまわりたく、沛公は軍門で待ちかねております。どうか沛公にご快諾《かいだく》をおさずけくださいますように」

「わかった。そうするであろう」

項梁と張良の会談が終わるまで、項伯は一言も発せず、静かに張良をみつめていた。

――まことの親友とは、そういうものか。

張良とともに生きてゆくと決めていたのに、張良の大望《たいもう》をかなえさせるにはどうすべきか、と考えた項伯は、張良から離れた。断腸《だんちょう》のおもいであったにちがいない。そのつらさをいっさいみせていない項伯に、上智《じょうち》のようなものを感じた。

――いまは離れても、また項伯には会える。

そう信じて、項梁にむかって拝礼した張良は、席をあとにした。ここまで張良を導いた者に近寄り、

「そなたはかつて農作業小屋に項伯どのをかくまっていたひとりであろう」

と、ささやいた。男はのどを鳴らすように笑った。

「あなたが覆面の首領でしたか」

「そなたはよく生きのびたな」

「あなたのおかげです」

男は一礼して去った。かわりに謁者が張良につきそって軍門まで歩いた。張良は謁者よりさき

に劉邦のもとへゆき、

「知人の関係で、わたしがさきに上柱国《じょうちゅうこく》に謁見《えっけん》することになりました。失礼をお宥《ゆる》しください。上柱国は沛公に兵をお貸しくださるでしょう。わたしはここでお待ちします」

と、まっすぐにいった。

劉邦は腰をあげながら、項梁がわれに兵を貸与《たいよ》するのは、どう考えても子房の工作があったからだ、とおもい、謁者のあとを歩きはじめた。

項梁を表敬するかたちをとったのは、陳嬰、黥布《げいふ》、蒲《ほ》将軍についで劉邦という順であったので、この早さによって項梁は劉邦に好感をもったのであろう。

劉邦と蕭何《しょうか》から話をきいた項梁は、すでに肚《はら》をきめていた。

「五千の歩卒《ほそつ》と十人の五大夫《たいふ》をお貸ししよう」

ここでいう五大夫とは、五人の大夫ということではなく、五大夫という等爵《とうしゃく》にある将ということである。秦には二十等爵があり、五大夫は九等にあたり、そこから上を大将という。

項梁軍の軍門をあとにした劉邦は、勇躍《ゆうやく》した。

——これで雍歯《ようし》を駆逐《くちく》できる。

ふりかえれば雍歯との戦いは長い。雍歯に豊邑をあずけたのが十月であり、それから半年が経《た》とうとしている。劉邦は雍歯にたいして腹を立てていることはいうまでもないが、もっと怒りをむけたいのが、豊邑の兵である。生まれ故郷の知人や友人が、雍歯を支持して劉邦に戈矛《かぼう》をむけつづけていることが解《げ》せなかった。

――われは豊邑でそんなに嫌われていたのか。

かれらの冷たさにくらべ、沛県の人々は温かい。劉邦はそんなことを考えながら、豊邑にむかった。かれのうしろには項梁から借りた将卒《しょうそつ》がつづいている。

――借用した将卒を無傷で返すのが礼儀だ。

そうおもっている劉邦は、豊邑がみえるところまでくると、うしろの諸将に、

「かたがたは門に近づくことも、まして門を攻めることもせず、布陣していていただきたい」

と、いった。いままで門における攻防のために兵を分けていたが、項梁軍の将卒がふたつほどの門を睨《にら》んでいてくれれば、劉邦配下の兵はひとつの門に集中して攻撃できる。

劉邦がそういう攻めかたをすると知った張良は、

「これで雍歯は逃げ去りましょう」

と、感心したようにいった。城を攻める場合、一方を空けておいて攻めるというのが常識である。薛からきた将卒が戦意をみせないのであれば、雍歯はその方向に脱出路をみいだすであろう。

劉邦軍の攻撃は厚みを増したといってよい。また景駒《けいく》、秦嘉《しんか》らの軍を圧倒した項梁軍から精兵が劉邦を援助にきた、ときいただけで、雍歯は腰がひけた。その援軍が攻めかかってこないで、静黙を保っているのが、かえってぶきみであり、ついに雍歯は豊邑を棄《す》てて、魏《ぎ》へ奔《はし》った。

正月に沛県をでた劉邦は、留県《りゅう》で張良を拾い、二月に碭県《とう》を攻め落とし、三月に下邑《かゆう》を降《くだ》し、四月に雍歯を追い払って豊邑を得た。この豊邑の東に沛県があることを想《おも》えば、取得した邑《まち》を線でむすぶと地図上では半円となる。あえていえばそれらの地が、劉邦の本拠である。

劉邦は項梁から借りた将卒を無傷で返したあと、本拠となった県民と邑民《ゆうみん》の慰撫《いぶ》をおこなった。

この間に、項梁は陳王の死が確実であると知り、あらたに楚王を立てることにした。そうすべきであると項梁に説《と》いたのは、九江郡《きゅうこう》から上ってきた范増《はんぞう》という賢人である。若くはない。年齢は七十歳である。

「陳王の失敗は、楚王の子孫を王に立てずに、自身が王となったことです」

范増にそういわれた項梁は、

——賢人とは、おなじことを考えるものだ。

と、張良のことばを憶《おも》いだした。張良は韓国の再建についていったのだが、人々が納得《なっとく》するような国を建てるには、王の子孫をさがしだして王として立てる必要がある、と述べた。

范増の意見をもっともだと感じた項梁は、いつの時代の楚王の子をさがすべきかを側近と重臣に諮《はか》った。戦国時代の中期と後期に位に在った楚王は六人である。

威《い》王、懐《かい》王、頃襄《けいじょう》王、考烈《こうれつ》王、幽《ゆう》王、負芻《ふすう》。

それらの王のなかで、いまだに楚人があわれんでいるのは、懐王である。懐王は秦王に騙《だま》されて秦国にとらわれて客死《かくし》した。それからずいぶん歳月が経ったが、

「懐王の孫が、どこかに生きていないだろうか。生きていれば、その人が楚王にもっともふさわしい」

と、項梁がいった。このときから懐王の孫さがしがはじまった。

——いなければ、頃襄王の孫でもよいか……。

項梁があきらめかけたとき、朗報がもたらされた。

「懐王の孫で、心《しん》とおっしゃるかたが、人に雇《やと》われて羊を飼っておられます」

「さようか。よくぞ、生きておられた、さっそくお迎えしよう」

項梁はすぐに心を迎えて楚王として立てる準備にはいった。ちなみに秦で拘留《こうりゅう》された懐王が亡くなったのは、この年からかぞえて八十八年まえである。懐王の子が何人いたのか、正確にはわからないが、懐王が亡くなったときに十歳の子がいたとして、その幼子が八十八年経てば、九十八歳である。さらにその子が懐王の孫にあたるから、いま六十歳より若いということはあるまい。項梁は胸中でそんな計算をしていた。

やがて、心が到着した。

きらびやかな衣裳《いしょう》を身につけていたわけではない心ではあるが、そこはかとない威《い》があり、項梁はおもわず拝礼をした。心は老いてはいたが、老いぼれた、という感じではなかった。とにかくこの人物が、ほんとうに懐王の孫であるのか、調査をするまでもない、と項梁は全身でおもった。

――これで本物の楚王朝を開くことができる。

さっそく項梁は諸豪族に使者を送り、薛に集まって、あらたな楚王が立つことを祝ってもらいたいといった。

六月である。

劉邦のもとにも使者がきた。

「兵とともに、薛においでくださるように」

項梁は劉邦と連合して軍を進展《しんてん》させる構想をもっているようである。

「承知した」

劉邦が腰をあげたとき、張良が声を挙《あ》げた。

「きいていただいて、お宥しをたまわりたいことがあります」

「ああ、蕭何からきかされている。韓国の復興のことであろう」

「すでに、楚の上柱国に、韓王の子孫さがしをお願いしたのです」

「そうか……、薛で、別れることになるか……」

ときに豪快さをみせ、ときに繊細さをみせる劉邦であるが、このときはさびしげな顔をみせた。

兵略において張良はほとんどまちがうことがない。その頭脳を手離すことは、いかにも惜《お》しい。

あえていえば、このころの劉邦は明確な目的をもっていない。秦の圧政に苦しんだ人々にかつがれて、小集団を中規模の武装集団にしたものの、それからさきを想像していない。

以前、楚王として立った景駒から兵を借りようとし、いままた大勢力の長というべき項梁に従おうとしている。張良のように一国を建てたいという志望もない。

ただし楚の国と楚の人々には同情があり、

——楚の国と王朝を作るのなら、手伝ってやりたい。

と、おもっている。どうやら項梁が楚の懐王の孫をみつけたらしいので、本物の王朝ができそうである。

劉邦は将士《しょうし》を率いて薛へむかった。

たぶん沛公と別れることになると想っている張良は、劉邦のだいぶうしろをすすんだ。情報集めを石点《せきてん》と夏皮《かひ》にやらせているが、かれらとはちがう方法で申妙《しんみょう》が各地の状況を知ろうとしているので、張良は申妙に意見を求めることが多い。

「陳王の軍を潰滅《かいめつ》させた秦将の章邯が、東進してきてもよいはずなのに、北へしりぞいたようにみえる。それはなぜなのか」

章邯が東へ猛進してくれば、項梁にゆとりを与えることなく、戦いを有利にすすめることができたはずなのに、どういうわけか秦軍は進路をかえた。

「周市《しゅうし》という男が、壁を造ったのです」

と、申妙は答えた。壁とは、秦軍に戦略的に立《た》ち塞《ふさ》がったことをいう。周市は陳王の下にいて、魏の平定を命じられていたとおもわれる。

「ははあ、豊邑の雍歯は、周市に誘われて、魏に加担《かたん》したのか」

雍歯の頑強《がんきょう》な抵抗は、単独ではなかったからこそ、つづけられた。うしろに周市がいたのである。

「周市はなかなかの男ですよ。自分で魏を平定しておきながら、王にはならず、かつての魏王の子孫をさがして、魏王に立てたようです」

と、申妙は感心しながら張良に語《つ》げた。

周市によって魏王に立てられたのが、魏咎《ぎきゅう》であることまで申妙は知らなかった。また、魏国を再興し、魏王朝を開いたといえる周市は、六月のこの時点で、章邯の秦軍と戦いつづけて、ついに敗死した。その事実も、申妙の耳にとどいていない。

魏国とその王である魏咎の実情は、すこしあとに、項梁をたよるために、奔ってくる魏咎の弟の魏豹《ぎほう》によって知らされることになる。

すなわち、魏咎が本拠とした臨済《りんせい》は、秦軍によって堅固に包囲された。

——もはや活路はない。

と、さとった魏咎は、自身の死をもって配下と住民の宥赦《ゆうしゃ》を章邯に乞《こ》い、ききとどけられたと知るや、焼身自殺をした。すぐれた王であった。

つまり戦いは済水《せいすい》のほとりでおこなわれており、薛のあたりは静かであった。

項梁は劉邦を特別視しており、かれが到着すると、楚王の略式の即位式をおこなった。楚王と

して立った心を、

「懐王《かいおう》」

と、呼ぶことにした。さらに項梁は陳嬰に上柱国の位をゆずり、王朝の地を東陽《とうよう》に近い盱眙《くい》に定めたので、ふたりをそこへ移すことにした。項梁自身は、

「武信君《ぶしんくん》」

と、号した。この王朝の軍事の実権はかれが掌握《しょうあく》した。

項梁はしばらく薛から動かなかった。

あらたな情報がはいるたびに、諸将を集めて軍議をおこなった。その軍議の席には劉邦も招かれた。

そのあいだに各地から大小の族が薛に参集した。

凶報をもって、魏豹が急行してきた。かれは臨済における兄の死を告げたあと、それ以前にあった斉《せい》と魏の連合軍と秦軍の戦いについても逐一《ちくいち》語った。

「斉と魏の連合軍が大敗したため、兄は窮《きゅう》して、自殺の道をえらんだのです」

魏豹は涙をながし、悔《くや》しさをあらわにした。

戦国時代、西方の秦が東へ版図《はんと》を拡げるまえに、諸国の中央にあったのが、韓と魏の二国である。それらが中原《ちゅうげん》の国であったといいかえてもよい。とくに魏の威勢はすべての国をしのいでいたが、東方で勢力を充実させてきた斉を無視するわけにはいかず、魏の君主は斉の君主と会見

し、その会において両国の君主はたがいに、王、と呼びあった。それ以前に王と呼ばれていたのは周《しゅう》王ただひとりであり、楚の君主は、王を自称していたが、それは非公式であったとするのが正しい。

とにかく魏の王族、貴族、民さえも中華諸国を主導していたという誇りが高く、武力はあるが文化程度の低い秦をみさげていた時間が長かった。それゆえ秦に国を倒されたあとも、秦への反感は根強かった。

項梁に謁見した魏豹は、

「どうか兵を賜《たまわ》り、魏の地を回復させていただきたい」

と、懇願《こんがん》した。魏豹が秦の側に寝返ることはけっしてない、とみた項梁は、楚の懐王のゆるしがでたというかたちをとって、

「兵をさずける」

と、いい、数千の兵を与えた。それを知った張良は、ここに韓の公子さえいれば、失地を回復できる、と焦心《しょうしん》をおぼえた。

それから十日ほど経つと、例の身なりの佳い男が、張良の隊の営所にいそぎ足できた。かれは張良に面会すると、

「それがしは滕《とう》県の出身で、田冬《でんとう》と申します。このたび項伯さまにお仕えすることがゆるされました。項伯さまは、従者は要《い》らぬ、とおっしゃっていたのですが、ようやく随従する者を数人お

認めになりました」

と、うやうやしく述べた。

張良はすこし笑った。項伯が項梁の兄弟であれば、一軍の将に任ぜられてもよいのに、軍議にも出席していない。つまり項伯は権力と兵事にかかわらないところにいるらしい。

「項伯さまは、内務《ないむ》をなさっています」

「戦場にはでないということか……」

たぶん項伯は一軍を指麾《しき》できる器量をもっているにもかかわらず、みずからの才能を韜晦《とうかい》したのであろう。項伯がすぐれた将であるとわかれば、軍が二分されるようになり、もしかすると兄弟で争うようになる。項伯はあらかじめそういう愚《ぐ》を避けたにちがいない。張良には項伯の真意がわかる。

「さて、子房さま、若干《じゃっかん》の従者とともに、みていただきたい帷幕《いばく》がございます。どうぞ──」

田冬は張良らを先導するように歩きはじめた。

あちこちに急造の営所がある。板で囲んだものはよいほうで、幕だけをめぐらしたものもすくなくない。

田冬はひとつの帷幕のまえに立つ衛兵たちに声をかけたあと、なかにはいった。張良らをなかにみちびいたあと、

「それがしは、ここで――」

と、いい、きびすをかえして立ち去った。

張良は敷物に坐っている五人を視《み》た。その五人は張良らをいぶかしげに注視している。

「もしや――」

張良の足が速くなった。

韓国再建

五人の中央に坐《すわ》っているのは、横陽君《おうようくん》すなわち公子成《せい》である。

横陽君も張良《ちょうりょう》に気づき、

「子房《しぼう》か――」

と、高い声でいった。

「公子――」

張良は横陽君のまえで跪拝《きはい》し、うれし涙をながした。韓《かん》の国が滅ぶまえに、横陽君をみて、

――この人が韓王になるとよいが……。

と、おもったことを憶《おも》いだした。韓王の子あるいは孫をさがしてもみつけられなかったのに、ついにそのひとりを発見した。いや発見したのは項梁《こうりょう》であろう。とにかく、そのひとりが賢明な横陽君であったことは、幸運というしかない。陥落寸前の韓都は、秦《しん》軍に厚く包囲されていたので、脱出するのがむずかしく、韓王は秦兵に捕らえられ、公子も都内で殺害されたであろう。

あえていえば、公子のなかで都外にのがれでることができたのは、横陽君ひとりではなかったか。

「ご先祖の霊が、公子をお護《まも》りくださったのです。ここに駐屯している武信君《ぶしんくん》は、話のわかる人物なので、兵の貸与《たいよ》をお願いしましょう。二、三日のうちに、お目にかかることができるようにします」

張良はそういったあと、横陽君の左右に坐っている人物へ目をやった。

「や、や――」

高官のような衣服を着て、横陽君の左にしらじらしく坐っているのは、方士《ほうし》の白生《はくせい》ではないか。

嚇《かっ》と目に怒りの色をあらわした張良は、いきなり襟首《えりくび》をつかむと、かれのからだをひきずりつつ、ふりかえって、

「堂巴《どうは》よ、こやつを帷幕《いばく》の外にひきずりだして、首を刎《は》ねよ」

と、声を荒らげていった。

この張良の怒声をきいた横陽君は、顔色を変えて立ち、わずかに趨《はし》って、張良の袖《そで》をとらえた。

「子房――、白生を殺さないでくれ」

張良は横陽君のほうに顔をむけることなく、

「公子はご存じないのですか。この方士は、秦のまわし者となって、わが家人をそそのかし、わたしを暗殺しようとしたのです。この者を信用なさると、公子は寝首《ねくび》を搔《か》かれますぞ」

と、強い声でいった。

「わかっている。すべてをわかった上で、白生を信じて用いている。白生はわれの韓都脱出を手伝い、その後も、献身的に仕えてくれた。われがこうしてここにいるのも、白生の尽力があったからだ」

張良は耳を澄まして横陽君の声をきいたあと、白生の襟首から指を離した。すると白生は冠《かんむり》をはずし、ひたいを地にうちつけた。

「子房さまを殺すように、李斯《りし》に命じられて、あなたさまに近づき、浮辛《ふしん》をだきこんだのは、まちがいないことです」

「ふむ、それで――」

「しかし浮辛は知らないうちに李斯の使いに接触し、あなたさまばかりか、わたしをも殺そうとしました」

浮辛は張良家の家僮《かどう》の長であったから、手足のごとく使う者が多く、かれらを動かして、白生の正体に気づき、李斯の使いをもつきとめたのであろう。

「それゆえ、あなたさまを殺害する計画があることを、お告げするまもなく、わたしは逃げました。そのとき、横陽君にお遭《あ》いしたのです。わたしは秦兵にみせれば通行できる符《ふ》をもっていましたので、微服《びふく》の横陽君をともなって都外へでたのです」

「公子、この者がいったことは、まことですか」

張良は横陽君に問うた。

「まことだ。そのあとも、白生にいろいろ助けられた」

もともと白生は韓王室に出入りしていた方士のひとりであり、公子成すなわち横陽君とは格別に親しかったのかもしれない。

怒りをしずめた張良は、

「白生よ、これからのほうが危険が多い。公子を死守せよ。水火《すいか》を避けるようであったら、われが赦《ゆる》さぬ」

と、いった。

「あなたさまに斬られず、公子にお仕えできるのであれば、なんで水火を辞《じ》することをしましょうや」

白生はひたいから血がながれるほど叩頭《こうとう》した。

翌日、張良は横陽君を先導するかたちで、武信君すなわち項梁に謁見《えっけん》した。

「君のおかげで、韓の公子成に会うことができました。公子成は韓が滅亡するまえに、横陽君という号をもっていたほどで、賢明なかたです。どうか公子成に兵をたまわり、韓の勢力を盛大にしていただきたい。それが楚《そ》のためにもなるのです」

張良は項梁に懇請《こんせい》した。

「ふむ……」

項梁は張良の度胸と英邁《えいまい》さがどれほどのものか、知ってはいるが、韓の公子成をみるのはこれが最初なので、じかに質問をした。

——なるほど、王の子だ。

公子成は適度ということがわかる人物であるとみた。戦いにおいては、大勝はしないが、大敗もしない。そのあたりを張良が輔佐《ほさ》するであろう。

「よろしい。楚王の代人として、われは横陽君を韓王と認める。また張良を申徒《しんと》に任ずる」

項梁はそういってふたりを喜悦《きえつ》させた。ところで、かれのいった申徒とは、司徒《しと》のことであろう。司徒は首相を想《おも》えばよい。

ただし、魏豹《ぎほう》に数千の兵を与えた項梁だが、韓王には千に満たぬ兵しかさずけなかった。魏軍《ぎ》はすでに戦ったことがあるが、韓軍にはそういう実績がなかったからであろう。

張良の私兵は百余である。

それを加えても、にわかづくりの韓軍は千余という兵力である。

張良は出発まぎわの韓軍をながめながら、

——この兵力で、城を落とすのはむずかしい。

と、感じた。かれは株干《しゅかん》とともに左唐《さとう》のもとへ行った。この老学者を歩かせるわけにはいかないので、ここまでは軽車《けいしゃ》をつかって往来してもらった。

——だが、これからは……。

と、考えた張良は、

「先生、われわれは韓国再建の入り口まできました。ここからは戦闘がつづく険路《けんろ》ばかりです。陳《ちん》県から遠くないところに、倉海君《そうかいくん》という名士がいます。その倉海君の甥《おい》が、ここにいる株干です。株干が先生を倉海君の邸《いえ》におとどけします。事が成《な》ったら、先生をかならずお迎えしますので、それまでお待ちになっていてください」

と、鄭重《ていちょう》にいった。

「そうか……。韓王の子をみつけたのか……。あなたなら韓国を復興できるであろう。われは秦が倒れたあとに、咸陽《かんよう》へ行ってみたい。連れていってくれるであろうな」

「かならず——」

張良は語気を強めていった。そのあと、

「株干よ、先生をたのんだぞ」

と、いい、左唐を馬車に乗せた。いうまでもなく御者《ぎょしゃ》は株干である。ふたりが乗った馬車を見送った張良は、いそいで劉邦《りゅうほう》のもとへ行った。

劉邦は項梁の指図を待って軍を動かすので、しばらく薛《せつ》にとどまっているようである。張良の顔をみた劉邦は、

「よく、韓王の子が生きていたな。その子が武信君によって韓王に認められたときいたよ。われも、たぶん、西へすすむことになろう。そなたと韓で会えそうな気がする」

と、いったあと、温情をみせた。韓軍へ兵糧《ひょうろう》を送る手配をしてくれた。

劉邦は平民の子として育ち、若いころには、家業を手伝わず、任侠道《にんきょう》を歩こうとしていた。義俠を好む者があこがれる過去の義人《ぎじん》といえば、孟嘗君《もうしょうくん》、楽毅《がっき》、信陵君《しんりょうくん》などである。豊邑《ほうゆう》からまっすぐ西に位置する外黄《がいこう》という県の令《れい》（長官）の張耳《ちょうじ》が、信陵君の食客《しょっかく》であったことを劉邦は知り、たびたび訪ねては、数か月間も客として泊《と》まっていたことがあった。

——俠気《きょうき》とは、なんであるか。

それを張耳から教えてもらったといってよい。ただし劉邦は張耳を尊敬していたというよりも、張耳を通して信陵君という魏《ぎ》の公子を尊敬していたといったほうが正しいであろう。

ちなみに、魏が滅亡したあと、張耳は親友の陳余《ちんよ》とともに、陳へゆき、身をひそめた。ふたりを危険視した秦政府は懸賞として黄金を与えることにし、張耳をみつけた者には千枚、陳余をみつけた者には五百枚とした。

その陳に、叛乱《はんらん》を起こした陳勝《ちんしょう》が乗り込んできた。その機をとらえた張耳と陳余は、陳勝を説《と》き、趙《ちょう》の攻略にむかった。おそらく劉邦はその事実を知らなかったであろう。もしも張耳が豊邑、沛《はい》県などから遠くないところを平定にきたら、劉邦は項梁の北上を待たずに、そちらに趨《はし》ったであろう。

さて、劉邦のもとからしりぞいた張良は、蕭何《しょうか》にたのみごとをした。劉邦の軍がこれからどのように動くのかを知りたいので、石点《せきてん》と夏皮《かひ》をあずかってもらいたいということである。ふたりのどちらかは、劉邦軍と韓軍のあいだを往復することになる。

「わたしも韓軍の進路を知りたいので、ふたりをつかわしてもらいます」

蕭何はこころよく許諾《きょだく》した。

張良はいまひとつの手を打った。

藤孟《とうもう》が、藤家の兵を率いて項梁に従っている藤仲《とうちゅう》と仲がよいので、藤仲を佐《たす》けるかたちで、残らせた。それによって項梁軍の動きもわかるはずである。

韓軍は動いた。

まもなく秋になる。が、連日、暑気《しょき》は落ちなかった。

薛から西進するわけであるが、沛県、下邑《かゆう》、碭《とう》県など、劉邦の支配地を通ってゆくのが安全である。

碭県にさしかかるころ、

「武信君はこれから秦の章邯《しょうかん》と戦うことになるが、どのように戦うのであろうか」

と、張良は申妙《しんみょう》に問うた。

「仄聞《そくぶん》したところでは、斉《せい》の田栄《でんえい》という者が、東阿《とうあ》にこもり、章邯の攻撃をしのいでいるようなので、武信君は東阿の救助にむかうようです」

張良は田栄という氏名をはじめてきいた。

斉は東方の大国であり、斉王の氏を田《でん》といった。王室から岐《わか》れでた田氏の一族から、田儋《でんたん》という者が王を称して自立した。かれは斉の地を平定したあと、魏王である魏咎《ぎきゅう》が臨済《りんせい》で章邯の秦軍に包囲され、救援を求めてきたので、それに応じた。だが、斉軍の到来を知った章邯は、奇襲を敢行した。それによって田儋は臨済から遠くないところで戦死し、田儋の従弟《じゅうてい》である田栄は弟の田横《でんおう》とともに、敗兵を集めて逃げ、東阿にたどりついた。その東阿が、追走してきた秦軍に包囲されたので、田栄は項梁に助けを求めている。

ちなみに東阿は東《とう》郡の北部にあって、薛からみると、西北の方角にあたる。東郡は薛郡に隣接しているので、東阿は薛からさほど遠いわけではない。

「なるほど、章邯が田栄を殺そうとしているのであれば、秦軍はかなり北にとどまっていることになる。さらにその秦軍が武信君の楚軍と戦うことになれば、韓軍にとってさらに有利となる」

章邯の麾下《きか》にある秦軍は、もともと刑徒《けいと》の寄せ集めにすぎなかったが、連戦し連勝するうちに、秦の精兵で構成される主力軍にひけをとらないほど剛強《ごうきょう》になった。張良が用心しているのは、むしろその章邯の秦軍にである。

碭県をすぎると、碭郡の中心地というべき睢陽《すいよう》に到る。そこからさらに西へむかうと、かつての魏の国都であった大梁《たいりょう》がある。また、睢陽から西南へすすむと陳郡にはいり、郡府のある陳県に到着することになる。陳県から遠くないところに倉海君がいて、老学者の左唐を客として養ってくれているであろう。左唐を送っていった株干は、まだ張良のもとにもどっていない。

昔の韓の国は、いま潁川《えいせん》郡と三川《さんせん》郡になっている。潁川郡の北部にかつての国都の鄭《てい》があり、いまは新鄭《しんてい》とよばれている。当然、韓軍は新鄭を奪回したいが、睢陽からどの道を通って新鄭に近づいたらよいのか。

すでに韓王成の謀臣の位置にいる白生が、

「武信君から兵を与えられた魏豹が、魏の諸城を攻略しているようです。するとわが軍は、大梁を通り、南下して新鄭にむかうべきではありませんか」

と、述べた。白生も独自で情報を蒐《あつ》めているようで、韓軍が安全にすすむ道を示したといえる。が、張良は同意をみせなかった。

「戦場になっている地域を通っても、わが軍は兵力を増すことはできない。千余にすぎない兵力で、新鄭を急襲したところで、城内に侵入できまい。魏の国内を通ることはよしとして、いきなり新鄭を攻めず、まず長社《ちょうしゃ》を降《くだ》そう」

新鄭の南東に長社という県がある。

「長社であれば、この寡兵《かへい》で落とせるのですか」

白生は舌鋒《ぜっぽう》を張良にむけた。

「長社の父老《ふろう》は、われの乳母《うば》の弟だ。乳母の子はわが家臣だ。かれを県内に忍び込ませて、横陽君が韓王として立ったことを父老に告げ、県民を起《た》たせてもらう。それがうまくいったら、新鄭を攻めよう」

ふたりの問答をきいていた韓王成は、迷わず、

「われは子房の策に従う」

と、いった。

敵軍が近づいてこないかぎり、城門は終日閉じられるということはないので、張良は韓軍が睢陽をでた時点で、堂巴に黄角《こうかく》と毛純《もうじゅん》を付けて、長社にむかわせることにした。そのまえに張良は韓王成に請《こ》うて、父老宛ての書翰《しょかん》を書いてもらった。

韓王として立った公子成が、まぎれもなくかつての横陽君であることを、堂巴の叔父に知ってもらわなければ、事ははじまらない。

かれらを乗せた二乗の馬車が去ったあと、張良は西へむきながら、桐季《とうき》に、

「この道は、昔、始皇帝を討つために通ったな。あのときわれらがしくじったことは、吉《よ》かったのか、凶《わる》かったのか」

と、なかば笑いながらいった。

「始皇帝を討ちそこなったあと、主《しゅ》は黄石《こうせき》の神にお会いになったのですから、失敗は大吉を招くことになったのではありませんか」

桐季は申妙から、

「主は黄石の神に加護されている。ゆえに、いかなる危地に立っても、死ぬことはない」

と、しばしば語《つ》げられた。

「ふしぎな老人であったよ。あの老人が神であることを、いささかも疑っていないが……、われが太公望《たいこうぼう》にまさるともおとらぬことができるであろうか。いまからが試練《しれん》だな」

張良は桐季にいわなかったが、韓王成は、韓を平定する器量があるにせよ、とても天下を平定できない。

——われがほんとうに佐けなければならないのは、たれであろうか。

風占いに長じた南生は、最初から、王者は沛公だ、といっていたが、現状では項梁ではないか、とおもわれる。しかし張良には項梁に親近する機会がほとんどない。

韓軍は大梁のあたりから南下して、ひそかに潁川郡にはいった。あと一日で長社に着くというところで、毛純が単騎で連絡にきた。

「父老は韓王の書状をうけとって、たいそうお喜びになりました。蹶起《けっき》の準備はすでにととのっております。韓軍が近づいたことを、北門に、火で知らせてほしいとのことです。城門は夜明けのころに開くはずです」

「よくやった」

と、毛純を称《ほ》めた張良は、さっそく長社の城内にはいるてはずを、白生と韓王成につたえた。

韓軍は間道を通って長社に近づいた。

——あと二時《ふたとき》ほどで夜明けだ。

張良は目をあげた。月も星もない天空である。といっても、雨気《うき》を感じないので、曇天《どんてん》のまま夜が明けることになろう、と張良はおもった。

「火を掲《かか》げるように——」

張良の命令をうけた桐季は、高所に十人ほどの兵をならべて炬火《きょか》を振らせた。念のため、一時《いっとき》ほどあとにも、おなじことをさせた。

そのあと、北門のあたりをながめていた毛純が、

「火がみえました」

と、叫んだ。たしかに闇のなかに小さな火が生じた。城内で父老の指図で兵が動きはじめたことを、こちらに報《しら》せる火である。

すばやく韓王成が兵とともに前進を開始した。黎明《れいめい》のときに北門の近くにいるためである。張良の隊もおくれずにすすんだ。半時後に北門をみると、すでにそれは夜の色ではなかった。

——まもなく城門が開く。

息を凝《こ》らして待機しているうちに、喚声《かんせい》と太鼓の音がかすかにきこえた。

「あっ、門が開きます」

桐季の声が喜びにふるえた。韓兵は門に突進した。

——これで長社は取れる。

安心した張良はおもむろに馬に騎《の》った。城内にいる秦の吏人《りじん》と兵を駆逐《くちく》するのに、さらに二時ほどかかるであろうが、韓国再建の第一歩を確実に踏みだせたのである。

北門の内で、父老の兵とともに、張良を待っていたのは、堂巴と黄角である。ふたりとも馬に騎っており、張良の馬に近づくと、堂巴が、

「父老は県庁まえの広場で、韓王をお待ちしています」

と、晴れ晴れといった。

「秦兵と吏人が残っていよう」

「西門を開いておきましたので、かれらはそちらから逃げだすでしょう」

「なるほど、追いだせばよいのなら、そうするのが賢い」

張良はそういったものの、物かげにかくれていて韓王のいのちを狙う秦兵がいるかもしれないので、配下をつかって残存の秦兵をさがさせた。

やがて韓王成の入城を知った県民がつぎつぎに県庁まえの広場に集まった。五千をこえる群衆になった。

歓声がひときわ高くなった。

壇上に韓王成が立った。壇下で父老の堂叔《どうしゅく》が祝辞を述べると、群衆は万歳《ばんざい》をとなえた。そのあと韓王成は群衆に呼びかけ、訓辞を与えた。これから韓の諸県を攻め取るのであるから、ここが徴兵《ちょうへい》の場にもなった。

韓王成と側近などが庁舎《ちょうしゃ》にはいると、堂叔は張良のそばまで歩いてきて、跪拝し、

「あなたさまにお目にかかれて、これほどうれしいことはありません」

と、いい、感涙《かんるい》した。張良も涙ぐんで、

「われはあなたの姉に育てられた。いままたあなたに助けられた。礼を申す」

と、いいつつ、老いた堂叔の手をとった。

「わが堂家は、二、三百の家人を兵として、あなたさまにおあずけします」

感激をあらわにした堂叔はそういって起《た》ち、張良と従者をゆっくりと先導した。私邸でかれらをもてなすつもりであろう。韓王成らを接待するのは、ほかの豪族であるらしい。

とにかく長社は韓国再建の基地となった。

一進一退

白生《はくせい》は多才の人であるらしく、檄文《げきぶん》も作成した。

韓《かん》王成《せい》が立ったので、旧《もと》の韓国に属していた都邑《とゆう》にいる者たちは、秦《しん》の支配から脱して、韓王の教令《きょうれい》に従うべし。檄文の内容は、そういうものである。

長社《ちょうしゃ》の県庁が小さな王朝となり、張良《ちょうりょう》は申徒《しんと》と呼ばれて、宰相《さいしょう》の地位に就《つ》いたが、実質的な王朝の運営は、白生などの側近と謀臣がおこない、張良は遠ざけられた。

やがて長社県の内外から徴兵《ちょうへい》に応ずる者が増えた。薛《せつ》をでたとき、千余にすぎなかった韓軍は、数千となった。

白生は張良の顔をみると、

「新鄭《しんてい》を攻め取れそうです。あなたさまに一軍をおあずけしたい」

と、いった。一軍といえばきこえはよいが、兵数は千にすぎない。それを知った桐季《とうき》は慍然《うんぜん》として、

「韓王と白生は、主《しゅ》をないがしろにしています。韓王を立てたのが主であることを忘れている」

と、荒々しくいった。近くにいた申妙《しんみょう》は、桐季の怒りをなだめた。

「主の名と実力が、韓王をうわまわることを白生は恐れているのさ。旧の韓王の群臣は、主が韓王を奉戴《ほうたい》しているので、信用して、蜂起《ほうき》しようとしている。それに気づかない韓王であったら、真に国の再建はできない」

張良はこの申妙の説明をきいたが、あえてきこえなかったふりをした。

――ほんとうに韓国が復興したら……。

自分は宰相の位を棄《す》て、韓王のもとから去ってもかまわない。わずかな数の従者とともに、沛《はい》公のもとへ行き、その戦略を佐《たす》けてゆくほうがおもしろい。

長社をでて、いよいよ旧都である新鄭を攻めることになったとき、劉邦《りゅうほう》はいまどうしているだろうか、と張良は想《おも》った。

新鄭という県がどのような形状であるのか。それは、張良にとっては、目をつぶっていてもわかる。

県の西南は川に臨《のぞ》んでいるので、そこから敵兵は侵入しにくいと想っている秦の城兵は、その防備を薄《うす》くしているはずである。

かつて船をつかって韓都をあとにした張良は、軍議において、

「船をつかって、旧都を奪回したい」

と、異論をしりぞけるほど強く主張し、韓の主力軍を東門と北門へまわし、自身の軍を南門へむけた。夜間に船を城門と城壁に接近させた。それから数人の兵に登攀《とうはん》をおこなわせたあと、綱を垂らさせた。その綱をつかんだ韓兵が、五十人ほど壁をこえたあと、水門が開くのを待った。

一時《いっとき》がすぎたころに、水門が開いた。

「よし、ゆくぞ」

張良は船をつかって、千人の兵を城内にいれた。そのあと、みだりに動かず、夜明けを待った。夜明けとともに東門と北門では攻防が開始されるはずである。さらに県内の義勇兵が起《た》ち、韓軍に協力してくれることになっている。

夜が明けてきた。

門には郭《かく》門と宮《きゅう》門とがある。郭は県民の住居区、宮門の内が旧の王族の住居区であるが、いまはそこに秦の官吏《かんり》と兵がこもっているであろう。

張良は太鼓を打って兵を前進させた。宮門から遠くないところまできたとき、気づいた。

——このあたりにわが邸宅があった。

いまは官舎が立ちならんでいる。張良の心になつかしさがわずかに湧《わ》いたものの、すぐにそれは怒りの烈《はげ》しさにかわった。邸宅の門を守っていた弟を殺したのは、秦兵であり、韓都を陥落させて、王族と貴族を殺戮《さつりく》したのは秦王すなわち始皇帝《しこうてい》である。

「報復のために咸陽《かんよう》へゆくことを忘れるな」

そう自身にいいきかせた張良は、宮門を弓で指し、

「かかれ——」

と、号令をくだした。

このあと、張良麾下《きか》の兵の戦いぶりは激越《げきえつ》であった。張良の気魄《きはく》のすさまじさが兵につたわったようであり、張良を護衛する位置にいた申妙は、

——主はこれほど烈しい人であったのか。

と、大いにおどろいた。

張良の指図をうけた兵は、二日後に、敵兵を残らず西門の外へたたきだした。その翌日、おもむろに北門から入城した韓王成のもとに往《い》った張良は、

「陳《ちん》王の覆轍《ふくてつ》をたどってはなりません。韓の旧都を得ても、わずかに二城を取ったにすぎないのですから、他の城の攻略は配下まかせになさらず、王みずからなさいませ」

と、ここで王朝を開いている場合ではないことを、強くさとした。韓王成の謀臣をきどっている白生も、常にはない張良の炯眼《けいがん》をむけられて、口をつぐんだ。

韓軍が新鄭にとどまったのは三日間であるが、その間に、蕭何《しょうか》の下にいる夏皮《かひ》が急行してきた。朗報をもってきた。

東阿《とうあ》で身動きができず秦軍の攻撃にさらされている田栄《でんえい》を救うべく、武信君《ぶしんくん》すなわち項梁《こうりょう》は全軍を薛《せつ》から発した。劉邦も項梁の指示に従って北上した。

項梁の軍はみごとに東阿を救い、章邯《しょうかん》の秦軍を大破した。これが章邯にとってはじめての敗戦である。

「武信君の軍は章邯の軍を追撃《ついげき》しています。それとは別に、沛公は武信君の甥《おい》である項羽《こうう》とともに城陽《じょうよう》の攻略にむかわれ、濮陽《ぼくよう》の東で、秦軍を撃破なさいました」

つまり東阿で大勝した楚《そ》軍は、追撃のために二手《ふたて》に分かれたということである。

東阿、濮陽、城陽などの県はすべて東《とう》郡のなかにある。張良がいる潁川《えいせん》郡からはまだ遠い。

張良は夏皮をねぎらったあと、

「韓王は旧都にはいられた。が、韓の復興はこれからだ。そなたは現状を観察して、蕭何どののもとにもどり、報告してくれ」

と、いい、あらたな馬を与えた。

夏皮を見送った張良は、項梁の軍と劉邦の軍が、秦軍を追撃しながら、潁川郡にさしかかるのは、早ければ八月、遅くとも九月になるであろう、と胸中で算《かぞ》えた。

——それまでに韓の大半の城を降《くだ》しておきたい。

韓軍は新鄭をでた。韓王成の檄《げき》に応ずる県が増えたため、攻略はたやすくなった。しかも韓軍を王がみずから率いていることで、開城した県民は感激して王を迎えた。

韓軍に加わる兵が増えつづけた。張良を招いた韓王成は、

「軍をふたつに分けたい。むろんそなたが一軍の将帥《しょうすい》となる。それによって平定を早めたい。

異存《いぞん》は、あるか」

と、やや硬《かた》い声でいった。

「異存はございません。王の軍は東部を、それがしの軍は西部を征討《せいとう》するとしましょう」

「おう、そうしよう」

潁川郡の北東部に新鄭があるので、それを配慮した張良は、県のすくない西部に自軍を巡歴《じゅんれき》させることにした。張良は五千の兵を率いることになった。

おもしろくないといいたげな桐季は、

「王の近くにいる者たちは、主のお指図に従いたくないのでしょうか」

と、唇をとがらせた。

「韓国がまともに再建されたあと、当然、王朝が整備されることになる。われの申徒という官位は、楚の武信君が定めたものであるので、それが気にいらない者はいる。しかしながら、すべては韓王がお定めになることだ」

韓王成は公子であったころから賢明であるという評判が立っていた。近臣の愚策《ぐさく》にまどわされることはあるまい。

張良の軍は潁川郡の最北端にある陽城《ようじょう》の攻略にかかった。その城は、かんたんには落ちない。また、五千という兵力では、城を完全に包囲することはできない。

――さて、どうするか。

張良は戦死者を積み重ねて城壁をこえてゆくような戦いかたを好まない。下邳《かひ》で挙兵した際に集まってくれた百余人と長社の堂叔《どうしゅく》からさしだされた二百数十の兵を、ひとりも殺したくないのが、張良の真情である。

「矢文《やぶみ》をつかおう」

張良は敵の将卒《しょうそつ》を説《と》いて降伏させるという方法を採《と》った。ここに左唐《さとう》がいれば、その種の文をたやすく書けたであろう。だが、左唐を倉海君《そうかいくん》にあずけてしまったので、文才があるのは声生《せいせい》しかいない。張良は声生に文を作ってもらい、それを筆写して矢にむすんだ。

毎日、十本の矢に文を付けて城内に射込んだ。だが、半月がすぎても反応はなかった。

「兵が、だれてきましたよ」

と、堂巴《どうは》が心配そうに張良に告げた。

「城兵にあえてこちらの怠慢《たいまん》をみせつけて、出撃を誘うという手がある」

「おもしろい策ですね」

主従がそういう対話をした翌日、この本営に石点《せきてん》が急行してきた。劉邦に大きな動きがあったのであろう。石点の表情は明るい。

「夏皮は朗報をもってきてくれたが、そなたがもってきたのも朗報のようだな」

張良の声も明るくなった。

「さようです。沛公と項羽は城陽から南下して、定陶《ていとう》を攻めました」

「ふむ……」

定陶は済水《せいすい》に臨み、水上交通だけではなく陸上交通の要地でもある。以前、帝王の気をさがしに行った者たちが、その地で東の天空に五彩《ごさい》の光の柱をみた。

「しかし定陶を攻めあぐねたふたりは、西南へ軍をすすめ、雍丘《ようきゅう》に近づきました」

「これは、おどろいた。雍丘は潁川郡に近い」

「だが、三川《さんせん》郡の郡守である李由《りゆう》が軍を率いて東進し、その軍を迎撃《げいげき》しました。李由は李斯《りし》の長子です」

「ははあ、沛公と項羽の軍が、勝ったな」

張良は手を拍《う》って、喜笑《きしょう》した。

「いかにも、さようです。大勝でした。秦将の李由を斬殺《ざんさつ》しました」

と、石点は誇らしげにいった。

丞相《じょうしょう》の李斯は群臣の頂点に立ち、始皇帝に愛幸《あいこう》されて、その権要《けんよう》はゆるぎないものになり、しかも二世皇帝を陰謀《いんぼう》によって立てたのであるから、その権貴《けんき》はたれもおよばない強さと高さになっていたはずなのに、後継者である長男を喪《うしな》うという不幸に襲われた。

——李斯の権威は、かげりはじめたか。

そうおもった瞬間に、策が脳裡《のうり》に浮かんだ。配下の兵から五十人ほどを択《えら》び、

「三川郡の郡守である李由が敗死した。まもなく沛公と項羽が潁川郡にはいる。城内の将卒に、

どのような方法でもよいから、その事実を知らせよ」

と、命じた。

五十人の兵が散《さん》じたあとに石点に顔をむけた張良は、

「ひとつたのみたいことがある。じつは左唐先生を、淮陽《わいよう》の倉海君のもとにとどけた株干《しゅかん》が、もどってこない。なにがあったのか知りたい。正確な住所を堂巴にきき、毛純《もうじゅん》の馬車で、倉海君邸へ行ってもらいたい。事情がわかったら、報告のために帰ってくるように」

と、いいつけた。さらに毛純を呼んで、ほぼおなじことをいって、ふたりを送りだした。

張良の横に立った堂巴は、

「淮陽のあたりは、章邯の秦軍があらしまわったので、倉海君に危難がおよんだのでしょうか」

と、愁色《しゅうしょく》をみせた。

「いや、それならそれで、株干はひきかえしてくるはずだ」

「主の所在がわからなくて、さがしまわっているのでは――」

「はは、株干は勘《かん》の悪い男ではない。動けないわけがあったとおもうべきだ」

張良は胸さわぎをおぼえなかった。

この日から三日後に、城内の将のもとから使者がきた。

「城兵を外にだして撤退させるので、そちらは攻撃せず、退路もふさがないでもらいたい」

「善《よ》し。約束する」

上機嫌で使者をかえした張良に、桐季が、

「急に城の将卒が弱気になりましたが、どうしてでしょうか」

と、問うた。

「おそらく三川郡の李由は、三川郡を防衛するだけでなく、東郡と碭《とう》郡の西部および潁川郡の北部を守護する任務を与えられていた。しかしながら李由が戦死したとあっては、もはや陽城に援軍はこない。それに陽城の将卒は、項羽の名におびえた。項羽は降伏しなかった邑《まち》の兵だけでなく、住民のすべてを殺したことがある。その風聞がかれらに恐怖をあたえたのだろう」

「そういうことですか……」

桐季はうなずいたが、項羽の戦いかたの苛烈《かれつ》さは、好きになれないという目つきをした。

二日後に、陽城の城からすべての将卒が外にでた。直後に、城内に韓兵をいれた張良は、桐季、堂巴、申妙などに兵を属《つ》けて、城内の検分をおこなわせた。まっさきに申妙は倉庫へ行き、武器と食料の残りを確認した。

申妙は、おくれて入城した張良に、

「武器はほとんど残っておりませんが、食料はぞんがい残っていました。主にたいして、礼容をみせたというべきでしょう」

と、述べた。ほどなく父老《ふろう》が顔をみせた。この父老は城外の韓軍を城内に迎えるような陰《かげ》の活動をしなかった。が、秦には反感をもっているようである。

「しばらくここにとどまる」

父老にそういった張良は、情報を集めてから、すすむべき方向を定めたかった。陽城をあとにして北へすすむと、すぐに三川郡にはいってしまう。郡守がいなくなった三川郡は攻略しやすくなったのか。あるいは劉邦と項羽がすでに三川郡にはいったのか。

張良は情報の蒐集に長《た》けていた。

情報を早く正確に得て、それをたくみに戦略に活《い》かすことに卓立《たくりつ》していた。

近代の戦争が情報戦であることを想えば、張良はまぎれもなくその先駆《せんく》的な位置にいる。

張良の下には、南生《なんせい》、声生、石点、夏皮などがいるが、南生や声生には門下生が属くようになったと想像するのがふつうで、その多数の門下生が各地にちらばって、情報を拾ってきたであろう。張良の私臣だけを放散《ほうさん》させても、情報蒐集には限度がある。

八月が終わった。

倉海君邸へ行って事情をさぐってきた石点と毛純がもどってきた。石点が張良に報告した。

「倉海君はすでに亡《な》くなられています。株干どのはちょうどその臨終に居合《いあ》わせることになり、あれこれ、倉海君にたのまれたため、葬儀が終わってからも多忙で、あなたさまに連絡できなかったということです」

「倉海君は亡くなられたのか……」

張良は心の張りを失った。再会を楽しみにしてきたのである。

「倉海君のあとつぎは長男であろう」

「みずからを伯海《はくかい》と称しています。なんの問題もなく家主《かしゅ》となったのですが、喪《も》に服すあいだ、家人と食客《しょっかく》の攬《まと》めを株干どのにたのんだのです」

「なるほど、それでは株干はいそがしかろう。召使いと食客の数は尋常《じんじょう》ではない。左唐先生は賓客《ひんかく》のひとりになれたのかな」

「それも、なんの問題もなかったようです。伯海どのは、あなたさまを尊敬しているということです。株干どのは、ほどなくここにくるでしょう」

「さようか。苦労をかけた。二、三日休んでから、沛公の軍へもどってくれ」

張良はそういったが、いま劉邦と項羽がどこにいるのか、わかっていない。実《じつ》のところ、雍丘で李由を斬《き》ったふたりは、雍丘の東北にある外黄《がいこう》を攻めた。が、そこを落とせなかったので、九月にはいると、西へ移動して、陳留《ちんりゅう》を攻めた。

石点とすれちがうように、ふたたび夏皮が報告にきた。

「おう、沛公は陳留を攻めているのか」

外黄と陳留は旧の魏《ぎ》に属していた県である。劉邦と項羽がそれらを攻略しているのは、魏豹《ぎほう》の鎮定《ちんてい》軍を援《たす》けているようにみえる。それが終われば、韓王成の軍の援助にくるのではないか。張良はそう予想した。

「楚の主力軍を率いている武信君は、沛公らが落とせなかった定陶にはいりました。それによって秦軍は圧縮《あっしゅく》され、西方へのがれるしかなくなったとおもわれます」

「それが現状であれば、二手に分かれていた楚軍は、碭郡と三川郡の境あたりで合流し、西進することになろう」

合流した楚の大軍が秦軍を追うかたちで三川郡にはいり、進撃をつづければ、かつての韓の要地は韓軍が戦わなくても入手できる。そうなった場合、韓王成は西進する項梁に感謝の辞を献ずる必要がある。

「夏皮よ、南へ行ってくれ。韓王の近くに白生という者がいる。その者にわれの書翰《しょかん》をとどけてくれ」

潁川郡の南部の平定にてまどっている韓王の軍を、そろそろ北上させて、張良の軍とひとつになったほうがよい。そういう主旨《しゅし》の書翰である。

「承知しました」

夏皮は馬に騎《の》って南へむかった。かれを見送るために城門のほとりまで行った張良は、夏皮が去ったあと、九月の風をうるさく感じた。

「風が旋回している……」

そうつぶやきつつ、張良はなかば気を失って倒れた。

「主よ、どうなさいました」

桐季と堂巴が駆け寄り、数人の兵を集めて張良のからだを官舎に運び込んだ。医術に通じている声生が飛んできた。

張良のからだは、三日間、高熱を発した。

うなされもした。

「疫病《えきびょう》ではありますまいか」

と、桐季と堂巴は愁然《しゅうぜん》としたが、声生は張良のからだのどこにも発疹《ほっしん》がないことから、疫病ではない、と断定した。そのあいだに風占いをおこなっていた南生が、東北のほうに凶《きょう》がある、とむずかしい顔をした。申妙だけは泰然《たいぜん》として、黄石《こうせき》の神が主を護《まも》ってくださる、とくりかえしつぶやいていた。

五日後に、張良のからだは高熱に苦しめられることをまぬかれた。それでも食欲がなく、体力がおとろえた。それから三日後に、張良の上半身を起《お》こした声生は、ゆっくりと呼吸することを教えた。それによって回復のきざしがみえたものの、なかなか病牀《びょうしょう》を払えなかった。

郡の南部へ行っていた夏皮が、血相《けっそう》を変えて帰ってきた。張良の病を知って、さらに愁《うれ》いを濃くした夏皮は、枕頭《ちんとう》で声を低くして告げた。

「韓王は軍を放棄《ほうき》して東へ奔《はし》りました。うわさでは、定陶に滞在していた武信君が、章邯に急襲されて、殺されたということです」

「武信君が、死んだ……」

張良の口が動いた。が、その口からでたことばに重さがまったくなかった。

二日後に、藤仲《とうちゅう》と藤孟《とうもう》の使いで、梅飛《ばいひ》が急行してきた。かれは項梁の敗死と楚軍の撤退を報《しら》せた。藤仲と藤孟は戦死をまぬかれ、定陶をあとにして、彭城《ほうじょう》へむかったという。

張良はまたねむった。

気がつくと、翌朝になっていた。枕頭に陽城の父老がいた。かれは目をひらいた張良にむかって、

「大半の韓兵が逃げ去りました。が、陽城はあなたさまを護りぬきますよ。安心して、養生《ようじょう》なさってください」

と、目に温《あたた》かいやさしさをみせていった。

再出発

張良《ちょうりょう》と三百余の兵がとり残された。

麾下《きか》にいた千余の兵のうち、逃げ去らなかったのは、下邳《かひ》からきた兵と長社《ちょうしゃ》の堂叔《どうしゅく》が提供してくれた兵だけである。

定陶《ていとう》において章邯《しょうかん》の奇襲に屈した項梁《こうりょう》の死が、天下を驚愕《きょうがく》させ、不安におとしいれたということである。項梁という非凡な将を喪《うしな》った楚《そ》軍に、明るい未来はなく、その残兵は烏合《うごう》の衆《しゅう》にすぎず、月日が経《た》てば、潰滅《かいめつ》するであろう。

秦《しん》に反感をもつ者でさえ、そう虚《むな》しく予想した。それほど項梁の存在は大きかった。

「それにしても――」

と、張良の従者である桐季《とうき》、堂巴《どうは》、黄角《こうかく》、毛純《もうじゅん》などは、くちぐちに韓《かん》王成《せい》を非難した。

韓軍のなかで、項梁の敗死をいちはやく知ったのであれば、ほかの軍を率いている張良に急使をむけ、どこかで合流して向後《こうご》のための最善の道をさぐるのが、元帥《げんすい》である韓王成の正しいありようではないか。しかるに、項梁の急死を知るや、張良に報《しら》せないどころか、自軍を放擲《ほうてき》して、側近だけを従えて東へ奔走《ほんそう》することなど、卑劣《ひれつ》としかいいようがない。

いまだに病牀《びょうしょう》にある張良は、枕頭《ちんとう》にながれる悪口雑言《あっこうぞうごん》を嫌い、

「貴人とは、そういうものだ。いまにはじまったことではなく、韓王にかぎったことでもない」

と、感情を表さずに笑った。

張良が起《た》てないので、桐季、堂巴、申妙《しんみょう》の三人が手分けをして、兵を管理した。ときどき陽城《ようじょう》の父老《ふろう》がやってきて、その三人に情報をつたえた。

潁川郡《えいせん》から韓兵がほとんどいなくなったため、ふたたび諸城に秦兵がはいったという。

「この城は、孤立したということですか」

三人は顔を見合わせて、嘆惋《たんわん》した。が、父老は愁色《しゅうしょく》をみせず、

「いまのうちに、子房《しぼう》さまをわが家に移し、城は、あなたがた三人がお守りなさい」

と、大胆なことをいった。

翌日、病身の張良は父老の邸宅へ移った。

大邸宅である。

使用人は五百人ほどいるであろう。

張良は貴賓《きひん》の室《へや》に通され、そこが養生の室になった。付属の小部屋が五つあり、そこに声生《せいせい》、南生《なんせい》、黄角、毛純のほかに、株干《しゅかん》がはいった。株干は伯海《はくかい》が服忌《ふくき》を終えたので、張良のもとにも

どってくることができた。かれは張良の回復が遅れていることを心配し、

「薬が必要であれば、どこにでも取りにゆきます」

と、声生にいった。

「いや、薬は必要ない。長年の疲労が蓄積し、それが高熱となって噴出した。その際、主《しゅ》のからだを衰弱させる内的ななにかを動かしたが、そのなにかを消去できないものの、鈍化《どんか》させることはできる」

声生には独特な呼吸法がある。その呼吸法は衰弱する体力をもとの強さにひきもどす秘法をもっている。

そういったあと声生は、口調をやわらげて、

「子房どのは、死にはせぬよ」

と、いい、株干を安心させた。

さて、張良のいない県庁の政務室にこもった桐季、堂巴、申妙の三人は政務の分掌《ぶんしょう》を定めた。桐季が仮《かり》の県令《けんれい》で、申妙が仮の県丞《けんじょう》となり、堂巴が軍事をあずかる仮の尉《い》となった。三人には共通の認識がある。もしもこの陽城が章邯の秦軍に囲まれたら、張良をさきに城外へ逃がして、そのあと死ぬまで戦う。

そう覚悟を定めたら、三人の表情は静けさをもった。

「武信君《ぶしんくん》を殺した章邯は、どこへむかったのか」

三人の関心事はそれである。

中妙は多くの者をつかって情報を蒐《あつ》めている。が、たしかな情報はひとつもない。

——と、いうことは……。

章邯は韓のほうにむかっていない、と推測はできる。

常識的に想《おも》えば、定陶で項梁を撃殺《げきさつ》した章邯は、楚の懐《かい》王がいる盱眙《くい》にむかうべきであろう。懐王を殺せば、楚の復興は不可能となる。

「ただし梅飛《ばいひ》は、退却する楚軍を秦軍が追いかけた、とはいわなかった」

張良の近くで梅飛の報告をきいていた桐季は、ここでも首をかしげた。章邯軍は定陶から東南にむかわなかったかもしれない。しかも章邯軍は韓のほうにもくるようすをみせない。

「魏豹《ぎほう》を追い払うために、魏《ぎ》にとどまっているのだろうか」

堂巴がそういうと、ゆっくりと首を横にふった中妙は、

「章邯は大物しか狙わない。最初に周文《しゅうぶん》を討ってから、陳《ちん》王の陳勝《ちんしょう》、斉《せい》王の田儋《でんたん》、魏王の魏咎《ぎきゅう》、それに楚の項梁だ。かれらにくらべると魏豹は小物にすぎない」

と、いった。

「なるほど魏豹などは、一蹴《いっしゅう》すれば、こなごなにくだけるような存在か。いや、項梁の死を知った魏豹は、韓王とおなじように東方へ逃げたかもしれない」

と、桐季は冷笑した。逃げずに残っているのは、張良麾下の三百余人であり、それは風前《ふうぜん》のと

もしびにたとえられる。

「秦軍は章邯の軍だけではない。主力軍がどこかにいる。その軍を首都の防衛につかわないのであれば、そろそろ函谷関《かんこくかん》の東にでてくる」

章邯が項梁を殺したことを朝廷に報告すれば、二世皇帝は叛乱の鎮定のしあげとして、主力軍を東進させるかもしれない、という申妙の推量は、ほぼ適《あ》っていた。

この年に九月はふたつある。

あとの閏《うるう》九月に、申妙のもとに報せをとどけにきた者がいる。

「王離《おうり》という将帥《しょうすい》に率いられた秦軍が、趙《ちょう》を攻めているようです」

「それが、秦の主力軍だ」

申妙は天空を睨《にら》んだ。ちなみに王離は王翦《おうせん》の孫である。

趙という国の存在を忘れていたわけではない。

だが、大小の戦いがほとんど河水《かすい》より南でおこなわれてきたため、河水より北に位置する趙の印象がうすいのは、申妙にかぎったことではあるまい。

くりかえすことになるが、陳県に王朝を樹《た》てた陳勝は、陳県出身の武臣《ぶしん》、張耳《ちょうじ》、陳余《ちんよ》などを北へ遣《や》り、旧《もと》の趙国を攻略させた。この戦略は成功して、武臣が趙王となり、陳余が大将軍、張耳が右丞相《ゆうじょうしょう》となった。ところが、武臣に仕えた将軍のひとりである李良《りりょう》が、武臣の姉を殺したついでに、武臣をも殺して趙を支配した。張耳と陳余は首都の邯鄲《かんたん》を脱出したあと、昔の趙王の子孫である趙歇《ちょうけつ》をさがしだして趙王とした。その事実によって、自身の正当さを否定された李良は、陳余らを攻めた。が、痛烈に撃退された李良は、逃走して、章邯に助けを求めた。項梁を殺したあとの章邯は、東南へ敗走した楚軍を追撃する気はなかった。章邯にとって項梁こそが難敵であり、その手強い敵を倒せたのであるから、残る大物は張耳と陳余だけであった。いや章邯が張耳と陳余を大物とみていなくても、秦の主力軍がそのふたりを討伐の目的としたため、章邯はいやでも主力軍に協力しなければならなくなった。そう想ったほうが正しいかもしれない。

とにかく、主力軍よりさきに章邯は李良を助けて邯鄲に到り、すべての住民を河水北岸の河内《かだい》へ移してから、城壁をことごとくこわした。

張耳と趙歇が逃げて、北の鉅鹿城《きょろくじょう》にはいってまもなく、その城は王離の軍に包囲された。章邯は主力軍を支えるために、河水まで甬道《ようどう》（両側に垣根のある輸送路）を作って、兵糧《ひょうろう》を送った。すなわち秦の全軍が鉅鹿城攻めをおこない、張耳と趙歇を殺せば、ようやく大叛乱《だいはんらん》の火を消すことができる。事態はそこまできていた。

陽城に攻めてくる秦兵はいなかった。

この城は、秦軍にとって、戦略的に重要な城ではない。しかも城には韓王はおらず、宰相《さいしょう》の張良がいるだけという実情がわかれば、かたづけるのはあとでよいとなった。

それゆえ、十月からはじまる新年になっても、城の内外はうそのように静かであった。

ときどき申妙が張良の見舞いに行った。

項梁が死んだことを知った張良は、

「項伯《こうはく》はどうしたろうか。戦場にはいなかったとおもうが、気がかりなことよ」

と、心配した。項伯の安否は、申妙も気にしているが、まだ風聞さえつかめていない。

「風聞といえば、ずいぶんまえに李斯《りし》が趙高《ちょうこう》との政争に敗れて、刑死したようです」

「ほう、宮殿の大鼠《おおねずみ》は太りすぎて、ついに死んだか……。左唐《さとう》先生が予想した通りになった。ただし、その趙高は大鼠を食い殺すほどの怪獣か」

張良はすこし笑った。

「そうとうな悪人のようです。わたしの推測では、かれが二世皇帝をあやつっているのでしょう」

「王朝のなかが腐っているのに、そとには光沢《こうたく》がある。秦軍はつらつと趙の残存勢力を攻めているというではないか。その勢力が潰《つぶ》されれば、この城も、南の楚軍も生き残ることはできまい。そなたたちは、万一のときに、われだけを城外にだして、この城内を死所とするつもりであろう」

「それは――」

申妙は口ごもった。

「われは下邳にいて、すこしは義俠《ぎきょう》で名を売った。その名がすたれるようなことは、ごめんだな。

あっ、中妙よ、ひとつたのみがある。伯海邸にいる左唐先生を迎えるために、人を遣ってくれ。やはり、話し相手が欲しい」

張良は陽城が秦軍に包囲されたら、二度と左唐に会えない、と想うようになった。

張良がどのような窮状《きゅうじょう》にあるかを、うすうす察していた左唐は、陽城から使いがきたときいただけで、

「秦軍にさからう者たちは、ことごとく東方へ退いたというのに、子房どのだけは、意地を張り通しているようじゃの。その頑張《がんば》りにも限界があろう。自分をはげましてもらいたくなったのであろうよ」

と、笑いながら馬車に乗った。張良の体力がなかなか回復しないと使いの者からきいた左唐は、

「子房どのは、体質が弱いのじゃな。体質改善のための薬を少々もってきたが、さて、声生どのは、どう判断なさるか」

と、車中でいった。左唐は愉《たの》しげな表情をしていたが、陽城が秦軍に包囲されれば、そこで自分も死ぬことになる、と想った。要するに、張良は、

「陽城でわたしといっしょに死にませんか」

と、誘ったのであり、それに応《こた》えて迷わずに腰をあげた左唐は、

「いいですよ。冥界《めいかい》でも話し相手になります」

と、いったつもりである。

左唐を乗せた馬車は、陳郡をあとにして潁川郡にはいり、ぶじに陽城に到着した。馬車を往復させたのは、申妙に嘱目《しょくもく》された少壮《しょうそう》の者で、かれは長社の堂叔に選抜された二百余人のひとりであった。だが、その気構《きがま》えと気配《きくば》りが尋常ではないとみぬいた申妙は、かれの上司にあたる堂巳にことわり、左唐を迎える使者に任命した。この者の氏名は、

「管才《かんさい》」

と、いう。ちなみに申妙は、管という氏に注目して、

「そなたの遠祖は、管仲《かんちゅう》か」

と、なかば揶揄《やゆ》しながら問うた。が、管才は真摯《しんし》な目を申妙にむけて、

「そうです」

と、誇りをふくんで答えた。

申妙はあえておどろいてみせた。

「そうなのか……」

管才が遠祖を誇りたがるのも、むりはない。覇者《はしゃ》の時代といわれる春秋《しゅんじゅう》時代に、最初に覇をとなえて諸侯の盟主となったのが斉の桓《かん》公である。その桓公のために国法をととのえ、国力を飛躍的に向上させたのが卿《けい》の管仲である。卿は大臣といいかえてよい。それによって管仲は、春秋時代の最高の名臣であるとみなされるようになった。

管才は遠祖にあこがれるだけあって、学問をし、武術を鍛練《たんれん》した。それを知っている堂叔は、

「われのもとにいるより、子房さまに従え。あのかたの目は節穴《ふしあな》ではない。きっと、そなたを重用《ちょうよう》してくれよう」

と、いって、管才を送りだした。

が、このときまで、管才は重要な仕事をまかされたことはなかった。左唐を馬車に乗せてから、張良のもとにとどけるまで、管才は客である老学者を疲れさせないように、また秦兵に遭《あ》わぬように、さらに盗賊に襲われないように、気をつかい、道をえらんだ。

その心労と選択のよさを察した左唐は、張良に再会するとすぐに、

「わたしを運んでくれた管才という者は、使えますよ」

と、やんわりと推挙した。が、張良はうなずかず、

「その者の馬術は毛純におよばず、剣術も毛純よりおとる。学問にいたっては、中妙の足もとにも達しない。まだ、自己を幻想のなかにおいているのです。往復の使いをぶなんにやってのけたことを称《ほ》めて、今日から、黄角に鍛《きた》えてもらい、おのれの幻想から脱出させます。あの者を使うのは、それからです」

と、辛《から》いことをいった。

左唐は感心した。

「子房どのは、病牀で横になっていたのに、頭と目は健康を失わず、働いていたらしい」

そういったあと、いちど枕頭から離れた左唐は、もってきた薬を声生に渡した。その薬をうけ

とった声生は、

「さすがに左唐先生は、医薬《いやく》に通じておられる。この薬は衰弱した患者の体力をすみやかに回復させるものです。ゆえに子房どのに用いてもかまわぬのですが、これを用いると、子房どのの心身がこの薬にたよるようになります。わたしはそうはさせたくないので、あえてこの薬を用いません。わかっていただけますか」

と、きっぱりといった。

「なるほど、医に関する見識《けんしき》はあなたのほうが上だ。子房どのの顔色は悪くない。あと半月ほどで病牀を払えましょう。ちがいますか」

左唐は張良の回復にはさほど時間がかからないとみて、安心した。左唐は張良よりかなり年齢は上であるが、若いころから罹病《りびょう》したことがない。子は父母の体質もうけつぐとしたら、健康の面において左唐は父母に感謝しなければならない。

左唐が張良の貴賓室から遠くない部屋にはいったので、株干がでて官舎へ移った。

十一月になると、病牀を払うことができた張良であるが、父老邸にとどまった。この父老は、張良が韓の宰相の子であることを知ってから、もてなしが鄭重《ていちょう》になった。

申妙がめずらしい使者をつれてきた。張良はその者の顔をみるや、

「田冬《でんとう》ではないか――」

と、はしゃぐようにいった。田冬は項伯の臣下である。かれの顔に憂愁《ゆうしゅう》はない。ということは、

項伯は項梁とともに死ななかったにちがいない。それでも、

「項伯どのは、ご健在であろうな」

と、念をおした。

「はい、主は彭城《ほうじょう》をあずかっておりましたので、敗軍のなかにはいませんでした。あなたさまが生きているかぎり、自分も死なない、と、主は申しております」

と、田冬は項伯の心情を張良に熱くつたえた。

たしかに張良の胸は熱くなった。

——項伯とともに生きぬく。

そういうおもいを忘れかけていた自分を叱《しか》った。

「項羽《こうう》と沛公《はいこう》は、定陶にいなかったのだから、死ななかったはずだが……」

田冬は小さくうなずいた。

「楚の懐王をはじめ、多くの将が、彭城に集合しました。沛公は碭《とう》にとどまっておられ、武安侯《ぶあんこう》に封《ほう》ぜられました。項羽どのは長安侯《ちょうあんこう》になりました」

「それで——」

「司徒《しと》は呂臣《りょしん》どの、上将軍《じょうしょうぐん》は宋義《そうぎ》どのとなりました」

くりかえすことになるが、司徒は首相と同義語であると想ってよい。上将軍は、多くの将軍を率いる将軍という最上の将帥で、古くは天子である周王《しゅう》が諸侯の軍を統帥《とうすい》したときに、そう称

した。戦国時代では五国の連合軍を督率《とくそつ》した燕《えん》の楽毅《がっき》も、そう呼ばれた。

項梁が亡《な》くなったあと、その王朝は質が変わったように、張良には感じられた。群臣の頂点を上柱国《じょうちゅうこく》とせずに司徒としたこと、軍事の面でもめったに用いない上将軍という呼称をひきだしたことなどで、楚のにおいが薄《うす》らいだようである。

「われは呂臣と宋義という者を、よく知らぬ」

そういった張良に、田冬は説明しはじめた。

呂臣は陳王に仕えていた涓人《けんじん》である。涓人は宮中の清掃《せいそう》係りであるが、とりつぎもおこなう。陳王が亡くなったあと、蒼頭《そうとう》軍という軍隊を作って、陳県を奪回し、陳王を裏切った御者《ぎょしゃ》の荘賈《そうか》を殺した。いわば主君の仇討《あだう》ちをしたのである。

宋義は旧《もと》の楚の令尹《れいいん》、つまり首相であった。楚は周に反発していたため、司徒という官名を用いなかった。宋義は項梁に従って秦の討伐をおこなった。章邯軍を撃破したあとの項梁に誇色《こしょく》があったので、諫《いさ》めたが、ききながされたので、項梁の敗死を予想した。その予見力を、兵術の達識《たっしき》とみなされた。

「なるほど、それが楚王朝の再出発か。すると楚の全軍を、宋義が督率することになるのか」

張良は多少の不安をおぼえながら田冬に問うた。宋義がすぐれた武人であると想像するのはむずかしい。

「たしかに楚の全軍は宋義どのの麾下に置かれましたが、碭を本拠とする沛公どのの軍は、別行動がゆるされました」

「それはよかった」

「おそらくそれは楚王のお考えによるというよりも、司徒の呂臣どののご配慮で、そうなったのでしょう」

「ははあ、項伯どのは、そうみたか」

「主は項羽どのに請《こ》われて、軍にはいることになりました」

宋義が主将であれば、項羽は次将として、楚軍は出発することになったという。

「そのまえに楚王は重要なことを仰《おお》せになりました」

「ふむ……」

「最初に関中《かんちゅう》にはいって、そこを平定した者を、王とする、と仰せになったのです」

「なるほど――」

楚王に智慧《ちえ》をつけたのは、やはり呂臣などであろう。関中が平定されるということは、秦王朝が倒れるということである。すると二世皇帝も消滅するので、かわって楚王が皇帝となり、重臣たちが、王あるいは侯となるのは必然である。

「この宣言を沛公もおききになって、本拠の碭から軍を発せられたようです」

「わかった。宋義の軍と沛公の軍がべつべつに関中をめざす。そういうことだな」

それは良策か、そうでないのか、いまのところ、わからない。秦は主力軍と章邯の軍がひとつになって鉅鹿の城を攻めている。それにたいして、宋義と劉邦《りゅうほう》は別途《べっと》をすすみはじめた。それで、鉅鹿にいる将卒《しょうそつ》を救えるのだろうか。

ふたつの路

十二月になった。

県庁と官舎にもどることができるようになった張良《ちょうりょう》は、病室のかわりに貴賓室《きひん》をつかわせてくれた父老《ふろう》のもとへゆき、謝辞を述べた。

父老は張良の容姿をみつめて、

「ずいぶんお痩《や》せになったようですな。まえに申したように、秦《しん》軍がここ陽城《ようじょう》に攻め寄せてくれば、県民は兵となって、あなたがたに加勢します。いそいで県庁におもどりになる必要はありますまい」

と、親切さをみせた。

「わたしがここにとどまれるか、どうか。また、ここで死ぬか生きるかは、趙《ちょう》の鉅鹿《きょろく》城の攻防の結果にかかっています」

張良は東方と河北《かほく》の事情についてかくさずに語《つ》げた。

「なるほど、秦兵が河南《かなん》で活発に動こうとしなくなったのは、鉅鹿城における勝敗を注視しているせいですか。鉅鹿城が落ちれば、秦軍が圧倒的に優勢になって、叛乱軍《はんらんぐん》は鎮討《ちんとう》されてしまう……」

「たぶん、そうなるでしょう。そうなってから、ここ陽城で秦軍にさからっても、轍鮒《てっぷ》の急《きゅう》になるだけですから、あなたにご迷惑がかからぬように、われらはここから去ります」

籠城《ろうじょう》に意義がなければ、死もむだとなる。それをきいて父老は嘆息した。

「あなたさまが秦の将卒《しょうそつ》を追いだしてから、県民は、はじめてのびやかに暮らしております。秦の政治がここにもどってくることは、なんとしても回避したい」

この愁《うれ》いがかった声をきいた張良は、

——沛公《はい》が、ここまで進出してくれないだろうか。

と、祈るようにおもった。

田冬《でんとう》の話では、沛公は碭《とう》をあとにして西へむかったようである。上将軍《じょうしょうぐん》の宋義《そうぎ》が北路をすすんだとすれば、沛公は南路を択《えら》んだのであろう。河北にゆかない沛公の軍が、さきに陽城のあたりに達しそうである。

だが、張良の想像とちがって、沛公すなわち劉邦《りゅうほう》は、上将軍の宋義の軍を護衛するように軍をすすめていた。つまり碭からいきなり西進しないで、北進したのである。そのあたりのくわしい進路を、かけはなれた地にいる張良は、かなりの情報通であるといっても、知るよしもない。

県庁にもどった張良は、歓声で迎えられた。仮の県令《けんれい》になっていた桐季《とうき》は、肩の荷をおろしたような表情で、張良の回復を心から喜んだ。

張良が県庁に不在のあいだ、桐季、堂巴《どうは》、申妙《しんみょう》の三人が行政と軍事をあずかってきただけに、三人がもっている情報量はすくなくない。

たしかに天下の形勢を左右する戦いは、河水《かすい》の北の鉅鹿でおこなわれているが、河水の南にも、秦の別働隊が動いている。かれらは南へ撤退したあとの楚《そ》軍の動静を偵探《ていたん》すると同時に、ふたたび楚軍が秦の大軍を急襲する場合にそなえて、巡回している。

「ははあ、すると、沛公の軍はその秦の別働隊と、どこかで衝突するかもしれない」

やはり、秦の実力はあなどれない。天下の半分が叛乱軍に従ったときがあるというのに、いまや叛乱軍は喘々《せんせん》としており、いつ息が絶えるかわからない。そのように張良が暗い想像をしていると、突然、南生《なんせい》が、

「帝王になるのは、沛公にきまっておりますよ。われらが昔、定陶《ていとう》で五彩《ごさい》に光る気の柱を観《み》ましたが、定陶の東のほうにあるのは、沛県です。沛公に従うかぎり、転覆《てんぷく》することはありません」

と、強い声で張良をはげました。

「われも、そうであると信じている。たとえ、どれほど戦況が悪化しても、沛公の軍が潰滅《かいめつ》することはあるまい。それはそれとして、鉅鹿城は十重二十重《とえはたえ》に秦軍に囲まれているであろうに、よく耐えている。城内には、張耳《ちょうじ》と陳余《ちんよ》がいるのか」

張良は申妙に問うた。

「張耳と陳余は、生死をともにする堅い交わりをむすんだというので、世間では、それを刎頸《ふんけい》の交わり、と誉《ほ》めそやしております。章邯《しょうかん》の秦軍が邯鄲《かんたん》を潰滅させたあと、張耳は趙王の子孫である趙歇《ちょうけつ》とともに北へ逃げて、鉅鹿城に飛び込みました。が、陳余はさらに北へ行って、兵を集め、数万人を得て、鉅鹿の北に布陣したことまでわかっておりますが、それからがわかっておりません」

と、申妙は述べた。

鉅鹿城が落ちないのは、張耳と陳余が協力して秦軍と戦っているからだ、とみることができるが、河北からきた旅人《たびびと》は、

「陳余は秦軍を恐れて、張耳を助けず、傍観《ぼうかん》しているだけですよ」

と、なかばあざわらいながらいった。

申妙はすぐには信じなかった。張耳と陳余は秦の政府の探索《たんさく》からのがれて、貧窮《ひんきゅう》を耐えに耐えて、趙の建国を成功させて、ともに大臣となった。が、いま張耳が死の淵《ふち》に沈んでゆこうとするのに、陳余は手をさしのべないのか。そんなことはありえないとおもう反面、

「苦労をわかちあうことはできても、富貴《ふうき》をわかちあうことはむずかしい」

という、心の声が浮上してきた。

もしも陳余が張耳を助けないのなら、張耳を助けるのはたれか。楚王は宋義を上将軍として鉅

鹿の救助にむかわせたようであるが、実戦をしたことがないような宋義に、章邯と王離《おうり》が連合している秦軍に勝つ方策があるのだろうか。

――たぶん楚軍は負ける。

その事実が天下に知られると、張良をはじめ、陽城にいる従者の退路は絶《た》たれる。それでも申妙としては、張良を殺したくない。

「父老のもとへ行ってきます」

そう張良に告げた申妙は、父老邸へゆき、最悪の場合にそなえて脱出路を確保するために、父老の智慧《ちえ》を借りようとした。

陽城の父老は、旅の途中で宿を求めにきた者を、邸内に泊まらせることをするが、かれらを食客《しょっかく》として養うことを好まない。それゆえ父老邸には食客がほとんどいないとはいえ、めあたらしい情報をたずさえてくる旅人もいる。

中妙が父老に面会を求めて、

「都合がよろしい日といえば――」

と、ゆるされたのは、十二月も中旬にさしかかっていた。父老は多忙である。

中妙が入室すると、立ち聞きする者がいないことをたしかめた父老は、

「ちょうどよかった。おもいがけない話をもってきた旅人がいたので、子房《しぼう》さまにお報《しら》せしようとしていたところです」

と、いいながら坐《すわ》り、膝《ひざ》を申妙のそれに近づけた。

「どんなお話ですか」

凶《わる》い話ではない、という申妙の予感である。

「無塩《ぶえん》で、上将軍の宋義が亡《な》くなって、項羽《こうう》が仮の上将軍になったということです」

「無塩、ですか……」

薛《せつ》郡の西北端にある県である。それはわかるのであるが、彭城《ほうじょう》をでた宋義が、趙の鉅鹿を救援にゆくにしては、北へあがりすぎてはいまいか。ただし無塩を通って、東阿《とうあ》などを経由してから趙に到る道がないことはない。

「宋義が亡くなったのは、いつごろですか」

「先月、ということです」

「それは――」

理解がむずかしい。宋義の軍はどれほど遅くとも、十月には河水にさしかかって渡河の準備にはいっていなければならない。それなのに無塩は河水からずいぶんはなれている。

申妙は万一にそなえて、陽城の南をながれる川をつかって、張良を脱出させるつもりである。そのための船の手配を父老にたのみにきた。が、不可解な話をきかされたので、肝心《かんじん》な話はせずに、県庁にもどった。すぐにその話を張良に伝えた。

「宋義が、無塩県で死んだというのか……」

なぜ宋義が死んだのか、正確にはわからないとはいえ、張良には推測がつく。

「項羽が宋義を殺したのだろう」

項羽の過去は血でよごれている。項梁《こうりょう》が会稽《かいけい》郡の呉《ご》県で挙兵するまえに、項羽は項梁にいいふくめられて郡守の通《とう》に会いにゆき、その首を斬ったという。平然とそういうことをやってのける項羽が、かりに宋義と意見が対立すれば、剣をぬいて対立者を倒すことなどに、痛痒《つうよう》をおぼえないであろう。

「わたしもそのように想像しておりますが、その地が、無塩県であったことは、どのように解釈なさいますか」

と、申妙は問うた。

張良は愉《たの》しさをかくさず、笑った。

「そなたは深読みしすぎるから、かえってわからなくなる。ふつうに考えればよい」

「ふつうに、ですか」

申妙は苦笑した。

「そうさ、宋義はかつて令尹《れいいん》という高位にあったとはいえ、いちども大軍を指麾《しき》したことがなく、まして実戦で大功を樹《た》てたこともない。そういう男が、王離と章邯という秦の二将を相手に、勝つ自信をもてるであろうか」

「不安しかないでしょうな」

「自信のない者は、他人《ひと》に頼ろうとする。われでも、下邳《かひ》で起《た》ったときは、景駒《けいく》に頼ろうとした。宋義がたのみとしたのは――」

「あっ、ようやくわかりました。宋義は斉《せい》王の力を借りようとした。なるほど、無塩は、斉へゆく途中にあります」

「だが、項羽は自信家だから、独力で鉅鹿城を救援したい。そこで両者の意見が衝突した」

「ははあ、項羽はおのれの剣をもって、おのれの意見をつらぬいた。そうなりますね」

くりかえしうなずいた申妙に、張良は、

「われは、そなたたちをこの城に残して、船に乗って逃げるようなことはしない。船の用意は無用だ」

と、いい、微笑をたたえた目をむけた。

「やっ、それは――」

申妙は頭を搔《か》いた。そういうしぐさをしながらも感動していた。張良という主君は、みかけよりもはるかに強い激情をもち、篤《あつ》い仁義をもっている。

「父老に、船の手配をたのむのは、やめます」

「われだけが逃げて助かったとしよう。だが、そのとき、われの左右にはそなたも桐季もいない。そういう状態で生きのびて、その未来になにがある」

張良はきっぱりといった。

生きているうちに穀城《こくじょう》山の黄石《こうせき》に詣《もう》でるつもりではあるが、それができなければ、死後に冥《めい》界《かい》の道を歩いて、従者とともに参詣《さんけい》するしかない。陽城にとどまりつづけている張良は、

――一か月後に、大きな変化がある。

と、予感している。その変化によって、おのれの生死が決まる。

晴れた日に、張良は庁舎をでて、冬の天空をながめた。全身が寒さにふるえるようであったら、室《へや》にもどらなければならないが、そうはならず、きもちよく天空をながめることができた。

急に、自分が泣いていることに気づいた。

――自分の横に、弟がいない。

弟が戦死してからずいぶん歳月が経《た》ったのに、なぜいま、弟のいない虚《むな》しさと哀《かな》しさに襲われたのか。

――弟の遺骸《いがい》を埋葬《まいそう》できなかった。

その悔《く》やみをひきずってここまできた。それにいま気づいたといえる。弟は墓にはいらなかったので、その魂は鎮《しず》まらず、張良とともにあるのではないか。

「弟よ、いまだにそなたは、われのために戦ってくれているのか」

そう想《おも》うと、涙がとまらなくなった。

いつのまにか、うしろに南生が立っていた。

「ここから、鉅鹿城は東北のほうにあります。たぶん大会戦がおこなわれた。それはわかります

が、子房どのにとって、それが吉なのか、凶なのか、まだわかりません」

大会戦、ときいて、張良は多少の胸さわぎをおぼえた。

みずからの手で宋義を消したにちがいない項羽は、まだ二十代という少壮《しょうそう》である。さきに劉邦とともに転戦していたとなれば、趙に乗り込んで秦軍と戦うまえに、なじみのある劉邦とともに進撃すべく、劉邦を誘ったのではあるまいか。

すると、趙における会戦は、王離、章邯に対する項羽、劉邦という図になる。

南生が風で占って、その勝敗をあきらかにしないのは、まだ両軍が戦いつづけているせいであろうか。

――項羽だけが、王離、章邯という二将に挑戦したとは……。

どうも、想像しにくい。しかし項羽が敢然《かんぜん》と趙に乗り込んで、勇気をひけらかそうとしたのであれば、その結果は暗い。おそらく戦死するか、あるいは、すでに戦死したであろう。すると、同じ道をすすまなかった劉邦の軍は、まさしく孤軍《こぐん》となり、河水の南をさまようことになろう。

――沛公と行動をともにしたい。

そうおもっても、張良のもとにあらたな報せははいってこない。

「正月になれば、その大会戦の結末も、われの命運もあきらかになる」

ふりかえって南生にそういった張良の目に、もはや涙はなかった。

張良が運命の月であるとおもっている正月になった。南生がいったように、鉅鹿のほうで大会戦がおこなわれたのであれば、かならずかなりの速さで、うわさが飛来するはずである。桐季、堂巴、申妙の三人は多くの配下をつかって情報を蒐《あつ》めた。

　中旬に、堂巴の従者がうわさをつかんだ。

「楚軍が秦軍に勝った、それだけです」

「まことであれば、大慶《たいけい》だ」

　堂巴はすぐに張良に報告した。

「項羽が勝ったのか、沛公が勝ったのか。または項羽と沛公が共同して勝ったのか」

　詳細がわからなければ、張良は安心できない。

　二月になると、戦況がだいぶあきらかになった。

「鉅鹿を包囲していた秦軍を撃破したのは、項羽のようです」

　と、桐季が語げた。

「単独でか――」

　驚嘆の色をかくしながら、張良は問うた。

「項羽の下には、当陽君《とうようくん》と号するようになった黥布《げいふ》と蒲《ほ》将軍がいたようですが、まともに戦ったのは項羽とその麾下《きか》の兵だけであったとおもわれます」

「それで――」

「秦の将帥《しょうすい》である王離は捕斬《ほざん》され、佐将である蘇角《そかく》は殺され、渉間《しょうかん》は自殺しました」

「死者のなかに、章邯がいないな」

秦将のなかで、もっともしたたかであるのは章邯である、と張良はみている。

「章邯は王離を後方から支援していたようです。河水をつかって食料と武器を運び、包囲軍までの専用の補給路を作っていた。すると、章邯の軍は鉅鹿から遠いところにあったとみるべきです」

「そうだな。章邯が生きているとなれば、項羽はてこずるであろうよ。章邯をかたづけて、はじめて楚軍が勝ったといえる」

秦軍をいちどは敗走させた項梁も、章邯のたくみな反撃によって戦没した。項羽が大勝したことに驕《おご》れば、項梁の覆轍《ふくてつ》をたどることになる。

「そうですね。項羽と章邯の対決がつづいてゆくとすれば、そのあいだに沛公は西進すればよい。石点《せきてん》と夏皮《かひ》は、どうしたのでしょうか。沛公の動きを報せにきませんね」

「沛公がめまぐるしく動いているのかもしれない」

沛公軍がどこかにとどまっていれば、石点と夏皮はこちらに連絡しやすくなる。が、沛公軍はそういう状況にはないということであろう。

三月にはいったとたん、珍客がきた。

藤孟《とうもう》が帰ってきた。

かれには連《つ》れがいた。藤仲《とうちゅう》である。

このふたりは藤尾《とうび》家の兵を率いて楚軍に加わり、戦場を踏破《とうは》した。

張良は藤仲に会うのははじめてである。藤仲は張良にむかって一礼した。

「すでにおききおよびのことと存じますが、わが隊に指図を与えていた項梁さまは、定陶において戦死なさいました。わが隊も、その際に、かなりの死傷者をだしたため、いちど下邳まで引き揚げて、隊を解散しました。父は死傷者が多かった事実を悼《いた》み、みずからの過《あやま》ちを認めたように、帰還した者たちに詫《わ》びました。それから、最初に子房さまに兵をあずけるべきであった、と悔《く》やみました。悔やんだだけではなく、わたしに諭《さと》し、いいつけました」

「ふむ……」

張良は藤尾の面貌《めんぼう》を憶《おも》った。

「楚人《そひと》であるかぎり、秦への怨《うら》みを忘れず、機会がくれば、たとえ小さな集団でも武器を執《と》って起たねばならない。だが、その戦いかたに巧拙《こうせつ》と幸運不運がある。子房どのは尋常な人ではなく、しかも思慮深いので、なんじは騎兵を率いて西行し、以後は子房どのに仕えよ。父はそう申しました。ゆえにわたしは孟とともに八十騎を率いて、あなたさまのもとに参じました。これからの随従《ずいじゅう》をおゆるしくださいますか」

こんどは、藤仲はひたいを地につけた。

張良は、その手をつかみ、肩をあげさせた。

「わたしはこうきいている。たとえ楚が三戸《さんこ》になっても、かならず楚は秦を滅ぼす、という。だが、秦への怨みが深いのは、楚だけであろうか。斉、韓《かん》、魏《ぎ》、趙、燕《えん》の旧臣と旧民も、秦への怨みを秘めて生きてきたのだ。あなたの父上は、それに気づかれて、あなたをわれのもとに送りだしてくれた。われは臆病《おくびょう》者ゆえ、人の死をみるのが怖い。ゆえにわれは、あなたにとって働きがいのない主人になるかもしれぬ」

笑いながら藤仲を起たせた張良は、梅飛《ばいひ》の顔をみつけて、

「そなたは危地を往復し、貴重な報せをもたらしてくれた。が、藤仲どのがぶじに陽城に到着したことを藤尾どのに報せたあとは、下邳にとどまり、大勢《たいせい》が決するまで動かぬほうが良い。藤尾家の運営にとって、そなたはかけがえのない人だ」

と、まっすぐにいった。

おもいがけない温言《おんげん》をきかされて感動した梅飛は、

「主人は、あなたさまの指図に従え、とおっしゃったので、ここから下邳に帰らせてもらいます。ご武運をお祈りします」

と、いい、翌日、陽城から去った。

急に馬と兵が増えたので、張良は株干《しゅかん》と管才《かんさい》にいいつけて、廏舎《きゅうしゃ》と兵舎を増設させた。黄角《こうかく》に木刀をにぎらされて、毎日、それを振る管才を、ひそかに張良は観てきた。その退屈な動作に意義をみつけるのは、けっきょくおのれ自身である。

――なんのために、これをおこなうのか。

そう問いつづけると、ついには、なんのためにおのれは生きているのか、という問いにいきつく。が、ひたすら木刀を振りつづけると、その問いのむこう側に立てるようになる。そこに立てるようになって、はじめて本物のおのれと他人がいる。むずかしいいいかたになったが、張良はそういうしかない、とおもっている。

管才は口かずがすくなくなった。内省《ないせい》を深めたあかしである。

——沛公は、いまどこにいるのか。

南生のような特殊な人が、風に問えば、風が答えてくれる。が、張良のこの問いは、風に消えてゆくだけである。

再会

彭城《ほうじょう》から軍をだすまえに、項羽《こうう》は劉邦《りゅうほう》とともに西進したい、という願望をだした。項梁《こうりょう》が亡《な》くなるまで、項羽は劉邦とともに転戦しており、父のような年齢の劉邦になじんでいたからである。ところが、懐《かい》王から、

「それはならぬ」

と、その願望は却下《きゃっか》された。ここではじめて項羽は懐王に怨《うら》みをおぼえた。懐王とその左右の大臣は、宋義《そうぎ》と項羽の進撃をおくらせて、劉邦に秦《しん》の本拠である関中《かんちゅう》を平定させようとしている。そういうかくれた意図《いと》を察した。このあたりから項羽の心が、懐王と劉邦からはなれはじめたと想《おも》われる。しかしながら項羽は劉邦を嫌っておらず、劉邦も項羽に憎悪《ぞうお》をむけたことは、いちどもない。

したがって劉邦は、項羽が宋義に代わって楚《そ》軍の将帥《しょうすい》となり、河水《かすい》を渡って、鉅鹿《きょろく》の救助にむかったと知っても、西進をいそがなかった。できれば項羽と歩調をあわせたかったのではなか

ったか。

碭《とう》県を発した劉邦の軍は、碭郡とその北の東《とう》郡を往来し、転戦していた。碭郡の北部に昌邑《しょうゆう》があり、そのあたりで彭越《ほうえつ》に会った。

彭越は昌邑の出身であるが、本拠を昌邑の北の鉅野沢《きょやたく》のほとりにすえて、盗賊の首領になっていた。彭越は従う者の数が千余となったところで兵を挙《あ》げ、たまたま劉邦に会って、協力した。裏街道を知っている劉邦に共感をおぼえたのであろう。劉邦と彭越は昌邑を攻めたが、攻略できなかった。そこでふたりは別れ、劉邦はいちど南下して兵力を増大させてから、ふたたび昌邑を攻めた。それでも昌邑を落とせなかった。

——しかたがない。

昌邑を包囲してむなしく月日をすごすことを嫌った劉邦は、軍を西南にむけた。碭郡の西部に、高陽《こうよう》という県がある。そこで、酈食其《れきいき》という智者を拾った。ここまでの劉邦軍には確《かく》たる戦略がないようにみえる。酈食其に、

「陳留《ちんりゅう》県に秦が貯蔵した粟《ぞく》があります。それを取るのがよろしい」

と、説《と》かれて、劉邦はそれに従った。

蕭何《しょうか》は劉邦軍のなかにあって、あいかわらず丞《じょう》（次官）と称して、庶事《しょじ》をさばいていた。先陣にはおらず、本陣の後方にいたので、ほとんど戦闘に加わったことがない。しかしながら劉邦は戦闘にかかわらないほぼすべての処理を蕭何にまかせたので、蕭何の下にいる石点《せきてん》と夏皮《かひ》には、

劉邦軍の本質のようなものがわかった。

劉邦が戦略面において酈食其の意見を尊重するようになったので、ふたりは首をかしげた。酈食其が智者であることはわかるが、その戦略的視野はせまいのではないか。

そこでふたりは蕭何のまえに膝《ひざ》をそろえた。

「この軍はまもなく開封《かいほう》を攻めるようですが、その攻撃にいかなる意義があるのでしょうか。人はすべての意義をつみかさねて生きてゆけるものではありませんが、沛公《はい》だけは特別で、かつてわが主《しゅ》は、沛公を天授《てんじゅ》の人といいました。そのような人を導く者は、一里先と千里先を同時に観《み》ることができる異能をもっていなければなりません」

ここまできいた蕭何は、目で笑った。

「その異能をもつ者とは、なんじらの主である子房《しぼう》どのといいたいのか」

「その通りです。北路をすすむ項羽は、まだ二十代という若さで、春秋《しゅんじゅう》に富んでおります。それにひきかえ沛公はすでに五十歳であるとききました。秦の支配をはらいのけて、懐王が天下の主《あるじ》となるまで、これから何年かかるのか、と考えれば、沛公に時のむだづかいはゆるされません。なにとぞ、あなたさまからそれについてご進言を――」

「ふむ……」

劉邦軍に意義のある進路を示せる者は、張良《ちょうりょう》しかいない。この軍の転戦ぶりに疑問のある蕭何は、ふたりの意見を胸に斂《おさ》めた。

劉邦軍の開封攻撃がはじまった。が、その城を落とせないうちに、秦将の楊熊《ようゆう》が攻めてきたので、かれの軍と戦って、白馬《はくば》までゆき、碭郡と三川《さんせん》郡の境に位置する曲遇《くぐう》の東で再戦して、勝った。

敗れた楊熊は、西へしりぞいて、滎陽《けいよう》まで行った。

が、秦の法は厳しい。

楊熊の醜態《しゅうたい》を知った二世皇帝は、大いに怒り、すぐに使者を遣《や》って、楊熊を斬らせた。

曲遇から西へゆけば三川郡、南へゆけば潁川《えいせん》郡である。劉邦は南下する道を選び、潁陽《えいよう》を攻めて、それを落とした。

この時点で、蕭何は石点と夏皮を呼び、

「子房どのが陽城《ようじょう》にいることを、公に告げる。公はかならず陽城のほうにむかわれるはずだ。そなたたちは子房どののもとにもどって、報告せよ」

と、いい、ふたりを先行させた。

晩春の風が初夏のそれに変わろうとしている。その風を背にうけた石点と夏皮は、蕭何から与えられた馬を疾走《しっそう》させて、夜間も休まず、二日で陽城に着いた。

城内にはいったふたりは、県庁まえの広場で下馬すると、趨《はし》って庁舎に飛び込み、

「沛公がご到着になります」

と、叫びながら、執務室に近づいた。

その室《へや》からでた張良は、ふたりを笑貌《しょうぼう》で迎え、

「そなたたちの声は、県内のすみずみにまでとどき、やがて歓声で県内は沸《わ》きかえるであろうよ」

と、張りのある声でいった。

——これで、ひとまず、死なずにすむ。

劉邦の軍は不敗の軍ではない。なんども負けている。それでも、しだいに兵力は増大しているように張良には感じられる。だが、河水の南には、いたるところに秦兵がいると想うべきで、かれらを排除するのは、たやすいことではない。

張良は管才《かんさい》をいそがせて、数日後に劉邦が陽城に到着することを父老《ふろう》に報《しら》せた。ほどなく庁舎の内外には、劉邦を歓迎する声が増えに増えた。

数日後、張良は父老とともに、城外にでた。

劉邦を迎えるためである。

陽射《ひざ》しはますます明るくなり、まぶしい天空の下に、劉邦軍の旗がみえた。劉邦はじかに馬に騎《の》ることはすくなく、馬車に乗ることが多い。馬車が武装されれば、兵車となる。

先頭の集団は、曹参《そうさん》を将とする先鋒《せんぽう》である。かれは楊熊の軍を破ってから、爵位《しゃくい》をあげられて執珪《しっけい》となった。

張良が敬礼をすると、曹参はすぐに答礼《とうれい》をした。この集団が通過したあとに、中軍がくる。劉

邦が乗る兵車の御者《ぎょしゃ》は、かならず夏侯嬰《かこうえい》である。その顔を張良が認めると、夏侯嬰は兵車を駐《と》めた。劉邦が馬車からおりて、歩いて張良と父老に近づいてきた。

張良と父老はおもむろに跪拝《きはい》した。

足を停《と》めた劉邦は、まず張良に声をかけた。

「置き去りにされた孤島で、よく生きながらえたな。わが船が通りかかって、よかった」

「公のご来儀《らいぎ》を、首をながくしてお待ちしておりました。病にも罹《かか》り、そのこともふくめて、ここにいる父老に助けてもらいました」

劉邦は父老に目をやった。

「父老どの、わが智慧袋《ちえぶくろ》を、よくぞほころびをだすことなく保存してくれた。礼をいう」

劉邦は儒者《じゅしゃ》にはぶっきらぼうであるが、父老には鄭重《ていちょう》である。なにしろ父老は県民の代表であり、父老にそむかれると支配がむずかしくなる。

「公のご来着《らいちゃく》で、まことに秦の時代が終わることを実感しております。血も涙もない法の世が去ることを、県民は歓喜しております。わずかな間でも、子房さまの善政によって、この県はうるおったのです」

「それは、よかった。秦はまもなく滅ぶであろう。世が衰弱すると、法の数が増え、法制の内容がむずかしくなる。次代は、そうなるまいよ」

そういった劉邦は、ふたたび張良を視《み》た。

「韓《かん》王を帯同《たいどう》してきた。会うがよかろう」

この声に張良は、はじかれたように首をあげた。

劉邦は父老を自分の車に同乗させて去った。そのあとも、張良は腰をあげず、地に坐《すわ》っていた。

やがて韓王成《せい》の兵車がきた。兵車は張良の眼前で駐まった。

「子房よ、息災《そくさい》で、なにより――」

声の主《ぬし》である韓王成は兵車からおりず、わるびれたようすもみせなかった。仰首《ぎょうしゅ》した張良は、

「あなたさまは韓の旧民の希望のともしびです。くれぐれもご自愛なさいますように」

と、感情の色をみせずにいった。

「沛公は温情の人であった。そなたからも公へ謝辞を献ずるように――」

ふたたび韓王成の兵車は動いた。張良のうしろに坐っていた桐季《とうき》は、眉《まゆ》を逆立《さかだ》てて韓王の兵車を睨《にら》んだ。

「沛公は車をお降りになって、慰労《いろう》の情をおみせになったのに、韓王の礼の無さと情の薄さは、みぐるしいというほかありません。あのような王で、韓の民は喜ぶとはおもわれません」

「桐季よ、そう憤《いきどお》るな。韓王のご子孫は、あのかたしかおられぬのだ。われの志望は、弟の仇《あだ》を討つことと韓の国を再興することであり、宰相《さいしょう》になりたいとはつゆほどもおもわない」

張良にそういわれた桐季は、はっと怒りの色を斂めた。

「ひとつ、お耳にいれたいことがあります。韓王のご子孫のことです」

張良は坐ったまま膝をまわした。

「ほかに、ご子孫がみつかったのか」

「二日まえに、韓信《かんしん》と名告《なの》る者が訪ねてきて、あなたさまにお会いしたいということなので、父老どのにあずかってもらっています」

「父老どのは、そ知らぬ顔であった。その者は、まことに韓王のご子孫か」

「襄《じょう》王の庶孫《しょそん》といっています」

「襄王――」

張良は遠いところをながめるような目つきをした。

襄王といえば、孟嘗君《もうしょうくん》が活躍していたころの韓王である。おなじころの他国の王は、秦の昭《しょう》襄《じょう》王、趙《ちょう》の武霊《ぶれい》王、楚の懐《かい》王などである。

庶孫というのは、襄王が側室に産ませた子の子ということなので、王族とは認められない。庶民になりはてている、とおもってもまちがいではあるまい。

「会おう――」

起ちあがった張良は、馬車に乗り、桐季とともに父老邸へ行った。父老は帰宅していなかった。劉邦と長い話し合いをしているのであろう。

桐季をつかって韓信を邸外に連れださせた張良は、門に近い牆《しょう》のほとりで会った。韓信は片膝をついて頭をさげた。この礼容に鋭気《えいき》があったので、

——老人ではないのか……。

と、張良はひそかにおどろいた。

「ここでは、話をしにくい」

張良は韓信をいざなって車上にのぼらせた。車中は、密談にはもってこいの場である。そこに韓信を坐らせた張良は、

「あなたは襄王の庶孫ということだが、その真否《しんぴ》を確かめようもない。その血胤《けついん》を掲《かか》げて王族になりたいのなら、わたしは口添《くちぞ》えをいっさいしない。あなたはみずから韓王のもとへゆくべきだ」

と、堅い口調でいった。そういいつつ韓信の容姿を観察した。年齢は張良より上であるが、老いを感じさせない壮健《そうけん》を秘めている。その体軀《たいく》が発散している仗気《じょうき》は、すでに韓信がどこかの戦場を往来したことを暗《あん》に示している。

——一隊を指麾《しき》できる器量はある。

韓信は口もとに微笑をたたえた。それから、

「王族になりたいわけではなく、韓王の臣下になりたいわけでもありません。あの閉塞《へいそく》していたころに、始皇帝《しこうてい》を討《う》って、天下に陽射しをもどそうとしたあなたの比類《ひるい》ない勇気を賛嘆《さんたん》した者として、あなたの下で働きたいのです」

と、意気込みをみせていった。

韓を氏とする者は、韓家の主《あるじ》が国王になる以前から、分家などが岐出《きしゅつ》しているのであるから、その血胤を誇れるはずがない。この韓信も、血胤をいつわることができる。それなのに、襄王の孫といわず、あえて庶孫といったところに信憑性《しんぴょうせい》がある、と張良は感じた。

とにかくこの日から、張良は韓信を配下に置いた。韓信の血胤について他言無用とし、その正体については、桐季のほかに、堂巴《どうは》と申妙《しんみょう》だけにおしえた。

張良は韓信をあずかってくれた父老に礼をいい、それからふたりで劉邦をもてなす小宴を催《もよお》すために、人を動かした。夕方近くになって、ようやく宴をはじめたが、劉邦から遠くない貴賓《きひん》の席に就《つ》いた韓王成は、無邪気《むじゃき》ともいえる明るさをふりまいた。張良は、礼を失することがないように、席の配置と膳《ぜん》の順序などについて指図を、左唐《さとう》に仰いだ。左唐は目を細めて宴席全体をながめていたが、張良にささやいた。

「あの韓王は、ここがどこか、わかっていないとみえる。陽城が韓の一邑《ゆう》であれば、賓客である沛公をもてなすのは、韓王でなければならない。主客転倒《しゅかくてんとう》とはまさにこのことで、ここで主とならず客となっている韓王は、韓国を得ることはできまい」

張良はこの辛《から》いことばをあえてききながした。左唐の予言通りになれば、韓国の再建は不可能となる。それでは、なんのために自分は生きてきたのか。

急に劉邦が声を揚げ、手招きをして、張良を呼んだ。

「ここに諸将が集まっているのであるから、明日、あらためて軍議をする必要はない。子房よ、われはつぎにどこを攻めるべきか」

張良は速答した。

「ここ陽城の西北に轘轅《かんえん》という地があります。この地を敵兵に閉じられていますと、洛陽《らくよう》のほうにでられません。轘轅の攻略をかわきりに、韓の諸城を落とされるのがよろしいと存じます」

「よし、そうしよう」

この宴を軍議のかわり、といっていながら、劉邦は諸将の意見をきくまでもないという顔で、うなずいた。劉邦が挙兵したときから、属《つ》き従っている者たちは、途中で劉邦軍に加わった張良の策が、かならず劉邦を成功にみちびいたことを知っており、あえて異論をとなえなかった。

「兵には、一日、休息をとらせる。ここを発《た》つのは、明後日である」

この劉邦のことばで、小宴は閉じた。

貴賓室を劉邦のための宿舎とした張良は、その室に劉邦をみちびいたあと、蕭何に、

「ながいあいだ石点と夏皮をあずかっていただき、感謝しています」

と、いい、低頭した。わずかに笑った蕭何は、その口を張良の耳に近づけ、

「礼にはおよばない。それよりあなたが兵略の道を示してくれるようになって、たすかった。途中で、酈食其という智者を拾いましたが、かれは昔の従横家《じゅうおうか》で、外交は達者だが、兵についてはわかっていない」

と、低い声でいった。

「河北《かほく》の勝負はどうなっていますか」

秦の主力軍は潰滅《かいめつ》したのに、章邯《しょうかん》軍が敗退したとはきこえてこない。章邯は戦い巧者《こうしゃ》であるから、劣勢になっても、奇襲を敢行《かんこう》して、一気に優勢に転ずる場合がある。

「両軍は睨み合いをつづけています。たぶん章邯は咸陽《かんよう》へ使いを走らせて、援軍を請《こ》うているでしょう」

「その援軍あるいは軍需《ぐんじゅ》物資は、河水を通って運ばれてきますね。それなら沛公の軍は轘轅を突きぬけて緱氏《こうし》県を落とし、さらに洛陽にむかい、その西北にある平陰《へいいん》を得て、河水を閉じてしまえばよい。そうすれば沛公は項羽を陰助《いんじょ》し、しかも韓の平定を同時におこなうことになります」

張良はやすやすと劉邦の進撃路を示した。

翌日、張良の隊は、出撃の準備にはいった。

そこに父老がきた。

「陽城の兵をあなたにさずけたい」

兵数は百二十であるという。ここまで張良の私兵の数は三百八十余であるから、陽城の兵を加えると、五百をこえる。

すぐに韓信を呼んだ張良は、陽城の兵をそなたが率いよ、と命じたあと、父老には、

「沛公の軍は河水のほとりに達しますが、そのまま西進することはありません。おそらくここにもどってきますので、それまで左唐先生をよろしく」

と、たのんだ。

翌朝、劉邦の軍は、曹参の先陣から陽城をでた。中軍に劉邦がいて、劉邦から遠くないところに張良は置かれた。

——子房は、まえよりも痩《や》せた。

と、劉邦はすぐに気づき、子房にむりをさせるな、と蕭何にひそかに命じていた。

劉邦軍は太室《たいしつ》山の西の麓《ふもと》を通って轘轅に迫った。不意を衝《つ》かれた秦兵は大いに崩れて北へ奔《はし》った。

「追え——」

北には緱氏県がある。敗走する兵が助けを求めるのは、かならずその県であるとみた劉邦は、自軍を猛烈にすすめ、緱氏県を急襲した。それをみた張良は、

——公は戦い上手《じょうず》になられた。

と、内心で称《ほ》めた。

緱氏県の防備もゆるく、しかも敗兵を救おうとしたがゆえに、劉邦軍の侵入をゆるすことになった城は、短時日《たんじじつ》で落ちた。

張良は諸将の働きぶりを冷静に観ていた。先陣をあずかっている曹参の戦いぶりは、そつがない。それにならぶほどの功を樹《た》てているのは、周勃《しゅうぼつ》という将である。

「周勃の出自《しゅつじ》をおききしてもよいですか」

と、張良は蕭何に問うた。

「蚕《かいこ》のすのこを織るのが家業です。簫《しょう》を吹けるので、葬式の手伝いをしていましたよ。ただし、いつのまにか勁弓《けいきゅう》を引けるようになり、公が挙兵したとき、すぐに随従《ずいじゅう》しました」

「ほう……」

劉邦の配下には、もとから武人という者は、ほとんどいない。曹参も、もとは沛県の獄掾《ごくえん》であり、樊噲《はんかい》は犬の肉をあつかう仕事をしていた。ちなみに犬の肉は、人の食用であり、食べられていたのは、時代が下《くだ》って唐《とう》の時代まであるといわれている。

――沛公は人を育てるのが、うまいのか。

曹参と周勃は名将の域に近づきつつあるのではないか。兵法などを劉邦は配下に教えたことはなく、自身が兵法書を読んだこともあるまい。それなのに劉邦軍が強くなってゆく秘訣《ひけつ》はどこにあるのか。

緱氏県を落とした劉邦軍は、河水のほとりにある平陰にむかった。平陰は昔から重要な津《みなと》をもつ県であり、その津をつかって北へ渡河すれば、河水の北にひろがる河内郡《かだい》、上党郡《じょうとう》、河東郡《かとう》などにゆくことができる。当然、秦は平陰を重視して、多くの兵を配置していたが、劉邦軍の動きが速いために、対応できなかった。

劉邦の軍は、水上交通を不能にしてから、ひきかえすかたちで南下をはじめた。それまでに秦兵は徐々にまとまりはじめ、洛陽の東で待ち伏せるかまえで、陣を布《し》いていた。

洛陽の東に尸郷《しごう》という地があるので、そのあたりが戦場になったであろう。

曹参の軍は活発に動いたが、中軍が狙われたため、苦戦となった。ここまで、ほとんど戦闘に加わらなかった張良の隊は、劉邦を護《まも》るべく戦った。藤孟《とうもう》と藤仲《とうちゅう》は騎兵を率いて、疾駆《しっく》した。予想以上の働きをしたのが韓信で、かれは隊の先頭に立って、寄せてきた秦兵を撃退した。そのはつらつさを観ていた劉邦は、

「われの下に置きたい者をみつけたが、ゆずってくれようか」

と、張良にいった。

「その者には、少々、事情が秘められております。しばらくしたら公のもとへお送りします」

劉邦の近くに韓王成がいるので、韓信をふたりに近づけるのは、いまはまずい、と張良はおもっている。

西方の光

洛陽《らくよう》の東で、劉邦《りゅうほう》軍を苦しめた秦《しん》将を、趙賁《ちょうほん》という。

南下する途中で、蕭何《しょうか》は張良《ちょうりょう》におしえた。

「趙賁とはすでに、大梁《たいりょう》の南の開封《かいほう》で戦い、かれの軍を開封の城におしこめたことがあるのです。秦将は負けたままであると、二世皇帝の使いによって斬られますので、趙賁は必死に報復を考え、わが軍を待ち伏せていたのでしょう」

「そうでしたか。この軍は、息が絶えるほどの深手《ふかで》を負ったわけではありませんが、負傷した兵がすくなくないので、いちど陽城《ようじょう》にもどり、軍を立て直すべきです」

「あなたの進言として、公におつたえしておきます」

劉邦はこのあと迷うことなく陽城にもどった。

「しばらく兵を休ませる」

夏の強烈な陽射しを浴びて、汗みどろとなって、戦場を往来した兵の疲れははなはだしい。かれらにとって陽城は心身をくつろがせる地であった。

張良は父老《ふろう》の邸《いえ》へ行った。左唐《さとう》をひきとるためであったが、ここで父老から提供された兵を返すことにした。

「陽城の兵はよく働いてくれました。ただし、このままわたしに従っていると、咸陽《かんよう》まで行き、故郷に帰ることができなくなるおそれがあります」

「あなたは韓《かん》王国を建て、その宰相《さいしょう》になるのではなかったのか――」

張良はさびしく笑った。

「沛《はい》公のおかげで韓王国は再建されます。が、わたしにはなすべきことが、ほかにあり、たぶん韓王の輔佐《ほさ》はできないでしょう」

おそらく韓王成《せい》を輔弼《ほひつ》するのは白生《はくせい》ということになろう。

父老に百二十の兵を返したので、張良の私兵は四百未満となった。そのなかの騎兵の隊長は藤《とう》仲《ちゅう》で、副長が藤孟《とうもう》であるのは、あいかわらずであるが、古参の下邳《かひ》の兵を、駆け引きのできる韓信《かんしん》にあずけた。

張良をかれの私兵から離して、なるべく戦闘にさらさないように指示したのは、劉邦であった。張良の健康状態を蕭何からきき、むりをさせないように蕭何を通して配慮した。つまり劉邦は張良を自分の近くに置いた。

「わかりました。わたしの左右に黄角《こうかく》、株干《しゅかん》、左唐、毛純《もうじゅん》という四人を置かせてください」

と、張良は蕭何にいい、ゆるしを得た。黄角という剣の達人は、張良の護衛のためというより、劉邦を護《まも》るために必要であった。株干は気配《きくば》りの名人といってよく、いちいち命じなくても動ける能力をもっている。また、左唐を軽車に乗せ、自由自在に走らせることができるのは、毛純しかいない。

陽城において軍を立て直した劉邦は、張良と蕭何だけを呼んで、

「そろそろ動きたいが、どうすべきか」

と、諮《はか》った。

すでに熟考してきた張良はすばやく答えた。

「韓という国の北半分が三川《さんせん》郡、南半分が潁川《えいせん》郡になったと想《おも》っていただきたい。いま三川郡は、戦死した李由《りゆう》に代わって、趙賁が死守しようとしております。そこで公は、南の諸県を平定なさり、それらのすべてを韓王におあずけになってから、咸陽にむかわれるとよろしいです」

「南へむかう……。咸陽へは、北の三川郡を通ってゆかねばなるまい」

劉邦が首をひねったのをみた蕭何が、微笑をむけた。

「東から関中《かんちゅう》にはいるためには、函谷関《かんこくかん》を突破せねばなりませんが、子房《しぼう》どのは、その道ではなく、南の武関《ぶかん》を越える道を示したのです」

「武関か……」

なるほど、と劉邦は心のなかでうなずいた。洛陽にでて三川郡を西進しようとすると、かなら

ず趙賁との戦いとなる。その戦いがもつれると、とても函谷関を破ることはできない。

「よし、南へむかおう」

劉邦は決断して、腰をあげた。

充分《じゅうぶん》に休息をとった劉邦麾下《きか》の兵は、活気をとりもどした。

三川郡とちがって潁川郡には、さきに韓王成に従ったり、協力したりした兵が潜伏《せんぷく》しており、劉邦と韓王成が共同して軍をすすめると、かれらは喜んで起《た》ち上がった。

地が灼《や》けるような真夏の戦場を、劉邦軍はすすみ、連戦して連勝した。

晩夏にさしかかるまで、その軍は十余城を落とした。

陽城の東南にある陽翟《ようてき》を落としたあと、劉邦は韓王成を招き、

「この県は疲弊《ひへい》していない。ここを本拠として諸県を治めるとよい」

と、いい、自軍から韓王成の軍を切り離した。十以上の県を支配下におさめれば、陽翟を首都としてささやかな王朝を開くことができる。

すぐに張良は白生に会い、

「これで、ほぼ韓国を再建できた。そなたが韓王を輔佐し、執政《しっせい》となるがよい。われは弟の仇《あだ》を討たねばならぬので、陽翟にとどまるわけにはいかない。王と国のことは、たのんだぞ」

と、いい、韓王成に別れを告げることなく、劉邦のもとにもどった。かれは感傷《かんしょう》の色をみせず、

「さあ、南陽郡《なんよう》にはいりましょう」

と、劉邦にいった。このとき、韓王成のために諸城を落としてくれた劉邦に深く感謝した。が、劉邦は恩きせがましいことはいっさいいわず、そういう態度もみせない。

――すがすがしい人だな。

張良には劉邦の長所だけが大きくみえた。

さて、潁川郡と南陽郡の境に、犨《しゅう》という県がある。劉邦軍はそこを攻めた。南陽郡の郡守《ぐんしゅ》は、となりの郡を制圧した劉邦軍が州の境を侵《おか》すことを予想して、郡の兵を犨に配置していた。そこに劉邦軍がきたのである。

待ち構えていたぶん、南陽郡守の兵のほうに、ゆとりと気魄《きはく》が大きかった。

劉邦軍は痛撃された。

秦兵の烈《はげ》しい攻撃をまともにうけたのが、先陣の曹参《そうさん》だが、かれはあわてずに、敵兵をあしらった。

先陣の退却を知った劉邦は、

「中軍はどうすべきか」

と、問うようなまなざしを張良にむけた。すぐさま張良は、

「執珪《しっけい》どのは、敵の鋭気が鈍《にぶ》るまで、耐えておられるので、公は中軍をさげず、兵気の優劣が逆転したら、二陣だけでなく本陣の兵をもくりだして、厳しく追撃なさるべきです」

と、答えた。

なお、いい忘れていたが、曹参の爵位である執珪は、周《しゅう》や秦の爵官《しゃくかん》ではなく、楚《そ》王朝のそれである。劉邦が懐《かい》王に臣従しているあかしが、それである。

秦兵の猛攻をしのいでいた曹参の隊に代わって周勃《しゅうぼつ》の隊がまえにでた。そのあたりから両軍に優劣がなくなり、秦兵の足が停まった。それを観《み》た張良は、

「騎兵をお使いになるとよろしい」

と、劉邦に進言した。

「よし——」

劉邦は騎兵隊を掌握《しょうあく》している酈商《れきしょう》に、

「まわりこめ」

と、伝達した。酈商は酈食其《れきいき》の弟である。兵を鋭敏に動かせる才能をもっている。劉邦の、まわりこめ、という命令をきいただけで、この戦況で、なにをすべきかを察して、騎兵隊とともに発した。

最初の敵軍の攻撃がすさまじかったということは、まえのめりになっている陣形を想像した。前後の連携《れんけい》が密になっていなければ、陣のどこかに空洞《くうどう》ができている。そこを騎兵で衝《つ》けば、おのずと敵軍を両断でき、しかも先陣の退路を断つことになる。

酈商は激情の場ともいえる戦場で、そういう冷静な判断ができる将であった。

南陽郡は諸郡のなかで、一、二をあらそう肥沃《ひよく》の郡である。この郡の穀物《こくもつ》が北隣の三川郡をな

がれる河水《かすい》のほとりまで運ばれ、そこにある食料の保存基地から、船をつかって咸陽へ送られている。ちなみにその基地を、

「敖倉《ごうそう》」

と、いう。関中の人々は、なかば南陽郡の穀物を食べて生きてきたともいえる。

そういう豊饒《ほうじょう》な郡にいる兵にとって、武器も兵糧《ひょうろう》も豊かで、その軍は二万の兵力である劉邦軍を圧倒できそうなところまできたが、劉邦軍がもつ粘性《ねんせい》に苦しめられ、気がつくと退路を断つように劉邦軍の騎兵が横行《おうこう》していた。

——しまった。

将帥《しょうすい》である郡守が臍《ほぞ》をかんだときには、自軍の兵は挟撃《きょうげき》されることを恐れて、退却しはじめていた。それを観るまえに、劉邦は、

「押せや、押せ。どこまでも押しつづけよ」

と、するどく命じていた。

敗走する秦兵を猛追した劉邦の軍は、敵兵が逃げ込んだ宛《えん》の城を攻めようとした。が、宛の城は大きく、防備がととのっているとみた劉邦は、宛の城を無視して西へむかおうとした。

すばやく張良が諫《いさ》めた。

「いま宛を降《くだ》さなければ、宛がうしろから襲ってきます。かならず降しておくべきです」

「わかった」

劉邦は夜間に兵を動かして、夜明けには、宛城を三重に囲んだ。おどろいた郡守は、もはやこれまで、と絶望して、みずから首を刎《は》ねようとした。すると家臣の陳恢《ちんかい》が、

「死ぬのは、まだ早《はよ》うございます」

と、いい、城壁をおりて、劉邦と会見した。この男は度胸もあるが頭も良い。

「あなたさまがすみやかに関中にはいるためには、宛にいる郡守の降伏をお許しになるだけでなく、宛を守らせ、かれの下にいた兵を率いて西へ行かれるのがよろしい。さすれば、南陽郡内の城の門はことごとく開かれ、ゆく先々《さきざき》の城主はあなたさまをお待ちするでしょう」

「善《よ》し――」

劉邦は速断した。この男の最大の長所は、決断が速い、ということである。その速さが、すべてを成功させたわけではないが、時機《じき》をとらえそこなうような大きな失敗を回避できた。

劉邦は陳恢の意見をもっともであるとして、まず宛城にいる郡守を赦《ゆる》すと同時に、殷侯《いんこう》に封《ほう》じた。それから妙案を献じた陳恢を褒賞《ほうしょう》して、千戸をさずけた。このあとは、陳恢のいった通りになった。郡の兵を収めて兵力を増大した劉邦軍がめぐるところで、降伏しない県令はおらず、多くの月日をついやすことなく、南陽郡を平定した。

この勢いで、劉邦軍は丹水《たんすい》にそって西北に猛進し、武関をやすやすと破った。

そのまま西北にすすむと咸陽に到るが、途中に、要塞といってよい嶢関《ぎょうかん》がある。

すでに秋である。天空の澄みが、陽射しを美しく感じさせる。

咸陽から、急使がきた。その者から書翰《しょかん》をうけとった劉邦は、いちど苦笑し、その書翰を張良と蕭何に読ませた。その内容は、

「二世皇帝が崩《ほう》じ、天下の経営はこの趙高《ちょうこう》にまかされたが、沛公を尊敬しているので、天下を二分して、治めようではありませんか」

と、いうものであった。

――趙高め、二世皇帝を殺したな。

劉邦、張良、蕭何はおなじ想像をした。が、劉邦は悪感情をださずに、

「咸陽に到着したら、お目にかかり、相談したい」

と、いって使者をかえした。

趙高はそういっていながら、嶢関を通行できる手配をしていない。口先だけの男よ、と劉邦は口をゆがめていい、嶢関に兵をむけた。が、張良は、策があります、といってその攻撃を止めた。張良の献策をきいた劉邦は、すぐに酈食其を呼び、高価な財宝をもたせて嶢関を守る秦将のもとへ遣《や》った。

じつは武関を攻撃したあと、捕虜とした秦兵のひとりが同郡の出身ということもあって、管才《かんさい》がいたわることがあった。その際、嶢関を守っている将軍は、もとは肉をあつかう業者であることを秦兵からおしえられた管才は、張良に告げた。

「ささいなことでも、敵を知ることは重要だ。そなたには、それがわかってきたらしい」

と、管才を称《ほ》めた張良は、さっそく劉邦のもとへゆき、商売をおこなっていた者は、利益で動かしやすいのです、と述べた。つまり敵将を買収することを勧《すす》めた。

この策はうまくいった。秦将は沛公と連合して西進し、咸陽を攻めたい、とまでいった。

酈食其の復命をきいて満足した劉邦は、張良の表情がゆるまないので、いぶかった。

「戦うことなく、嶢関を通過できる。策としては、最上ではなかったか」

「まだ、策の途中です。秦にそむいて公に付こうとしているのは、関の将軍のみです。おそらく士卒《しそつ》はその決定に従わないでしょう。いま秦の将卒《しょうそつ》は気をゆるめているので、撃破するのがよいでしょう」

「それが、策の仕上げか」

劉邦は張良の策略にある烈しさにおどろいた。

「関を、攻めよ」

劉邦は諸将に号令した。敵のゆるみを衝いた劉邦軍は、大勝して、嶢関を越えた。さらに、敗走する秦兵を追って、藍田《らんでん》に到った。戦国時代に楚と秦が大軍をぶつけあって戦った地である。

藍田においても秦兵に勝った劉邦軍は、ついに咸陽に近づいた。

甲《よろい》をつけることのなかった左唐は、張良とともに軽車に乗っている。咸陽の宮殿の遠い影をながめると、ひたいにかざした手をふるわせた。

「ついに、きましたな」

張良がそういうと、左唐は、おう、おう、と声を揚げ、感激をかくさなかった。

ところで、意外なことに、劉邦を迎えたのは、趙高ではなく、二世皇帝の兄の公子嬰《えい》であった。

吹く風は初冬の冷えをふくみはじめた。

咸陽の南に、軹道亭《しどうてい》があり、そこで公子嬰は劉邦に降伏した。

より正確にいうと、公子嬰は、秦王嬰である。八月に、二世皇帝を殺した趙高であるが、さすがに自身が皇帝の位に即《つ》くことをはばかった。さらに秦の支配力が衰えたことを考えて、公子嬰に二世皇帝のあとを継がせたものの、皇帝ではなく王とした。趙高は秦王嬰を斎戒《さいかい》させるために斎宮《さいきゅう》にいれた。そのあと宗廟《そうびょう》で玉璽《ぎょくじ》をさずけることにした。が、秦王嬰は宗廟で暗殺されると予想し、趙高が斎宮にようすをみにきたとき、かれを刺殺した。

「秦王を殺すべきです」

という従者のけわしい声をききながした劉邦は、秦王嬰を釈《ゆる》し、いちおう役人に監視させるかたちにしておき、自身は諸将を従えて咸陽にはいった。

馬車に乗っている左唐は、御者《ぎょしゃ》の毛純に指示して、草茅《そうぼう》の地へゆき、そこで下車した。張良もおもむろに馬車からおりて、左唐とならんで歩いた。

左唐は指をあげた。

「ここに文信侯《ぶんしんこう》（呂不韋《りょふい》）の邸宅があったのです。食客《しょっかく》だけでも三千人いました。僕人《ぼくじん》は、なんと一万人もいたのです」

「そうでしたか……」

張良はすこし目を細めた。秦の宰相の邸宅跡が草茅の地にかわったということは、始皇帝《しこうてい》がその邸宅を破壊させたか、焼き払わせたにちがいない。

ときどき北風が強く吹き、草茅が寒々しく波うった。

劉邦と諸将があちこちの宮殿に乗り込み、美女と重宝《じゅうほう》を手にしている一方、蕭何だけは、まっさきに丞相《じょうしょう》と御史《ぎょし》の役所にはいって、法令の文書や地図、それに戸籍簿《こせきぼ》などをおさえた。夏《か》皮《ひ》からそれについて告げられた張良は、

「沛公は臣下にめぐまれている」

と、暗に蕭何の配慮の良さを称めた。

張良らは無人の宮殿をさがし、そこに配下の兵とともにはいった。張良に従っている兵数はおよそ四百である。

張良や桐季《とうき》などは配下の兵に、

「宮殿のなかにある財宝を取ってはならぬ。まして人を奪うなどは、もってのほかである」

と、厳命した。が、このとき劉邦軍の将卒の大半は、掠奪《りゃくだつ》をおこなっていた。数日間、劉邦のゆくえがわからなかった。

張良がいる宮殿のなかに大男がはいってきた。樊噲《はんかい》である。かれはいそぎ足で張良のもとにきて、

「子房どの、公を諫め、宮殿から離れるように説《と》いてくださらぬか。われの諫言《かんげん》では、公を動かすことができぬ」

と、困惑顔でいった。

「承知した」

張良はすみやかに樊噲の馬車に乗った。この馬車はかなりの距離を走った。なにしろ秦の宮殿の数は多く、しかも離れている。

「あそこです」

樊噲は高楼《こうろう》をゆびさした。楼下にはふたりの衛兵がいたが、樊噲と張良をみると、敬礼して、あとじさりした。

「わたしはここにいます」

と、樊噲はいい、楼下にとどまった。張良だけが暗い階段をのぼった。楼上には、美麗な宮《きゅう》女《じょ》を抱き、右手にさかずきをもった劉邦がいた。そのまなざしをうけた張良は、一礼して、

「秦が無道《むどう》をおこなったので、沛公がここに到ることができたのです。天下のために悪虐《あくぎゃく》非道《ひどう》な賊を除くためには、質素《しっそ》を資《もとで》とすべきです。今、秦にはいったばかりなのに、もう快楽に安んじてしまえば、それこそ、いわゆる夏《か》の桀《けつ》王を助けて悪虐を為《な》すようなものです。忠言《ちゅうげん》は耳にさからっても、おこないに利があります。良薬は口ににがくても、病に利があります。どうか沛公、樊噲の言《げん》を聴いていただきたい」

と、いい、劉邦の反応をたしかめないうちに、楼下におりて、樊噲を楼上にのぼらせた。この日のうちに諸将を集めた劉邦は、奪った物と人とをすべて返させ、重宝財物がはいっている府庫を閉じて封印させた。さらに、

「霸上《はじょう》へ移る」

と、命じて、すべての将卒を咸陽の外へだした。

咸陽の東に霸水《はすい》という川がながれている。そのほとりに劉邦軍は駐屯《ちゅうとん》した。そこを、関中を治めるための本拠とした劉邦は、父老と豪族を集め、

「そなたたちは秦の苛法《かほう》に長いあいだ苦しんできた。われが示す法は三章のみである」

と、いって、父老らを喜悦《きえつ》させた。

一、人を殺す者は死す。

二、人を傷つけ、また盗みをした者は、罪に抵《あた》る。

三、そのほかはことごとく秦の法をのぞき、諸吏《しょり》人民が安堵《あんど》すること、故《もと》のようにしよう。

それを知った秦の国民は大いに喜び、牛、羊、酒などをもって、劉邦軍の駐屯地におしかけた。が、劉邦はそれを辞退して、人々をいたわったので、劉邦の人気はますます高くなった。十一月のことである。

張良は、といえば、翌月にかれは毛純のほかに十人ほどを従えて、咸陽にもどった。老学者である左唐が亡《な》くなったからである。

「吁々《ああ》、左唐先生は、文信侯を敬愛していたのだなあ」

そういった張良は、左唐の遺骸《いがい》を、呂不韋の邸宅跡まで運ばせ、そこに埋葬した。ひそかに左唐を尊敬していた毛純は、哭《な》いた。

霸上の兵舎に張良がもどると、すぐに申妙《しんみょう》がやってきた。

「たれかが沛公に智慧《ちえ》をつけたらしく、先月、沛公は函谷関を閉じさせました。趙《ちょう》の地で章邯《しょうかん》を降し、諸侯を従えて西進しているらしい項羽《こうう》を、関中にはいらせないようにしたとおもわれます。沛公は項羽と戦って勝てましょうか」

「勝てるはずがない」

張良は明言した。

鴻門《こうもん》の会

明日にでも、沛公《はいこう》に会って、函谷関《かんこくかん》の兵を引き揚げさせるように説《と》こう、と張良《ちょうりょう》は考えた。

深夜、兵舎の戸が鳴った。

異様さを感じた張良は、剣を引き寄せてから、戸をあけた。

桐季《とうき》が立っていた。いや、かれのうしろに人がいた。その人は桐季のまえにでると、

「子房《しぼう》どの、一大事だ」

と、低い声でいい、兵舎のなかに飛び込んできた。張良はその声でわかった。

「あっ、項伯《こうはく》どのか」

項羽《こうう》の近くにいるはずの項伯が、なぜここにきたのか。ありえないことが、今、ここで起こっている。張良は多少うろたえながら、剣を離し、燭台《しょくだい》を近づけた。

——項伯は項羽を嫌って、逃げてきたのではないか。

それならわからない事態ではないが、項伯は私事のことを、一大事ということはありえない。

「どうしたのです」

張良はまずおのれを落ち着かせようとして、なるべく声をおさえて問うた。

「羽《う》の本営は、鴻門《こうもん》まで進出している。ご存じか」

と、項伯はおもいがけないことをいった。

「えっ——」

張良はのけぞりそうになった。項羽の軍は数十万という大兵力なので、そろそろ函谷関にさしかかったとしても、動きは緩慢《かんまん》であろう、と、みていた。ところが項伯の話によると、項羽は降伏した秦《しん》兵の二十余万人を、途中の新安《しんあん》城の南で阬殺《こうさつ》し、軍をすこし身軽にした。それでも四十万の兵力であるという。

函谷関が劉邦《りゅうほう》の兵によって閉じられていることを知った項羽は、激怒し、黥布《げいふ》らをつかって関を破った。そこから急速に西進をつづけて、鴻門に到ったという。

鴻門は酈《り》山の北にあり、霸水《はすい》はその西南をながれている。

霸水のほとりの駐屯地から、鴻門まではさほど遠くない。ということは、項羽の軍は目と鼻の先にあるといってよい。

「羽に密告した者がある。沛公は関中《かんちゅう》の王になろうとして、公子嬰《えい》を宰相《さいしょう》とし、珍宝《ちんぽう》をことごとく取った。どうやら、密告の内容はそういうことであったらしい。そこで羽は大いに怒り、明日、日が昇ると同時に、士卒《しそつ》を饗応《きょうおう》し、沛公の軍を撃破すると決定した。羽の軍が沛公の軍を襲えば、沛公もあなたも死ぬ。わたしはあなたと生死をともにしたい。ここでは、ともに生きたい。逃げ去ろう」

と、項伯は張良にせまった。

が、張良は腰をあげなかった。

「わたしは韓《かん》王のために、沛公を送ってきたのです。いま、危急の事態になったからといって、逃げ去るのは、不義というものです」

項伯も仁義がわかる男である。口を閉ざした。

「とにかく、事態を沛公に告げる。しばらくここで待っていてもらいたい」

張良が戸を開くと、桐季だけでなく、堂巴《どうは》、申妙《しんみょう》、黄角《こうかく》などが、立っていた。

「まずいことになった。沛公に急報をとどけねばならぬ。堂巴よ、炬《きょ》火《か》を掲《かか》げて、われとともに趨《はし》れ」

張良は劉邦の兵舎に急行した。樊噲《はんかい》が立っていた。かれは衛士の長である。戟《げき》をかたむけて、炬火を止めた。

「あっ、張子房どの。この深夜に、なにごとですか」

「沛公を起こしてくれ。沛公のいのちが、風前《ふうぜん》のともしびになった」

すぐに劉邦の兵舎の戸が開いた。そこに趨り込んだ張良は、

「明日、この軍は、項羽の軍に急襲されます」

と、強くいい、事情をつぶさに語った。おどろいた劉邦は苦渋《くじゅう》をみせて、問うた。

「どうしたらよいか」

「沛公、あなたさまはまことに項羽に倍《そむ》こうとなさったのですか」

張良は劉邦の本心と覚悟をきいておかなければならない。

「いや、ある小人《しょうじん》が、函谷関を閉じて、西進してくる諸侯を関中にいれなければ、われが秦の地を得て王になれる、と説いたので、われはそれを聴きいれてしまった」

「沛公はご自身で、項羽を撃退できるとお思いですか」

劉邦は黙然《もくぜん》としていたが、やがて、

「とても、できぬ。となれば、どうすべきか」

と、暗い表情でいった。

「窮余《きゅうよ》の一策があります。あなたさまの真情を項羽に伝えてくれる者が、わが兵舎にいます」

「その者とは──」

「項羽の叔父《おじ》の項伯です」

この返答は劉邦を驚愕《きょうがく》させた。

「そなたはどうして項伯と知り合いなのか」

「あるとき項伯は人を殺しました。官憲《かんけん》に追われる項伯をわたしが救ったのです。いま危急の事態になったので、さいわいなことに、われに告げにきてくれたのです」

「そなたと項伯とでは、どちらが年上か」

「項伯が、上です」

「とにかく、項伯をここに呼んできてくれ。われは項伯に兄事《けいじ》しよう」

劉邦は項羽との戦いを避ける道を必死にさぐっている。

張良はみずから項伯を迎えにゆき、

「沛公に会ってくれまいか」

と、たのんだ。項伯はためらうことなく劉邦の兵舎へゆき、劉邦に会った。劉邦は項伯に大杯の酒をすすめて、項伯に倍く気のないことを述べた。函谷関を閉じたのは、盗賊の出入りと非常事にそなえたためであり、日夜、項将軍の到着を待ち望んでいた。

「伯どのよ、どうかこのことを、つぶさに項将軍に伝えてもらいたい」

「承知した。が、書翰《しょかん》だけでは、誠実さは伝わりにくい。日が昇るころに、公はみずから羽の陣を訪ねて、謝罪なさるべきだ」

この項伯の言《げん》に理《り》があるとおもった劉邦は、わかった、かならず参上する、といい、すぐさま詫《わ》びの書翰を書いた。その間に、兵舎の外にでた張良は、項伯の従騎のひとりに田冬《でんとう》をみた。無言で田冬が近づいてきた。目くばせをした張良は兵舎の裏へまわった。

「項伯どのにきわどいことをたのんだ。もしも項将軍に疑われて剣刃《けんじん》をむけられそうになったら、われのもとに項伯どのをとどけよ。先年のように、いのちがけで項伯どのを守ってみせる」

「あなたさまの義俠《ぎきょう》におすがりする事態にならないように、鬼神《きしん》に祈ります」

「はは、いま、すでにわれわれは、項伯どのの義俠にすがっている」

項伯をみかけた張良は、みじかい対話をきりあげた。馬に騎《の》った項伯をみあげた張良は、

「沛公の命運は、あなたしだいとなった。両雄が争うことがなければ、天下に平穏《へいおん》がくる」

と、いった。

「最善は尽くす。が、それでもうまくいかない場合は、沛公に徳がなかったとあきらめてもらうしかない。子房どのは、韓王のために沛公に仕えているのであれば、沛公の失徳《しっとく》に歩調をそろえる必要はない」

そういった項伯は馬首をめぐらせて去った。

田冬の馬も闇に消えた。

兵舎の外にでてきた劉邦は、張良に近づき、

「項伯どのは項羽の叔父であろう。どこまで信用してよいか」

と、いい、首をふった。

「わたしを信ずるように、項伯どのを信じていただきたい。公の慧眼《けいがん》に、かれが怪人と映《うつ》りましたか」

「いや、醜怪《しゅうかい》なものは、なにもなかった」

「かれは無欲の人なのです。危険をおかして、公の書翰を項羽のもとに運んだのですぞ」

張良の声は、劉邦の胸を打った。

昔、ふたりはそれぞれ任侠道《にんきょうどう》を歩いた。その道は、口先《くちさき》だけでは通ってゆけない。ときには、利益を度外視《どがいし》して、おのれの義をつらぬいてゆく道でもある。それを劉邦は知っているがゆえに、張良を特別に信用したといえる。

劉邦は百余騎を選んで出発した。

項伯の説得が失敗すれば、途中に伏兵が配置されて、鴻門へむかう劉邦を襲うであろう。その恐れについては、あらかじめ樊噲に耳うちをしておいた。かれであれば、いちどに十人の敵兵に襲われても、それらを蹴散らして、劉邦を護《まも》りぬくであろう。

途中で、黎明《れいめい》になった。

項羽軍の先陣の哨戒《しょうかい》兵に止められ、誰何《すいか》された。すかさず張良が、

「これは沛公が、項将軍に謁見《えっけん》するために、鴻門へゆくのである。道を示してもらいたい」

と、するどくいった。

先陣をすりぬけたとき、張良は劉邦に馬を寄せ、

「項伯の説得は上首尾であったにちがいありません。先陣に殺気がなかったということは、攻撃を中止する命令が伝達されたからです」

と、いった。

「ふむ、一難は去ったか……。だが、これから虎口《ここう》にはいる」

悪意をもっている相手に会うのは、気が重い。

日が昇った。劉邦は項羽の陣の門をくぐった。項羽は無表情のまま、劉邦を引見した。劉邦は述べた。

「わたしは将軍と力を戮《あわ》せて秦を攻めました。将軍は河北に戦い、わたしは河南に戦いました。わたしのほうが先に関中にはいって秦を破り、ここで将軍にお会いするとは、おもいもよりませんでした。小人の言によって、将軍とわたしのあいだに郤《げき》ができてしまったのは、残念です」

項羽の表情がすこしゆるんだ。

「われに、事実とちがうことを伝えたのは、沛公の左司馬《さしば》である曹無傷《そうぶしょう》だ。そうでなければ、どうして貴殿を疑って、このようなことになろうや」

曹無傷は、沛県で劉邦が挙兵したときから、随従《ずいじゅう》してきた切れ者である。が、劉邦が秦の宮殿に入り浸《いびた》っていたとき、それを醜態《しゅうたい》とみて、心を離し、項羽に通じたのであろう。ただし、その悪意のある密告が、項羽の口から明《あ》かされるとは、おもいもよらなかったであろう。別のみかたをすれば、項羽には幼稚《ようち》な正直さがある。密告者の名を伏せておけば、これからも曹無傷を間人《かんじん》として利用できたのに、ここで陰《かげ》の助力者を失った。

——やれやれ、和解はできたか。

すべては項伯のおかげで、ぶじに帰れそうだ、とおもった張良に、

「ささやかながら、酒宴を催すことにした」

という項羽の声がきこえた。

みずから詫びにきた劉邦の謙虚《けんきょ》さをみて、気分をよくした項羽は、酒宴をひらいてねぎらうことにした。が、そこには善意しかないのか。

この会には、張良も招かれた。ということは、夜のうちに項伯が項羽に会って、劉邦の書翰《しょかん》が張良によってとどけられたことにしたのであろう。さらに張良にいのちを救われたことを、項羽に告げて、張良を特別な客として迎えるように、念をおしたのかもしれない。

姿をみせた項伯は、項羽とともに東にむかって坐《すわ》った。項羽の謀臣の范増《はんぞう》が南にむかって坐り、劉邦は范増にまむかう席に就《つ》き、張良は西にむかって坐った。

会がはじまるまえに、范増は項羽に進言した。

「この機に、沛公を殺すべきです」

さきに関中にはいった劉邦が、秦の民をてなずけて、兵力を増やしたことはわかっている。いまは項羽に平身低頭《へいしんていとう》しても、やがて起《た》って、項羽にむかって牙爪《がそう》をむけるにきまっている。

項羽は劉邦を自分に近い席に坐らせた。それならいつでも項羽は劉邦を斬ることができる。

だが、宴がはじまったのに、項羽は劉邦を斬らない。苛立《いらだ》った范増は目くばせをくりかえしただけでなく、身に佩《お》びている玉玦《ぎょくけつ》を三度も挙《あ》げた。玦とよばれる玉は、環《わ》の一部が欠けている。それが決心、決意の決《けつ》に通ずるので、その玉玦を項羽にみせて、

「早く決行しなさい」

と、せかしたのである。が、項羽は動かなかった。

焦《じ》れた范増は席を立って外にでると、項羽の従弟《じゅうてい》である項荘《こうそう》を呼んだ。

「将軍は沛公を殺せない。なんじが宴席にはいって、寿《じゅ》を祝ったあと、剣をもって舞え。その剣で沛公を撃殺せよ。それができなければ、そなたの一族はもとより仲間である者は、みな沛公の虜《とりこ》にされてしまうぞ」

必死になれ、と范増は項荘をけしかけた。

この間、席にいる張良は、范増の異様さに気づいていた。范増が玉玦を挙げたのも視《み》た。それがなにかの合図であれば、項羽が動くか、さもなければ、宴会場の外に伏せている兵が起って会場になだれこんでくるか。そう想《おも》った張良は、劉邦を衛《まも》るべく、心のなかで身構えた。気がつくと、項伯が項羽と劉邦のあいだにはいっている。

――項伯どのが、范増の殺気を、そいでいる。

張良にはそうみえた。

――おや……。

見知らぬ若者が宴席にはいってきた。かれは項羽の従弟であると告げ、寿を祝ったあと、

「わが君主が沛公と酒を飲まれているのに、軍中のこととて、なんの楽しみもありません。剣をもって舞ってごらんにいれましょう」

と、いった。

「やってみよ」

項羽のゆるしを得た項荘は、剣をぬいて起ち、舞いはじめた。ちなみに舞《ぶ》は踊《よう》とちがって、地や床を踏みならさない。あえていえば、舞は陽《よう》、踊は陰《いん》である。

剣舞《けんぶ》をはじめた項荘に殺気があることくらい、張良にはすぐにわかった。

——沛公には、逃げてもらわねばならない。

張良が劉邦に目くばせをしようとしたとたん、項伯が起った。かれの手には剣があり、その剣をもつ手が舞いはじめた。項荘の剣は、項伯の剣によって、刺殺《しさつ》のかたちをとれなかった。

——項伯どのよ、さすがだ。

張良が心のなかで項伯の機転に感謝しつつ、いちど席をはずして、軍門まで行った。項荘の暗殺剣を項伯がふせいでくれたが、つぎに范増がどのような手を打ってくるかわからない。軍門には樊噲がいる。かれを酒宴の席に割り込ませて、劉邦を護らせるしかない。軍門のあたりを落ち着きなく歩きまわっていた樊噲は、張良の姿をみると、すばやく近寄った。

「なかは、どうなっていますか」

「とても切迫《せっぱく》している。いま項荘が剣をぬいて舞っているが、狙いは、沛公を斬殺することにある」

「あぶないですね。なかにはいって、公と生死をともにしたいが、よろしいですね」

剣を帯び、楯《たて》をかかえて軍門のなかにはいろうとした。衛士が戟を交差《こうさ》させて樊噲を止めようとした。が、樊噲は楯でふたりを払いのけ、倒して、宴席にはいり、帷《とばり》を搔《か》きあげた。かれは項羽を睨《にら》みつけた。

髪が逆立ち、まなじりが裂けている巨軀《きょく》をみた項羽は、おもわず剣に手をかけ、片膝《かたひざ》を立てて身構えつつ、問うた。

「いきなりはいってきたそなたは、何者であるか」

樊噲が口をひらくまえに、張良が答えた。

「沛公の参乗《さんじょう》で、樊噲という者です」

参乗は、車中で主人の右に立つ勇者のことで、車右《しゃゆう》ともいう。

項羽は八尺《せき》余（一八〇センチメートル余り）という身長をもつが、樊噲の迫力に押された。

「壮士《そうし》だな。かれに大杯の酒を与えよ」

あえてゆとりをとりもどすために、項羽はそういい、剣から手を離した。

いちど拝礼をした樊噲は、起ち、そのまま大杯をうけて酒を飲んだ。それをみた項羽は、かれに豚の肩肉を与えよ、といった。ひとかたまりの肩肉をみた樊噲は、楯を裏返して地に置き、その上に肉を載《の》せ、剣をぬいて切って食べた。

豪快な光景である。それをおもしろがる気分になってきた項羽は、

「壮士よ、まだ飲むか」

と、いった。が、項羽の気分のほぐれかたを察した樊噲は、酒をねだることはせず、劉邦のた

めに強く弁明した。すじの通ったことをいいたてられた項羽は、返答に窮《きゅう》して、

「まあ坐れ」

と、樊噲をなだめるようにいった。

すでに剣舞をおこなった項荘は去っており、樊噲が剣を斂《おさ》め、張良のうしろにまわって坐ると、この宴席にふしぎな静けさがきた。みなが無言になった。すると劉邦が起って廁《かわや》へ行った。樊噲は用心のため廁のほうへむかうと、劉邦に手招きをされた。そのままふたりは静かに外にでた。

劉邦が席にもどってこないので、項羽は都尉《とい》の陳平《ちんぺい》に、

「みてまいれ」

と、命じた。それよりすこしまえに劉邦を追った張良は、樊噲に護られて劉邦がここから去ろうとしていると察し、

「あなたさまはここにくるとき、どのような礼物《れいぶつ》を持参なさいましたか」

と、問うた。

「われは白璧一雙《はくへきいっそう》を項将軍に献じ、玉斗《ぎょくと》一雙を范増どのに献ずるつもりで、もってきた。が、ご両所《りょうしょ》がお怒りなので、献ずることができなかった。そなたがわれに代わって献じてくれ」

「つつしんで、仰《おお》せに従います」

張良の手に白い璧と玉《ぎょく》製のひしゃく形の酒器がふたつずつ渡された。

劉邦は馬に騎った。

ただし、ここまで従ってきた百余騎を、あえて残し、樊噲、夏侯嬰《かこうえい》など四人だけに命じて、剣と楯をもって徒歩《とほ》で移動させた。この主従は酈山の麓《ふもと》の間道を通って、覇上《はじょう》へいそいだ。

張良は、劉邦から、

「間道をゆけば、二十里くらいのものだ。われが軍の営所に到着するころをみはからって、そなたは宴席へもどれ」

と、いわれたこともあって、しばらく遠くを眺めていた。すると、劉邦と張良のやりとりを見守り、劉邦が去っても動かなかった陳平が、張良に近づき、

「そろそろ宴席におもどりになるとよい」

と、やわらかさのある声でいった。

「そうします」

項羽からつかわされた監視者のひそかな厚意にたいして、目礼した張良は、ゆっくりと宴席にもどった。すぐさま項羽に陳謝《ちんしゃ》した張良は、

「沛公はいただきました酒の酔いにたえず、辞去のことばも申し上げることもできず、わたしに礼物をさずけ、これらを将軍と范増どのに献上するようにいいつけて、身をもって独《ひと》りで去りました」

と、鄭重《ていちょう》に述べて、礼物をふたりに献じた。

項羽は白璧をうけとると、席の上に置いた。が、范増は玉斗をうけるや、これを地に落とし、

剣をぬいて、それらをたたき割った。それから、地を睨んでいった。

「ああ、豎子《じゅし》は、ともに謀《はか》るに足らず。将軍が王となったあと、その天下を奪おうとする者は、かならず沛公である。わがともがらは、やがて沛公の虜になろう」

それをきいた項伯は、すかさず、

「范増どのは、沛公を恐れすぎています」

と、項羽にささやいた。項羽がうなずいたとき、項伯の目くばせをうけた張良は、項羽にむかって、ひとかたならぬおもてなしを賜《たまわ》りました、と礼容を示し、すみやかに宴会場をあとにした。

——すべては項伯《こうはく》どののお働きだ。

はっきりいって、劉邦《りゅうほう》のいのちを救ったのは項伯であり、その機転《きてん》と勇気は戦場での大功にまさるであろう。張良《ちょうりょう》は鴻門《こうもん》から霸上《はじょう》にもどるあいだに、そう考え、せつなくなるほどの感動をおぼえていた。あえていえば、今日のことは、

——わたしのために項伯どのが敢行《かんこう》してくれたのだ。

と、張良は胸の深いところでおもった。項羽《こうう》と范増《はんぞう》に疑われると、項伯は斬られるかもしれない。それを承知の項伯のふるまいであった。

霸上の営所に、百余騎を従えたかたちで張良が帰りつくと、裏切った曹無傷《そうぶしょう》は誅殺《ちゅうさつ》されていた。

営所の門のほとりまででて張良を迎えた劉邦は、

「そなたと項伯どののおかげで、生きながらえたよ」

と、しみじみといい、これで当分の間、戦いはあるまい、ゆっくり休んでくれ、とねぎらった。数日後に、兵を率いて西進した項羽は、咸陽《かんよう》にはいると、容赦《ようしゃ》なくすぐに秦《しん》王嬰《えい》を殺した。それから宮中の貨宝《かほう》と婦女を奪ってから、宮殿に火をかけさせた。その火が三か月間消えなかったというから、秦の宮殿の多さと広がりが、予想をはるかにうわまわっていたというしかない。とにかく項羽は楚人《そひと》として、復讎《ふくしゅう》をはたしたのである。

咸陽を陥落させたのが項羽であるという事実をそえて、現況を懐《かい》王に報告した。が、懐王の命令は、約《やく》の如《ごと》くせよ、というものであった。すなわち最初に関中《かんちゅう》にはいって制圧をおこなった者を王とすると約束したかぎり、劉邦を王とせよ、ということであった。項羽は懐王を尊《たっと》んで、義《ぎ》帝、としたが、

——いまとなっては、じゃま者でしかない。

と、不快におもい、のちに黥布《げいふ》に暗殺させる。

義帝の命令が項羽のもとにとどいたのは、正月である。それゆえ劉邦は正月から王と称することができたはずであるが、その命令は項羽によってにぎりつぶされた。

劉邦をふくんだ十八人が、王に封《ほう》ぜられたのは、二月である。劉邦はかろうじて、

「漢《かん》王」

と、なった。その漢とは、漢中《かんちゅう》のことで、咸陽の南に広大にひろがる益《えき》州の最北部を指す。ちなみに韓《かん》王成《せい》は、そのまま韓王であることが認められたので、張良はほっとした。

封建の決定をうけた劉邦は、張良のひそかな働きを賞して、黄金百鎰《いつ》と二斗《と》の真珠《しんじゅ》を下賜《かし》した。が、張良は下賜された物をことごとく項伯へ遺《おく》った。黄金を算《かぞ》える単位である鎰は、二十両また は二十四両をいう。一両は一六グラムである。

項羽を西楚《せいそ》の覇王《はおう》とあがめた諸将は、戯水《ぎすい》のほとりに兵を駐屯させていたが、四月に、封地《ほうち》へおもむくことになった。劉邦も出発した。その際、監視を項羽に命じられた三万の兵もあとにつづいた。

「漢王に不穏《ふおん》をみたら、討て、と項王《こう》に命じられている兵であろうよ」

桐季《とうき》や申妙《しんみょう》らにそういった張良は、劉邦を掩護《えんご》するつもりで、漢中までつきそうことにした。劉邦に従う者は数万人いたが、漢中の中心地へむかう道は、まさに険隘《けんあい》であり、多くの者がならんですすめる幅《はば》はなかった。崖《がけ》の中腹にかかる桟道《さんどう》がすくなくない。その道はひとりずつゆくしかない。行進に時がかかった。

天を撞《つ》くほど嵬《たか》い山と底がみえない深い谷をながめた張良は、

「これは封建とは名ばかりで、実際は、流罪《るざい》である」

と、心のなかで項羽の決定を憎んだ。

南鄭《なんてい》県の北の褒中《ほうちゅう》県に到ったとき、張良は劉邦にいった。

「ここからさきは、項王の監視はとどかないでしょう。わたしは韓に帰ります。桟道を焼いておけば、項王は安心するでしょう」

劉邦が辺陲《へんすい》の郡というべき漢中からでる気のないことを示すには、引き揚げる項羽の兵に、桟道が焼け落ちるときの火をみせておくのが効果的である。

「それから……」

と、いった張良は、韓信《かんしん》をまえにだした。韓信は大きい。八尺五寸《せき》（およそ一メートル九〇センチ）という身長をもっている。

「さきにご所望《しょもう》になった勇武の者を、置いてゆきます。この者は韓の襄《じょう》王の庶孫《しょそん》で、名を信といいます」

張良の薦《すす》めで、ここから韓信は劉邦に従うことになった。

一礼して劉邦の本営をあとにした張良は、桟道をくだっては、配下に命じて火をかけさせ、道を砕破《さいは》させた。

すでに五月である。

韓国の首都である陽翟《ようてき》に帰着するころには、六月になっているであろう。

張良は従者とともに渭水《いすい》のほとりまででた。そこから東へすすむと廃丘《はいきゅう》がある。その県は、雍《よう》王に封じられた章邯《しょうかん》の本拠となった。さらに東にすすむと櫟陽《れきよう》県がある。章邯の佐僚《さりょう》であった司馬欣《しばきん》は塞《さい》王となり、そこを国都としている。

――秦の降将《こうしょう》を渭水のあたりにならべたか……。

劉邦が漢中から出撃すれば、かれらが応戦する、そういう配置である。すべては項羽に智慧《ちえ》をつけている范増の指嗾《しそう》によるであろう。

――たいした智慧ではない。

張良は鼻で哂《わら》った。かりに張良が項羽の謀臣であれば、劉邦を大いに優遇してその牙《きば》をぬいてから料理する。害の大きい者は、遠ざけるものではなく、近くに置いて制御《せいぎょ》するのがよい。范増にはそこまでの度胸《どきょう》がない。

張良は函谷関《かんこくかん》を通った。それで関中の外にでたことになる。やがて洛陽《らくよう》に到った。ここまでくると、韓国の首都は遠くない。

――われは韓王にお会いして、これからはお仕えしないことをいうことになる。

張良はだいぶまえからそう決心している。

洛陽をすぎて轘轅《かんえん》にさしかかったとき、張良は長社《ちょうしゃ》の兵を近くに招いて、

「ここまで、よく戦ってくれた。隊を解散させる。みなは故郷に帰って、父兄にぶじの姿をみせるがよい」

と、いい、日が高いうちに、ねぎらいの宴を催した。翌朝、かれらが去ると、張良のもとには、下邳《かひ》と藤《とう》家の兵だけが残った。二百未満の兵数である。張良は藤家の兵を率いている藤仲《とうちゅう》だけを呼んで、

「あなたの父上は、わたしが韓の国の宰相《さいしょう》になると予想して、あなたをつかわしたかもしれない。が、わたしは韓の国を再興させればよく、官爵《かんしゃく》の高位を望んでいない。あなたとあなたの下の

兵が、富貴《ふうき》を欲していれば、わたしに属《つ》いていていては小利《しょうり》さえ得られない。賢明なあなたはすでにそのことを承知であろうが、ここで真意をきかせてもらいたい」

と、丁寧《ていねい》にいった。

わずかに表情をゆるめた藤仲は、

「父は楚人として、楚の国の復興と秦の撲滅《ぼくめつ》を望み、いまやそのふたつははたされました。それゆえ父に報告するために、いちど実家に帰りますが、わたし個人としてはあなたさまにお仕えしたい。それをお許しくださいますか」

と、いい、頭をさげた。

「おう、なんであなたの意望《いぼう》をこばもうや。ご尊父に、どうかよろしく」

張良は藤仲と騎兵集団を見送ることになった。そのあと、残った百余の兵を率いて、ゆっくりと陽翟にむかった。

晩夏である。吹く風がぬるかった。

その風をうけた南生《なんせい》が、いきなり叫んだ。

「子房《しぼう》どの、陽翟から吹く風は、凶《きょう》ですぞ」

「凶——」

張良はそういいつつ、配下をいそがせはじめた。やがてみえた陽翟の城は、まったくはなやぎのない、薄い影にすぎなかった。

――なにがあったのか。

張良はさらにいそいで、城にはいった。

王宮には韓王成はいなかった。それどころか、韓王を輔佐《ほさ》してきた白生《はくせい》もいなかった。

韓王の側近とおもわれる者が、張良をみつけると、すがるような目で趨《はし》ってきた。

「子房さま、王が項王に拉致《らち》されました」

より正確にいうと、韓王成に封国《ほうこく》を与えた項羽は、この遅れてやってきた王になんの軍功もないことと、韓王成の大臣である張良が劉邦の軍師にもなっていることを憎んだ。そこで韓王成に、

「陽翟に行ってはならぬ。われに従え」

と、きつくいい、自身の本拠である彭城《ほうじょう》に連れて行った。

「項王のむごさよ」

嘆《なげ》くようにいった張良は、近臣を集めた。

「韓王と重臣が彭城に連行された。われは王とかれらを救出にむかわねばならぬ。多数でゆけば、それだけ遅くなるので、下邳の兵はここに残しておく。藤孟《とうもう》よ、かれらを督率《とくそつ》せよ。また桐季は、南生どのと声生《せいせい》どのの助言を得て、この県を治めよ。石点《せきてん》と管才《かんさい》を左右に置いてゆく」

あわただしくそう定めた張良は、毛純《もうじゅん》に御《ぎょ》を命じて、馬車に乗ろうとした。その直前に、ふりかえり、南生を視《み》て、

「われは生きてここに帰ってこられるであろうか」

と、問うた。南生はいささかも深刻さをみせず、

「穀城山《こくじょうざん》の黄石《こうせき》に参詣《さんけい》にゆくまで、天は子房どのを殺さぬでしょう」

と、答えた。

張良が乗った馬車は、発した。それに従う堂巴《どうは》、黄角《こうかく》、申妙、株干《しゅかん》、夏皮《かひ》という五人は、すべて馬に騎《の》っている。

陽翟から彭城まではかなりの距離である。張良は川を渡らなければならない道を嫌い、いちど北上してから東行した。その途中で、ひとつのうわさを夏皮が拾った。

「斉《せい》の田栄《でんえい》が、項王の分封《ぶんぽう》のしかたを不服として、軍を烈《はげ》しく往来させているようです」

斉に関する項羽の分封とは、こうである。

田市《でんし》を膠東《こうとう》王に
田都《でんと》を斉《せい》王に
田安《でんあん》を済北《せいほく》王に
というように、旧斉国を三分した。

陳勝《ちんしょう》の乱のあと、最初に斉を平定したのが田儋《でんたん》であり、田市は田儋の子である。田都は斉の将軍で、項羽に従属して函谷関を越えた。そのふたりよりも血胤《けついん》が尊貴なのは、田安である。斉が秦王政《せい》の軍に滅ぼされたときの王が、建《けん》であり、田安はその王の孫である。

だが、最初に斉を平定したのが田儋であるかぎり、田市が斉全土の王でなければならぬとした

のが、田儋の従弟の田栄である。それゆえ他の王を排除すべく、活発に兵を動かしはじめていた。

「善《よ》し、それだ」

と、筆を執《と》った張良は、項王宛《あて》に書翰《しょかん》を書いた。田栄が項羽の命令にそむいて、斉を独占しようとしていること、それに、漢王は桟道《さんどう》を焼いて漢中からでる意望のないこと、それらを告げて、項羽の目を斉のほうにむけようとした。

「これを項伯どのにあずけよ。あとは項伯どのが蹶々《けつけつ》とはからってくれる」

そういった張良は、書翰を堂巴に渡し、株干とともに、彭城へ先駆《せんく》させた。

気温がすこしさがり、地上をながれる風に初秋の涼しさがあった。

下邑《かゆう》をすぎると、あと一両日で彭城に着く。日が西にかたむきはじめたころ、路傍《ろぼう》に三騎の影があった。その三騎は張良の馬車をみつけると、疾走しはじめた。

「堂巴と株干、あとのひとりは田冬《でんとう》か」

馬車を駐《と》めさせた張良のもとに、三騎は近寄った。高く声を揚げたのは田冬である。

「子房さま、主《しゅ》は韓王と輔佐の臣を救えませんでした。ご容赦を。項王はあなたさまを斬るために、すでに兵を彭城から発したでしょう。下邑や蕭《しょう》県などを通らずに、おもどりください」

田冬はそれだけいうと、馬首を返した。

張良は呆然《ぼうぜん》と馬車をおりた。目のまえが冥《くら》くなった。萎《な》えた口調で、

「われは馬に騎る。馬を車から離せ」

と、毛純に命じた。ふつうの道を走っていては、追撃してくる項王の兵をかわしきれない。車体を放置させた張良は、うつろに馬にまたがった。

「間道を選べ。夜間も休むな」

配下にそういった張良は、堂巴と株干をまえにだした。このあたりの道は、以前、綿密《めんみつ》に調べた。一昼夜、休息なしで西行したこの主従は、翌日、林にはいって横になった。睡眠をとったあと、脩《ほじし》を食べ、落ち着いたところで、

「なにがあったのか」

と、堂巴と株干に問うた。ふたりが項伯にとどけた書翰は効果がなかったにちがいない。

堂巴が答えた。

「韓王を彭城まで連行した項王は、怒りがおさまらなかったらしく、到着後に、韓王を侯《こう》に貶降《へんこう》しました。それだけではなく、侯を幽閉しました」

「なにゆえ、そこまでしたのか」

張良は、解《げ》せぬ、という顔つきをした。自分が韓王を輔弼《ほひつ》する地位にありながら、漢王を見送るために漢中まで行ったことが、それほど項王の癇《かん》にさわったのか。

——いや、そうではあるまい。

すべては范増の悪計ではないか。そこまで張良が考えたとき、堂巴は嘆息した。

「白生どのは、侯を救いだそうとしました。が、発見されて、侯とともに斬られました」

「吁々《ああ》……」

韓の国の再興は、これで墜陥《ついかん》してしまった。

——項王と范増は、赦《ゆる》せぬ。

たぶん范増の真の狙いは、韓王成を彭城で囚俘《しゅうふ》にしておけば、かならず張良がくるので、張良を殺す、ということにあった。つまり范増がもっとも憎み恐れているのは、張良ということであろう。

項王にさからったわけでもない韓王成を、侯に貶《お》としてはずかしめたうえに殺害するとは、項王と范増には、天譴《てんけん》がくだってもよい。もしも天がふたりを放置するのであれば、

——われがふたりを罰してやる。

と、張良は決意した。昔、始皇帝《しこうてい》を討とうとしたときとおなじ意《おも》いが熱くなった。

張良と配下は用心深く道を選んで、陽翟に帰り着いた。留守《りゅうしゅ》していた者たちは、凶事を知って嘆き、憤《いきどお》った。

配下を率いて陽翟から陽城《ようじょう》へ移った張良は、管才を近くに招いた。

——この者は、地道《じみち》に情報を蒐《あつ》めているにちがいない。

「漢王は、いまどこにいる」

漢中にとどまっているはずがないという念《おも》いをこめて、管才に問うた。はたして管才は速答《そくとう》した。

「八月に、漢王は故道《こどう》をくだって関中にむかい、陳倉《ちんそう》のあたりで章邯の軍と戦って大破しました」

「なるほど、故道をつかわれたか」

張良が劉邦につきそって漢中へむかった道は、斜谷《やこく》を通る褒斜道《ほうやどう》である。が、その道は張良が帰りがけに破壊した。それゆえ劉邦は、褒斜道より西にある故道を通って渭水のほとりにでたのである。ちなみに故は、旧と同義の語なので、故道は旧道ともいってよい。

「その後、漢王は章邯と再戦して勝ち、章邯の城である廃丘《はいきゅう》を囲ませ、ご自身は咸陽におはいりになりました。三秦《さんしん》はまもなく平定されるでしょう」

三秦とは、秦の降将である章邯、司馬欣、董翳《とうえい》という三人が王に封建された国をいう。

「そうか、漢王は咸陽におられるのか……」

それならいそいで劉邦のもとへゆく必要がないとおもった張良は、咸陽をでて東進するにちがいない劉邦を、陽城で待つことにした。

ところが事態は、張良の安座《あんざ》をゆるさなかった。

八月のうちに、廃丘を残して三秦を平定した劉邦は、父母と妻子を沛《はい》県に置いてきたことを危ぶみ、将軍の薛歐《せつおう》と王吸《おうきゅう》を武関《ぶかん》から南陽《なんよう》郡へだし、そこにいる王陵《おうりょう》とその兵に協力を求めて、沛県へむかわせることにした。薛歐と王吸は劉邦の挙兵時から軍に参加した者である。王陵はもともと沛県の豪族で、劉邦をみくだしていたが、劉邦が正式に漢王となり、関中を支配した事実をみて、ようやく手をさしのべてきた。

この軍がひそやかに東進しても、項羽の知るところとなった。すぐさま迎撃《げいげき》の軍をだすことにしたが、

「そうだ。いまや韓には王がいない」

と、いい、もとの呉《ご》県の令《れい》である鄭昌《ていしょう》を呼んだ。

「なんじを韓王に任ずる。すみやかに発《た》って、韓を鎮定《ちんてい》せよ。なお、西から沛県をめざす敵があるので、途上で、それを撃退せよ」

この時点で、鄭昌が韓王となった。

東進する漢軍と西進する楚軍がぶつかったのは、陽夏《ようか》においてである。

この戦闘では、楚軍が有利でありつづけたため、漢軍は東進をあきらめた。つまり漢軍は劉邦の父母と妻子を迎えられなかった。

陽夏は陳《ちん》県の北に位置する。

漢軍をしりぞけた鄭昌は、当然のことながら軍を西へすすめ、韓王成が首都とした陽翟をめざした。韓の国は王を喪《うしな》ったため、楚軍に抵抗する力をもたない。陽翟の城門は楚軍を迎えるために、あっけなく開いた。

陽翟に入城した楚軍の太鼓の音がきこえるほど、陽城は近くにある。さっそく張良は父老《ふろう》に会いに行った。

「まもなく楚軍がここにきます。父老どのは住民とともに、莞爾《かんじ》として、楚将をお迎えなさるとよい。子房という悪虐《あくぎゃく》な大臣に恫《おど》されたため、やむをえず漢に味方した、そう申されるとよい」

「おう、おう、そう申しましょう」

父老の笑い声を背できいた張良は、門外にひかえていた桐季《とうき》などの従者に、このまま陽城をでるぞ、と命じた。

陽城をでた張良に従う者は、数人の重臣と百余の下邳の兵である。その兵は、挙兵のときからこのときまで、張良からほとんど離れていないので、もはや張良の家人《かじん》といってよい。

陽城から咸陽まではかなりの距離である。かれらが西へすすむうちに、十月になった。つまり年があらたまった。

途中で申妙が、

「趙《ちょう》の陳余《ちんよ》は項王に冷遇されたので、おもしろくなく、斉の田栄と手を組んで、張耳《ちょうじ》を逐《お》ったようです」

と、張良に告げた。

「すると項王は、早晩《そうばん》、田栄と陳余を討ちにゆく。すなわち、彭城が空《から》になるというわけか」

「ははあ、主《しゅ》のお考えがわかりましたよ」

これは申妙でなくとも、わかることである。項羽が遠征しているあいだに劉邦が本拠を急襲すれば、項羽は兵略的な足がかりを失って、困窮する。ただし漢の軍が彭城に直行しようとしても、途中に障害がないわけではない。その障害のひとつが、韓国を奪取しつつある鄭昌である。涼しさから冷たさに変わろうとする風にさからいながら、ようやく張良らは、函谷関を通過した。

ついに劉邦に面会した張良は落涙《らくるい》しそうになった。そのつらさを凝視《ぎょうし》していた劉邦は、

「韓王に、凶事があったか」

と、問うた。

「彭城まで連行され、そこで殺害されました。いまや韓は、項王の息のかかった鄭昌に支配されています」

「そうであったのか……」

なんとか張良をなぐさめてやりたいという顔つきの劉邦を視た張良は、

――この王を佐《たす》けて、なんとしても項王を倒したい。

と、強く意《おも》った。いま両者の兵力を比較すれば、項王が十で、漢王が三である。兵力の劣る者を勝たせるには策が要《い》る。

彭城の戦い

「さて、子房《しぼう》よ、そなたに成信侯《せいしんこう》という号をさずける。向後《こうご》、われの左右にいるべし」

と、劉邦《りゅうほう》はいった。

函谷関《かんこくかん》をでて東行すれば、当然、項羽《こうう》と戦うことになる。張良《ちょうりょう》を近くに置いた劉邦は、ここではじめて東行することに不安をおぼえなかった。

ただし張良は劉邦に地固《じがた》めを優先すべきことを説《と》いた。つまり函谷関より西の支配を堅実《けんじつ》にしておかなければ、遠征はかならず失敗してしまう。まず、目前の咸陽《かんよう》の荒廃ぶりはどうであろう。項羽にすべての宮殿を焼き払われ、劉邦が住んでいる宮室はみすぼらしい。

「遷都《せんと》をなさいませ。秦《しん》の旧都は櫟陽《れきよう》でしたから、そちらにお移りになるとよろしい」

「よし、決めた。すぐに櫟陽へゆく」

劉邦は張良の進言や献策に逡巡《しゅんじゅん》したことはほとんどない。じつは咸陽からほかの県へ本拠を移したいとまえから考えていたが、咸陽の人々は項羽にいためつけられただけに劉邦への敬慕《けいぼ》が篤《あつ》く、それがわかるだけにほかの地へ移ることを躊躇《ちゅうちょ》していた。が、張良に進言されて、劉邦は迷いを棄《す》てた。

遷都は十一月におこなわれた。

それ以前に劉邦は、韓信《かんしん》を太尉《たいい》としていたが、韓《かん》王成《せい》が殺害されたと知って、韓王の血胤《けついん》をもっている韓信を、韓王とした。この時点で、韓王はふたりになった。

劉邦は韓王信に、

「なんじは王となったかぎり、みずからの手で、韓を平定せよ」

と、命じ、遠征軍を発《た》たせた。韓王信の戦いの巧《うま》さを知っている劉邦は、その軍に張良を属《つ》けなかった。韓王信の血胤は傍流《ぼうりゅう》であり、張良の関心が韓王信にはない、と劉邦が察したからである。

韓王信は、敵の韓王鄭昌《ていしょう》と陽城《ようじょう》において戦い、かれを降《くだ》した。捷報《しょうほう》をうけた張良は、

——これで、彭城《ほうじょう》までの障害がひとつ減った。

と、胸中で算《かぞ》えた。

劉邦が東進すると仮定して、その前途にいる王は、さしあたりふたりである。

西魏《せいぎ》王の魏豹《ぎほう》
殷《いん》王の司馬《しば》卬《こう》
前途にいなくても、北や西にいる不服従の将や民がいる。劉邦の属将は関中《かんちゅう》の北にある北地《ほくち》

郡を平定し、また雍王であった章邯の弟の章平を捕獲した。なお章平は章邯の子であるという説もある。

二月に、劉邦は秦の社稷《しゃしょく》の祭壇《さいだん》をこわして、あらためて漢《かん》の社稷の壇を設けた。社は地の神、稷は穀物神《こくもつ》であるが、社稷という熟語でつかわれることが多い。王朝の守護神である。

――漢王はぞんがい信仰心が篤い。

社稷の整備を終えた劉邦に、張良は、

「まもなく月があらたまります。関をでて、東進なさるべきです」

と、進言した。

「わかった。どの道をゆくべきであろうか」

「できるかぎり多くの諸侯を従えるべきです。あなたさまは恵沢《けいたく》のなかにおられます。さきに秦の皇帝は悪法によって人民を苦しめ、いままた項《こう》王は武力によって人民をいためつけています。そのことが天の恵与《けいよ》でなくて、なんでありましょうや。あなたさまは徳によって諸侯を従えるべきです。それをお忘れにならなければ、道はおのずとあきらかです」

「すると、われは、臨晋《りんしん》から河水《かすい》を渡って、西魏王の国にはいるべきか」

劉邦は勘《かん》がよい。なるべく武力をみせびらかさない道を選んだ。

「三月は漢にとって風が吉《よ》い」

と、南生《なんせい》は漢軍の遠征を吉であると風で占った。

漢軍を迎えた魏豹は、一戦もせずに劉邦に降った。河水の北岸域を征伐しようとする漢軍は、つぎに河内《かだい》を攻めて、司馬卬を捕らえた。そこから河水を南へ渡れば、河南である。劉邦は平陰《へいいん》津《しん》をすぎて、洛陽《らくよう》に到った。昔、通った道である。

劉邦は洛陽から陽城のほうにむかわず、そこから軍をまっすぐに南下させた。新城《しんじょう》にさしかかるまえに、

「漢王に申し上げたいことがあります」

と、軍をさえぎった者がいる。かれは新城の三老のひとりで董公《とう》といい、劉邦に謁見《えっけん》すると、

「義帝《ぎ》が崩《ほう》じました。より正確に申しますと、項王《こう》によって江南《こうなん》へ逐《お》われ、弑《しい》されました」

と、告げた。それをきくや、劉邦は片はだぬいで哭礼《こくれい》をおこない、義帝のために喪《も》を発した。それを劉邦は三日間、謹慎《きんしん》して、項羽の大逆無道《たいぎゃくむどう》を諸侯に知らしめるために、使者をだした。それをながめた張良は、

——漢王の運のよさよ。

と、つくづく感心した。

懐王《かい》の孫の心《しん》をみつけだして、楚王《そ》として擁立《ようりつ》したのは、項羽の叔父《おじ》の項梁《こうりょう》である。当然、その楚王に項羽と劉邦も臣従した。楚王が義帝になっても主従の関係はかわらず、臣下である項羽が義帝を暗殺したとなれば、その行為は大逆である。大逆の悪臣を討つと称すれば、おのずとそこに正義がやどる。たとえ項羽のすさまじい武力を恐れていても、諸侯の大半は、正義の名の

もとに集まるであろう。すなわち漢王は大規模な諸侯連合軍を苦《く》もなく形成できる。

張良は劉邦に進言した。

「項王はすでに北伐《ほくばつ》の軍を催《もよお》し、彭城の防備を忘れております。王はお急ぎにならず、諸侯が兵を寄せてくるのをねぎらいつつ、東進なさいませ」

「項王は、いま、斉《せい》にいるのか……」

じつのところ項羽は正月に斉の鎮定をこころみた。その攻撃で、実質的な斉王である田栄《でんえい》を殺した。それで鎮定が成るはずであったが、ひとりの英傑《えいけつ》が項羽を恐れることなく、抗戦をつづけた。その英傑とは、田栄の弟の田横《でんおう》である。さすがの項羽も田横の兵に手を焼き、斉の地から四月になっても引き揚げられないでいた。

東進を開始した劉邦軍は、日に日に兵力を増やした。

だが、南生だけがおもしろくなさそうな顔をしている。それに気づいた張良は、

「この遠征が吉であると占ったのは、南生どのではないか。なにが不満なのであろうか」

と、問うた。

「うまくゆきすぎている。漢王がほんとうの王者になるには、空《あ》き家《や》をうかがって、なかにはいりこみ、そこの住人になるようなことをすべきではない」

耳に痛い言である。

「おっしゃる通りだ。彭城を取ったら、帰還する項王を迎撃《げいげき》するためのそなえにはいるように、

漢王に説いてみる」

そういいつつも、張良は多少の不安をおぼえた。

漢軍が外黄《がいこう》にさしかかったとき、彭越《ほうえつ》が三万余の兵を率いて劉邦に協力を申しでた。この盗賊の首領は用心深いところがあり、天下の情勢をみてから動くのをつねとしている。だが、どれほど項羽が隆盛《りゅうせい》であっても、項羽に媚《こ》びるような行動をとらない。そこにふしぎさがあるといえる。

「おう、よくきてくれた」

劉邦はこういうえたいの知れない男のあつかいは慣《な》れており、

「そなたを魏《ぎ》の相国《しょうこく》としたいが、このあと梁《りょう》の地を定めてくれぬか」

と、いった。もともと魏は、魏豹の国であるが、かれは項羽によって河水の北の平陽《へいよう》に移されたため、大梁《たいりょう》を中心としていた魏の東部を支配できなくなっていた。梁とは、その魏の東部をいう。

よけいなことだが、外黄は、若いころの劉邦が、外黄令であった張耳《ちょうじ》を訪ねて、客として泊めてもらっていた地である。その張耳は陳余《ちんよ》との争いに負けて、趙《ちょう》から逃げだし、劉邦を頼った。つまり、いま劉邦の下にいる。

外黄をすぎて彭城へむかう漢軍および諸侯軍の兵は、あわせて五十六万人となった。すさまじい兵力である。

ただし、外黄をあとにするまえに、張良は体調をくずした。それゆえ劉邦と樊噲《はんかい》にことわり、馬車の速度をおとした。車中で、声生《せいせい》が付き添った。ふつうであれば蕭何《しょうか》に事情を告げるのであるが、かれは櫟陽を守るためにとどまり、遠征に参加していない。なお漢軍は三秦《さんしん》をかたづけたにはちがいないが、ただひとり、雍王の章邯だけは、廃丘《はいきゅう》にこもって孤独に抗戦をつづけている。そこから目をはなせないことのほかに、遠征軍に兵糧《ひょうろう》を送る任務もある。

病身の張良を乗せた馬車を護衛するための百余の兵は前後にわかれた。前の五十人を桐季《とうき》が率い、あとの五十余人を堂巴《どうは》が率いた。黄角《こうかく》、株干《しゅかん》などの近臣は、馬に騎《の》り、馬車の左右をすすんだ。この集団だけはかなり遅れた。

彭城の西に位置して、彭城からさほど遠くない蕭《しょう》県にさしかかったとき、御者《ぎょしゃ》の毛純《もうじゅん》に馬車を停《と》めさせた声生は、桐季を招き、

「子房どのを動かさないほうがよい。県内の富家《ふか》をさがして、室《へや》を借りたい」

と、いった。

ふた時《とき》後に、張良のからだは、富家の一室にはいり、牀上《しょうじょう》で横になった。

二日後に、すこし顔色をよくした張良は、桐季と堂巴を呼び、

「彭城のようすを知りたい。空《あき》城同然であったから、難《なん》なく入城できたであろうが、その後、南下してくる項王の軍を迎え撃つ布陣を堅牢《けんろう》におこなっているかどうか。もしもそれにゆるみがあるようなら、樊噲どのに会って進言してくるように」

と、いいつけ、念のため樊噲宛の書翰《しょかん》ももたせた。

三日後に、桐季と堂巴が帰ってきた。

おどろいたことに、下邳《かひ》の実家にもどっていた藤仲《とうちゅう》が、十人の従者とともに、ふたりに同行してきた。室内にはいってきた藤仲は、牀下《しょうか》で低頭し、

「父の喜ぶ顔をみてから、あなたさまにお仕えしたいという真情をうちあけました。じつは父も罹病《りびょう》し、回復を待って、実家を発つことができました。これからはあなたさまに臣従するつもりです」

と、牀上の張良にいった。

「そなたは彭城に行って、われをさがしたのか」

「さようです。みつけたのは桐季どのと堂巴どのでした」

「そなたも樊噲どのを訪ねたのか」

「はい」

と、藤仲が答えた直後、顔をゆがめた桐季が、

「樊噲どのは、困りはてていました。いまや彭城は大宴会場と化し、漢王と諸侯は美酒と美女を引き寄せて、連日、浮かれ騒いでいるとのことです」

と、述べた。

「吁々《ああ》、また、それか……」

劉邦が咸陽の宮殿に乗り込んだあとも酒色に耽《ふけ》っていた。それほどゆるんでしまっては項王と

の決戦に必死にむかえるか、どうか。

「樊噲どのに書翰を渡したであろうな」

「すぐにそれをお読みになって、嘆息なさいました。漢王に代わって軍を指麾《しき》できるのは、曹参《そうさん》どのしかおられず、曹参どのは北に兵を置き、さらに哨戒《しょうかい》の兵を放っているので、それ以上のことに口だしができぬと申されました」

「漢王は天与の機会を、お棄てになるのか」

劉邦が五十万以上の兵を集められるのは、いましかなく、その大軍で項羽を圧倒するためには、劉邦と諸侯が彭城をおとりにして、あわてて南下してくる項羽をたたくべきである。それなのに劉邦と諸侯が城中で酒宴をつづけているとは、なんたる愚蒙《ぐもう》であろうか。

劉邦は張良の直言だけはすぐにうけいれる。だが病身の張良は、彭城までゆけない。蕭何がいれば、良き仲介者になって、諫言《かんげん》を劉邦にとどけてくれるにちがいないが、かれはこの遠征に参加していない。張良は枕頭《ちんとう》にいる南生に、

「大沢郷《だいたくきょう》からはじまった大乱も、彭城での決戦で畢《お》わるとおもったが、彭城の諸侯の躁佻《そうちょう》が弭《や》まなければ、まだまだつづきそうです」

と、くやしげにいった。

「うまくいきすぎるときが、もっとも危険だ。王者になる者は、死にそうになるほどの苦難に遭《あ》い、それをしのがなければならない。漢王は、天にためされている」

そういった南生だけではなく、声生、毛純、管才《かんさい》などが、三日後に、この室に飛び込んできた。毛純があえて声をおさえて、

「項王の軍が、西からきます」

と、張良に告げた。

「西から――」

張良は牀上にあって上体を起こした。項羽は斉にいたのであるから、北からくると予想するのが常識である。項羽は兵略を重視して戦う将ではないといっても、劉邦軍が五十万をこえる大兵力であるとき、まっすぐに南下する愚《ぐ》を避けた。すなわち田横との戦いを属将にまかせた項羽は、三万の精兵を率いて魯《ろ》の曲阜《きょくふ》県に到り、そこから胡陵《こりょう》まできたところで、軍のむきを変えた。西へ迂回《うかい》したのである。なんと項羽の軍は、張良のいる蕭県を経て、東行しようとしていた。

地響《じひび》きがした。建物が大きく揺れた。

項羽の軍が蕭県を襲えば、蕭県は磨滅《まめつ》したであろう。が、その三万の軍は蕭県を無視して、通過した。

濛々《もうもう》と砂煙《さえん》をあげて天を翳《かげ》らせた項羽軍が去るのを、城壁に立って確認した申妙《しんみょう》は、張良のもとへ趨《はし》り、室にはいると、

「漢王へ、項王軍の急襲を報《しら》せても、まにあいません。それよりも、このあたりも戦場になるでしょうから、おつらいでしょうが、馬車にお乗りください」

と、せかした。

蕭県をでた張良の馬車は、ゆっくりと西へすすんだ。歩く速度とかわりがない遅さである。

——いまのうちに蕭県を去らないと、主《しゅ》は死ぬ。

そう予断した中妙の見識はたしかであった。

蕭県の近くを通った項羽の軍は、夜明けには彭城に迫り、急襲を敢行《かんこう》した。楚《そ》兵に踏み込まれた城内は大混乱におちいり、抗戦する将卒《しょうそつ》はすくなく、大半の兵が逃走した。猛追した楚兵は、近くの穀水《こくすい》と泗水《しすい》に逃げまどう兵を追いつめ、十余万人を殺した。さらに楚軍は西南へ猛進し、霊壁《れいへき》の東にあたる睢水《すいすい》のほとりまで行った。睢水は死者でながれがせきとめられた。

張良が蕭県から南へむかわず西へむかったことは、おのずと活路をひらいたことになる。到着した下邑《かゆう》には呂沢《りょたく》とその兵がいた。呂沢は張良に気づき、劉邦が彭城で奇襲に遭っていると知ると、救援にむかおうとした。が、張良は、

「漢王は勘のよい人です。多くの兵が逃げるほうにはゆかず、こちらにくるはずですから、兵を動かさずお待ちになるべきです」

と、教えた。あとでそのようになったので、呂沢は張良の才智と見識の高さに感嘆した。なお、呂沢は劉邦の妻の兄である。呂沢の下に呂釈之《りょせきし》がいて、このふたりは妹の呂雉《りょち》、すなわち劉邦の妻を擁護《ようご》しつづけることになる。

劉邦はまず北へ奔《はし》った。沛《はい》県の家族を拾ってゆくつもりであったが、そのまえに楚兵に迫られ、

三重に囲まれた。

――われはここで死ぬ。

と、劉邦は絶望したであろう。ところが、突如、西北より大風《たいふう》が生じて、天地を冥《くら》くし、楚の軍を吹き飛ばした。

「天佑《てんゆう》とは、これか」

と、劉邦はおもったにちがいない。死地を脱出した劉邦は、ふたりの子を拾っただけで、西南へ急行した。そこにあったのは下邑であり、いたのは呂沢の兵だけではなく、張良もいた。

――このとき、この男が、ここにいる。

ふしぎさに打たれた劉邦は、張良をみつめながら、張良は神がつかわしてくれた人だ、とここで心から信じた。

張良のほうでも、劉邦が絶望的といってよい死地を脱してきたことを知って、

――天がこの人を佑《たす》けたのだ。

と、直感した。やはり南生がいったように、劉邦が王者になるにちがいない。

が、項羽に惨敗した劉邦は苦渋《くじゅう》をかくさなかった。馬からはずした鞍《くら》を地にすえ、その上に腰をおろした劉邦は、こういった。

「われは函谷関より東の地を捐《す》てようとおもう。どうせ棄てるのなら、われと功をともにする者はいないだろうか」

函谷関の東の地を関東《かんとう》といい、西の地を関西《かんせい》という。もともと肥沃《ひよく》な地が多い関東が中華といってよく、その関東を雄才《ゆうさい》をもつたれかに与えてもかまわないので、その者と共同で項羽を討ちたい、ということである。

張良は膝《ひざ》をまえにすすめた。それができるほど病状は回復にむかっていた。

「項王と郤《げき》のあるふたりを味方につけましょう」

ひとりは黥布《げいふ》である。大功を樹《た》てても酬《むく》いてくれぬ項羽の吝嗇《りんしょく》さにあきれて、南へ帰ってしまった。

いまひとりは彭越である。かれはつねに項羽にさからう勢力に助力をしているが、劉邦にははっきりと味方をするとはいっていない。

「それとは別に韓信に大事を託《たく》し、一方面にあたらせるのがよろしい」

この韓信は、韓王信のことではない。かれは淮陰《わいいん》県の出身で、項梁が淮水《わいすい》を渡ったとき、その軍に加わった。項梁の死後、項羽に従って、たびたび策略を進言したが、まったくとりあげてもらえなかったので、逃げて、劉邦の下にはいった。そこで蕭何に認められ、推挙された。劉邦は蕭何の眼力を信じて、いきなり韓信を大将に任じた。三秦の平定も、韓信の助言があったからだといわれている。

張良のここでの献策が、劉邦の天下統一への礎《いしずえ》となった。つまり広大な地を棄ててもかまわないとおもったがゆえに、それ以上の広大な地を得ることになるのである。そういう老荘《ろうそう》思想的な発想は、儒教《じゅきょう》にはない。ただし、張良の進言を容《い》れて、劉邦が黥布のもとへつかわした随何《ずいか》は、もともと儒者ではあるが、その外交力を買われて、謁者《えっしゃ》(外交官)となった。かれは二十人の配下とともに、九江《きゅうこう》王国の首都である六県《りく》へゆき、巧《たく》みな弁舌によって黥布を劉邦のもとに引き寄せることになる。

彭越へも使者を遣《や》ったが、のらりくらりとかわされた。が、彭越が項羽に付かないことは、以前とかわらない。

韓信が河水の北の広域を鎮定《ちんてい》しはじめるのは、四か月後である。

なにしろ劉邦が彭城において、みじめなほど項羽に負けたため、漢王弱し、とみて、劉邦に叛《そむ》いて項羽に従った諸侯が多かった。塞《さい》王の司馬欣《しばきん》が逃げて楚軍にはいり、西魏王の魏豹も劉邦をみかぎった。さらに廃丘の章邯が抗戦をつづけている。

そこで劉邦は首都の櫟陽にもどると、子の劉盈《りゅうえい》を太子に立て、蕭何に輔佐《ほさ》させた。さらに廃丘に水をそそいで城壁を破り、章邯を自殺させた。おそらく章邯は項羽が救援にくることを信じて戦いつづけたのであろう。が、項羽は義侠心《ぎきょうしん》の持ち主ではないらしく、孤独に項羽のために忠誠をつらぬいた章邯を助けにこなかった。

秋になって、韓信は軍を率いて魏国の平定にむかい、九月には魏豹を捕虜とした。かれの身柄《みがら》を滎陽《けいよう》へ送った。翌年、魏豹は滎陽を守る将に疑われて、殺される。

韓信の進撃はつづく。かれの軍は代《だい》国の軍を撃破して、首相の夏説《かえつ》を擒《とら》えた。

十月には、趙の陳余の軍と戦い、のちに有名になる、「背水の陣」によって、大勝した。水を背にして戦ってはならないという兵法の常識を、逆手《さかて》にとって自軍の兵を発憤《はっぷん》させたのである。

死闘

彭城《ほうじょう》で大勝した項羽《こうう》の楚《そ》軍は、退却する漢《かん》軍を追いつづけて、滎陽《けいよう》の近くまで行ったが、そこで漢軍に敗れたため、滎陽の手前で停《と》まった。

劉邦《りゅうほう》は滎陽の南に駐屯し、甬道《ようどう》を築いて河水《かすい》につなぎ、大型の食料庫というべき敖倉《ごうそう》の粟《ぞく》を滎陽へ運ぶようにさせた。

だが、楚軍はしばしば甬道を破壊したので、滎陽の食料がとぼしくなってきた。城内にはいった劉邦は恐れ愁《うれ》えて、近くにいた酈食其《れきいき》に、

「なにか妙案はないか」

と、いらいらしつつ問うた。

「ございます」

酈食其はすばやく答えた。劉邦はいま独力で戦っているからつらい。とにかく味方をふやせばよい。そのためには秦《しん》に滅ぼされた六国の王の子孫をさがしだして、諸侯の印《いん》をさずけることで

ある。するとかれらは劉邦の徳をいただき、劉邦の義を慕《した》って、そろって臣従することを願うであろう。そうなれば劉邦は南面するだけでよく、楚の項《こう》王も諸侯にならって劉邦の王朝にくることになろう。

そういう説述《せつじゅつ》をきいていた劉邦は、

「善《よ》し。すみやかに印を刻《こく》し、そなたが行って、子孫たちに佩《お》びさせよ」

と、命じた。

酈食其が出発するまえに、外にでていた張良《ちょうりょう》が帰ってきた。じつは張良は下邳《かひ》にいるとき妻《さい》帯《たい》し、不疑《ふぎ》という男子をもうけた。下邳が項羽の支配下にあるので、妻子の安否《あんぴ》が気になり、藤《とう》仲《ちゅう》と藤孟《とうもう》のふたりに数人の配下を属《つ》けて出発させた。楚軍の陣が城に近いので、安全な路をさぐって、その小集団を見送ってきたのである。

酈食其の策に多少のひっかかりをおぼえている劉邦は、張良をみつけるとすぐに近寄らせて、酈食其の策についての感想を求めた。

張良はのけぞらんばかりにあきれてみせた。

食事中であった劉邦は、箸《はし》を止めて、いぶかしげに張良をみつめた。張良は語気を強めていった。

「たれがこのような計画を立てたのですか。それが実行されれば、陛下《へいか》の大事は破れ去ってしまいます」

「どうしてであるか」

おどろいた劉邦は口のなかにある物を吐きだした。

「どうか、前にある箸をお借りして、陛下のために計画をお話ししましょう」

張良は箸を用いて、古代の王が成《な》したことを説《と》き、いま劉邦がそれと同じことができるかと、つぎつぎに問うた。劉邦の答えは、すべて不可《ふか》で、その不可が八つも重なった。それほどいまの劉邦には善事《ぜんじ》をおこなうゆとりがない。

「正直なところ、天下に楚より強いものはありません。六国の王の後裔《こうえい》が立って、漢より楚のほうがはるかに強いとみきわめれば、楚に従うにちがいなく、そうなったとき、陛下はどのようにかれらを臣従させるのでしょうか。さきほどの計謀をお用いになって、王の印をさずけるようになされば、陛下の天下統一の大事はついえてしまいます」

この張良の説述をきいた劉邦は、食事をやめて、

「阿呆《あほう》な儒者《じゅしゃ》め、あやうくわれの大事を破滅させるところであった」

と、ののしり、さっそく六国の印をとかしてしまった。

息苦しさをおぼえるほどの苦境にあった劉邦を救ったのは、臣下の紀信《きしん》である。かれは劉邦の身代わりとなって楚の陣中に到り、劉邦などを城外へ脱出させる時間をかせいで、斬殺《ざんさつ》された。

苦肉の策は、ほかにもある。鴻門《こうもん》の会で劉邦に好意をみせた陳平《ちんぺい》は、気まぐれな項羽の怒りにふれそうになったので、逃走して、劉邦のもとに駆《か》け込《こ》んだ。その才智をみこまれた陳平はすぐ

に重用され、計略によって范増《はんぞう》が劉邦に通じているようにみせかけ、項羽に疑念をおこさせた。疑われた范増は怒って去り、彭城に着くまえに、背中にできた疽《はれもの》がつぶれて死んだ。

このあとも、劉邦は苦しい戦いをつづけた。

いちど関中《かんちゅう》にもどって、兵をととのえた劉邦は、南へむかい、武関《ぶかん》をでて、黥布《げいふ》とともに兵を集めながら北上した。項羽の攻撃にはとりあわないかたちで、成皐《せいこう》の城にはいった。

それを知った項羽は軍を西進させて、滎陽を苛烈に攻めて陥落させ、さらに西へ突き進んで成皐の城を包囲した。

またしても劉邦は城を放棄して逃げた。こんどは河水を渡って修武《しゅうぶ》に宿り、それから韓信《かんしん》と張耳《ちょうじ》の営所に急行し、仰天するふたりを尻目《しりめ》に、

「軍をもらうぞ」

と、いい、迫ってくる楚軍を防いだ。

ここで劉邦はひとつの手を打った。幼《おさな》なじみといってよい盧綰《ろわん》と親戚の劉賈《りゅうか》に二万の兵と数百の騎兵を与え、河水の北岸を東行させて、白馬津《はくばしん》を渡って、彭越《ほうえつ》の兵と合流するように指示した。

この策も張良の智慧《ちえ》がからんでいるように想《おも》われるが、とにかく策はあたり、彭越とともにかれらは梁《りょう》（魏《ぎ》の東部）の地にある十余城を降《くだ》した。

項羽の悲しいところは、そういう事態をうまく鎮定《ちんてい》できる将がいないことである。韓信、陳平

などの異才をうまくつかうことができず、足もとから去らしてしまった。そうなると、項羽自身が疾風《しっぷう》のように走りまわり、みずからが処理しなければならない。この場合も、劉邦への攻撃をひとまず休み、項羽自身が彭越を討ちに行った。

このとき大司馬《だいしば》の曹咎《そうきゅう》に成皋を留守《りゅうしゅ》させた項羽は、

「漢軍が挑戦してきても、応戦してはならぬ。われは十五日で、梁を平定して還ってくる。よいな」

と、きつく命じた。

項羽が東行したと知った劉邦は、成皋にむかった。その先陣の兵は曹咎をののしり、辱《はずか》しめつづけたので、どうにも我慢できなくなった曹咎は、城から撃ってでた。汜水《しすい》をなかば渡ったところで、漢軍に襲撃されて敗れ、川のほとりで自殺した。

曹咎の敗死の報《しら》せを睢陽《すいよう》でうけた項羽は、目を瞋《いか》らせて、西行した。

漢軍は成皋を得たのち、すぐに東へすすみ、滎陽の東で、項羽の属将である鍾離眛《しょうりまつ》を囲んでいた。

が、項羽がもどってきたのを知ると、恐れおののいて、険阻《けんそ》というべき広武《こうぶ》山に逃げ込んだ。

このときから楚軍と漢軍は長い対峙《たいじ》にはいった。

武力では劣る劉邦は、外交によって項羽をゆすぶった。東方に、項羽に屈服しなかった国がある。斉《せい》である。その国王と盟《ちか》って、項羽の支配地を襲ってもらうべく、酈食其を派遣《はけん》した。これは成功しかけたのであるが、それとは別の道をすすんで、無防備になった斉国に侵入したのが、韓信とその兵である。それを知った斉王の田広《でんこう》（田栄《でんえい》の子）と宰相《さいしょう》の田横《でんおう》は、

「おのれ、騙《だま》したな」

と、激怒し、酈食其を煮殺《にころ》した。

斉国に対する外交はもともと欺誣《きふ》をふくんでいなかったとみるべきで、劉邦に悪意はなく、むしろ野望のある韓信の独断専行に毒があったと想うべきであろう。いちどは劉邦を信じて、漢と盟った田横は、その卑劣さを憎み、死ぬまで劉邦に頭をさげず、ほぼ天下が統一されたあとも、独力で戦いぬいた。はるかのちに、劉備《りゅうび》を輔佐《ほさ》した名臣の諸葛亮《しょかつりょう》は、田横の不屈の魂を称讃した。

とにかく韓信は漢と協力するはずであった斉をやすやすと平定した。斉は大国である。それを得た韓信は、志望をひろげて、

「わたしを、仮の斉王に、していただきたい」

と、使者の口から、劉邦に訴え願った。

項羽と死ぬほど苦しい戦いをつづけている劉邦は、この上申《じょうしん》をきくや、怒鳴って、使者を追い返そうとした。が、張良と陳平が劉邦の足をそっと踏んで、

「いまお許しにならないと、あとでとんでもないことになります」

と、ささやいた。

はっと気づいた劉邦は、

「実力で斉を平定した以上、仮ではなく、真の王になるがよい」

と、使者にむかって大声でいい、このあと張良に王の印綬《いんじゅ》を託《たく》して、

「斉まで行ってくれ」

と、いった。張良は韓信を正式な斉王に任ずる使者となった。

「吁々《ああ》、斉へゆくのか……」

張良の脳裡《のうり》によみがえったのは、あのふしぎな老人である。穀城山《こくじょうさん》の麓《ふもと》にある黄石《こうせき》が老人に化して、張良に兵法書をさずけにきた。そのとき老人は、

「十年後には興隆《こうりゅう》し、十三年後に、孺子《じゅし》よ、われをみることになろう」

と、いった。指折り年数を算《かぞ》えた張良は、

――十年後は中《あた》っているが、十三年後は適《あ》っていない。

と、首をかしげた。老人に遭《あ》ってから十三年は、とうにすぎている。解答が得られないおもいの張良は、斉へゆく途中で、申妙《しんみょう》に問うた。すると申妙は、わずかに笑って、

「主《しゅ》が沛《はい》公に最初に遭ってから、何年経《た》ちましたか」

と、いった。

「あれから、そうだな、五年経ったか……」

「十三年とは、そういう年の算えかたか、あるいは、興隆してから十三年後か」

「なるほど、そうかもしれぬ。が、なにはともあれ、穀城山にむかって祈ってゆこう」

使いの途中である張良は、穀城山の麓に到っても黄石をさがさせなかった。公務の途中に私事にかかわってはならない。臨淄《りんし》に到着した張良は、満面の笑《え》みの韓信に迎えられた。斉王の印綬をさずけた張良は、劉邦の冊命《さくめい》を伝え、即位を祝った。

淮陰《わいいん》県の無頼《ぶらい》の徒《と》であった韓信が、いまや斉王である。無頼の徒といえば劉邦もおなじで、いまや漢王ではあるが、両者のちがいはなんであろうか。英雄がならんだ場合、その優劣は、いのちを棄《す》ててかかる決断力の差であるというしかない。

帰途、血の気の多い桐季《とうき》は、韓信をそしった。

「韓信は漢王に拾われ、大将に昇進させてもらったのに、漢王の苦境など、そ知らぬ顔で、斉王として独立しています。もともと恩義など感じぬ男なのでしょう。あのような者が、盛栄《せいえい》な道を歩きつづけられるのでしょうか」

「むずかしい問いだな。たしかに韓信は利を求め、情は薄い。それでも兵のあつかいかたと計略は、超絶している。韓信が項王と結べば、漢王は窮地《きゅうち》に追い込まれる」

と、張良はいった。

「それを承知で、漢王と主は、韓信に国王の印をさずけたのですか」

「ふむ、項王は盟った者や従った者に、与えることをしない。多く取る者は、多く失う。韓信はそれに気づく智能はもっているだろう。ゆえに韓信は項王とは結ばない。以前、漢王は函谷関《かんこくかん》より東の地を、他人《ひと》にくれてやってもよい、と仰《おお》せになった。棄てることができる者が、けっきょく、拾うことになる」

張良はいそぐことなく帰途をすすみ、ぶじに劉邦に復命した。

韓信はたとえ斉王になっても項羽に与力《よりき》することはない、と張良に説かれた劉邦は、ひとまず安心し、この年の七月に、黥布を淮南《わいなん》王に封《ほう》じた。黥布も項羽に助力することはない、とみきわめたからである。

漢軍と楚軍はながい対峙となった。

梁の地を往来する彭越はしばしば楚の兵を苦しめ、兵糧《ひょうろう》を運ぶ道を絶った。じつは韓信に追われた斉の田横は、彭越のもとにいた。さらに項羽に協力しないと決めた韓信が軍を南下させて楚を侵《おか》すようになった。背後に安心できない項羽は、ついに、

「天下をふたつに分け、鴻溝《こうこう》より西を漢の地として、東を楚の地とする」

と、講和の案を提示した。この案を劉邦がうけたとき、項羽は、囚《とら》えていた劉邦の父母と妻をかえした。

直後に、漢の軍中からあがった万歳《ばんざい》の声は、天にとどくほどであった。

それをみた張良は、下邳に残してきた妻子を想った。ふたりの安否をみとどけに行った藤仲と藤孟は、ふたりとも帰ってこなかった。帰ってきたのは三人の配下で、かれらの報告によれば、藤仲と藤孟は張良の妻子を藤尾《とうび》家に移し、そこで護衛しつづけているという。

——藤尾どのの心づかいだな。

張良ははるかかなたの下邳にむかって頭をさげた。

ところで漢と楚の境界になった鴻溝は、滎陽より東にある運河なので、項羽がかなり譲歩《じょうほ》したことがわかる。

講和が成ったので、さきに項羽と楚軍が動いた。東へ帰ってゆく。

それをみた劉邦は、

——これで死闘はおわった。

と、虚脱感をおぼえた。項羽とちがって、死の淵に落ちかけたことは、一度や二度ではない。よくぞ死なずに、ここにいることよ、とふしぎさえおぼえた。

「よし、関中に帰るぞ」

劉邦は左右に命じた。このとき陳平がすばやく張良に近づき、

「これで、よろしいのですか」

と、張良の存念をたしかめるように問うた。張良は陳平の意図《いと》を理解し、さりげなく、

「いや、よくない。ともに陛下に言上《ごんじょう》しよう」

と、いい、陳平を誘って、劉邦のまえで跪拝《きはい》した。劉邦は眉《まゆ》をひそめた。

「なにか——」

張良が仰首《ぎょうしゅ》した。

「陛下は、義帝の仇《あだ》を討って正義を樹《た》てるとお誓いになりました。まだ、それを果たされておりません。また項王は義帝だけでなく、会稽《かいけい》の郡守を殺し、上将軍《じょうしょうぐん》の宋義《そうぎ》をも殺しました。上司を殺した者が、礼儀正しく約束を守れましょうか。彭城に帰って食料と兵を補給すれば、関中にむかって軍を発するにきまっているのです」

ついで、陳平が発言した。

「漢と楚の戦いで、中華の民の数は半減し、田は荒れ、ほとんどの民は飢《う》えているのです。兵糧のとぼしい楚軍は、痩《や》せた虎狼《ころう》といってよく、いま討たなければ、この残虐《ざんぎゃく》な戦いは終わりません。陛下、軍頭をむけるのは、西ではなく、東です」

智謀《ちぼう》の人というべきふたりが、項羽の軍を追撃すべし、とそろって進言したとなれば、劉邦は一考するまでもなく、

「よし、楚軍を追え」

と、諸将に命じた。

漢軍も東進を開始した。

陳《ちん》郡の北端に陽夏《ようか》という県がある。そこに到った劉邦は軍を止めて、韓信と彭越にむかって使者を放った。呼びかけの主旨は、衰弱している項王の軍を、いまこそ共同で撲滅《ぼくめつ》しようではないか、ということである。

——これで北と西から楚軍を挟撃《きょうげき》できる。

すこし楽観をおぼえた劉邦は、陽夏からじりじりと南へすすんだが、韓信と彭越が軍を動かしたけはいがなかった。

「わっ——」

漢軍がひっくりかえるほど震怛《しんだつ》した。遠ざかっていたはずの楚軍が急旋回して、漢軍に襲いかかってきたのである。固陵《こりょう》で大敗した劉邦は、城壁によりかかり、塹《ほり》を深く掘らせて、防衛にあけくれた。

——なさけない……。

劉邦は自嘲《じちょう》した。かれは冴《さ》えない表情を張良にむけて、

「諸侯はわれとの約束を守らず、軍を動かさなかった。これは、どうしてであろうか」

と、問うた。

「楚軍はまさに敗れようとしています。ところが、韓信と彭越に分け与えられる封地《ほうち》が、まだ定まっていません。こないのも、むりはありません。陛下がかれらと天下を分けることができれば、かれらはすぐにやってきましょう」

張良はつづけて述べた。

「もしもかれらに封地を分け与えなければ、天下の事はどうなるのかわかりません。陳より東、海にいたるまでの地をことごとく韓信に与え、睢陽より北、穀城にいたるまでの地を彭越に与えて、おのおの自身のために戦うようにしむければ、楚は、たやすく破れましょう」

それをきいた劉邦は、

――人とは、そういうものか。

と、人がもっている欲望の深さにあきれるおもいであった。もっとも項羽と争って天下を取ろうとしている劉邦のほうが、欲が深いといえなくもない。

「わかった。使者をだそう」

劉邦がだした二度目の使いには、反応があった。韓信と彭越が軍を動かしはじめたのである。さらに劉邦は南の九江《きゅうこう》にいる周殷《しゅういん》にも使者をだした。周殷は項羽に大司馬に任ぜられた勇将である。劉邦の指図で軍を南下させ、寿春《じゅしゅん》を囲んだ劉賈に、周殷は応じ、黥布を迎えて、ともに項羽を攻めるべく、軍を北上させた。

韓信が北から、彭越が西北から、劉邦が西から、黥布が南から、項羽の楚軍に迫った。

後退しつづけた項羽は、ついに垓下《がいか》にとどまり、塁壁《るいへき》を築いて防衛した。垓下はまたたくまに包囲され、その包囲陣は数重《すうちょう》という厚さであった。やがてその四面《しめん》の陣から楚歌《そか》をきいた項羽は、

「漢はすでに楚を得たのか」

と、落胆した。食料が尽きたこともあって、項羽は、夜中に起きて訣別《けつべつ》の酒を飲み、虞《ぐ》という美人に詩を贈った。虞美人は泣きながらそれに和して歌った。落涙した項羽は、

「さらばだ――」

と、いい、騅《すい》というあしげの馬に騎《の》り、包囲陣を突破した。が、騎将《きしょう》である灌嬰《かんえい》に率いられ

た五千騎に猛追され、東城《とうじょう》で死んだ。なお歴史家の司馬遷《しばせん》は、項羽を江水《こうすい》のほとりまで南下させたが、それは劇的な展開を好むかれの虚構であろう。

勝者のふるまいというものが、今後の政治や人民の慰撫《いぶ》にかかわりをもつ。そういうことを張良がいわなくとも、劉邦はわかっているらしく、軍を帰途につかせず、魯《ろ》にむかって北上させた。

かつて、項梁《こうりょう》が敗死したあと、懐《かい》王のもとにもどった項羽は、魯公に封《ほう》じられた。そのときから魯という小国の民は項羽を君主と仰いだ。項羽が敗死したあとも、魯の民はその死を信ずることなく、漢に従わなかった。それゆえ劉邦は、魯の国に到り、その民に項羽の首をみせて、ようやく屈服させた。

そこから西北にむかった劉邦は、穀城に項羽を葬《ほうむ》った。張良はひそかにおどろいた。

——ここは穀城山に近い。

すると、穀城山の神は、項羽が山から遠くないところに埋葬されることをあらかじめ知っていながら、張良にはそのことを告げず、太公望《たいこうぼう》の兵法書だけをさずけたのであろうか。

——とにかく大乱は鎮《しず》まった。

だが、太公望が周《しゅう》の武《ぶ》王を佐《たす》けて、殷《いん》の紂《ちゅう》王を討ったあと、すぐに天下が平穏《へいおん》になったわけではない。旧勢力の反動があり、周の王族のなかで叛乱があった。それを鎮静化するほうがむずかしいかもしれない。

劉邦は項羽を討つまえに有力な王侯に、広大な封地をさずけると約束したので、劉邦が天下王朝をひらく際に、そのことがさしさわりになろう。

とにかく劉邦は帰途につき、定陶《ていとう》に到着した。張良は劉邦から遠くないところにいたが、あたりをうかがうように張良にちかづいた堂巴《どうは》がすばやく耳うちをした。さっと表情を明るくした張良は、低い声で、

「よくやった」

と、称《ほ》めた。それからさりげなく、本営の帷幕《いばく》にいる劉邦に報告をおこなった。人払いをしてもらうや、

「項伯《こうはく》は、われがかくまっております。ご留意《りゅうい》のほどを――」

と、いい、劉邦をおどろかせ、そのあと一笑させた。

漢王朝

垓下《がいか》から項羽《こうう》が逃走したあと、残された将卒《しょうそつ》は、大崩れとなって四散した。そういう楚兵《そ》を漢兵《かん》が討ち、八万もの首を斬った。

——項伯《こうはく》どのを殺したくない。

と、おもった張良《ちょうりょう》は、堂巴《どうは》に五十の兵を属《つ》け、

「なんとしても、項伯どのを保庇《ほひ》せよ」

と、命じた。だが逃げまどう楚兵があまりにも多かったので、項伯をみつけられなかった堂巴は、いちど不首尾《ふしゅび》を報告するためにもどってきた。しばらく考えていた張良は、急に微笑した。

「項伯どのに仕えている田冬《でんとう》は賢い男だ。われが項伯どのを救おうとしていることを知っていよう。すると、隠れ場所は、ひとつしかない」

「あっ、あの農作業小屋ですか」

昔、田冬らが彭城《ほうじょう》から遠くないところに項伯をかくまっていたことがある。なお、項伯は黥《げい》

布《ふ》が去ったあとの九江郡《きゅうこうぐん》など南方を支配していたことがあり、そのあと項羽のもとにもどり、項羽が垓下まで後退したとき、その陣にはおらず、本拠である彭城を留守《りゅうしゅ》していたかもしれない。とにかく堂巴と配下は、項伯、田冬らを発見し、すみやかにかれらを藤尾《とうび》にあずけておいて、張良のもとにもどってきたのである。

鴻門《こうもん》の会の直前とその会のさなかにも、項伯にいのちを救われた劉邦《りゅうほう》は、その恩を忘れておらず、

「わかった。あとで迎えの密使をだす」

と、いった。あからさまに使者をだすと、項伯を裏切り者とみなす楚の残党がいるので、密使といったのである。

「かたじけなく存じます」

これで項伯は追討《ついとう》の兵から逃げまわらなくてすむ。

なお、劉邦に迎えられた項伯は、劉《りゅう》の氏をさずけられて、射陽侯《しゃようこう》に封《ほう》ぜられることになる。張良は友情をつらぬいたといってよい。

この年の正月に、諸侯と群臣は、劉邦を皇帝として奉戴《ほうたい》したいという声をあげた。が、劉邦は、

「徳も賢《けん》も有《ゆう》せぬわれが、帝位に即《つ》けようか」

と、三度、辞退した。しかし劉邦を皇帝として尊《たっと》びたいという声がやまないので、ついに劉邦は、二月になると、定陶《ていとう》の近くをながれる汜水《はんすい》の北に壇《だん》を築いて、即位式をおこなった。漢王が

漢皇帝となったのである。

このあと劉邦は難題をすばやく処理した。

韓信《かんしん》を楚王として下邳《かひ》に都《みやこ》させた。また彭越《ほうえつ》を梁《りょう》王として定陶に首都を置かせた。すでに黥布は淮南《わいなん》王であったので、六《りく》県を本拠にさせた。

「さて、われはどこに首都を定めようか」

そういった劉邦は、西へすすみ、洛陽《らくよう》にはいると、そこにとどまった。

南方で項羽のために叛乱を起こした者がいたので、盧綰《ろわん》と劉賈《りゅうか》を遣《や》って討伐させた。それがかたづいたのが夏にはいってからで、五月に、劉邦はようやく軍を解《と》いて、士卒《しそつ》を郷里に帰した。

「これで、すべての戦いが終わった」

それを祝賀するつもりであろう。劉邦は洛陽の南宮《なんきゅう》で酒宴を催した。その席で、劉邦は、張良、蕭何《しょうか》、韓信の三人を称《ほ》めつつも、みずからを称めた。

「籌策《ちゅうさく》を帷帳《いちょう》のなかにめぐらせて、勝ちを千里の外に決するとなれば、われは子房《しぼう》におよばない。国家を鎮《しず》め、百姓《ひゃくせい》（人民）を撫《な》で安んじ、食料を士卒に給《きゅう》して糧道《りょうどう》を絶たないとなれば、われは蕭何におよばない。百万の軍を連《つら》ね、戦えばかならず勝ち、攻めればかならず取るとなれば、われは韓信におよばない。この三者はみな傑人《けつじん》であるが、われはかれらを用いた。これがわれの天下を取った所以《ゆえん》である」

さらにつづけて、項羽は范増《はんぞう》ひとりをも用いることができなかった。それが項羽の擒斬《きんざん》された所以である、といった。なお、劉邦に最後まで属しなかった斉《せい》の田横《でんおう》は、その罪が赦《ゆる》されたため、洛陽の近くまできたが、あと三十里という地で自殺した。

洛陽にとどまっている劉邦は、

――ここそが、天府《てんぷ》ではないか。

と、おもうようになった。群臣もその意向を察するようになり、早く関中《かんちゅう》にお帰りになったらいかがですか、という者はいなかった。あるいは洛陽が首都になるかもしれないという状況のさなかに、婁敬《ろうけい》という男が隴西《ろうせい》の守備兵になるべく、洛陽を通った。

「帝は、洛陽を都となさるのか……」

眉《まゆ》を寄せてそうつぶやいた婁敬は、斉人《せいひと》であるので、劉邦の下に斉出身の虞《ぐ》将軍がいることを知り、面会して、天子に拝謁《はいえつ》して申し述べたいことがございます、と懇願《こんがん》した。この熱意が通って、かれは荒い毛皮の服を着たまま、劉邦に面謁《めんえつ》することができた。

「陛下がこの洛陽を都となさるのは、周《しゅう》王室とその興隆をきそうためでしょうか」

「その通りである」

この劉邦の発言をきいた婁敬は、劉邦の知識と認識が不足していることを、遠まわしに、しかも丁寧《ていねい》に説《と》いた。周の武《ぶ》王が殷《いん》王朝を倒し、そのあとを成《せい》王が継いだ状況といまとでは、まるでちがう。

「旧《もと》の秦《しん》の地に都をお定めになるべきです。秦の地には山があり河があり、四方が山岳で塞《ふさ》がれております。いったん変事が起これば、百万の兵をかりだすことができるのです。天府とは、その地をいうのです」

懇々《こんこん》と説かれた劉邦は、さすがに迷い、

「どこを都とすべきか」

と、群臣に問うた。かれらの多くは、

「周王は数百年もつづいたのに、秦は二世で滅びました。周に都することにおよびません」

と、いった。迷いに迷った劉邦は、ついに張良に問うた。

「関中がよろしい」

張良の答えはあっさりしたものであった。それをきいた劉邦は、その日のうちに馬車の用意をさせて西へむかった。

なお遷都《せんと》について進言した婁敬は、あとで劉の氏を下賜《かし》され、劉邦の近臣となり、異能を発揮することになる。

劉邦は新しい王朝を樹《た》てたが、秦王朝の制度をむやみにこわすことをしなかった。

十月を歳首《さいしゅ》とするというのも、そのひとつで、あいかわらず初冬から新年がはじまった。十二月に、韓信の謀叛《むほん》について仄聞《そくぶん》した劉邦は、南方を巡遊《じゅんゆう》したついでに韓信を捕らえ、かれを淮《わい》陰侯《いんこう》に貶《お》とした。そのあと、洛陽において、曹参《そうさん》、陳平《ちんぺい》、夏侯嬰《かこうえい》ら十人を、侯に封じた。

正月になると、張良ら十七人を侯に封じた。その際、劉邦は張良にむかって、

「そなたの籌策は神功《しんこう》というしかない。みずから斉の三万戸を択《えら》べ」

と、いった。

——巨大すぎる褒賞《ほうしょう》だ。

まっさきに封地《ほうち》をさずけられた曹参は、平陽《へいよう》の一万六百三十戸を領《りょう》することになった。張良の封地は、およその倍《ばい》の大きさである。

張良は恐縮してみせた。

「はじめわたしは下邳《かひ》より起こり、主上《しゅじょう》と留《りゅう》の地でお会いしました。これは、天がわたしを主上に授《さず》けたのです。それからの主上は、わが計《けい》を用いられましたが、さいわいにして、それは時宜《じぎ》に中《あた》りました。わたしは留に封ぜられれば、充分なのです。三万戸には当《あ》たりません」

しばらく張良をみつめていた劉邦は、張良と最初に会ったときの光景を脳裡《のうり》でみていたであろうが、やがて、

「留も、天が択《えら》んだ地であろう」

と、いい、軽くうなずいた。ほどなく張良は、留侯となり、蕭何らとともに封ぜられた。ちなみに劉邦は蕭何の功を最高とした。蕭何には戦場の功はないが、さきに項羽が食料不足で滅亡したことをみれば、間断なく関中から食料と兵を送った蕭何の功にまさるものはない、と判断した。ただし張良の功は、別格のあつかいにするつもりであったろう。

留県を領地とした張良は、さっそく株干《しゅかん》を使者に立て、藤尾家へ遣った。藤仲《とうちゅう》と藤孟《とうもう》のふた

りを、自分の妻子とともに留県へ移らせることにした。さらに桐季《とうき》と堂巴に管才《かんさい》を属けて、留県を治めさせることにしたので、その三人と五十人の従者を発たせた。下邳の兵であった百余人をふたつに分けたのである。

張良自身は櫟陽《れきよう》のなかに邸宅を下賜されたので、劉邦のもとから去るわけにはいかない。その邸宅は比較的に大きく、申妙《しんみょう》などの臣下と下邳の者たち、それに南生《なんせい》、声生《せいせい》などの賓客《ひんかく》を住まわせるに充分の広大さをもっていた。

劉邦に従って洛陽に到った張良は、石点《せきてん》と夏皮《かひ》を招き、ねぎらったあと、

「世は完全に鎮まったわけではないが、いちおうの落ち着きをみせている。そなたたちはわれを扶《たす》けるために師からつかわされ、ぞんぶんに働いてくれた。もはやわれに仕えるまでもなく、方《ほう》士《し》にもどり、不老不死の研究をつづけるとよい」

と、いった。頭をさげたふたりは、

「ありがたいおことばです。われらはいったん、師のもとにもどります。その後、あなたさまのお手伝いをするために、ここにくるかもしれません」

と、いい、一礼した。

「侯生《こうせい》どのと韓終《かんしゅう》どのによろしく」

始皇帝《しこうてい》に仕えていたかれらが、始皇帝の怒りを恐れて、咸陽《かんよう》を去り、深山幽谷《しんざんゆうこく》にかくれてから十一年が経った。かれらの弟子である石点と夏皮は、いま師がどこに棲《す》んでいるのか、わからな

いという顔をしなかったので、

――方士とは、たいしたものだ。

と、張良はひそかに感心した。旅立つふたりに馬と多大の旅費をさずけた張良は、横に立つ申妙に、

「あのふたりは、どこにむかうのか、わかるか」

と、問うた。

「もっとも始皇帝を憎んでいる人々が多くいた地は、旧《もと》の楚の国です。おそらく侯生らは、南方の山岳にいるのでしょう」

「なるほど、そうであろう。あのふたりがわれのもとに帰ってくることはあるまい」

ふたつの影が遠く小さくなった。

この日よりあとに、劉邦は功臣を封ずることをつづけており、二十余人を封じた。そのあと、功績を争う者が増えたため、査定《さてい》に迷った劉邦は領地をさずけることをやめた。

ある日、洛陽の南宮のなかの復道《ふくどう》（上下二階になった廊下《ろうか》）に立った劉邦が、下のほうをみた。諸将があちこちにたむろし、沙中《さちゅう》で語りあっている。のちにその光景は、

「沙中偶語《ぐうご》」

という四字に集約されて、後世に伝えられる。ちなみに、さしむかいで語ることを、偶語という。

劉邦は奇異《きい》の感に打たれて、

「かれらはなにを語っているのか」

と、張良に問うた。張良の答えは劉邦をおどろかせた。

「陛下はご存じではありませんか。かれらは謀叛《むほん》を語り合っているのです」

「ちかごろようやく天下が安定したというのに、なにゆえ謀叛するのか」

劉邦も人間観察に長《た》けているが、人とはわからないものだとおもうことがしばしばある。

張良は神算鬼謀《しんさんきぼう》の人であるといわれているが、その底にあるのは、比類のない合理であるというよりも、人への洞察《どうさつ》力のすごさであろう。

張良は切々と説いた。

「陛下は布衣《ふい》（平民）より起こり、かれらとともに天下をお取りになりました。いまや陛下は天子になられて、封ずる者は、蕭何や曹参といった昔なじみの者ばかりです。また誅殺する者は、平生から仇《あだ》とし、怨《うら》んだ者ばかりです。ただいま軍吏《ぐんり》がそれぞれの功を計《はか》っていますが、天下をもってしても、すべてを封ずるには足りません。あの連中は、陛下がみなを封ずることができないだけではなく、平素の過失を疑われて誅殺されるのではないか、と恐れているのです。そこで集まって、謀叛をたくらんでいるというわけです」

——なんということか。

劉邦はあきれるおもいであった。これまでの労苦に酬《むく》いてやるのに、不公平があってはならない、と慎重になっているこちらの心情がわからないのか。

腹立ちをおさえながら、ここでも、劉邦は、

「どうしたものか」

と、張良に問うしかない。すでに張良の胸裡《きょうり》には、それにたいする答えが用意されている。

「平素、陛下がお憎みになって、しかもそのことを群臣が知っている者のなかで、もっともひどいのは、たれでしょうか」

「雍歯《ようし》だな。かれには旧怨《きゅうえん》がある。かつて、しばしばわれを窘《くる》しめ辱《はずか》しめた。われはかれを殺そうとおもったが、軍功が多いので、やめた」

「それでしたら、ここで、まっさきに雍歯を封じ、それを群臣にお示しになるとよい。群臣は、雍歯が封じられたのをみれば、それぞれ落ち着くでしょう」

非凡な助言といってよい。

「なるほど……」

納得《なっとく》した劉邦は、すぐに酒宴を設けて、その席で雍歯を、什方侯《じゅうほうこう》に封じた。什方という県名が歴史にあらわれたことは、かつてなかったであろう。ここではじめて歴史的な意義をすこしもった。その県は益州《えき》の広漢《こうかん》郡に属し、位置としては成都《せいと》の北にあたる。劉邦が漢中に封じられたときでさえ、これは流罪《るざい》にひとしいとおもったにちがいない。広漢郡は漢中郡より豊かであるとは断定できないとなれば、雍歯も、左遷《させん》された、という失望感をもったであろう。だが、ほかの

臣たちは、

「雍歯はよく誅殺されなかったものだ。雍歯が誅《ころ》されなかったとなれば、われらが罰せられることはない」

と、ささやきあった。

すかさず劉邦はこの会に丞相《じょうしょう》と御史《ぎょし》をいれて、群臣の功績を定めさせ、封をとりおこなった。

そこで群臣は酒を飲む手をやすめ、みな喜んでいった。

「雍歯、なお侯と為《な》れり。わがともがら、患《うれ》いなからん」

この声が劉邦の耳にとどいたとき、張良の恐ろしさを感じた。

張良の洞察力のすごみは、もはや神韻《しんいん》といってよい。自分にたいする劉邦の感情の推移を察知して、病と称しておいて、いちど櫟陽に帰ってから、参朝しなくなった。

ほどなく張良は、

「われは加療《かりょう》をうけるために、東方へゆかなければならない。そうですな、声生どの」

と、家中で大きな声でいった。五日後には、家政のことを申妙にまかせて、十人の従者とともに東へむかった。すでに留県から張良のもとにもどっている株干は、

「いよいよですか」

と、愉《たの》しげにいった。

「おう、いよいよだ」

張良の声もはずんでいた。

なんのために張良が東方へゆくのかは、株干のように古参の臣にはわかる。

いまは東《とう》郡に属する穀城山の麓《ふもと》にある黄石《こうせき》に参詣《さんけい》にゆくのである。

張良のからだにひびくので、馬車の速度はゆっくりである。ほかの馬車には声生と南生が乗っている。いくつかの川を越えてゆく。東郡にはいったときには、前途は春景色になっていた。

春風がゆるやかに吹いている。

穀城山に近づいたとき、いちど馬車をおりた張良は、南生に、

「かつて南生どのは王者の気をみつけたが、山麓にある黄石をみつけるには、どうしたらよいであろうか」

と、問うた。

「すでに黄石の神は、あなたが近づいたことをご存じであろう。呼びかければ、応《こた》えてくれよう」

南生は笑いを含みながらいった。

めざす山の麓に到着した張良は、斎戒《さいかい》した。それから山にむかって、

「黄石さま、張良がお目にかかりにきました」

と、胸を張り、声を放った。

が、応答はない。

この日から三日間、張良は従者とともに黄石をみつけるべく、麓を歩きまわった。が、従者が持ち寄ってきた石をみても、

「これこそ神の石だ」

と、断定できなかった。夕方、みなを集めて食事をしながら、張良は、

「かつて東方を巡遊した始皇帝《しこうてい》は、泗水《しすい》にさしかかると、千人を川にいれて、周《しゅう》の九鼎《きゅうてい》を捜させたが、みつけることができなかった。われには、その百分の一の人数しかいない。どうして黄石をみつけられようか」

と、なかば嘆きながらいった。

しばらく静黙していた南生は、箸《はし》を休めて、

「子房どのが、神とおぼしき老人とお会いになったのは、夜明けでしたな」

と、たしかめるようにいった。

「最初に会ったのは、早朝ではない。そのあと早朝に土橋までこい、といわれたので、夜が明けるとすぐにでかけたが、老人に、遅いと叱《しか》られた」

「ほう、それで――」

委細《いさい》を知っている者はすくない。南生でも、ことこまかに知っているわけではない。

「それで、鶏《にわとり》が鳴くと、すぐに行ったが、すでに老人がきていて、また叱られた」

張良がそういうと、みなは食事をやめて、笑った。

「老人がくるのが早すぎるので、こうなったら、夜半に行ってやろうとおもい、土橋へゆくと、まだ老人はきていなかった。まもなくやってきた老人に、こうでなくてはならぬ、と褒《ほ》められたよ」

突然、南生は箸を揚げた。

「子房どの、それだ。昼間にいくら黄石を捜してもみつけるのは、むりです。夜半すぎですよ。今夜、黄石はみずからの所在を教えてくれる」

この南生の声に、張良さえも啞然《あぜん》とした。

闇となった山麓に、なにがみえるというのか。

夜半を待って、張良は従者とともに歩きはじめた。二、三の従者が炬火《きょか》をもった。

張良は、山にむかって、

「黄石さま、張良が参りました」

と、よびかけた。半時ほど歩きまわったとき、

「主《しゅ》よ——」

と、株干がおどろきの声を揚げた。かれのゆびさすほうに、黄色の瑩《ひかり》がある。近づいて仰ぎみると、低い崖《がけ》の上が異様なほど明るい。集まってきた従者は、その神秘さに打たれたのか、ひれ伏した。

張良は株干とともに矮《ひく》い木をつかんで斜面を陟《のぼ》り、崖上《がいじょう》に到った。掌《てのひら》に乗るほどの石が、ま

ぶしいほど煌々《こうこう》としていた。

ふたりは息をのんだ。

しばらく呆然《ぼうぜん》としていた張良は、おもいだしたように白い布をとりだして、その石をくるんだ。下におりると、南生が匣《はこ》を用意していたので、黄石をその上に置き、祈禱《きとう》した。石は光りつづけている。やがて張良がふたたび石を白い布でくるんで匣に斂《おさ》めると、石は光らなくなった。

このふしぎさをうけいれるのに長時間を要した従者は、けっきょく夜明けまで起きていた。

張良は穀城山の麓をあとにすると、魯《ろ》国を経て、留《りゅう》県に着いた。そこで妻子との再会をはたした。妻子だけでなく、桐季、堂巴、管才、藤仲、藤孟などに、黄石をみせた。たしかに石はめずらしいほど黄色いが、神秘さがあるとはいえないので、桐季が、

「この石が、神なのですか」

と、首をかしげた。

「そうだ。人によっては、路傍《ろぼう》の石も神になりうる」

張良はそう教え、三日ほど泊《と》まってから、あらたに妻子と藤仲、藤孟を加えて帰途についた。

黄石公

穀城《こくじょう》山から自邸に運んだ黄石《こうせき》を、張良《ちょうりょう》は、

「黄石公」

と、よんで、邸内に祠《まつ》った。

その後、声生《せいせい》の指導に従って、穀物を食べずに、導引《どういん》という養生法を実行した。門を閉じて外出しないことが、一年余もつづいた。むろん張良が病がちであったためにそうしたのであろうが、かくれた理由に、韓《かん》王信《しん》の変転があった、ともおもわれる。

張良が参朝しなくなったころに、韓王信は遠く北の太原《たいげん》郡に移され、そこを韓国とし、首都を馬邑《ばゆう》とするように命じられた。あきらかな冷遇《れいぐう》である。それから八か月後に、北方異民族である匈奴《きょうど》が太原まで侵寇《しんこう》し、馬邑を囲んだ。その際、韓王信は、匈奴に和解を求めた。だが、それが朝廷にきこえて、韓王に二心《にしん》あり、とみなされれば、誅殺《ちゅうさつ》される、と恐れた韓王信はついに匈奴に降《くだ》った。そういう叛逆《はんぎゃく》事件といささかも関係がないことを張良は無言のまま弁明したといってよい。張良は韓国の再興を、韓王のまともな子孫にやらせたかったにちがいなく、韓王成《せい》が項羽《こうう》に殺された時点で、自身がおもいえがいてきた韓国が消滅したと感じたのではないか。とにかく韓王信が劉邦《りゅうほう》に叛逆したことによって、韓の国は地表から消え去った。

さて、張良が参朝しないあいだに、閨怨《けいえん》問題が深刻になっていた。

劉邦には多くの妃妾《ひしょう》がいたが、そのなかでも、定陶《ていとう》出身の戚《せき》夫人を溺愛《できあい》した。戚夫人は如意《じょい》という男子を産んだ。そこで戚夫人は、

「どうか、如意を太子に——」

と、劉邦に懇願した。すでに劉邦は嫡子《てきし》の盈《えい》を皇太子と定めたが、その覇気《はき》のなさから、

——われは、あとつぎをまちがえたか。

と、おもうようになった。そこで左右に、皇太子の廃替《はいたい》をにおわせることをいうようになった。皇后《こうごう》になって、呂后《りょこう》とよばれるようになった呂雉《りょち》は、あのいまいましい女め、と戚夫人をののしり、毎日、苛立《いらだ》つようになった。

ほどなく遷都《せんと》となった。

咸陽《かんよう》から遠くないところに、丞相《じょうしょう》である蕭何《しょうか》が新都を建造した。

「長安《ちょうあん》」

で、ある。王宮の中心となる未央宮《びおうきゅう》をはじめ、東と北に闕《けつ》（門）、それに前殿《ぜんでん》、武庫《ぶこ》、太倉《たいそう》などが建った。

韓王信の残党を討ちにいった劉邦は、帰還して、その宮殿があまりにも壮麗《そうれい》であったので、蕭何をどなりつけた。

「天下はまだ不安定で、人民は数歳も戦いに苦しんでいる。しかるに、こんな度《ど》のすぎた宮室を造るとは、なにごとか」

だが、蕭何はひるまない。

「天下がまだ安定しないからこそ、こういう壮麗な宮殿を造るべきなのです。それに、天子はこのような宮殿どころか、四海《しかい》をもって家と為《な》すべきです。壮麗でなかったら、天子としての威《い》は重くなりません。また、後世の皇帝がこれ以上壮麗なものを造る必要がないほどにしておくべきでしょう」

蕭何は理を強く述べた。

「おう、そうよな……」

劉邦の理解の速度は尋常ではない。表情を一変させて悦《よろこ》んだ。

実際に未央宮が完成したのは、翌年であり、諸侯と群臣が朝見《ちょうけん》した。張良もその祝賀会には参列した。が、閨怨問題がかたづいたわけではない。劉邦は遠征するたびに戚夫人をともなってゆくのが常であり、呂后は伴侶《はんりょ》でありながら、劉邦と語り合う時間をほとんどもてない。

退廷した張良は、翌日から、またしても参朝しなくなった。桐季《とうき》の代わりで家宰《かさい》の職を務めている申妙《しんみょう》は、

「多くの大臣が、皇太子の廃替について、主上を諫《いさ》めても、主上はご意向を変えようとなさらない、ときこえてきます。継嗣《けいし》に失敗なさると、楚《そ》の成《せい》王や趙《ちょう》の武霊《ぶれい》王（主父《しゅほ》）のように、さきに定めた太子に攻め殺されるという事態になりかねません」

と、愁《うれ》いをみせていった。

いったん定めた太子を廃そうとすれば、国内に擾乱《じょうらん》が生じた例は、楚や趙だけではない。むろん張良はそのことを知っているが、いまの段階で、侯や大臣が容喙《ようかい》できるはずがない。また、太子を替《か》えるべきではない、と君主を諫めた臣は、太子が替わり、その太子が君主となったあとに、冷遇されたり放逐《ほうちく》されたりしている。

後継者を決定するのは、君主あるいは皇帝であり、帝堯《ていぎょう》のようにまったくの他人である舜《しゅん》に帝位をさずけるようなことが、上古にはあった。群臣には口だしも手だしもできないことなのである。

このころ、呂后の苦しみを、すぐ上の兄がみかねていた。ちなみに長兄の呂沢《りょたく》はこの年に死んだ。おそらく劉邦に従って北伐《ほくばつ》し、戦死したのであろう。次兄の呂釈之《りょせきし》は、呂后の苦しみを消すために、呂后の心情をきくべく面会した。呂后は涙をながしながら、

「わたしが皇后の席からおりるのはかまわない。しかし盈が皇太子を廃されて、戚夫人の子にむかって稽首《けいしゅ》するのは、耐えられない」

と、いった。

うなずいた呂釈之は、

「いろいろな大臣が主上を諫めてくれた。が、主上は聴いてくれない。万事《ばんじ》、休《きゅう》したというべきか」

と、苦痛をかくさずにいった。それからしばらく黙って考えていたかれは、そうだ、と小さく叫び、膝《ひざ》をたたいた。

「才人の智慧《ちえ》をはるかに超《こ》える者が、いるではないか」

「そのような者が……」

と、いった呂后は、涙に濡《ぬ》れた顔をあげた。

「おう、留侯《りゅう》――」

「その通り。張子房《ちょうしぼう》はよく計策《けいさく》を画《かく》し、主上は、かれの意見だけは信用なさった」

「よくぞ、気がついてくれました。そなたはさっそく留侯のもとへ行って、正論をぶつけるように」

呂后の言に従って、呂釈之が、張良に会った。

いきなり強い口調になったのは、妹がどれほどくるしんでいるのか、兄としてわかっているつもりだからである。国君の血胤《けついん》をねじまげると、国家が乱れることを、張良ほどの者がわからないはずがないのに、なぜ門を閉じて黙っているのか。

呂釈之はいった。

「あなたは常に主上の謀臣です。いま主上は太子を替えようとなさっている。それを知りながら、どうしてあなたは枕《まくら》を高くして臥《ね》ていられるのか」

「わが策が採用されたのは、主上がしばしば困窮のなかにおられたからです。いまや天下は安定し、愛をもって太子を替えようとなさっている。臣ら百余人がそれについて申し上げても、なんの益《えき》がありましょうや」

張良は呂釈之が来訪したわけを、きかなくてもわかる。

——ここであきらめたら、次代の皇帝が代わってしまう。

危機感でいっぱいの呂釈之は、

「われのために、どうしても計画してもらいたい」

と、強くいった。皇太子と呂后のためにすがるのは張良のみであると信じている呂釈之は、匕《ひ》首《しゅ》をつきつけても、張良の智慧をひきだして、もちかえるつもりでいる。

——やはり、こうなったか。

と、内心で微笑した張良は、ひとつの案を提示した。この発想は玲々《れいれい》と翔《と》ぶような奇抜なもので、次元がちがうといってよい。

「主上がお招きになっても、招致《しょうち》できない老人が四人います。その四人は、公《きみ》が最上の礼をもってお迎えすれば、きっときてくれるでしょう。四人を賓客《ひんかく》として厚遇し、ときおり太子が四人を従えて入朝し、主上がごらんになるように、なさるとよい」

四人の氏名をきいた呂釈之は、飛ぶように帰って呂后に報《しら》せた。呂后はさっそく皇太子に書翰《しょかん》を書かせ、それを呂釈之にもたせて、四人がかくれている山中に往《い》った。このあと、四人は下山したのである。

長安にはいった四人の老賢人は、呂釈之の賓客としてすごしつつも、皇太子の左右に侍《はべ》るようになった。その四人は、

東園公《とうえんこう》
角里先生《ろくりせんせい》
綺里季《きりき》
夏黄公《かこうこう》

という。参朝どころか、外出さえしない張良が、かれらのことを知っていたのは、方士《ほうし》の情報網を借用《しゃくよう》したからであろう。

さて、かつて劉邦とともに天下を分けあうほどの実力をもっていた韓信《かんしん》と彭越《ほうえつ》は叛逆をたくらみ、誅殺された。その事実が南方の黥布《げいふ》を不安がらせて、ついに叛乱を起こさせた。

黥布は戦いが巧《うま》い。

そこで配下の将を集めると、こういった。

「主上は老いた。戦いを厭《いと》い、戦場にくることができない。諸将が派遣《はけん》されるはずである。諸将のなかで畏《おそ》れなければならないのは、韓信と彭越だが、ふたりともすでに死んでいる。ほかの将

は、畏れなくてよい」

黥布は叛逆の兵を挙《あ》げた。

このとき、劉邦は病んでいた。そのため、皇太子を将帥《しょうすい》として、黥布を討たそうとした。それを知った四人の老人は危うさを感じて語り合った。

「われわれがここにきたのは、太子の地位を安定させるためだ。いま、太子が将として出陣するのは、危険きわまりない」

さっそく四人は呂釈之に説《と》いた。

「太子とともに出陣する諸将は、みな主上とともに天下を定めた勇将です。かれらを率いる太子は、まるで狼の群れを率いる羊のようなものです。貴公はいそぎ呂后に請うて、泣いて、主上みずからのご出陣を訴えるべきです」

呂釈之は呂后のもとに急行した。話をきいた呂后は、泣いて劉邦に訴えた。皇太子のたよりなさを充分にわかっている劉邦は、

「豎子《じゅし》ではむりか……。われがゆこう」

と、決断した。

したたかな戦いかたをする黥布が相手となれば、劉邦が鎮定軍の指麾《しき》をとるしかない、とおもっていた張良は、官軍が東行するときいて見送りに行った。このとき、劉邦と張良は、ともに病身である。

新豊《しんぽう》の西の曲郵《きょくゆう》までゆき、劉邦に謁見《えっけん》した。

「わたしは陛下に従ってゆくべきですが、病がひどうございます。楚の兵は剽疾《ひょうしつ》です。どうか陛下には、楚の兵と鋒《ほう》をお交えになりませんように」

さらに、いった。

「太子を将軍として、関中《かんちゅう》の兵を監督《かんとく》させられますように」

「子房よ、そなたは病んでいるとはいえ、臥《ふ》せながらでよいから、太子の傅《ふ》となってくれ」

傅は、かしずくと訓《よ》むが、要するに、守役《もりやく》である。劉邦がわざわざ病身の張良にそういったのは、自身が戦陣で病歿《びょうぼつ》するかもしれないという恐れをいだいたからであろう。

このとき、劉邦の属将などに負けるはずがないとうそぶいた黥布は、まず東行して劉賈《りゅうか》を殺した。その軍を奪ったあと、北上して淮水《わいすい》を渡った。徐《じょ》県と僮《どう》県のあいだで、迎撃《げいげき》の軍を大破した。この軍は快進撃をつづけて西行し、蘄《き》県の西で、劉邦の軍と遭遇した。蘄県といえば、その近くに、大沢郷《だいたくきょう》がある。陳勝《ちんしょう》と呉広《ごこう》が起《た》ったところである。

黥布の軍に押された劉邦は、少ししりぞいて庸城《ようじょう》にはいった。そこで黥布とにらみあいながら、遠くの黥布にむかって叫んだ。

「どうして叛《そむ》いたのだ」

黥布は答えた。

「皇帝になりたかっただけよ」

このあと、激戦になった。このとき十月であるから、年があらたまっており、劉邦は六十二歳になった。黥布は老いた劉邦を恐れずに戦ったが、ついに敗れた。淮水を渡ってから、しばしばとどまって戦ったが、そのつど負けて、とうとう百余人とともに江南《こうなん》へ奔《はし》った。が、かれをかくまう者はおらず、番陽《はよう》で殺された。

劉邦は黥布に勝ったとはいえ、その戦いは苦しく、病身のうえに矢傷を負った。飛び交う鏃《やじり》には、毒がぬられている場合がある。そういう矢に劉邦があたったか、どうか、さだかではないが、帰還してから、病がますます悪化した。

——もう太子を替えると決めねばならぬ。

劉邦がそうおもっていると、張良がきて、血胤の曲撓《きょくとう》は王朝をゆがめてしまいます、といい、さらに皇太子の廃替は群臣を動揺させます、ともいって諫めた。だが、劉邦はこの諫言《かんげん》を聴かなかった。父親が病牀《びょうしょう》にあるのに、代わって遠征にでられないような嗣子《しし》は要らない、と内心おもっている。

体調がすこし良くなったとき、劉邦は宴会を催《もよお》した。この会に出席した太子盈は四人の老人を従えていた。ここではじめて、劉邦はその四人を看《み》た。

「かれらは何者であるか」

この問いに答えるべく、四人はすすみでて、おのれの姓名を名告《なの》った。劉邦はおどろいた。

「われは数年にわたってそなたたちを捜していた。が、そなたたちはわが子に属《つ》き従っている。

これは、どうしたことか」

四人は口をそろえていった。

「陛下は士を軽んじて、よく罵倒《ばとう》なさいました。われらは義を尊《たっと》び、はずかしめをうけたくなかった。それゆえに、恐れ、逃げ匿《かく》れたのです。ところが、ひそかにきいたところでは、太子のひととなりは、仁孝恭敬《じんこうきょうけい》であり、士を愛し、天下の人々は、首を延《の》ばして太子のために死を欲しない者はいないということでしたので、われらはきたのです」

劉邦は胸を打たれた。

「貴公らをわずらわすことになろうが、どうか最後まで太子を守り輔《たす》けてやってほしい」

この劉邦のことばをきいた四人は、劉邦の寿《じゅ》を祝うと、趨《はし》り去った。

張良の秘術がここで、ようやく効《き》いた。

四人の老賢人を見送った劉邦のまなざしに淡愁《たんしゅう》が生じた。おもむろに戚夫人を召した劉邦は、かなたの四人をゆびさして、

「われは太子を替えようとしていたが、かの四人が太子を輔けるようになった。そのことは羽《は》や翼が生えそろったにひとしく、われでも動かしようがない。呂后はまことになんじの主となる」

と、あわれむようにいった。

とたんに、戚夫人は泣いた。女として呂后に勝負をいどんだのである。このとき負けを知った。劉邦はその深い哀しみを察しつつも、恣意《しい》が通らない境を知って、皇帝としてわきまえた。

「われのために楚《そ》の舞をまってくれ。われはなんじのために楚の歌をうたおう」

劉邦は戚夫人にそういって、歌った。

鴻鵠《こうこく》高く飛ぶ（大鳥が高く飛んだ）
一挙《いっきょ》千里（一挙に千里も）
羽翮《うかく》すでに就《な》り（羽はすでに生え）
四海《しかい》を横絶《おうぜつ》す（四海を渡る）
当《まさ》に奈何《いかん》すべき（まさにどうすべきか）
矰繳《そうしゃく》有《あ》りといえども（いぐるみの矢と縄があっても）
なお安《いずく》にか施《ほどこ》す所あらん（どうしようもない）

劉邦が数曲歌うと、戚夫人は舞うのをやめて、泣き崩れた。劉邦はもはや戚夫人をみることなく、立ち去った。

このあと、劉邦の病は篤《あつ》くなった。呂后は良医を迎えて治療《ちりょう》にあたらせようとした。が、劉邦は、不快をあらわにした。

「われは布衣《ふい》の身でありながら、三尺《せき》の剣をもって天下を取った。これが天命でなくて、なんであろうか。命《めい》はすなわち天にある。扁鵲《へんじゃく》ほどの名医でも、ここではなんの役にも立たぬ」

劉邦は病室にはいってきた医人にそういい、金《きん》を五十斤《きん》与えて、治療をやらせず、追いはらった。

四月、劉邦は長楽宮《ちょうらくきゅう》において崩御《ほうぎょ》した。

呂后はここまで生死をともにしてくれた謀臣の審食其《しんいき》の意見を容《い》れて、四日間、喪《も》を発しなかった。審食其は皇太子が若いことを心配し、有力な諸将をみな殺しにしなければ、安心できない、とさえいった。

ところが、酈商《れきしょう》は、そのうわさを耳にすると、審食其に面会し、それがいかに浅慮《せんりょ》であるかを説いた。陳平《ちんぺい》と灌嬰《かんえい》は十万の兵を率いて滎陽《けいよう》を守っており、樊噲《はんかい》と周勃《しゅうぼつ》は二十万の兵を率いて、燕《えん》と代《だい》を平定している。諸将が誅《ころ》されるときけば、かれらは兵をつらねて関中を攻め、しかも長安にいる大臣らが内で叛けば、この王朝はまたたくまに滅んでしまう。そういわれた審食其はあわてて呂后に告げた。そこで呂后は、喪を発した。

「ああ、主上はお亡くなりになったのか……」

張良は哭礼《こくれい》をおこなった。

やがて皇太子の盈が即位した。これが恵《けい》帝である。それを知った申妙は、

「血胤が紊《みだ》れなかったことだけでも、この王朝は大きな危機を乗り越えたといえます」

と、暗に張良の大功を讃美《さんび》した。もしも皇太子が戚夫人の子となり、劉邦の崩御後に、帝位に即《つ》いたとすれば、たれが政治をおこなうことになるのか。おそらく戚夫人が若い皇帝に代わって

聴政《ちょうせい》をおこなう。だが、戚夫人に政治的手腕があるとはおもわれない。そこで戚夫人の父兄が政治に介入してくる。すなわち外戚《がいせき》が権力をにぎるという悪い図が未来に出現することを、張良がひそかにくいとめたのである。

「主よ、ひとつ、奇妙なことに気がつきました」

「ほう、それは――」

「主が留県の近くで沛公に遭遇した年から、今年までを、算《かぞ》えてみたのです」

「ふむ、それで……」

「十三年です。十三年が経ったのです」

「やや、黄石公がいった十三年か」

ただしあの老人は、十三年後にわれに会うだろう、といった。その年数は、いま申妙がいった年数にかかわりがあるのか。

劉邦は高《こう》皇帝あるいは高祖《こうそ》とよばれる。

高祖のあとを継いだ恵帝は、優しい気質をもっていたが、心気が弱く、七年という在位で崩じた。

呂后から呂太后《りょたいこう》に尊号がかわっていた呂雉は、恵帝を喪《うしな》っても、泣かなかった。呂氏一族のゆくすえが心配で泣けなかった。それをみていた十五歳の侍中《じちゅう》がいる。かれは、

「張辟彊《ちょうへききょう》」

と、いい、張良の次男である。すみやかに丞相《じょうしょう》である陳平のもとにゆき、太后が悲しまなかったわけをご存じか、と問うた。陳平がわからぬ、というと、張辟彊は、呂太后のふたりの兄の子である、呂台《りょだい》、呂産《りょさん》、呂祿《りょろく》らを将軍に任命して、兵をもたせて南北の軍営におけば、太后は安心し、あなたさまは禍《わざわ》いをのがれることができます、といった。陳平はそのようにし、呂太后の毒をかぶることをまぬかれた。張辟彊は父に肖《に》て利発であった。

さて、張良は恵帝の六年に亡くなった。

かれは生前、こういっていた。

「わが家は代々韓の宰相《さいしょう》であった。韓が滅亡したとき、万金《まんきん》の費用をおしまないで、韓のために仇討《あだう》ちにつかい、あの強い秦《しん》を襲って天下を振動《しんどう》させた。いま、三寸の舌をもって、帝王の師となり、万戸《ばんこ》に封《ほう》ぜられ、列侯《れっこう》の位につらなった。これは布衣としては栄達の極《きわ》みであり、満足の到りである。これからは世間の難事にかかわらず、仙人の赤松子《せきしょうし》のように遊びたいものだ」

じっさい、張良は穀物を食べずに、導引の術を学んで身を軽くした。が、張良に恩を感じている呂太后は、どうしてそのように身を苦しめるのですか、と穀物を食べるように強くいった。それゆえ、張良はやむなく穀物を食べた。

張良が亡くなったとき、長男の不疑《ふぎ》は、埋葬《まいそう》の際に、祠っていた黄石をあわせて沈めた。

（完）

あとがき

ずいぶんまえに、劉邦《りゅうほう》を小説に書いた。

その連載中に、張良《ちょうりょう》、おもしろいね、という声が耳にはいり、頭のすみに残った。具体的にいうと、張良のおもしろさをその小説では、書き尽《つ》くせなかったという憾《うら》みが遺《のこ》った。

そこで、あらたな連載小説の話をいただいたとき、迷わず、張良を選んだ。

さて、張良を正面にすえて、史料をあたってゆくと、いろいろわからないことが生じてくる。それら、わからないことが、小説を書くうえの障害になるのか、といえば、そうでもない。むしろわからないことが、小説を推進《すいしん》してゆく原動力になる。

この小説に関していえば、まず張良の生年と歿年がはっきりしない。それに関しては、司馬遷《しばせん》の『史記《しき》』の「留侯世家《りゅうこうせいか》」を推理の基《もと》とするしかない。

それによると、こうなる。

韓《かん》の桓恵王《かんけいおう》の二十三年に、張良の父の張平《ちょうへい》が亡《な》くなった。ちなみにその年とは、西暦では紀元前二五〇年である。それから二十年後に、韓は秦《しん》に滅ぼされたとあるが、それは正しく、韓の滅亡は紀元前二三〇年である。

ところが、韓の滅亡時に、張良はまだ歳が若く、韓の官についていなかった、とあるが、それが解《げ》せない。二十年まえに父が亡くなっているのに、張良が十代ということはありえない。二十代であれば、なんとか理解はとどくものの、多少のむりがある。というのは、父の張平はふたりの韓王に仕えた宰相《さいしょう》なので、ある程度の長生きをしたであろう。桓恵王のまえの韓王は、釐《き》王である。その王にも仕えたあと、桓恵王に二十三年も仕えて亡くなったとなれば、年齢は四、五十歳を想うべきではないか。張良が長男であれば、父が亡くなったときに、二十歳くらいになっていたとして、当然である。

この仮定を延長してゆくと、韓が滅ぶ二十年後に、張良は四十歳くらいになる。

司馬遷もおなじような計算をおこなったにちがいないのに、どこかにあった史料を写すかたちで、

——良、年少《わか》く、未《いま》だ韓に宦事《かんじ》せず。

と、書いた。年齢に、少《しょう》、という文字を用いた場合、二十歳未満である、ということを表している。それが私の理解のしかたである。二十歳になれば、弱《じゃく》、という文字があてられる。

つまり韓の滅亡時に、張良の年齢に、少という文字がつかわれた時点で、「留侯世家」は撞着《どうちゃく》をおこしている。

しかしながら私は、司馬遷がこざかしく、つじつまをあわせなかったことがよかったとおもっている。韓が滅亡するときに、張良は若かった、また、弟がいたが、そのときに弟は秦兵に殺されたらしい。そこが小説の起点になる、と私は決めた。ただし、小説はかくれた仮定をいくつか設けて、さりげなく整合性をはかってゆかなければならない場合もある。事実から離れても、真実に近づく、という奇術もおこなう。そこに小説のおもしろさがあるといえる。

項伯《こうはく》についても、わかりにくさがある。

かれは項羽《こうう》のおじにちがいないのに、伯父《はくふ》とは書かれていない。おじを表すには、伯父（父の長兄）のほかに、仲父《ちゆうふ》、叔父《しゆくふ》、季父《きふ》（父の末弟）がある。「項羽本紀」に、

——その季父は項梁《こうりよう》。

と、あり、項羽の父の弟が項梁であったことがわかる。「項羽本紀」のなかばにさしかかると、項伯が張良と劉邦を助けるためにあらわれるが、そこでは、

——楚《そ》の左尹《さいん》項伯は、項羽の季父なり。

と、あって、あざなの伯が活《い》かされていない。項伯は項羽の父の兄であったから、伯というあざなをもっていたのではないか。ふつうに想像すると、そうなるが、司馬

遷はそれを否定してしまった。

ここでも、司馬遷は別の史料をみたのかもしれない。

人には、父子兄弟の関係、友人知人の関係、それに主従関係などがあるが、父母と子の関係が至上である。父が他人に殺されれば、かならず仇討《あだう》ちをしなければならない。そのつぎに尊重するのが、友との関係で、それを主従関係より上とみたのが項伯で、項羽から離れても張良を助けようとしたのは、かつて張良に救われたからである。

それはそれとして、さきに張良の生年と歿年がはっきりしないと書いたが、歿年に関しては、手がかりがある。『史記』では、恵《けい》帝が崩じたあと、高皇后《こうこうごう》（呂太后《りょたいこう》）の世になって、ほどなく亡くなったことになっている。ところが『漢書《かんじょ》』では、張良の死去は恵帝の六年（紀元前一八九年）となっている。私が後者を採《と》ったのは、恵帝の崩御《ほうぎょ》のあとに、張良が生きているけはいが史料的にないと感じたからである。

さて、張良が若いころにふしぎな老人に遭って、橋の下に落とされた履《くつ》を拾いにゆかされる話は、日本人もおもしろく感じたらしく、

「歌舞伎《かぶき》になってますよ」

と、その道の識者に教えられたことがある。そういう神仙的な逸話は中国に多いが、歴史的な事実に組み込まれると、ますますおもしろい。

それにしても張良が、当時、情報を多く早く得て、それを武器として戦いぬき、生

きぬいたことはあきらかで、その点では、現代人とかかわりがない。
この本もまた田辺美奈さんの保佑《ほゆう》の手を経《へ》て、刊行されます。田辺さんには感謝の辞を献ずるほかはありません。

二〇二四年一一月吉日

宮城谷昌光

「読売新聞オンライン」二〇二四年一月一日～十月二十六日連載

宮城谷昌光

1945（昭和20）年、愛知県蒲郡市生れ。早稲田大学文学部卒業。出版社勤務のかたわら立原正秋に師事し、創作を始める。91（平成3）年『天空の舟』で新田次郎文学賞、『夏姫春秋』で直木賞を受賞。94年、『重耳』で芸術選奨文部大臣賞、2000年、第三回司馬遼太郎賞、01年『子産』で吉川英治文学賞、04年菊池寛賞を受賞。同年『宮城谷昌光全集』全21巻（文藝春秋）が完結した。他の著書に『奇貨居くべし』『三国志』『草原の風』『劉邦』『呉漢』『孔丘』『馬上の星　小説・馬援伝』『諸葛亮』など多数。

張《ちょう》良《りょう》

二〇二四年一二月一〇日　初版発行
二〇二五年　一月三〇日　再版発行

著　者　宮城谷昌光《みやぎたにまさみつ》
発行者　安部順一
発行所　中央公論新社
〒一〇〇-八一五二
東京都千代田区大手町一-七-一
電話　販売　〇三-五二九九-一七三〇
　　　編集　〇三-五二九九-一七四〇
URL https://www.chuko.co.jp/

DTP　平面惑星
印　刷　TOPPANクロレ
製　本　大口製本印刷

Published by CHUOKORON-SHINSHA, INC.
Printed in Japan　ISBN978-4-12-005857-8 C0093

宮城谷昌光の本

馬上の星　小説・馬援伝

曽祖父が謀反に連座したことから、長く官位に恵まれなかった馬氏。王莽の世になり、その反乱軍が各地で蜂起、馬援もその渦に巻き込まれてゆく。光武帝・劉秀のもと、後漢建国のために力を尽くした武将の若き日々を描く。

単行本

草原の風（上・中・下）

三国時代より遡ること二百年。劉邦の子孫にして、勇武の将軍、光武帝・劉秀。その磁力に引き寄せられるように名将、知将が集まり、後漢建国を佐けてゆく。最も平凡に見えて、最も非凡な天下統一の物語。

中公文庫

宮城谷昌光の本

呉漢（上・下）

ただの小石が、黄金に変わることがあるだろうか――。貧家に生まれた呉漢は、天下統一を目指す劉秀とめぐりあい、その将となるが……。後漢を建国し、中国統一を果たした光武帝に最も信頼された武将の生涯を描く。

中公文庫

新装版　奇貨居くべし　全五巻

民意が反映される王朝のありかたとは、どういうものか――。一商人から大国・秦の宰相にまでのぼりつめ、千年つづく理想の国家の確立を目指して奔走した呂不韋を描く長篇小説。

中公文庫

宮城谷昌光の本

歴史を応用する力

中国歴史小説の第一人者が、光武帝と呉漢、項羽と劉邦の生涯をたどりながら、ビジネスや人間関係における考え方のヒントを、具体的に平易な語り口で解説する。

孟嘗君と戦国時代

多様な力が国と人とを動かす波瀾の時代に、智慧と誠実さを以て燦然と輝く存在であった孟嘗君を通して、波瀾の時代・古代中国、戦国時代を読み解く。

窓辺の風　宮城谷昌光　文学と半生

中国歴史小説の大家はいかにして古代中国史と出会い、それを舞台にした小説を書くに至ったのか。生い立ちから若き日の文学修業、そしてデビューまでの長い道のりを綴る自伝。

中公文庫